Ein Darkover-Roman

*»Weit entfernt in der Galaxis
ungefähr 4000 Jahre in der Zukunft
gibt es einen Planeten
mit einer großen roten Sonne
und vier Monden.
Willst Du nicht mitkommen
und ihn mit mir erforschen?«*

Marion Zimmer Bradley

Über die Autorin:

Marion Zimmer Bradley, 1930 in den USA geboren, publizierte anfangs vor allem in Zeitschriften und Anthologien. Der Durchbruch gelang ihr 1962 mit *The Planet Savers – Retter des Planeten*. Mit dieser Geschichte war der Grundstein für die Romane um den Planeten *Darkover* gelegt, die innerhalb weniger Jahre zu einem der beliebtesten Fantasy-Zyklen einer riesigen Fangemeinde avancieren sollten. Seit 1962 hat Marion Zimmer Bradley über zwanzig *Darkover*-Romane und unzählige Kurzgeschichten geschrieben sowie eine Reihe Anthologien herausgegeben. 1983 wurde Marion Zimmer Bradley mit ihrem Roman *Die Nebel von Avalon* schließlich weltberühmt.
Sie starb im September 1999 in ihrer Heimatstadt Berkeley, Kalifornien.

Marion Zimmer Bradley

Die Schwesternschaft
des Schwertes

Ein Darkover-Lesebuch

Aus dem Amerikanischen von
Ronald M. Hahn

Knaur

Die amerikanische Originalausgabe erschien 1991 unter dem Titel
Renunciates of Darkover bei DAW Books, New York.

Der Verlag dankt Olaf Keith
für die Unterstützung bei der Vorbereitung dieses Buches.

Besuchen Sie uns im Internet:
www.knaur.de

Vollständige Taschenbuchausgabe 2001
Droemersche Verlagsanstalt Th. Knaur Nachf., München
Copyright © 1991 by Marion Zimmer Bradley
Copyright © 2001 der deutschsprachigen Ausgabe bei
Droemersche Verlagsanstalt Th. Knaur Nachf., München
Alle Rechte vorbehalten. Das Werk darf – auch teilweise –
nur mit Genehmigung des Verlages wiedergegeben werden.
Redaktion: Angela Troni
Umschlaggestaltung: ZERO Werbeagentur, München
Umschlagabbildung: © Attila Boros,
via Agentur Schlück, Garbsen
Satz: Ventura Publisher im Verlag
Druck und Bindung: Nørhaven A/S
Printed in Denmark
ISBN 3-426-60979-7

2 4 5 3 1

Inhalt

Einleitung

Jede meiner Anthologien erhält je nach den mir zugeschickten Geschichten, aus denen ich auswähle, sofort einen eigenen Charakter. In diesem Jahr hat sie eine Form angenommen, mit der ich nie gerechnet hätte. Fast alle Erzählungen, die mich erreichten, behandelten ein Thema, das mir selbst nie eingefallen war: Entsagende, die über *Laran* verfügen.

Wie gesagt, mir ist diese Idee nie gekommen. Als ich die Entsagenden zum Leben erweckte, habe ich sie nach dem Entweder-Oder-Prinzip aufgebaut. Für Frauen sah ich im Grunde drei Möglichkeiten. Nach meiner Ansicht hätte eine normale Darkovanerin folgende Wahl: Sie kann heiraten und Kinder bekommen, sich (falls sie über *Laran* verfügt) einem Turm anschließen oder, falls ihr keine dieser Möglichkeiten offen steht, Entsagende werden.

Warum mich diese Entwicklung so überrascht?

Wahrscheinlich deswegen, weil ich Darkover so aufgebaut hatte, dass sich beides zugleich gegenseitig ausschloss. Spiele haben Regeln. Man spielt Schach nicht nach Dame-Regeln. Heute jedoch halten sich die Menschen nicht mehr an Regeln. In der Society for Creative Anachronism (SCA) beharren Frauen (trotz der Tatsache, dass es in dem von ihnen nachgelebten Mittelalter *keine* weiblichen Ritter gab) darauf, zu kämpfen und zum Ritter geschlagen zu werden! Als Historikerin schüttelt es mich bei diesem Gedanken. Jedoch muss ich flink hinzufügen, dass mir als Ex-Wildfang der Wunsch eines kleinen Mädchens verständlich ist, Ritter zu spielen. In einer rein imaginären Welt wäre dies auch schön, aber nicht im Mittelalter.

Noch etwas. Als Heranwachsende habe ich die Erfahrung

gemacht, dass Mädchen allgemein nur zu glücklich darüber waren, wenn ihnen Beschränkungen auferlegt wurden. Die meisten Mädchen, die ich in der Schule kannte, waren mit ihrem Los absolut einverstanden ... Während ich Science Fiction las, schmökerten sie zufrieden in ihren Kitschromanen. Ich schwöre, dass die meisten Mädchen, die ich in der Schule kannte, sich für nichts anderes interessierten als modische Kleidung, Make-up und – klar – Jungs. Auch ich freute mich, wenn ich hübsche Kleider hatte – oder hätte mich gefreut –, aber mit Make-up hatte ich nie etwas am Hut. Die schlimmste Aussage, die meine Mutter über ein Mädchen treffen konnte, lautete (ohne dass sie es obszön meinte): »Sie ist verrückt nach Jungs.« So kam es, dass ich, obwohl ich *Männer* mochte, meine Klassenkameraden nie ausstehen konnte. Diejenigen, die ich in der High School traf, begeisterten sich, abgesehen von einigen angehenden Science-Fiction-Fans, nur für Football. Da Football (und Autos) mich schon immer gelangweilt haben (und es, selbst wenn es blasphemisch klingt, auch noch heute tun), hatte ich nie Interesse an männlichen Heranwachsenden der menschlichen Rasse. Als ich unterrichtete, habe ich jedoch gelernt, sie anders zu sehen. Die Mädchen haben eigentlich nur ihren Schmuck verglichen und sich über Jungs unterhalten. (Von den Jungs hatten zumindest *einige* das geringe Bedürfnis, etwas über Musik und die englische Sprache zu erfahren, die ich ihnen beizubringen versuchte.) Ich kann die Mädchen und Lehrerinnen nicht mehr zählen, die mich beiseite nahmen und mir nahe legten, ich solle mir doch mehr Mühe geben, mich anzupassen, Tänze lernen und so tun, als sei ich an Sport und Tanzmusik interessiert. Kurz gesagt, ich sollte mir einen Jungen schnappen und mich so aufführen wie sie. Es hat ihnen Angst gemacht, dass ich es *nicht* tat. Ein Mädchen war für mich damals ein Lebewesen, das *ausschließlich* auf der Welt war, um sich einen Freund anzulachen. Bevor ich erwachsen wurde, habe ich nur selten Ausnahmen kennen gelernt.

Sollte ich verbittert klingen, liegt es daran, dass ich es bin.

Erst als ich die Welt der Science Fiction für mich entdeckte, begegnete ich Männern – oder Jungs –, denen es ehrlich egal war, dass sie es bei mir mit einer Frau zu tun hatten.

Dies müsste Ihnen verdeutlichen, dass ich nicht gerade eine große Hilfe für jene Leute bin, die das Inbild einer perfekten Feministin aus mir machen wollen. Es gefällt mir, prinzipientreuen Feministinnen zu sagen, dass die Welt der Science Fiction der einzige Ort ist, an dem ich nicht dem geringsten Hauch von Diskriminierung begegnet bin. Wer versucht, mich für Kreuzzüge geschundener Autorinnen zu rekrutieren (meine Manuskripte werden von Lektor*innen* bearbeitet), kommt nicht sehr weit. Ich bin – gelinde ausgedrückt – in Feministinnenkreisen nicht sehr beliebt, was mir aber ganz gut gefällt. (Wo waren denn all diese angeblichen Feministinnen, als ich sie brauchte?)

Aber die Frauen von heute wollen alles haben. Vielleicht ist das der Grund, warum nach meiner Ankündigung, dass ich dieses Buch herausgebe, eine Story nach der anderen bei mir eintraf, in denen Freien Amazonen neben allem anderen auch *Laran* haben.

Ich halte es trotzdem nicht für sehr realistisch. Für völlig unrealistisch halte ich sogar die Vorstellung einer Bewahrerin, die sich zur Freien Amazone wandelt. Das Dasein einer Bewahrerin ist so anstrengend, dass eine Frau, welche die damit verbundene Disziplin nicht mitbringt, nie in eine solche Position gelangen würde. Und gefiele ihr dieses Dasein nicht, würde sie es bereits während der langen und schwierigen Ausbildung merken.

Trotz alledem bin ich zu dem Schluss gekommen, dass die Flut von Erzählungen über *Laran*-begabte Freie Amazonen für die imaginäre »Bevölkerung« Darkovers offenbar eine tiefere Bedeutung hat. Deswegen stelle ich Ihnen in diesem Band eine Auswahl von Erzählungen über darkovanische Entsagende mit *Laran* vor. Was meinen Sie dazu? Stehen Sie auf Seiten der Autoren?

Jedenfalls hoffe ich, dass Ihnen die Geschichte ebenso gut gefallen wie mir. Neulich hörte ich von einem meiner Fans, ich hätte mir durch meine Schriften über die Freien Amazonen einige alte Leser entfremdet. Die Vorstellung behagt mir wenig. Wirklich, Leute, es ist doch alles nur ein Spiel. Wir vergnügen uns doch nur.

Über Chel Avery und »Zwist«

Anfangs wusste ich nicht mal, ob »Chel« ein Männer- oder ein Frauenname ist. Es ist eine Abkürzung für Michel, »aber ich stelle mich selten so vor, weil alle den Namen zu Michelle oder Michael verändern möchten. Und ich kämpfe schon genug an anderen Fronten.«

Meine Autoren betätigen sich in den ungewöhnlichsten Berufen. Chel ist Konfliktberaterin im Dienste des Friends Conflict Resolution Program, einer Quäker-Organisation. Ich gestehe, dass eine Geschichte mit dem Titel »Zwist« genau das Richtige für dieses Buch ist. Chel hat bisher eine Unzahl von Artikeln veröffentlicht, doch dies ist ihr erster Prosatext.   MZB

Zwist

von Chel Avery

Shaya n'ha Margali entließ ihre Schwestern nacheinander vorsichtig aus der Fünffachverbindung, um sie möglichst sanft voneinander zu trennen. Die psychische Separation war jedoch schmerzhaft, so dass sie beim Ausstieg jeder Einzelnen zusammenzuckte. Während des plötzlichen und schroffen Übergangs kam sie sich geistig abgekapselt vor. Sie saß in einer Runde von Frauen, die sich über einen leuchtenden blauen Stein und einen jungen Hirtenhund beugten. Sie neigte den Kopf, bis er auf ihren Knien ruhte.

»Schaut mal, Minka steht auf der Pfote, als wäre sie nie verletzt gewesen«, sagte Caitha stolz. Sie entnahm der Obstschale gierig eine Hand voll Schneebeeren. »Wir haben großartige Arbeit geleistet.«

»Shaya ist wieder mal enttäuscht«, bemerkte die aufmerksamere Mellina und streckte den Arm aus, um Shayas Hand zu ergreifen. »Was ist denn, Liebling? Wir freuen uns über das, was wir dank deiner Lehre zusammen bewirken können. Warum kannst du dich nicht auch darüber freuen?«

»Ihr habt keine Vergleichsmöglichkeit«, fauchte Shaya. »Ihr wisst doch gar nicht, wie ein echter Matrixkreis sich anfühlt.« Dann seufzte sie. »Tut mir Leid. Ich bin müde, hungrig und ... Ja, auch enttäuscht. Aber ich dürfte es euch nicht spüren lassen. Kannst du mir bitte ein paar Beeren reichen, Caitha?«

Caitha schob ihr die Schale hin. Dorelle stellte einen Teller mit Nüssen und Brot neben Shaya ab und setzte sich dicht neben sie hin. Auch Lista eilte herbei, so dass die vier Frauen Shaya eng umgaben und liebevoll umarmten. Mellina drückte ihre Hand. »Rede mit uns, Shaya. Damit wir verstehen, was schief gegangen ist.«

Shaya wartete, bis sie die Tränen beherrschte, die über ihre Wangen zu laufen drohten. »Damon Ridenow, mein Pflegevater, hat mir einst erzählt, dass einem keine Art von Intimität je wieder genug ist, wenn man jemals einem telepathischen Kreis angehört hat. Verliert man ihn, sucht man entweder nach einer Möglichkeit, ihn wieder zu beleben, oder man trauert für den Rest seines Lebens um ihn. Wenn man es nicht selbst erlebt hat, kann man es auch nicht verstehen.«

»Wieso haben wir es nicht erlebt?«, fragte Lista. »Was haben wir denn gerade gemacht? Was die Intimität angeht, hast du Recht. Es ist, als ...«

»... als säße man ohne Haut da«, warf Dorelle ein.

Shaya lachte traurig. »Genau das sind die Worte, die man immer zu hören bekommt. Aber es steckt viel mehr dahinter. Es geht nicht nur darum, dass man sich im Bewusstsein eines anderen befindet und jeden seiner Gedanken kennt. Wenn es echt ist, empfindet man ein wohliges Gefühl von Nähe, Vertrauen und Liebe ...« Sie stolperte über ihre eigenen Worte und hielt einen Moment verlegen inne. »Mir fehlen einfach die passenden Worte. Also, ich liebe euch alle ... Ich würde euch sogar mein Leben anvertrauen. Das wisst ihr. Aber irgendetwas fehlt.«

Sie fuhr fort. »Als ich in dem Verbotenen Turm aufwuchs, hatte ich den Eindruck, Tag für Tag von einem Dutzend Menschen umarmt zu werden, die mich liebten. Selbst wenn es zu Auseinandersetzungen kam, selbst wenn ich unartig war und bestraft wurde, habe ich mich stets umhegt gefühlt. Ich habe gedacht, ich könnte all dies mit euch noch einmal erleben.«

Dorelle sprach so leise, dass die anderen die Luft anhalten mussten, um sie zu verstehen. Doch auf der Psi-Ebene waren ihre Gedanken überdeutlich. »Das Zusammenleben mit euch vieren ist das Beste, was mir je passiert ist. Ich hätte mir in meinen Träumen nichts Schöneres vorstellen können.«

Shaya drückte sie an sich. »Ach, glaub bitte nicht, dass unser kleines Gildenhaus in den Bergen mir nicht der liebste Ort auf der ganzen Welt ist. Auch ich bin überglücklich ... was den *normalen* Verlauf der Dinge anbetrifft. Ich meine jedoch etwas, das mehr ist als normal. Ich meine den Zauber.«

Caitha reckte sich und gähnte. »Wir brauchen nur eins – den Schlaf einer Nacht und eines Vormittags. Ist euch eigentlich klar, wie spät es ist? Ich glaube, Shayas Problem ist ihre Übermüdung. Und das Gleiche gilt auch für uns. Gute Nacht, meine Lieben.« Sie küsste die vier Frauen schnell auf die Wange und ging hinaus.

Als Shaya sich in Mellinas Arme kuschelte, machte sie sich Sorgen. »Es muss an mir liegen. Ich bin keine Bewahrerin, sondern nur Junior-Technikerin. Wäre meine *Breda* Cleindori bei uns statt in der Isolation des Turms von Arilinn, wäre es vielleicht ...«

»Mach dir keine Vorwürfe.« Mellina drückte sie an sich. »Wenn überhaupt jemand Schuld hat, dann wir. Außer dir sind doch alle reine Bürgerliche. Vielleicht ist unser *Laran* nicht stark genug.«

»Lass dich nicht von den Comyn-Mythen aufs Glatteis führen. In Mariposa waren viele Bürgerliche in unserem Kreis tätig. Deswegen war ich mir ja auch so sicher, dass wir es ebenfalls schaffen können.«

Der Traum war so lebendig. Als sie im Gildenhaus von Thendara gelebt hatte, war ihr eine unangemessen große Anzahl Entsagender mit *Laran* aufgefallen. Es war logisch. Frauen aus den niederen Klassen, die über psychische Fähigkeiten verfügten, waren Glücksfälle. Ihnen fehlten die Anerkennung und Ausbildung, die dem Adel zur Verfügung stand. Als Außenseiter ihrer eigenen Welt suchten sie regelmäßig Zuflucht bei den Schwestern, einer Gemeinschaft, die ihnen wenigstens erlaubte, sie selbst zu sein.

Außerdem war Shaya aufgefallen, dass die Neuzugänge oft emotionaler und manchmal körperlicher Heilung bedurften. Viele waren aus einer verzweifelten Lage in die Gildenhäuser geflohen. Dank der Dringlichkeit ihrer Erkenntnis hatte Shaya die Gildenmütter überreden können, mit einer Hand voll ausgewählter Frauen fern von der Stadt ein kleines Gildenhaus zu gründen. Hier sollte ein Kreis von Telepathinnen seine Fähigkeiten entwickeln, um später jenen unausgebildeten Telepathinnen in den Reihen der Schwesternschaft eine Ausbildungsmöglichkeit anzubieten, die ihr *Laran* nicht steuern konnten. Weiterhin wollten sie ein Rückzugs- und Heilungszentrum für Neuzugänge schaffen, deren emotionale Wunden zu tief waren, um die strenge Ausbildung durchzustehen, die man ihnen angedeihen ließ.

Mellina las ihre Gedanken. »Und es klappt. Wir haben wunderbare Erfolge. Wir lernen *wirklich,* wie man heilt.«

»Du hast natürlich Recht. Tut mir Leid, dass ich so meckere. Wir hatten in allen Dingen Erfolg, die wir mit Zustimmung der Gildenmütter angegangen sind. Mir war nicht klar, dass ich noch viel mehr wollte. Ich wollte die tiefe Zugehörigkeit, die ich beim Verlassen von Mariposa aufgegeben habe.«

»Du hast doch ein Zuhause. Wir haben alle eins, Liebling.«

»Ja, aber es ist irgendwie seicht. Ich kann zwar nicht genau beschreiben, was ihm fehlt, aber wenn du wüsstest, was es war, würdest du sagen: Die Gemeinschaft, die wir nun empfinden, ist im Vergleich zu einem Schneesturm in den Hellers nur wie ein paar vereinzelte Flocken in der Ebene.«

»Tja, vielleicht wenn wir uns mehr an unser Zusammenleben gewöhnt haben. Wenn wir uns besser kennen ...«

»Das glaube ich nicht. Ich habe die Leute in unserer Gruppe sorgfältig ausgewählt. Nicht nur deswegen, weil wir alle *La-*

ran haben, sondern auch, weil wir so gut zueinander passen. Ich sorge mich um jeden von euch. Ich habe mich vergewissert, dass jeder sich auch um die anderen sorgt. Was die Harmonie angeht, wurde seit dem Zeitalter des Chaos kein Turmkreis mehr so sorgfältig aufeinander abgestimmt.«

Sie führte einen mentalen Zählappell durch. Während der Matrixverbindung hatte sie jede einzelne Frau als Wetterbild erlebt. Caitha war die Frühlingsbrise, stark, überschwänglich, manchmal unberechenbar. Lista war der sonnige Himmel, offen, friedlich. Dorelle war ein Sommerschnee, der alles so sanft berührte, dass er beim Aufprall schmolz.

»Und ich?« Mellina las noch immer ihre Gedanken.

Shaya stellte sich an ihrer Stelle einen Nachthimmel vor, den sie in ihrer Kindheit nur selten gesehen hatte: klar, ohne dass auch nur ein Mond in Sicht war. Die Sterne glitzerten vor einem geheimnisvollen, finsteren Hintergrund.

»Du Schmeichlerin.« Mellina küsste sie. »Wenn ich nicht so müde wäre ... Ach, ich bin *wirklich* müde. Lass uns schlafen. Morgen sieht vielleicht alles ganz anders aus.«

Inmitten des Durcheinanders, zu dem es am nächsten Tag kam, fielen Shaya ihre Worte ein. Sie schleppte gerade heißes Waschwasser, als jemand an die Tür klopfte. Sie glaubte, es sei der Gerber mit den Fellen, die Caitha auf dem Markt bestellt hatte.

»Mellina, machst du bitte mal auf? Ich habe beide Hände voll.«

Kurz darauf, als sie bis zu den Ellbogen im Seifenschaum steckte, kam Mellina in den Raum zurück. »Shaya, ich glaube, du solltest mal rauskommen. Wir haben ein interessantes Problem.«

Im Empfangsraum saß eine ältere Frau vor dem Feuer. Sie trug ein fein besticktes Gewand mit Pelzbesatz. Ihr Rücken war zwar durchgestreckt, doch sie saß auf dem primitiven Holzstuhl, als sei sie bereit, jederzeit aufzuspringen. Als Shaya eintrat, erhob sie sich. »Ihr seid sicher Shaya n'ha Margali. Es ist mir eine Ehre, Euch kennen zu lernen, *Mestra*. Ich bin Magwyn Delleray.«

Die Frau war zwar freundlich und sprach sie mit der gebührenden Höflichkeit an, doch Shaya war bei Frauen, die außerhalb der Gilde standen, an derartige vertrauliche Direktheit nicht gewöhnt. »Woher kennt Ihr denn meinen Namen, *Domna*?«

»Mein Sohn, Regald Delleray, hat euch dieses Jagdhaus verpachtet. Er wollte zwar anfangs keine Geschäfte mit allein stehenden Frauen machen, aber ich habe ihm verdeutlicht, dass die Entsagenden einen ehrlichen Ruf haben und redliche Geschäfte machen und dass ihr gewiss gute Pächter abgeben würdet.«

Shaya war der Ansicht, dass Regald Delleray seiner Mutter keine Ehre antat. Er hatte versucht, sie bei der Pacht zu übervorteilen. Aber natürlich durfte man eine Frau nicht nach ihrer männlichen Verwandtschaft beurteilen. *Domna* Magwyn schien aus anderem Holz geschnitzt zu sein.

»Dann stehen wir in Eurer Schuld, *Domna*. Wie können wir Euch zu Diensten sein?«

»Nicht ich brauche Hilfe, sondern mein Enkel Dennor. Können wir uns hinsetzen, solange wir uns unterhalten? Die Situation bedarf einiger Erklärungen, und ich fürchte, wenn ich stehe, wird es Euch leichter fallen, mich dorthin zurückzuschicken, wo ich hergekommen bin. Und zwar, bevor ich Gelegenheit hatte, Euch zu bitten, Euch meiner Sache anzunehmen.«

Shaya lächelte. Die Offenheit der Frau gefiel ihr. »Ich verspreche Euch, *Domna*, weder Ihr noch eine andere Frau wird aus diesem Raum geschickt, bevor wir sie zu Ende angehört haben. Bitte, nehmt doch Platz. Eure Geschichte muss lang sein, denn ich kann mir einfach nicht vorstellen, was wir mit einem kleinen Jungen zu tun haben könnten.«

»So klein ist er nun auch nicht mehr. Er ist fast elf Jahre alt. Und obwohl er früher immer besonders klein und niedlich war, konnte man ihn in letzter Zeit kaum noch zähmen. Ich glaube, er leidet an den ersten Symptomen der Schwellenkrankheit. Seine Mutter hatte *Laran,* und ich vermute, dass diese Gabe sich natürlich auch auf Dennor auswirkt.«

»Dann solltet Ihr nicht mit uns sprechen, sondern mit einer *Leronis* aus einem Turm.«

»Natürlich, das ist das Offensichtliche«, sagte Magwyn ungeduldig. »Aber Regald will nichts damit zu tun haben. Er hat selbst kein *Laran.* Er tut die Ungebärdigkeit seines Sohnes als schlechtes Benehmen ab. Seine Lösung besteht darin, dass er den Jungen verprügelt und ihm Strafarbeiten aufgibt. Er misstraut den Türmen. Er will nicht, dass eine *Leronis* sein Haus betritt.«

»Ach, der arme Junge!«, warf Mellina ein. Shaya hatte vergessen, dass sie zuhörte und ergriff schnell das Wort, um zu verhindern, dass Mellinas Mitgefühl sie überwältigte und sie mehr als nötig in diese Geschichte einbezog.

»Ja, es ist eine traurige Angelegenheit, aber ich verstehe nicht, wie wir Euch dabei helfen können.«

»Der Junge ist möglicherweise gefährdet«, sagte Magwyn. »Er braucht Schutz und Unterweisung. Ich möchte ihn der Obhut seines Vaters entziehen. Ich werde sagen, er sei mit seinen Vettern auf die Jagd gegangen. Aber ich bringe ihn zu Euch, damit Ihr ihm helft.«

»*Domna*«, stammelte Shaya. »Es tut mir Leid ... Das können wir nicht tun ... Ich weiß nicht, wie ... Erstens sind Jungen über fünf Jahre in den Gildenhäusern nicht zugelassen. Und selbst wenn wir es täten ... Wie kommt Ihr darauf, dass wir ihm helfen können?«

Mellina schaute sie fragend an. Shaya wünschte sich, dass sie damit aufhörte.

»Zunächst einmal«, erwiderte Magwyn, »könnt ihr tun und lassen, was ihr für richtig haltet. Ich kenne den Eid der Entsagenden und weiß, dass er das, worum ich euch bitte, nicht verbietet. Er lässt euch viele Freiheiten. Und was eure Hilfe für den Jungen betrifft ... Ich wurde zwar nicht in einem Turm ausgebildet, aber meine telepathischen Fähigkeiten reichen aus, um Euer *Laran* zu spüren. Ich habe Euch auf dem Markt beobachtet. Jede von euch verfügt über *Donas*. Ihr solltet nicht versuchen, mich glauben zu machen, dass ihr nur hier seid, um in diesem Dörfchen euren Lebensunterhalt als Hebammen zu verdienen. In der Zeit, in der Kyrrdis voll am Himmel steht, wird hier gerade mal ein Kind geboren. Ich weiß, dass ihr weder einen Handwerksbetrieb noch ein sonstiges Unternehmen gegründet habt. Ihr bietet eure Dienste auch nicht als Führer oder Söldner an. Dieses Haus ist ein *Laran*-Kreis. Ich weiß es.«

Shaya verbarg das Gesicht in den Händen. In ihrem Geist tauchten Bilder von Flüchen und Drohungen gegen den Verbotenen Turm auf. In einem provinziellen und abergläubischen Ort wie diesem bedurfte es nur weniger Gerüchte, und schon würde man sie wie kranke Chervines davonjagen.

»Habt keine Angst«, sagte Magywn leise. »Ich werde keine Geschichten in Umlauf bringen. Ich glaube, den meisten Menschen in dieser Gegend fehlt die Phantasie, um das zu erraten, was ich erraten habe. Bisher war es auch nur eine Vermutung – aber Euer Verhalten hat sie nun bestätigt.«

Magwyn nahm Shayas und Mellinas Hände in die ihren. »Wie ihr euch auch entscheidet ... Ich verspreche, dass ich nichts Schlechtes über euch sage. Aber ich verspreche euch auch, dass ihr eine starke Verbündete in mir habt, wenn ihr mir helft. Solltet ihr je Unterstützung brauchen, werde ich für euch eintreten. Ich gehe jetzt. Morgen bin ich mit Dennor auf dem Markt – am Stand des Pferdehändlers. Er verbringt Stunden dort, ohne zu bemerken, wie die Zeit vergeht. Wenn ihr mir helfen wollt, kommt vorbei, dann schicke ich ihn mit euch fort.«

Sie stand auf. »Danke, dass ihr euch meine Bitte angehört habt. Ihr habt jetzt sicher viel zu besprechen. Ich finde schon allein hinaus.«

Als Magwyns Rücken durch die Haustür verschwand, unterdrückte Shaya einen Seufzer. Dann warf sie einen Blick auf Mellinas schmerzlich verzogenes Gesicht. Sie standen vor einem Problem.

»Wir können das unmöglich tun, Liebling«, sagte Shaya mit fester Stimme. »Ich weiß, dass die Geschichte dieser Frau dein weiches Herz bricht, aber es ist unmöglich.«

Doch wenn Mellinas Schutzinstinkt angesprochen wurde, konnte sich die sonst so Sanfte in eine kämpferische Katze mit noch nicht entwöhnten Jungen verwandeln. »Natürlich ist es möglich. Wir müssen es mit den anderen besprechen.«

Bis zum Abendessen hatte Mellina mit allen gesprochen, und Shaya stellte fest, dass sie überstimmt worden war. »Warum denn nicht?«, fragte Lista. »Es ist doch nicht so, dass wir keine Zeit hätten. Lass es uns doch versuchen.«

»Na und?«, sagte Caitha. »Dann verstößt es eben gegen die Gildenhausregel, Jungen dieses Alters bei uns aufzunehmen. Ich glaube, wir kriegen es schon hin. Dann habe ich wenigstens jemanden, dem es *Vergnügen* bereitet, mit mir fechten zu üben.« Sie warf den anderen einen gespielt finsteren Blick zu.

Dorelle war, wie Shaya vorausgesehen hatte, empört darüber, dass Regald so grob mit seinem Sohn umsprang. »Er ist doch erst elf Jahre alt! Die Hälfte aller Probleme mit den Männern in den Domänen haben damit zu tun, dass man sie zwingt, Männer und Soldaten zu sein, bevor sie erwachsen sind. Wir könnten das Leben des Jungen wirklich anders aussehen lassen.«

Shaya stöhnte auf. »Habt ihr überhaupt zugehört? Sein Vater verprügelt ihn, weil er angeblich schwer erziehbar ist. Anders ausgedrückt: Er ist undiszipliniert und ungebärdig. Er wird alles ruinieren. Er hat es jetzt schon getan. Habt ihr gemerkt, dass wir uns zum ersten Mal in die Haare kriegen?«

Aber die Schlacht war verloren. Am nächsten Tag ritten drei Amazonen zu den Pferdeboxen auf dem Markt. Shaya bemühte sich von Anfang an, Autorität und Disziplin auszustrahlen. Caitha konnte es kaum erwarten, den Schwertarm des Bürschleins zu sehen, und Dorelle war begierig darauf, den armen Kleinen in ihr Herz zu schließen und vor den Grobheiten der beiden anderen zu beschützen.

Keine hatte daran gedacht, dass Dennor vielleicht gar nicht mitgehen wollte. Magwyn musste ihn beiseite ziehen und ernst auf ihn einreden. Das Gespräch fand zwar außer Hörweite statt, aber so wie die beiden wirkten und anhand ihres psychischen Widerhalls war offensichtlich, dass der Knabe jede Menge Einwände hatte und Flüche ausstieß, denen Magwyn mit ernsten Warnungen begegnete.

Wie Shaya schon wusste, konnte die alte Frau bedrohlich sein, und über welche Macht sie auch gebot: Am Ende war sie erfolgreich. Doch Dennor, der sich schließlich zu ihnen gesellte, war extrem mürrisch. »Sie schickt mich einfach mit 'ner Horde *Damen* weg, die nicht mal hübsch sind.« Er schob Dorelles zaghaft auf seiner Schulter liegenden Arm beiseite. »Eins sag ich euch gleich: Aus mir macht keine alte Hexe einen Sandalenträger!«

Dorelle war eindeutig verwirrt. Shaya dachte ergrimmt, wenigstens könnte sie bei diesem Tempo die anderen bald davon überzeugen, dass es besser war, dieses idiotische Experiment zu beenden und den Knaben nach Hause zu schicken. »Wir bringen schon in Erfahrung, welche Art Sandalenträger du bist. Sobald wir zu Hause sind, erhältst du Fechtunterricht. Und dann wollen wir doch mal sehen, ob du den männlichen Stolz, den du vor dir her trägst, überhaupt wert bist.«

Zum Glück konnte Caitha ihn beim Fechtunterricht erschöpfen, sonst wäre vielleicht alles noch schlimmer geworden. Bis zum Abendessen war es Dennor gelungen, die Hündin Minka so sehr zu terrorisieren, dass sie sich sofort hinter dem Pferdestall verkroch, wenn sie ihn sah. Er hatte versehentlich einen Becher zerbrochen und einen zweiten absichtlich bei einem Wutanfall, als Mellina ihn ermahnt hatte, er solle vorsichtiger sein. Außerdem hatte er sich ständig beschwert und so viel Lärm gemacht, dass außer Caitha alle Kopfschmerzen hatten.

»So was essen die Damen am Abend?«, schnaubte Dennor, als sie sich um den Tisch versammelten. »Ich bin ein Mann. Ich brauche Fleisch. Ich brauche Bier. Von diesem Zeug hier werde ich krepieren.«

Shaya, die längst die Geduld verloren hatte, packte Dennor an der Schulter und schüttelte ihn. »Hör zu, du Balg eines verzogenen *Cralmac*! Wenn Nevarsin unter einer dicken Schneedecke liegt und die Leute das Haus monatelang nicht verlassen können, würden sie sich um frisches Gemüse und Milch auf dem Tisch reißen! Wenn die Rote Flut in Temora ist und man keinen Fisch essen kann ...« Sie schnappte aufgebracht nach Luft.

Caitha hingegen sprach ganz ruhig an ihrer Stelle weiter. »Wenn dir unser Essen nicht gut genug ist, Dennor, lass es einfach stehen. Aber sei bitte still und lass uns unsere Mahlzeit genießen.« Daraufhin hielt er den Mund und aß.

Nachdem die Frauen abgeräumt und den Knaben in sein Zimmer geschickt hatten, waren sie drauf und dran, für heute keinen Matrixkreis zu bilden. Shaya war schlecht aufgelegt, Caitha war ausgelaugt, die anderen waren in Gedanken versunken und zunehmend unglücklich. Die Irritation, die Dennor in ihnen hervorgerufen hatte, drohte auszubrechen und sich gegen sie selbst zu richten. Trotzdem schlug Shaya vor, sie sollten üben. »Wir brauchen die Disziplin. Wir können nicht immer mit idealen Bedingungen rechnen.«

Also bauten sie die Verbindung auf, machten ein paar einfache Psi-Übungen und schlossen sie mit einem Besänftigungsbann ab, der den Nerven der armen und völlig gebeutelten Minka galt. Überraschenderweise ging alles viel glatter als erwartet, wenngleich sie anschließend zu erschöpft waren, um sich noch zu unterhalten. Als Lista zu Bett wankte, murmelte sie: »Bei diesem Tempo ist Minka bestimmt bald der gesündeste Hund in sämtlichen Domänen.«

Mehrere Stunden später zuckte Shaya aus dem Schlaf hoch. Ein wütender Schrei hatte sie geweckt. Er hielt noch immer an und schien nicht enden zu wollen.

Als sie barfuß und mit zerzaustem Haar in Dennors Zimmer stolperte, aus dem die Schreie kamen, waren Lista und Caitha bereits dort. Dennor krümmte sich auf dem Bett, der Schweiß floss in Strömen über seinen zitternden Körper.

»Haut ab!«, schrie er. »Ich hab gesagt, *haut ab*!« Dann verbarg er das Gesicht in den Händen und weinte. »Die Wände! Die Wände bewegen sich! Sie kommen näher und wollen mich zermalmen!«

»Gütige Göttin, was ist das?«, sagte Lista. »Er will sich nicht anfassen lassen.«

»Es ist die Schwellenkrankheit«, erwiderte Shaya. »Du kannst dich glücklich schätzen, wenn du nicht weißt, was es ist. Geh, hol einen Krug Wasser ... und einen Becher. Er hat seinen zerschlagen. Caitha, wirf bitte einen Blick in den Kräuterschrank. Wir müssten noch ein Fläschchen *Kirian* haben. Es riecht wie ... Nein, riech nicht dran. Bring mir einfach alle kleinen Flaschen.«

Dann setzte sie sich auf die Bettkante und redete mit fester Stimme auf den Knaben ein. »Dennor, hör zu. Ich weiß, was mit dir los ist. Ich habe es selbst gehabt. Es tut schrecklich weh, aber wenn wir es richtig behandeln, geht es vorbei. Jetzt sieht es so aus, als wärst du verrückt, aber du bist es nicht. Hast du mich verstanden?« Sie wusste nicht genau, ob sie zu ihm durchdrang. »Du bist nicht verrückt.«

Als Mellina einige Minuten später in den Raum stolperte, gelang es Shaya, Dennor auf die Beine zu stellen. Sie nahmen ihn zwischen sich und führten ihn in seinem Zimmer herum.

Es war eine lange Nacht. Als der Morgen graute, saß Shaya erschöpft neben dem völlig ausgelaugten, langsam einschlafenden Knaben. Er war zwar noch desorientiert, aber ruhig. »Wenn ich so bin, bestraft mein Vater mich immer. Er sagt, ich bin weich und hysterisch und würde noch als Sandalenträger enden.«

Shaya hätte gern geantwortet, dass es Schlimmeres gab, doch stattdessen sagte sie: »Nein, du hast *Laran,* und das ist gewiss keine Schwäche. Dein Körper muss sich nur daran gewöhnen. Man muss sehr stark sein, um es zu ertragen. Morgen bringe ich dir bei, wie man es beherrscht. Wenn du einschlafen willst, erzähle ich dir von *Dom* Esteban Alton, der früher Hauptmann der Garde war und noch heute der beste Fechter aller Zeiten ist. Aber die größte Schlacht, die er je geschlagen hat, um seine Tochter vor den Katzenmenschen zu retten, hat er vom Bett aus geführt – mit Geisteskraft.«

Am nächsten Tag sah Dennor bleich und elend aus. Mellinda und Dorelle hätten ihn, wenn er sie gelassen hätte, gern verhätschelt, aber er führte sich rüde und verdrießlich auf und nutzte jede Gelegenheit, die Methoden der »Frauen« (das Wort war eindeutig mit Abscheu beladen) zu verhöhnen, die offenbar ihren Platz in der Welt nicht kannten.

Am Nachmittag rief Shaya ihn zu sich. »Ich weiß, dass du nicht hier sein willst, Dennor, aber mir wird nun klar, dass es richtig von Magwyn war, dich uns anzuvertrauen. Was letzte Nacht mit dir passiert ist, kann einen Menschen umbringen, wenn er nicht richtig behandelt wird. Dein Vater hat eindeutig keine Ahnung, was die Schwellenkrankheit ist. Oder er respektiert sie nicht. Wir geleiten dich sicher hindurch, und ich werde dir alles beibringen, was du wissen musst, um dein *Laran* einzusetzen, ohne dir und anderen dabei zu schaden. Man sollte dich am besten in einen Turm schicken, aber dazu haben wir nicht die Macht.«

»Ich soll in einen Turm gehen? Die Leute da sind doch die Geißel der Domänen! Sie verwandeln gesunde junge Männer und Frauen in ...«

Shaya unterbrach ihn. »Wie ich sehe, zitierst du deinen Vater. Tja, selbst ich habe meine Schwierigkeiten mit den Türmen, wenn auch aus anderen Gründen. Aber darum geht es nicht. Es geht darum, dass jemand dich lehren muss, dein *Laran* zu beherrschen, damit es nicht dich beherrscht. Und ich schätze, ich werde dieser Jemand sein. Verstehst du?«

Es war das richtige Argument. Dennor nickte.

»In Ordnung. Wir sollten deine Ausbildung verschieben, bis die Schwellenkrankheit hinter dir liegt, aber ich fürchte, dazu fehlt uns die Zeit. Siehst du den Stein hier? Schau bitte in ihn hinein. Es wird dir zwar nicht gefallen, aber ich bin sicher, du bist stark genug, mit dem Gefühl umzugehen, das er in dir erzeugt.«

Mit schamlosen Appellen an die Vorstellung, die der Junge von Männlichkeit hatte, lockte sie ihn durch die erste Lektion. Die mentale Verbindung, die sie mit ihm einging, traf sie wie ein Schlag. Das Erlebnis, Dennor in ihrem Geist zu spüren, war für sie, als stünde sie am Rand eines Wirbelsturms, der rücksichtslos mit unerhörten Emotionen und stürmischem, unkonzentriertem Willen um sich schlug.

An diesem Abend wurden keine Beschwerden über das Essen laut. Dennor stopfte den Gemüseeintopf und das Nussbrot in sich hinein, als sei es die beste Mahlzeit, die er je gegessen hatte. Shaya erging es nicht anders.

In den folgenden beiden Dekaden kam es zu weiteren Attacken der Schwellenkrankheit. Normalerweise stellten sie sich nach besonders heftigen Wutanfällen und ungebärdigem Benehmen Dennors ein, aber sie wurden seltener und weniger regelmäßig. Shaya war zwar nicht glücklicher darüber, dass er sich bei ihnen aufhielt, aber sie hatte seinen Schutz und seine Ausbildung als grimmige Pflicht akzeptiert und musste zugeben, dass der Knabe bei der Arbeit mit der Matrix wahre Begabung zeigte. Caitha unterrichtete ihn jeden Morgen im Fechten. Sie hatte nicht nur Spaß daran, sondern es freute sie auch, dass Dennors herablassende Haltung gegenüber kämpfenden Frauen nachließ. Wahrscheinlich war seine Geringschätzung nur der Versuch, seine Scham zu übertünchen, da es ihm wiederholt versagt blieb, seine Lehrerin zu besiegen.

Allmählich nahm alles eine gewisse Regelmäßigkeit an. Dennor absolvierte seine Morgen- und Abendlektionen, ging nach dem Abendessen in sein Zimmer, und die Frauen versammelten sich verstohlen zu einem Matrixkreis. Der Knabe passte sich der unerwünschten Vormundschaft zwar an, doch sein Verhalten blieb gereizt und rebellisch, so dass er die Geduld der Entsagenden auf eine harte Probe stellte. Bei Dorelle und Mellina, die glaubten, man müsse Kindern gegenüber sanft sein, äußerte sich die Anspannung dadurch, dass sie ihren Unmut an ihren Mitschwestern ausließen. In Shaya kulminierten Frustration und Verletzung an dem Tag, an dem die ansonsten kritiklose Mellina sie wütend »unerträglicher Herrscherallüren« bezichtigte.

An diesem Abend gelang es den Angehörigen des Matrixkreises, ihren Geist fester zusammenzuschließen als je zuvor: Sie brachten ein Zwergchervinekalb dazu, von seinem Muttertier Nahrung anzunehmen, womit sie mehr oder weniger dazu beitrugen, es vor dem sicheren Tod zu bewahren. Dennoch empfand Shaya keinen Grund zu übermäßiger Freude. Sie nahm die anderen nur bedingt wahr, als höre sie hinter den Bergen das schwache Tosen eines nahenden Tornados.

Am nächsten Tag schimpfte Lista Dennor aus, weil er gedankenlos durch den Gemüsegarten gerannt war und mehrere fast reife Melonen zertrampelt hatte. Der über den Tadel wütende Knabe drehte sich zu ihr um und schrie: »Lass mich in Ruhe, du böse Zauberin! Ich könnte euch alle fortjagen lassen!« Seine Stimme wurde schrill vor Wut. »Es ist schon schlimm genug, dass ihr widernatürlich seid und anständige Menschen euch nicht dulden! Aber ich weiß auch, dass ihr Hexen seid. Ihr seid ein Hexenkreis! Ich sehe euch nachts in meinem Kopf! Da hockt ihr alle um einen Sternenstein herum und tut böse und ungesetzliche Dinge. Wenn ich es erzähle, könnt ihr euch freuen, dass man euch nicht verbrennt!«

Lista kam in Tränen aufgelöst zu Shaya. Sie war wirklich verängstigt. »Die Dörfler da draußen sind konservativ und abergläubisch. Was ist, wenn er so was tatsächlich herumerzählt?« Shaya beruhigte sie. »Ich werde mal mit ihm reden und ihn davon überzeugen, dass er alles nur während der Schwellenkrankheit geträumt hat. Aber wir müssen vorsichtiger sein.

Wir versammeln uns erst wieder, wenn er fort ist. Bitte, Avarra, lass es bald sein.«

Shaya war nicht überrascht, als sie in der Nacht von einem durchdringenden Schrei aus Dennors Zimmer geweckt wurde. Nach solch schwierigen Tagen brach die Schwellenkrankheit häufiger aus. Während die Frau aus dem Bett schlüpfte und ein Gewand anzog, lauschte sie nach weiteren Schreien oder dem hysterischen Schluchzen, das manchmal darauf folgte. Doch diesmal war alles still. Dann rief plötzlich eine erschreckte Stimme: »Shaya! Shaya! Wach auf!«

Sie erwischte den Knaben, als er ihr im Korridor entgegenstolperte.

»Bleib ruhig, *Chiyu,* es ist alles in Ordnung. Komm, ich bring dich wieder ins Bett.«

»Nein!« Er wehrte sich und riss sich los. »Meine Großmutter! Irgendetwas Schreckliches ist passiert. Sie ist verletzt. Sie stirbt. Wir müssen zu ihr. Wir müssen schnellstens zu ihr.« Seine Augen waren geweitet; panisch riss er an Shayas Arm.

Die Frau bemühte sich, ihre Müdigkeit abzuschütteln. »Du hast nur geträumt, Dennor. Es war nur ein Alptraum. Beruhige dich doch.«

»Nein, es ist *kein* Traum. Du musst mir glauben. Ich habe es gespürt. Ich habe sie in meinem Geist gesehen, mit meinem *Laran.* So, wie ich dich und die anderen im Matrixkreis gesehen habe.«

Shaya zuckte zusammen. Sie musste ihn ernst nehmen, auch wenn sie sich nicht eingestehen wollte, dass seine Visionen zutrafen. »Trotzdem«, sagte sie scharf, »musst du dich beruhigen. Selbstbeherrschung ist die oberste Regel all dessen, was ich dich gelehrt habe. Wenn es stimmt, was du sagst, musst du dich beherrschen, um deiner Großmutter zu helfen.

Kontrolliere nun deine Gedanken. Zeig mir, was du gesehen hast.«

Sie stand im dunklen Korridor, nahm Dennors Hände in die ihren und verband ihren Geist mit dem seinen. Wie immer ließ die Sturmhaftigkeit seiner Gedanken sie wanken. Sie bekämpfte die Übelkeit und brachte ihn und sich zur Ruhe. Schließlich erlebte sie seinen Traum oder seine Erinnerung nach: *Domna* Delleray kippte hilflos nach hinten, dann folgte ein stechender Schmerz an der Schläfe. Sie ließ ihren Geist in die Ferne greifen, tastete um sich, sandte einen Hilfeschrei an jenen, der ihr am nächsten war, ihren einzigen Enkel. Dann fiel sie der Bewusstlosigkeit anheim ... oder dem Tod.

»Nein«, beharrte Dennor, der Shayas Gedanken auffing. »Sie ist nicht tot. Ich würde es wissen. Aber wir müssen schnell zu ihr.«

Lista, die plötzlich neben der Wortführerin stand, sagte mit ruhiger Stimme: »Ich hole die Pferde.« Shaya glitt aus der Verbindung und erblickte die um sie versammelten Gildenschwestern. Auch sie hatten die Lage sofort erfasst.

»Zieh dich schnell an«, sagte sie zu Dennor. »Du brauchst Schuhe und einen warmen Umhang. Beeilt euch, alle.« Niemand wäre auf die Idee gekommen, zurückzubleiben.

Nach endlos langer Zeit, die jedoch viel kürzer war, als sie glaubten, trotteten sechs Pferde den schmalen Weg hinunter, der zum Fuß des Berges führte. Glücklicherweise war der Mond Liriel aufgegangen, und zwei andere schickten sich gerade dazu an. »Wir müssen gleich hinter der Brücke auf den kleinen Pfad abbiegen!«, rief Dennor von vorn. »Seit dem Tod meiner Mutter lebt Großmutter auf dem Besitz meines Vaters allein in einem Landhaus! Bei ihr ist nur eine Zofe, und Iniya ist taub.«

Vor der Tür des Landhauses sprangen sie von den Pferden.

Caitha lief voraus, klopfte und rief: »*Domna* Magwyn! *Domna!* Iniya! Ist niemand hier?« Dennor war nur wenige Schritte hinter ihr und vergeudete mit Klopfen keine Zeit. Er zog einen langen Holzschlüssel aus einem hohlen Baum und hatte die Tür im Nu geöffnet. Da stolperte ihnen auch schon im Hausflur die mit einem zerknitterten Nachthemd bekleidete Zofe entgegen und schwenkte ein Schüreisen. Als die arme benommene Frau Dennor erkannte, ließ sie die Waffe fallen und starrte die Entsagenden an.

»Iniya!«, schrie Dennor. »Wo ist Großmutter?«

Ein leises Stöhnen antwortete ihm, dem sie in den nächsten Raum folgten. Magwyn lag am Fuß der Treppe, eine Gesichtshälfte war voller Blut. Iniya stieß einen kurzen Schrei aus und eilte an die Seite ihrer Herrin. Shaya bückte sich daneben und zog sie zurück. »Meine Schwester Lista soll sie untersuchen, *Mestra*«, sagte sie. »Sie ist Hebamme und Heilerin.« Dies war natürlich eine Lüge, aber so konnte sie am besten vertuschen, dass Lista die beste Überwacherin der Gruppe war. Iniya wurde hinausgeschickt, damit sie in kochendem Wasser einige belebende Kräuter einweichte. So hatte Lista Gelegenheit, Magwyns Verletzung zu untersuchen.

Mit der pragmatischen, leidenschaftslosen Disziplin, die sie erlernt hatte, meldete sie: »Lady Magwyn ist übel gestürzt, doch ihr Rückgrat ist unverletzt. Sie hat keine inneren Verletzungen, nur einige Hautabschürfungen. Das Schlimme ist, dass sie sich den Kopf gestoßen hat und an einer inneren Blutung leidet. Wenn sie nicht bald aufhört zu bluten – und ich glaube nicht, dass es von selbst geschieht –, trägt sie einen irreparablen Hirnschaden davon. Dann wird sie in zwei oder drei Stunden sterben.«

Dennor fing an zu weinen. »Sie darf nicht sterben. Sie ist die Einzige, die mich je geliebt hat. An meine Mutter kann ich mich nicht erinnern. Ich kann sie nicht auch noch verlieren.«

Dorelle nahm ihn in die Arme. Zum ersten Mal wehrte er sich nicht. »*Chiyu*, für jeden von uns ist irgendwann die Zeit gekommen. Deine Großmutter hat viele gute Jahre erlebt, nun wird sie sanft und ohne Schmerzen von uns gehen. Und du wirst dich immer an ihre Liebe erinnern.«

Dennor befreite sich von ihr und schaute Shaya an. »Ihr könnt ihr helfen. Ich weiß, dass ihr es könnt. Benutzt eure Zauberkräfte – oder beherrscht ihr nur Tricks, die man bei Festlichkeiten vorführt?« Seine Worte und sein provozierender Ton tarnten einen gequälten Appell.

»Es ist viel mehr, als wir je versucht haben«, sagte Shaya voller Zweifel. »Ich weiß nicht mal, ob ein geschickter Turmkreis sie retten könnte.«

»Was haben wir zu verlieren?«, fragte Lista.

»Eigentlich nichts.« Shaya legte eine Hand auf Dennors Schulter. »Wir werden es versuchen ... Aber alles hängt von Avarras Willen und Gnade ab.« Sie musterte das schmerzerfüllte, blutige Gesicht, das so stolz und ehrlich gewesen war. »Auch ich möchte, dass sie weiterlebt. Das musst du verstehen, Dennor. Aber manchmal reicht es nicht aus, wenn man nur etwas will und sich bemüht.«

Sie trugen *Domna* Magwyn in ihr Bett und gaben Iniya zu verstehen, dass sie nicht gestört werden wollten. »Das gilt auch für dich«, sagte Caitha und schob Dennor zur Tür. »Wenn wir alles getan haben, was wir können, schicken wir nach dir.«

Der Knabe sträubte sich. »Ich möchte euch helfen. Ich möchte beim Kreis dabei sein.«

Caitha schaute Shaya stirnrunzelnd an.

»Ich fürchte, es würde nicht klappen«, sagte Shaya sanft. »Wir fünf haben zusammen geübt und wissen, wie wir unser *Laran* vereinigen müssen. Du bist nicht ausgebildet genug und würdest uns nur stören.«

»Aber du hast gesagt, ich war sehr gut mit dem Sternenstein. Bitte, lass mich mithelfen. Braucht ihr nicht alle Kraft, die ihr kriegen könnt? Ich bin stark. Ich tue auch alles, was du sagst.«

»Dennor«, erwiderte Shaya ernst, »selbst wenn du fest zu unserem Kreis gehören würdest, müsstest du diesmal draußen bleiben. Deine emotionale Verbindung zu deiner Großmutter könnte unsere Arbeit stören. Und wenn sie stirbt, während du mit uns verbunden bist, ist es vielleicht mehr, als du ertragen kannst.«

»Nein, nein, ich muss.« Dennor war den Tränen nahe.

»Wenn sie stirbt, ohne dass ich mit versucht habe, sie zu retten, werde ich immer glauben, es wäre meine Schuld gewesen, weil ihr mich nicht habt helfen lassen. Wenn ich zum Kreis gehöre und wir versagen, weiß ich, dass Avarra es so gewollt hat.«

Seine Worte waren nicht ganz falsch. Shaya erkannte es und spürte, dass die anderen es bestätigten. Außerdem konnten sie seine Kraft brauchen. Andererseits war die Verbindung mit dem Jungen eine stürmische Angelegenheit. Konnte er die heikle Aufgabe stören, die ihnen bevorstand?

Mellina zog sie beiseite. »Bitte, Shaya ... Frag dich, ob du nur deswegen Nein sagst, weil du nicht gern mit ihm zusammenarbeitest. Wenn dies der Grund ist, überlege es dir noch mal.«

Shaya seufzte. »Ich fürchte, du hast Recht. Wir werden unser Bestes geben – alle sechs zusammen.«

Shaya holte Dennor als Letzten in den Kreis. Sie wollte die Kraft der ihr vertrauten Fünferverbindung spüren, bevor der Knabe sie wie ein Tornado durcheinander wirbelte. Zuerst Listas Sonne, dann Dorelles Schnee, schließlich Caithas Brise und das Sternenlicht und die Rätselhaftigkeit Mellinas – alles zusammen verwoben, fest, stark, unverwüstlich. Nun griff ihr Geist ganz sanft zu Dennor hinaus und holte ihn hinzu ...

Der Schlag riss alle auseinander. Dorelle fiel sogar keuchend zu Boden. Die anderen schauten, als hätten sie eine Ohrfeige bekommen.

»Was ist passiert?«, fragte Dennor verwirrt. »Hab ich was falsch gemacht?«

»Es liegt nicht an dem, was du getan hast«, erläuterte Shaya. Die Bestürzung in der Stimme des Knaben rührte sie. »Du hast eben eine Natur, an die wir nicht gewöhnt sind. Na schön, Leute ...« Sie tastete die Gruppe konzentriert mit Blicken ab. »Bevor wir aufgeben, versuchen wir es noch einmal. Ich kenne ihn besser. Das macht es vielleicht einfacher für euch.«

Sie schaute erneut in ihren Matrixstein, dann griff sie zu Dennor hinaus. Er bemühte sich, seine psychische Energie zurückzuhalten. Shaya freute sich zwar über sein Tun, aber sie wusste, dass genau diese Zurückhaltung zugleich auch die Kraft minderte, die er ihnen geben konnte; dass sie mit allen sechsen so arbeiten musste, wie sie wirklich waren. Sie musste auf die Verbindung vertrauen oder es ganz sein lassen. Also verband sie sämtliche Geister mit dem seinen und öffnete sich wie nie zuvor den Turbulenzen, die durch seine Präsenz entstanden. Sie versuchte, sein Chaos irgendwie zu absorbieren. Sie fragte sich einen Augenblick und zum ersten Mal, welche Art Himmel oder Wetter sie wohl selbst darstellte. Dann vergaß sie die unwichtige Frage und fügte die vier anderen nacheinander hinzu. Die Verbindung war ihr unvertraut, wie eine raue See, aber sie hielt. Lista überwachte den Kreis und verkündete, dass sie weitermachen konnten.

Shaya lauschte Listas Angaben über Magwyns Verletzung und ließ das Bewusstsein der gesamten Gruppe in das beschädigte Hirngefäß eindringen. Langsam und so vorsichtig, dass

ein willkürlicher Gedanke sie vom Kurs hätte abbringen können, lokalisierten sie die Wunde, bis sie schließlich die als verletzt ausgemachte Schwachstelle und das unter dem Druck
entweichenden Blutes schmerzende Gewebe fanden. Sofort
machten sie sich an die Arbeit.

Wer machte sich an die Arbeit? Als Shaya sich später an
das Geschehene zu erinnern versuchte, war ihr, als hätte es
nur Substanz und Bewegung gegeben. Die Substanz waren
Zellkörper, Zellwände, die Kohäsion zwischen Gewebe und
sich sammelnden Flüssigkeiten. Die Bewegung war die von
Wind, Schnee, Sternen und Sonnenschein und einer Wildheit,
die alles zusammen zu einem wunderschönen und zielgerichteten Durcheinander vermischte.

Das Ganze war schwer zu handhaben und verlangte die
größten Anstrengungen, die Shaya als Kreiszentrum je erlebt
hatte. Dennors Turbulenzen waren kurz davor, außer Kontrolle zu geraten und die sie verbindende Kohäsion zu zerreißen,
außerdem drohte das pumpende Blut in Magwyns Gehirn die
neuen, von der Kraft und der Führung der vereinten Geister
sorgfältig verbundenen Zellwände zu zerreißen. Gegen diese
Zerschlagung sammelten sie sich und schoben ihren Geist
noch tiefer ineinander, bis Shaya den Eindruck hatte, sie
selbst sei Sonnenschein, Sterne, Frühlingsbrise, Schneefall –
und Tornado. Denn Dennor griff in den Kampf um den Bestand der Einheit ein und richtete all seine Kraft darauf, den
Mittelpunkt zu stabilisieren. Er wollte die Verbindung der anderen ebenso erhalten, wie er das pulsierende Blut in Magwyns Gehirn vernichten wollte.

Es hätte ein paar Minuten oder die ganze Nacht dauern
können. Zu den Elementen und Gefühlsausbrüchen, die mal
stärker und mal schwächer wurden und sich schließlich ver-
banden, gehörte die Zeit nicht. Doch schließlich war es vorbei,
und Magwyn lag friedlich schlafend da. Sie atmete tief und

regelmäßig. Als Shaya den Kreis liebevoll auflöste und die anderen aus der persönlichsten vorstellbaren Intimität entließ, liefen Tränen über ihr Gesicht.

Es dauerte ziemlich lange, bis jemand das Wort ergriff oder ein Bedürfnis dazu verspürte.

Dann sagte eine der Anwesenden, indem sie die Hand einer anderen – ja, es war Shayas Hand – berührte: »*Davon* hast du uns erzählt, nicht wahr? So fühlt sich ein echter Matrixkreis an.«

Shaya nickte. Dann lachte sie leise. »Jetzt weiß ich, warum es so lange gedauert hat. Ich habe die Angehörigen unserer Gruppe *zu* sorgfältig ausgewählt. Wir haben uns so sehr bemüht, liebevoll miteinander umzugehen. Wir haben zu gut zusammengepasst. Was uns gefehlt hat, war ein solcher *Zwist*.«

Dennor grinste nur.

Über Annette Rodriguez und »Gebrochene Schwüre«

Annette sagt, sie lebe mit einem »lebhaften kleinen Engelfisch« zusammen, der (da er zumindest keinen Lärm macht) ein idealer Zimmergenosse sei. Ihre Reaktion auf die Nachricht, dass ihre Erzählung angenommen wurde, lautete »WOW!« Sie hat noch nie zuvor etwas veröffentlicht und einen Abschluss in Biologie, weswegen ich mich ihr sehr unterlegen fühle, da ich es nur geschafft habe, an einem kleinen College in Texas einen Bachelor-Abschluss zu ergattern. Ich bin der einzige mir bekannte Mensch ohne Magistertitel; sie hingegen plant eine Laufbahn in den Fächern Molekularbiologie und Genetik. Annette ist in Kuba zur Welt gekommen und hat keine Kinder, was für unverheiratete Frauen wohl natürlich ist – oder etwa nicht? Es sei denn, man ist Filmstar.

Diese Geschichte beschäftigt sich mit einem Problem der Entsagenden, das von Anfang an zu sehr beunruhigenden Fragen geführt haben muss. Es gibt immer einige Entsagende, die sich verlieben. Seit ich dies zum ersten Mal erwähnte, wurde ich immer wieder in Briefen gefragt, was anschließend aus ihnen werde. Nicht alle können den gleichen Weg beschreiten wie Jaelle n'ha Melora.   MZB

Gebrochene Schwüre

von Annette Rodriguez

Erschöpft von dem eisigen Wind, der aus den Hellers herüberwehte, völlig durchgefroren und vor Schmerz nach einem Hundebiss auf einem Bein hinkend, schleppte Aleta sich dem fernen Licht des Gildenhauses entgegen. Der Abend war gnadenlos gewesen und ließ sie nur noch an ein Obdach denken. Sie hob die schweren Röcke hoch, dankbar für die Wärme, die sie ihr spendeten, und stolperte erneut. Es war vergebens; sie würde es nicht schaffen. Doch der heulende Wind brachte Geräusche mit sich, und da ein leises Rascheln, das ihre Furcht noch steigerte, da sie nicht wusste, woher es stammte.

Banditen? Sie rappelte sich auf. Es war besser, tot umzufallen, als in den Händen solcher Männer zu enden.

Die Lichter des Gildenhauses von Neskaya flackerten zaghaft. Würde man ihr Klopfen überhaupt hören, wenn sie zu dieser späten Stunde kam? Die Leute dort schliefen sicher schon. Ob Zelda noch Wache an der Tür hielt, oder hatte sie ihre Gewohnheiten nach all den Jahren geändert?

Doch die Frage ließ sie nur in kalter innerer Angst frösteln. Würde man sie überhaupt hineinlassen? Ihre Finger waren taub, als sie die Faust ballte, um an die Tür zu klopfen. Niemand öffnete. Die Sekunden schienen sich zu Stunden auszudehnen.

Dann ging die Tür mit einem lauten Klicken langsam auf. Ein warmer Luftzug fegte über die Schwelle. Aleta schaute aus tränenden Augen auf und erblickte den korpulenten Umriss der Türwächterin Zelda. »Ich brauche Obdach«, murmelte sie.

Doch das breite, lächelnde Gesicht, das sofort Mitgefühl ge-

zeigt hatte, war hart und wütend, als es Aleta erkannte. »Du!«
Aus Zeldas Mund klang es wie ein Vorwurf.

»Bitte«, flehte Aleta. »Ich kann nirgendwo anders hin.«

*Ich weiß, ich hätte nicht kommen sollen. Es war falsch. Ich
hätte eine Gefangene bleiben sollen – dort, wohin meine tö-
richte Verliebtheit mich geführt hat.* Doch es war zu spät. Die
Nacht um sie herum brach allmählich herein und griff noch
fester nach ihrem Bewusstsein. Sie wankte und streckte vergeblich die Hände aus, damit sie nicht allzu hart aufschlug.

Vor ihr schwankte eine zweite Gestalt. Kräftige Arme fingen Aleta auf, und bevor sie umfiel, wurde sie hineingetragen.
Die Tür schlug mit einem festen Knall zu. Im gleichen Moment
strömten vertraute Gerüche von Gewürzen, Leder und die Erinnerung an Sicherheit auf ihre Sinne ein.

Jemand drückte ihr eine Tasse an die Lippen, und Aleta
trank. Herber Wein brannte in ihrer Kehle. Sie spuckte und
hustete, dann klärte sich ihr Blick. Dann nahm sie die Tasse
zwischen die zitternden Hände und leerte sie mit mehreren
Schlucken. Doch als sie zu Zelda aufschaute, um ihr zu danken, erblickte sie das angespannte, hagere Gesicht einer Frau
in den mittleren Jahren mit kurz geschnittenem Haar.

»Dann hast du also endlich den Mut zur Rückkehr gefunden«, sagte die Frau so zynisch, dass Aletas Ohren schmerzten.
»Das hätte ich dir gar nicht zugetraut.«

Aleta stellte die Tasse wortlos ab. Die Frau trat hinter sie,
zog die dünne Kapuze zurück, die Aletas Kopf bedeckte, und
enthüllte eine glänzende Schicht kastanienbraunen Haars, das
eine edelsteinverzierte Kupferklammer zusammenhielt. »Dann
hast du also nicht nur unserem Eid entsagt, sondern auch dein
Haar wachsen lassen und seine Geschenke ebenso angenommen wie seinen Schutz.«

»Ich hatte doch keine Ahnung«, erwiderte Aleta. Sie zwang
sich, angesichts der groben Worte nicht zurückzuschrecken.

Die Frau packte Aleta an der Schulter und zog sie herum, damit die Heimkehrerin sie ansah. »Das wagst du mir zu erzählen?«, sagte sie. »Ich habe dich in diesem Gildenhaus zur Welt gebracht. Du bist bei uns aufgewachsen. Du hast den Eid der Entsagenden abgelegt. Du kennst uns und unsere Geheimnisse. All das hast du für einen Mann weggeworfen – und unser höchstes Vertrauen verraten!«

»Ich habe ihn geliebt!«, schrie Aleta und löste sich aus dem schmerzhaften Griff ihrer Mutter. »Er wollte mich als Aleta n'ha Kira nicht haben. Er konnte mich als Freipartnerin nicht akzeptieren. Er ist der Sohn eines Comyn-Fürsten. Für uns gab es keine andere Möglichkeit als *di Catenas*.«

»Es gibt immer eine andere Möglichkeit«, sagte Kira. Sie ging nun auf und ab. »Hättest du uns vor dem Ablegen des Eides verlassen und dich an einen Mann gebunden, wäre es zwar enttäuschend gewesen, aber ich hätte es hingenommen. Doch dein Handeln muss bestraft werden, Aleta. Du hast unseren Eid gebrochen. Wärst du zurückgekommen, hättest deine Strafe angenommen und dich uns wieder angeschlossen – ich hätte dir verzeihen können. Aber du bist bei ihm geblieben und hast unseren Regeln getrotzt. Jetzt kannst du von uns nur noch eins erwarten.«

»Ich weiß«, erwiderte Aleta so leise, dass man es kaum hörte. Die letzten Worte des Eides der Entsagenden hallten in ihrem Gedächtnis wider: *Mögen sie mich schlagen wie ein Tier und meinen Körper unbestattet liegen lassen zur Verwesung ...* Trotzdem speiste die Ungerechtigkeit der ganzen Angelegenheit ihre Antwort.

»Verstehst du denn nicht? Als ich den Eid sprach, war ich noch ein Kind. Ein Kind von fünfzehn Jahren, das von euren mutigen Taten geblendet und in Ehrfurcht erstarrt war. Ich wollte so sein wie du und Dana, meine Eidmutter, die immer mit ihren Kampfnarben geprahlt hat. Aber ich konnte es nicht.

Ich habe mich fremd gefühlt. Bei Alan war es anders. Zu ihm gehörte ich wirklich. Er hat gesagt, ich sei hübsch. Er hat gesagt, er liebe mich.«

Als Aleta fertig war, starrte Kira die leere Wand an.

»Doch am Ende war er eigentlich nicht anders als ihr. Das, was er wollte, war nicht das, was ich bin. Ich habe versucht, mich anzupassen, aber irgendwann war ich dann nur noch eine unwillkommene Fremde in seinem Haus.«

»Dann bist du also noch nicht *di Catenas* an ihn gebunden?«

Aleta schüttelte den Kopf. »Wir wollten uns beim letzten Mittwinterfest in Thendara verbinden, aber ...«

»Aber jetzt bist du hier«, beendete Kira den Satz mit einem dumpfen Seufzer. »Also gut. Es ist eine ernsthafte Angelegenheit, die man nicht mitten in der Nacht zwischen Tür und Angel entscheiden darf. Ich sollte dich den Hunden vorwerfen und sie an deinen Knochen nagen lassen, aber du kannst über Nacht bleiben. Zelda wird dir ein leeres Zimmer zuweisen und dir das besorgen, was du für den Moment brauchst. Es reicht, wenn wir das Für und Wider deiner Taten morgen früh abwägen.«

Aleta stand auf, tat einen Schritt und zuckte zusammen, denn der Schmerz in ihrem verletzten Fuß machte sich erneut bemerkbar. Sie sah das Aufblitzen von Besorgnis in den Augen ihrer Mutter, das jedoch schnell wieder erlosch. Dennoch zwang Kira sie, sich wieder hinzusetzen, damit sie den Fuß untersuchen konnte.

»Ein Hund hat schon einen Vorgeschmack von mir bekommen«, sagte Aleta. Sie versuchte ein ironisches Grinsen, als ihre Mutter den verschmutzten Verband abnahm.

Kira sagte nichts. Sie rief nur nach Wasser, Salben und einem frischen Verband, um die gezackte Wunde mit schnellen, tüchtigen und dennoch sanften Griffen zu versorgen. Das scharfe, akute Stechen, das Aletas ständiger Begleiter gewesen war, verblasste zu einem dumpfen Schmerz. Doch als sie aufstand, um ihrer Mutter zu danken, schubste Kira sie grob beiseite. »Du brauchst mir nicht zu danken. Ich hätte das Gleiche für jedes Tier getan, das in Schwierigkeiten ist.«

Darauf konnte man nichts erwidern. Aleta schaute zu, als Kira hinausging. Obwohl sie am liebsten hinter ihr hergeeilt wäre, um sie so fest zu umarmen, bis der Schmerz und der sie trennende Kummer vergingen, hielt sie sich zurück. Kiras Körperhaltung ließ die Frau abweisend und unnachgiebig wirken.

Plötzlich stand Zelda neben ihr, deren Miene ebenso kalt und ernst war wie die Kiras. »Hier entlang«, sagte sie und deutete mit der Hand durch einen langen Korridor, der zu einem Treppenhaus führte. Aleta folgte ihr widerstandslos und versuchte in heiteren Erinnerungen an längst vergangene Zeiten Trost zu finden. Als sie vor der Treppe stand, fielen ihr die halsbrecherischen Wettrennen mit ihrer damaligen Freundin Melinda ein. Sie waren die Treppe hinabgerannt und hatten jeweils zwei oder drei Stufen auf einmal genommen.

Melinda! Breda, ich hätte dich fast vergessen.

Obwohl Zelda ungeduldig am oberen Ende der Treppe wartete, musste Aleta es wissen. »Ist Melinda noch hier? Oder ist sie in ein anderes Gildenhaus gegangen?«

»Es wäre besser für sie gewesen, wenn sie es getan hätte«, erwiderte Zelda mit einem Anflug von Bedauern. »Sie ist auch dann noch geblieben, als wir genau wussten, dass du nicht zurückkehren würdest. Momentan begleitet sie als Führerin eine Reisegruppe durch die Berge. Es wäre unnötig grausam gewesen, wenn sie jetzt hier wäre und Zeugin deiner Rückkehr würde.«

Aleta nahm die grobe Rede hin, weil sie es nicht besser verdient hatte, aber sie fühlte sich nun noch deprimierter. Dass sie ihre Pflegeschwester Melinda allein gelassen hatte, bedauerte sie wirklich.

Zelda zeigte ihr das Zimmer, schloss die Tür und ließ Aleta mit ihren Gedanken allein. Hatte sie ein Recht zu hoffen, dass Melinda sie mit offenen Armen erwartete und aufnahm, als wäre nichts geschehen? Sie musterte die kargen Wände des Zimmers. Hatte sie überhaupt ein Recht, von ihrer Mutter und ihren Gildenschwestern Mitgefühl zu erwarten?

Die Wände gaben keine Antwort. Aleta sank auf das Bett, und die Erschöpfung des viertägigen Marsches durch das freie Gelände verlangte ihren Tribut. Schlaf war der einzige Trost, den das Gildenhaus ihr in dieser Nacht spendete.

Als sie glaubte, ihr Kopf sei gerade erst auf das Kissen gesunken, rissen die Geräusche hektischer, sich an ihrer Tür vorbeibewegender Schritte sie aus ihren Träumen. Blasser Sonnenschein drang durch die Fenster. Aleta rieb sich den Schlaf aus den Augen und erkannte, dass es früher Morgen war.

Sie stand auf, schüttelte die Falten aus dem weiten Rock und stellte fest, dass sie vollständig angezogen eingeschlafen war. Die Tür war unverschlossen. Die junge Frau öffnete sie, warf einen Blick in den leeren Korridor und begab sich zu der nach unten führenden Treppe.

Im Parterre herrschte Durcheinander. Aleta hörte Stimmen. Der angespannte Tonfall sagte ihr, dass irgendetwas Ungewöhnliches passiert war. Mehrere Frauen näherten sich der Treppe. In ihrer Mitte befand sich eine große junge Frau mit kurzen blonden Locken. Sie schritt mit der Eleganz einer Damgeiß einher. Ihre weiten Amazonenhosen waren verstaubt und fleckig, und unter der zerrissenen Jacke, die in Fetzen um ihre Schultern hing, waren lange rote Kratzer zu sehen.

Aleta drückte sich alarmiert an die Wand, als wolle sie sich verstecken. Doch die Gruppe kam zu ihr hinauf, und nun konnte sie hören, was sie miteinander sprachen.

»Ein Wunder, dass dir nichts passiert ist. Ein Erdrutsch ist eine Todesfalle.«

»Ich habe auch gedacht, nun ist alles aus. Aber offenbar hat die Göttin andere Pläne mit mir. Wir wurden nicht allzu übel zugerichtet. Wir hatten wirklich großes Glück.«

»Nun ja, wenn man den größten Teil seines Proviants verliert, kann man eigentlich nicht von großem Glück reden. Es war schlau, dass ihr zurückgekommen seid, Melinda.«

»Leider war mein Auftraggeber ganz anderer Meinung. Er hat geschäumt und während der ganzen Rückreise herumgebrüllt ...«

Die sich nun ausbreitende Stille war tiefer als die dunkelste Nacht. Melindas Worte verstummten, als sie sah, dass Aleta den Blick rasch abwendete. Sie erbleichte, als sie ihre einstige Gefährtin erkannte. Aleta drehte sich um und kehrte in ihr Zimmer zurück. Durch den Tränenschleier, der ihren Blick trübte, war sie fast blind. Melinda hatte sie gesehen und erkannt. Im ersten Augenblick hatte ihr Gesichtsausdruck Aleta wirklich willkommen geheißen, doch dann hatte sie die Zurückgekehrte mit der gleichen kalten Uninteressiertheit gemustert, die Aleta von ihrer Mutter kannte. Melinda hatte sie verbittert zurückgewiesen.

Aleta hinkte zum Bett. Mit Kiras Grobheit hatte sie gerechnet. Die Feindseligkeit der anderen Entsagenden war nur eine natürliche Konsequenz. Auch diese hatte sie hingenommen. Sie konnte die Frauen sogar verstehen. Doch auf Melindas Feindschaft war sie nicht vorbereitet gewesen. Das war zu grausam und erfüllte sie mit tiefem Schmerz.

Ein Klopfen an der Tür versetzte sie in Panik. War es Melinda? Sie zuckte zusammen. Sie konnte sich einer solchen Tortur jetzt nicht stellen. Zum Glück trat nur Zelda mit einem

Frühstückstablett ein. »Kira lässt dir ausrichten, du sollst runterkommen, wenn du gebadet und gegessen hast«, sagte sie forsch. »Man hat einen Beschluss gefasst.«

Aleta warf einen Blick auf das Frühstück. Der Knoten in ihrem Magen hatte das Hungergefühl längst vertrieben. »Ich bin in ein paar Minuten fertig«, sagte sie. Doch Zelda war schon gegangen, ohne ihre Antwort abzuwarten.

Aleta sackte erneut auf dem Bett zusammen. *Ich muss den Mut aufbringen, mich ihnen zu stellen – was sie sich auch ausgedacht haben, um mich zu strafen. Je eher, desto besser. Wenn doch bloß Melinda nicht hier wäre ... Dann könnte ich die Schande leichter ertragen.* Sie konnte klagen, so viel sie wollte – ihr blieb nichts anderes übrig als aufzustehen und in den Versammlungsraum des Gildenhauses zu gehen.

Korridor und Treppenhaus waren leer. Alle Beweise von Melindas stürmischer Ankunft waren wie ausradiert. Aleta holte tief Luft, um ihre Nerven zu beruhigen. Als sie weggegangen war, war sie doch auch nicht so ängstlich gewesen. Die zwei unter den Domänenfrauen verbrachten Jahre hatten sie verweichlicht. Doch nun, da sie den Gildenschwestern gegenübertreten musste, würde sie nicht beben, damit alle ihre Furcht sahen. Irgendwie würde sie sich dem stellen, was sie erwartete. Sie wusste allerdings, dass ihr Mut wie Glas und damit leicht zerbrechlich war.

Jemand kam auf sie zu. Es war Zelda. »Sie warten auf dich.«

Aleta nickte. Sie wusste es ohnehin. Sie ging durch die Tür in den Versammlungsraum hinein, in dem bereits alle Gildenschwestern anwesend waren. Als sie eintrat, stand Kira auf und gab Dana mit einer Handbewegung zu verstehen, sie solle vortreten. Aleta tauschte einen Blick mit ihrer Eidmutter und konnte auch in deren Augen nichts als unverhohlen feindselige Zurückweisung erkennen.

»Ein Kurier deines Liebhabers ist gekommen«, sagte Kira und verwendete unverblümt den vulgären Ausdruck. »Er ist hier, um dich zurückzugeleiten. Es sieht ganz so aus, als würdest du Alan fehlen.«

Aleta wagte nicht einmal, den Blick zu heben, geschweige denn, ein Wort zu sagen.

»Immerhin ist er zivilisiert genug, kein Heer zu schicken, um seine künftige Braut zurückzuholen«, fuhr Kira im gleichen milden Tonfall fort. »Das ist natürlich inkonsequent. Seine Forderungen stehen nicht über unseren Rechten. Unsere Gesetze besagen eindeutig, dass jemand, der den Eid erwiesenermaßen gebrochen hat, sich unserer Gerichtsbarkeit stellen muss. Wer es nicht tut, dem droht die Todesstrafe.«

»In diesem Fall ist die Sachlage nicht ganz eindeutig«, warf Dana ein.

Aleta schaute schnell auf. Wie kam es, dass jemand zu ihren Gunsten sprach? Doch sie war noch überraschter, als sie ihre Mutter zustimmen hörte.

»So ist es, Dana. Es war möglicherweise ein Irrtum, dass wir eine Person den Eid haben ablegen lassen, die noch nicht reif genug war, alles zu verstehen, was er beinhaltet. Doch nun ist es zu spät, den Schaden rückgängig zu machen. Die Todesstrafe ist zu hart, aber wir dürfen nicht zulassen, dass man den Eid auf die leichte Schulter nimmt. Wir sprechen daher eine andere Strafe aus.«

So schnell Aletas Hoffnung gewachsen war, so schnell nahm sie bei Kiras nächsten Worten wieder ab. »Aleta, du wirst hiermit für tot erklärt. Keine Entsagende darf sich dir nähern, mit dir sprechen, dir helfen oder dir Trost spenden. Du erhältst Hausverbot für alle Gildenhäuser und darfst mit keiner der Unseren Kontakt aufnehmen. Der Name Aleta n'ha Kira wird aus all unseren Unterlagen und Herzen gestrichen. Kehre zurück zu dem Mann, dessen Haushalt du dem unseren vorgezogen hast und setzte nie wieder einen Fuß auf den Grund und Boden dieses Hauses.«

Auf eine Geste Kiras hin wandten alle Entsagenden Aleta den Rücken zu. »Nun geh«, sagte sie zu der benommenen jungen Frau. »Mögest du Trost in der Liebe finden, die dazu geführt hat, dass du die unsere verloren hast.«

Aleta schluckte. Sie konnte die Strenge des Urteils nicht verstehen. Steif ging sie hinaus und wollte kaum glauben, was passiert war. Die Haustür stand offen und schloss sich langsam hinter ihr. *Nein, es kann nicht wahr sein.* Gab es denn kein Vergeben mehr, kein Verständnis?

Auf dem Hof hielten sich mehrere Entsagende auf, doch auch sie wandten Aleta den Rücken zu, als diese in ihre Richtung schaute. Sie war eine Ausgestoßene, ungeliebt und nutzlos; man versagte ihr sogar, sich zu wehren.

Dann näherten sich ihr Schritte. Als sie aufschaute, sah sie einen Mann, Alans Kurier, mit einem Pferd auf sie zugehen. »Ihr sollt mit mir zurückkehren, meine Dame«, sagte er.

Aleta nickte. Hatte sie eine andere Wahl? Was war ihr noch geblieben? Sie ließ zu, dass der Mann ihr beim Aufsitzen half, und fühlte sich zur Unterwerfung gezwungen. Der Kurier stieg auf sein Pferd und geleitete Aleta zwischen den Bäumen hindurch fort vom Heim ihrer Kindheit. Sie hatte es für immer verloren.

Irgendwie vergingen die Stunden, bis die rote Sonne langsam hinter dem Horizont verschwand. Der Wind fing heftig an zu wehen, doch Aleta empfand kein Interesse an all diesen Dingen. Sie war wie eine Marionette, deren Fäden man zerschnitten hatte. Sie spürte keinen Schmerz mehr.

Der Ritt durch den nebelverhangenen Wald wurde von Geräuschen begleitet. Geräusche, die sie, wäre sie wachsam gewesen, geängstigt hätten. Ihr Pferd stieß ein warnendes Wiehern aus, seine Nüstern zuckten, als es die Gefahr witterte.

Doch erst als das Pferd des Kuriers sich auf die Hinterläufe stellte und den Mann wie einen leblosen Sack aus dem Sattel und zu Boden schleuderte, erwachte Aleta aus ihrer Lethargie.

Schatten lösten sich von den Bäumen. Hässliche Männer, die sie in der Finsternis begierig anstarrten, kamen auf sie zu. Die Messer in ihren Händen blitzten wie spitze Fänge. Aleta wollte schreien, aber das Entsetzen schnürte ihre Kehle zu. Sie konnte nur um sich treten und zuschauen, wie der Mann, der sich auf sie stürzte, plötzlich nach hinten fiel.

Sie rammte die Fersen in die Seiten ihres Pferdes und spürte, dass es einen Satz nach vorn machte. Doch irgendjemand griff nach ihrem Reitumhang und zog sie aus dem Sattel. Als sie auf dem harten Boden aufschlug, stockte ihr der Atem. Eine heiße, schwere Hand legte sich auf ihr Gesicht, und Aleta erschlaffte. Es waren zu viele. Sie konnte nicht gegen alle kämpfen.

Jemand drückte sie nieder und zerrte an ihren Kleidern. Sie war hilflos, eine Figur, mit der man spielte. Nun war es ihr egal. Doch als sich der widerwärtig riechende Atem eines Mannes ihrem Mund näherte, rebellierte sie. Es war ihr nicht egal! Sie würde sich nicht unterwerfen. Heißer Zorn blitzte in ihr auf. Die Bewegungen wurden langsamer. Die Gesichter der Männer wurden zu verwaschenen Flecken. Nun steuerte die Ausbildung ihrer frühen Jugend Aletas Bewegungen. Sie war keine schwache, weiche Domänenfrau und auch kein Kind mit großen Augen, das sich wünschte, heldenhaft zu sein und trotzdem bei jedem Versuch versagte. Sie war Aleta. Nicht mehr und nicht weniger. Sie wollte sich nicht länger von allen Leuten herumschubsen und manipulieren lassen.

Der Angreifer schrie in plötzlichem Schmerz auf, als Aleta ein Knie in seinen Schritt rammte. Er rollte sich auf die Seite und stöhnte wie ein Säugling. Die Frau sprang wie eine vorschnellende Feder auf die Beine und rannte los. Sie lief wie der

Wind; wenigstens war sie nun frei von dem Gewicht, dass sie zu Boden gedrückt hatte. Die anderen Männer waren nirgendwo zu sehen. Wenn sie eins der Pferd fand, konnte sie fortreiten und ...

Zwischen den Bäumen kam eine Gestalt auf sie zu. Bevor Aleta sich verteidigen konnte, wurde sie mit dem Gesicht nach vorn zu Boden geschlagen. Ihre Hände griffen in die Erde, und sie wand sich unter der Kraft des neuerlichen Angriffs.

Dann schwang sie wild die Beine hoch und bemühte sich verzweifelt, ihren Häscher abzuschütteln. Doch in ihren Ohren ertönte ein helles, melodiöses Lachen. »He, Aleta. Bei Zandrus Höllen! Hör auf, sonst schlägst du mich noch bewusstlos!«

»Was?« Aleta spuckte aus, setzte sich hin und wurde auf der Stelle losgelassen. »Wer bist du? Was geht hier vor?«

»Wer ich bin? Hast du mich etwa schon vergessen? Ich bin's, *Breda!* Melinda!«

Aleta keuchte auf, als sie hörte, dass ihre alte Freundin sie so persönlich ansprach. »Aber wieso? Ich meine, was machst du hier? Ich bin ausgestoßen! Niemand darf mit mir sprechen.«

»Der Befehl wurde widerrufen«, verkündete eine andere Stimme, die ihr ebenfalls sehr bekannt vorkam.

»Mutter!« Aleta rappelte sich mit einem Schrei auf. »Ich verstehe nicht. Was macht ihr hier?«

Kira schlang die Arme um die bebenden Schultern ihrer Tochter. »Sachte, *Chiya*. In ein paar Minuten wirst du alles wissen. Doch sag mir: Bist du verletzt?«

»Nein, aber ...«

»Pssst«, machte Kira. »Ich hab doch gesagt, dass ich es erkläre. Wir haben bereits vor einigen Tagen erfahren, dass du das Haus des Comyn-Fürsten verlassen hast. Du hattest schon eine beträchtliche Wegstrecke hinter dich gebracht, als zwei Entsagende dich entdeckten und dir folgten, damit dir nichts zustößt. Dann standen wir vor einer sehr schwierigen Entscheidung. Wir haben zwar beschlossen, dich wieder aufzunehmen, aber einer Strafe solltest du nicht entgehen. Immerhin hast du unsere Gesetze gebrochen. Glaub mir, als ich dich so einsam und verloren vor der Tür stehen sah, musste ich mich zusammenreißen, um dich nicht wie ein kleines Kind in die Arme zu nehmen.«

Aleta war sprachlos. Konnte sie den Worten ihrer Mutter trauen? Hatte man ihr nur etwas vorgespielt, um sie zu bestrafen? Wenn es wirklich so war, hatte man ihr Leben und damit sie schon wieder manipuliert. Die Ungerechtigkeit ließ sie schlagartig zornig werden. »Genau deswegen kehre ich nicht zu euch zurück«, schimpfte sie. »Ihr hättet mich wählen lassen sollen, ob ich die Strafe annehme. Ich hatte das Recht dazu. Ihr habt mir die freie Wahl versagt. Ihr seid davon ausgegangen, ich würde mich widerstandslos mit euren Plänen einverstanden erklären und müsse überglücklich sein, wieder zu euch kommen zu dürfen.«

Kira schaute sie an, ohne eine Gefühlsregung zu zeigen. »Wenn du nicht wieder ins Gildenhaus kommen willst ... Was hast du vor? Willst du zu Alan zurückkehren?«

»Nein«, erwiderte Aleta und drehte das Gesicht in die finstere Nacht hinein. Sie wusste, dass dieser Teil ihres Lebens vorbei war. »Er ist wie ihr. Ständig will er etwas aus mir machen, das ich nicht bin. Ich lasse mich nicht zwingen oder überreden, die Entscheidungen anderer gutzuheißen. Ich entscheide selbst, was für mich das Beste ist. Ich wähle die Freiheit.«

Als Aleta die beiden Frauen anschaute, erwartete sie natürlich, Verärgerung und Groll in ihren Gesichtern zu sehen. Doch auch davon wollte sie sich nicht beeinflussen lassen. Zu ihrer Überraschung lächelte Melinda jedoch, und im glücklichen Gesicht ihrer Mutter glitzerten Freudentränen.

»Ich bin so stolz auf dich, meine Tochter«, sagte Kira leise.

»Jetzt verstehst du endlich, was es bedeutet, Entsagende zu sein. Damit hast du den Eid erfüllt, den du abgelegt hast, als du noch zu jung warst, um ihn zu verstehen.«

Melinda trat auf Aleta zu. »Verstehst du denn nicht, *Breda*? Du hast stets andere dein Leben bestimmen lassen. Aber dies ist nicht die Art der Freien Amazonen. Wir wählen unser Schicksal selbst, so wie du es gerade getan hast. Wir verlassen uns auch nur auf uns selbst, wenn wir Schutz brauchen. Niemand hat Anspruch auf uns. Nur dann ist man wirklich frei.«

Aleta verstand. Ihre Wut verrauchte. Ihr war, als hätte sie endlich zu sich selbst gefunden. Nun wusste sie, wohin sie gehörte. Doch plötzlich schienen die Jahre und die Trennung Spuren in Melindas Gesicht hinterlassen zu haben. Aleta hatte das Gefühl, als würde ihr Herz brechen. »Kannst du mir den Schmerz vergeben, den ich hervorgerufen habe, als ich fortging, *Breda*?«

Melinda lächelte. »Nimm meine Hand«, sagte sie, »dann siehst du, dass alles vergessen ist.«

Als Aleta die Hand ergriff, war der warme, freundschaftliche Druck für ihre strapazierten Gefühle wie eine lebensspendende Salbe. Sie drehte sich zu ihrer Mutter um, die nun erneut einen Arm um ihre Schulter legte. »Wo stecken eigentlich diese Kerle?« Sie schaute sich um. »Und der, der mich angegriffen hat?«

Kira tauschte einen Blick mit Melinda und lachte. »Ich fürchte, *Chiya*, du warst ein wenig zu streng mit ihnen. Als wir sie für dieses kleine Abenteuer engagierten, haben wir ihnen erzählt, du seist ein zartes Persönchen und nicht besonders kräftig. Und als dann ein Berglöwe über sie herfiel, sind sie ins Dorf geflohen. Ich nehme an, sie werden in Bälde wieder Gerüchte darüber verbreiten, wie schrecklich die Freien Amazonen sind.«

»Nein«, sagte Aleta und kicherte. »Amazonen sind überhaupt nicht schrecklich. Sie sind wahrscheinlich nur etwas abartig; besonders gewisse Gildenmütter und ihre Jünger. Aber mir fällt trotzdem keine Gesellschaft ein, in der ich mich lieber bewegen würde.«

An Stelle einer Antwort zeigte Kira ein breites Lächeln. »Dann gehen wir also heim, meine Töchter. Und möge uns nie wieder etwas trennen.«

Dem konnte Aleta aus vollstem Herzen zustimmen.

Über Janet R. Rhodes und »Wenn Banshees sehen könnten«

Immer wieder haben Leser mich gefragt, ob es eine Fortsetzung zu *Die schwarze Schwesternschaft* geben wird. Meine Antwort lautete stets: »Nein. In dieser Geschichte wird etwas gesucht, nicht gefunden, und die uralte Geschichte von der Suche nach dem Paradies verläuft traditionell so, dass seine Entdeckung entweder offensichtlich oder unmöglich ist.« Janet Rhodes hat diese Antwort jedoch nicht gefallen, weswegen sie ihre eigene eingesandt hat. Und hier ist sie.

Janet Rhodes' erste Erzählung erschien in *Die Domänen*, und die Autorin ist kürzlich der Vereinigung der Science-Fiction-Autoren Amerikas, der SFWA, beigetreten. Sie lebt in Olympia, Washington, ist im Staatsdienst tätig und arbeitet derzeit an einem Roman, der in ihrem eigenen Universum spielt. MZB

Wenn Banshees sehen könnten

von Janet R. Rhodes

Tief in Gedanken versunken und schwermütig ging Margali n'ha Ysabet durch die Gänge der Stadt der Weisen Schwesternschaft. Alle paar Schritte ballte sie die Hände zu Fäusten und entkrampfte sie wieder. Die dunkelroten Strahlen der Sonne drangen an diesem Spätnachmittag durch die Oberlichter, ließen den Steinboden fleckig wirken und schienen sie zu verfolgen.

Was bedrückt dich so, Bredhyia?, rief eine vertraute Stimme in ihrem Geist. Die Frage ließ Margali stehen bleiben. Sie drehte sich um und ging dorthin zurück, wo ihre Freundin und *Breda* Camilla vor der Tür des schlichten Raumes stand, der ihr Zuhause war. Camilla war groß und hager und wirkte eher wie ein Mann. Sie war eine *Emmasca;* sie hatte sich der illegalen Neutralisierung unterzogen, die nur die *Leroni* in den Türmen beherrschten. Margali und sie hatten den Eid der Freipartner jedoch nicht abgelegt. Margali war diese Bindung, in der zwei Frauen so fest wie Mann und Frau zusammengehörten, erst einmal eingegangen. Aber die beiden waren einander in Liebe und Freundschaft verbunden.

»Wir können später darüber reden, wenn du mit deinen Studien fertig bist«, erwiderte Margali. »Ich möchte dich nicht stören.«

Camilla riss überrascht die Augen auf und klappte das uralte Buch zu, das sie in ihren großen Händen hielt. »Aber ich bin fast fertig. Und du bist mir wichtiger als Dinge, die ich jederzeit erledigen kann.« Sie legte das in Leder gebundene Buch auf einem Steintischchen ab. Margali betrat das Zimmer und ließ die Tür hinter sich ins Schloss fallen.

Während Camilla sie verwundert beobachtete, ging Margali im Zimmer auf und ab. Nach einigen Minuten sagte sie, wobei sie sich zwingen musste, die Worte auszusprechen, die schwer auf ihrer Seele lasteten: »Man will, dass ich zu meinen und Jaelles Töchtern gehe ... Man ... Ich meine Kyntha ... sagt ... ich müsse es tun, um Jaelles Tochter beizustehen ...« Margali hielt inne. Endlich sah sie Camilla an und fuhr dann mit flacher Stimme fort: »Ich kann nicht wieder in die Welt hinausgehen. Als wir nach Jaelles Tod in die Stadt kamen, hatte ich gehofft, ich könnte für immer hier bleiben. Ich kann mich ihrem Kind nicht stellen.«

»Hat unsere Eidmutter dich darum gebeten?«, fragte Camilla.

Margali nickte.

»Was auch geschieht«, fuhr Camilla fort. »Ich werde das alles gemeinsam mit dir durchstehen. Du bist nicht allein.« Sie zog Margali aufs Bett und ihren Schoß und wiegte die Geliebte wie eine Mutter ihr Kind, das aus einem schrecklichen Traum erwacht war. Camilla drückte Margali an sich und streichelte ihre Schultern und ihren Rücken.

»*Bredhyia,* die Mädchen sind Symbole jener Liebe, die Jaelle und du für einander empfunden habt, auch wenn sie von einem Domänenfürst gezeugt wurden.«

»Aber ich habe sie umgebracht!«, rief Margali wütend und schlug mit den Fäusten auf das Bett ein. »Ich habe sie auf dem Gewissen, als hätte ich höchstselbst ihr ein Messer ins Herz gestoßen!« Sie stöhnte auf und rieb ihr vor Angst feuchtes Gesicht an Camillas Schulter. »Dabei war ich ihr so nahe ... Wenn sich doch nur der Boden an dem Abhang nicht gelöst hätte ...«

»Wenn Banshees Augen hätten und fliegen könnten, hätten sie vielleicht die Auswahl unter den Herdentieren und bräuchten nicht die ganze Nacht hungrig im verschneiten Ödland herumzukreischen«, erwiderte Camilla ruhig. »Gnädige Avarra! Es verübelt dir doch niemand, dass du an Höhenangst leidest.«

»Aber Jaelle war mein Leben. Sie war so stark, so viel versprechend. Wenn an diesem Tag überhaupt jemand hätte sterben sollen, dann ich!«

»Es waren auch andere dabei. Keine von uns hätte sie retten können. Bei Zandrus Höllen! Nicht mal *ich* habe versucht, sie zu retten!« Camillas Stimme wurde gefährlich leise. »Man kann nichts anderes sagen, als dass ihre Zeit gekommen war. Vielleicht hätte die gesegnete Avarra sie auch zu sich genommen, wenn wir uns nicht in das kalte Land hinter den Domänen vorgewagt hätten.«

Margali versteifte sich. Sie hätte am liebsten bestritten, dass der Göttin der Geburt und des Todes das Recht zustand, Jaelles Leben zu verkürzen.

»Nein«, fuhr Camilla fort. »Jaelle hätte nicht gewollt, dass du dich für ihren Tod schuldig fühlst. Sie würde es nicht gern sehen, dass du ihretwegen leidest. Sie hätte gewollt, dass du zu Dorilys gehst ...«

»Cleindori«, hauchte Margali. »Als Dorilys klein war, sah sie mit ihrem blonden Haar und dem blauen Kittel, den die Kinderfrau ihr immer anzog, wie eine mit blauen Glöckchen und Pollen bedeckte *Kireseth*-Blüte aus. Deswegen haben wir sie Cleindori genannt, das Goldglöckchen.« Sie lachte traurig. »Manche hielten es für lästerlich, ein Kind nach einem Kraut zu benennen, das man verwendet, um die Kräfte eines *Laran*-Begabten zu katalysieren.«

»Jaelle würde wollen, dass du zu ihr gehst. Jetzt, da sie nicht mehr ist, bist du ihre Mutter. Der Eid der Freipartner macht dich dazu.« Camilla strich eine widerspenstige dunkle Haarsträhne aus Margalis klammer Stirn. »Und deine Tochter Shaya ... Trägt sie nicht Jaelles Spitznamen? Sie hat dich seit ihrem zweiten Lebensjahr nicht mehr gesehen. Ich kann verstehen, wenn die Schwesternschaft möchte, dass du ...«

Margali fuhr zurück. »Wenn das alles wäre, was sie wollen ... Wenn ich nur nach ihnen sehen und mich Jaelles Tod stellen sollte ... Aber nein, sie möchten, dass ich ... Ich kann es kaum aussprechen ... Sie rechnen damit, dass Cleindori die Turmregeln bricht und die Domänen vom Recht Arilinns befreit, über die Matrixarbeit zu bestimmen. Camilla, sie behaupten, sie wird die Matrixarbeit aus den Türmen in die Domänen verlagern. Wenn es dazu kommt ... Schon der Versuch beinhaltet ein enormes Risiko für Cleindori, Shaya und alle, die wir je in Armida und dem Verbotenen Turm waren. Schon die Stadt zu verlassen und Cleindori zu treffen, ist riskant. Wer weiß, was die *Leroni* in den Türmen nun in mir sehen ... Ich wurde im Verbotenen Turm von der Schwesternschaft ausgebildet. Doch in ihrem Hochmut glauben die Türme vielleicht gar nicht an die Legenden von den Kräften der Schwesternschaft.«

Margali hob beide Hände in die Luft. »Ich weiß nicht, was ich tun soll. Ich kann Cleindori nicht in die Augen schauen. Sie muss mich wegen des Todes ihrer Mutter hassen. Und Shaya wird sich über eine Mutter wundern, die zwar nicht tot ist, sich aber so verhält.«

»Glaubst du wirklich, dass sie dich nicht mit offenen Armen willkommen heißen? Margali! Sie werden sich freuen, wieder eine Mutter zu haben ... Ich glaube, Kyntha hat Recht.«

»Was?«

»Kyntha verlangt doch nichts Neues von dir. Sie hat es nicht zum ersten Mal gesagt. Die Schwesternschaft lehrt, dass wir uns von unseren Ängsten befreien müssen, damit sie nicht unser Leben beherrschen. Im Moment ist Jaelles Tod für dich realer als die Stadt oder gar ...« Camilla hielt inne. Sie musste mehrmals schlucken, bevor sie weitersprechen konnte. »Ich liebe dich. Es tut mir weh, dich so sehr leiden zu sehen und zu wissen, dass du lieber an Jaelles Stelle gestorben wärst. Ja ...« Sie brachte Margali, die ihr widersprechen wollte, mit einer

Handbewegung zum Schweigen. »Auch ich wünsche mir, Jaelle wäre noch unter uns. Aber ich habe diesem Wunsch nicht mein Leben untergeordnet. Ich bin deswegen nicht voller Selbsthass. Ich habe mich nicht – zehn Jahre lang – geweigert, meine und Jaelles Tochter zu besuchen. Ich möchte, dass es dir gut geht, Margali. Der Hass frisst dich von innen auf. Es gibt keine Kräuter, die ihn austreiben können. Nur du kannst ihn kurieren. Aber ich werde bei dir sein. Ich werde dir Kraft geben. Ich würde sogar für dich zu ihnen gehen, wirklich. Bitte, lass mich dir helfen.« Camilla verfiel in Schweigen.

Margali hatte ihre Worte kaum gehört. Doch Camillas Liebe und tiefe Sehnsucht, dass ihre Freundin zu sich zurückfand, durchdrang schließlich ihre schlechte Laune. Margali erlaubte ihren vor Angst angespannten Muskeln, sich zu entspannen, und sank in Camillas Arme zurück.

»Man sollte eigentlich annehmen«, murmelte sie, »dass ich all dies nach dem jahrelangen Studium und der Ausübung der Künste der Schwesternschaft ...« Sie zog die Nase hoch. »... längst wissen müsste. Als wir damals hierher kamen, glaubte ich, wir würden sämtliche Antworten finden!«

»Die Reise des Herzens muss Schritt für Schritt erfolgen, man muss die Strecke auf eigenen Beinen und mit dem eigenen Verstand zurücklegen«, zitierte Camilla einen Gesang, der die Lehrlinge der Schwesternschaft täglich bei der Routinearbeit begleitete. »Keine Schwester kann die Reise für eine andere machen. Sie kann auch nicht vorauseilen und den Weg glätten.«

»Denn ich bin unabhängig«, fiel Margali ein. »Mein Herz, mein Verstand und mein Geist gehören mir, nur ich allein im ganzen Universum kenne den Verlauf meines Weges. Er ist unauslöschlich in den Kern meiner Existenz geprägt.«

Camilla küsste Margalis dunklen Haarschopf und drückte sie fest an sich.

Ein Kratzen an der Tür unterbrach ihre Träumerei.

»Margali!« Talethas Stimme drang deutlich in den Raum hinein. »Du bist jetzt mit der Beobachtung dran!«

»Oje«, stöhnte Margali und fuhr sich mit der Hand durch ihr zerzaustes Haar.

»Pssst«, sagte Camilla. »Ich übernehme deinen Dienst. Du ruhst dich aus.«

»Nein.« Margali stützte sich auf ihre wackligen Arme. »Ich übernehme ihn. Es ist meine Pflicht.«

»Aber du bist übermüdet. Und du hast noch nichts gegessen. Übernimm morgen meine Wache, wenn du dich erholt hast.« Die Besorgnis zeichnete Linien in Camillas Gesicht, als sie sich der Tür zuwandte. »Taletha, ich komme. Margali fühlt sich nicht wohl.«

»Nein.« Margalis belegte Stimme trug nicht weiter als zu der *Emmasca*. »Ich übernehme meine Schicht. Es hilft mir, mich vor einer ... Entscheidung zu drücken.«

»Ich würde dir eine Last abnehmen«, sagte Camilla leise.

»Nein, Liebste. Ich muss es tun.« Margali rieb sich die Augen, fuhr erneut mit den Fingern durch ihr zerzaustes Haar, erhob sich vom Bett und strich ihre Jacke glatt. »Sehe ich so schrecklich unpassend aus? Nein?« Und bevor Camilla sie aufhalten konnte, war sie schon zur Tür hinaus.

Als Margali am großen Versammlungssaal vorbeikam, der den Schwestern als Besucherraum diente und in dem sie Hausarbeiten und dergleichen verrichteten, strömte ihr der Duft nach warmem, frischem Brot aus der Gemeinschaftsküche entgegen. Sie ging hinein, um sich ein Stück abzubrechen.

Einige Minuten später bog sie um eine Ecke und trat an einen kleinen Tisch, der vor dem Beobachtungsraum stand. Darauf befand sich eine kupferne Wasserschüssel. Margali schluckte die letzten Brotkrumen herunter, wischte sich die Hände an der Jacke ab und befreite sich dann vom Schmutz der Welt und den sie beunruhigenden Gedanken. Die rituelle Waschung diente dazu, sich von den Anhängseln der Furcht, des Kummers oder des täglichen Einerleis zu befreien, bevor man den Beobachtungsraum betrat, denn es war unklug, seine Probleme mit in die Überwelt zu nehmen, in der Gedanken und Gefühle Substanz hatten. Margali hoffte, dass sie ihren Geist von der Entscheidung befreien konnte, die ihre Eidmutter Kyntha und der Kreis der Zwanzig ihr auferlegt hatten. Wenigstens für die Dauer der Schicht. Solange sie sich in einer weltlichen Ebene aufhielt, konnte sie die kalte, an ihrem Herzen reißende Furcht verdrängen, aber in der Überwelt ... Sie hatte den finsteren, düsteren, ihre Seele mit Kälte erfüllenden Ort seit Jahren gemieden. Natürlich waren ihr die Ursachen bekannt. Einst war sie ihr zu nahe gekommen. Die Finsternis hatte zu ihr hinausgegriffen und ihr Herz mit einer kalten Faust umschlossen. Der Schreck hatte sie sofort aus der Überwelt geworfen, und sie war erst Stunden später in einem schmerzgeplagten Körper aus der Besinnungslosigkeit erwacht.

Leise betrat Margali den sanft beleuchteten Beobachtungsraum. Adela saß reglos und mit geschlossenen Augen auf den Kissen. Ihr Geist war weit fort. Taletha hockte links von dem mit einem Vorhang verhängten Eingang. Sie atmete tief und ruhig und sprach die rituellen Worte, die Adela zurückriefen. Margali ließ sich in ihrer Nähe auf dem Boden nieder. Die junge Frau würde nicht lange brauchen, um von ihrem Beobachtungsposten zurückzukehren.

Obwohl Margali bis dahin nur noch wenig Zeit verblieb, ging ihr Geist auf Wanderschaft. Sie dachte über den Beobachtungsraum nach, in dem die Weisen Schwestern die Aktivitäten der darkovanischen Bevölkerung beobachteten und die Schemata der Klugheit, der Irrtümer, des Fortschritts und des Niedergangs aufzeichneten. Die Schwestern nahmen nur selten Einfluss auf den Geist und veränderten die Vorgehensweise der Darkovaner nur nach reiflicher Überlegung, damit der Planet überleben konnte.

So hatte die Schwesternschaft auch Jaelles und Margalis Leben gerettet, als sie noch zur Gilde der Entsagenden gehört und nichts von der Schwesternschaft gewusst hatten. Vor etwa achtzehn Jahren – *Ist es wirklich schon so lange her?*, dachte Margali – hatte eine schreckliche Flut sie in einer Höhle festgehalten. Jaelle war auf Grund einer Fehlgeburt todkrank gewesen. Die sich dieser Notlage bewusste Schwesternschaft hatte in Jaelle irgendetwas Besonderes gesehen. Ihr innerer Rat, der Kreis der Zwanzig, hatte prophezeit, dass eine noch nicht geborene Tochter jene Türme mit neuem Leben erfüllen konnte, in denen ständig kleiner werdende Kreise ausgebildeter Telepathen lebten. Diese Tochter war zur Bewahrerin ausersehen, zu einer besonders ausgebildeten Frau, welche die psychischen Kräfte der Turmkreise zum Preis lebenslanger Keuschheit dirigierte. Doch war sie auch vom Schicksal ausersehen, das heiligste aller Tabus zu brechen und den Türmen – sowie Darkover! – neues Leben und neue Methoden zu bringen. Diese Tochter sollte die Wissenschaft der Matrixarbeit aus den Türmen holen und in die Domänenstädte verlegen.

Als direktes Ergebnis dieses Eingriffs waren Jaelle und Margali für eine Weile nach Armida gegangen, um bei Callista und Ellemir Lanart sowie ihren Männern und Kindern zu leben. Wie sie waren die beiden Mitglieder des Verbotenen Turms geworden – dem einzigen Telepathenkreis, der außerhalb der offiziellen Türme funktionierte. Der Kreis von Armida hatte mit Methoden gearbeitet, die für die offiziellen Türme unannehmbar gewesen waren. Er hatte nur überlebt, weil er ihren Turm in einer erfolgreichen *Laran*-Schlacht gegen den Turm von Arilinn hatte verteidigen können, dessen Bewahrerin dem Verbotenen Turm jegliches Existenzrecht abgesprochen hatte.

Als Adela von der Reise in die Überwelt zurückkehrte, schüttelte sie sich, warf ihr dunkelblondes Haar zurück und entspannte ihre kalten, steifen Muskeln. Taletha saß neben ihr und hatte, während ihre Schwester die Astralebenen beobachtete, dafür gesorgt, dass sie automatisch weiteratmete und ihr schlagendes Herz problemlos den Blutkreislauf aufrechterhielt. Margali würde für Taletha das Gleiche tun, und später wieder eine andere für sie selbst. Im Beobachtungsraum wachten ständig zwei Schwestern: Die eine beobachtete Darkover, die andere beobachtete die Wachende.

»Wie ist die Lage, Adela?« Talethas Stimme klang für Margalis Laune viel zu fröhlich.

Adela begann gerade ihren Bericht, als neben ihr auf einem kleinen Tisch eine Kerze zu flackern begann – eine Kerze, eine Schicht, eine Beobachterin, so lautete der Lehrgesang. »Die Überwelt ist ziemlich ruhig«, sagte sie. »Es gibt einige Aktivitäten in der Turmübertragung. Von Turm zu Turm gibt es nicht viel Verständigung. Aber ich habe in der Gegend des Arilinn-Turms etwas Eigentümliches aufgefangen.«

Margali erhöhte ihre Aufmerksamkeit, ohne sich durch eine körperliche Bewegung zu verraten.

»Dorilys Aillard, die Bewahrerin des Turms, befindet sich in einer Notlage.«

Margali zitterte, doch nicht etwa, weil die Schwesternschaft darauf bestand, den Familiennamen einer Bewahrerin auszusprechen, statt jenen zu benutzen, den der Turm ihr gegeben hatte.

»Ich glaube nicht, dass *ihr* Kreis es schon weiß; sie ist stark abgeschirmt. Aber sie ist in die Überwelt eingetreten und eine

Weile um die Turmmarkierung geschritten. Der Kreis hat uns aufgetragen, besonders auf sie zu achten.«

Bei Zandrus neun Höllen, wütete Margali stumm. *Sie hatten Cleindori schon im Blickfeld, bevor Damon und Jaelle sie gezeugt haben! Es reicht wohl nicht, dass der Kreis der Zwanzig sie von uns bespitzeln lässt. Nein! Jetzt wollen sie auch noch, dass ich in die Domänen gehe und sie persönlich ausspioniere! Ah! Kyntha hat das Ganze nur in Plattitüden und Gerede über Abschlussprüfungen gekleidet, damit ich mir beweise, dass Jaelles Tod mich nicht mehr schmerzt. Jaelle, meine Shaya, meine Freipartnerin, meine Seelenverwandte ...*

Margali hielt ihre galoppierenden Gedanken mit grimmiger Entschlossenheit in Schach und hörte zu, als Adela sagte, sie wolle den Kreis über Dorilys Aillards Aktivitäten in Kenntnis setzen, nachdem sie die Ereignisse dieser Schicht protokolliert hatte. Das Wachbuch befand sich gegenüber im Entspannungsraum, in den die Schwestern sich nach der Arbeit zurückzogen, um klebrige Süßigkeiten, Trockenobst und Nüsse zu verzehren. Dies ersetzte die Energie, welche sie während ihrer Vorstöße in die Überwelt einbüßten.

Nachdem Adela gegangen war, entzündete Taletha an der verlöschenden Kerze eine neue und machte es sich auf dem niedrigen Sofa und den Kissen bequem, die ihre Vorgängerin verlassen hatte. Sobald sie sich auf ihre langen Beine gehockt und für die Schicht gesammelt hatte, richtete sie den Blick, wie viele von der Schwesternschaft Ausgebildete, auf die Flamme. Margali leerte ihren Geist, nahm auf den abgewetzten Kissen Platz und trat mit ihrem Matrixkristall in Kontakt. Dann nahm sie die leichte Verbindung auf, die es ihr erlaubte, Talethas Körper zu überwachen und ihn richtig funktionieren zu lassen, solange dessen Besitzerin sich in der Überwelt bewegte.

Talethas Kerze warf tanzende Schatten auf die Wand und

verbreitete ein behagliches Licht. Bald wirkte sie nur noch wie ein Stumpf, und Margali sandte der Beobachterin das Gefühl einer beruhigenden mentalen Berührung, während sie einen sich verkrampfenden Muskel regulierte. Dann ging sie hinaus und benachrichtigte die nächste Beobachterin. Nachdem sie mit der erst kürzlich ausgebildeten Meloran zurückgekehrt war, sprach sie die rituellen Worte, die Taletha in ihren Körper zurückriefen. Die junge Frau zuckte zusammen, reckte und streckte sich ausgiebig wie eine Katze und kehrte ins Hier und Jetzt zurück. Ihre Meldung war kurz und beinhaltete keine besonderen Vorkommnisse.

Margali steckte ihre Kerze an Talethas Stummel an und nahm auf dem Sofa eine bequeme Haltung ein. Sie konzentrierte sich auf die Flamme, atmete mehrmals tief ein, spürte die Reaktion ihrer Matrix und sprang, nachdem Meloran mit ihr Verbindung aufgenommen hatte, in die Überwelt. Es erstaunte sie immer wieder, wenn sie sah, wie die beiden Gestalten unter ihr klein und unscharf wurden. Schließlich verschwanden sie ganz, und Margali trat in die graue Stille der Überwelt ein.

Sie ging in jeder Schicht nach dem gleichen Schema vor – zuerst die Türme und die Übertragung, dann alle ungewöhnlichen Aktivitäten oder der Einsatz von *Laran* unter besonderer Berücksichtigung der »Außergewöhnlichen« des Kreises. Normalerweise genoss Margali die Freiheit einer solchen Schicht. Sie schenkte ihr Zeit, die sie allein verbringen konnte, und erlaubte ihr zu verfolgen, was Darkover außerhalb der isolierten Stadt der Schwesternschaft widerfuhr. Sie betrachtete die Ausdehnung des terranischen Hauptquartiers in Thendara, in dem sie einst als terranische Geheimagentin Magda Lorne gelebt und gearbeitet hatte. Oder sie konnte das Aufwachsen der Kleinen in Armida miterleben, dem Heim der *Leroni* des Verbotenen Turms. Außer Cleindori und Shaya. Diese beiden konnte sie in Arilinn finden, wo sie im dortigen Turmkreis lebten. So viele Dinge hatten sich seit ... Jaelle ... verändert. *Ach, Jaelle!*, dachte Margali. *Meine geliebte Jaelle.*

In der Überwelt regte sich als Antwort auf ihre Trauer eine finstere Schwärze, an diesem Ort fühlbar und real, die ihre eisige Hand ausstreckte und nach Margalis Seele griff. Langsam und unerbittlich zog sie die Frau in ihren riesigen Schlund hinein.

Die Qual, die Margali einhüllte, warf Echos in ihren wirklichen Körper, und ein stechender Schmerz ließ ihren Brustkorb verkrampfen. Im Beobachtungsraum tat Meloran was sie konnte, um die zuckenden Muskeln der Beobachterin zu beruhigen und ihren schweren Atem zu entspannen. Schließlich sandte sie einen hektischen telepathischen Hilferuf aus.

Margali, in der Überwelt und dem lähmenden Griff gänzlich gefangen, wäre am liebsten schreiend losgerannt. Doch nun berührte das Ding tief in ihr eine Stelle, die sie bisher völlig verleugnet hatte. Sie wehrte sich. Doch je mehr sie sich wehrte, desto heftiger wurde das Zerren, das sie immer näher heranzog. Margali unternahm den Versuch, zwischen sich und dem Ort des Bösen eine Wand zu errichten. Sie verschmolz geistige Materie zu einer hohen Steinmauer – Stein auf Stein, höher, als sie blicken konnte. Das Gebilde erstreckte sich von einem Horizont zum anderen und war mit einer Tür, einer Kette sowie Schloss und Riegel verziert. Fest. Doch als Margalis Geist hinausgriff, um die Mauer zu berühren, da sie sich versichern wollte, dass sie ihr auch wirklich Schutz bot, löste sie sich auf: Stein, Mauer, Kette, Schloss – alles verschwand in der Finsternis. Margali wankte dem Scheitelpunkt entgegen, der das Dunkel vom grauen Zwielicht der Überwelt trennte, eine Messerschneide zwischen geistiger Unversehrtheit und Entsetzen. Sie stürzte in das Entsetzen, in die Trauer, ihre Freipartnerin verloren zu haben: Jaelle, die so sehr

Teil von ihr war. Der Schmerz war so stark, als würde ihr bei lebendigem Leib ein Glied ausgerissen. Wenn sie nicht bald etwas unternahm, würde sie in Trauer und Schmerz ertrinken.

Das Entsetzen wich schließlich der Gewissheit, dass sie sterben würde. Als die Finsternis sie verschlang, dehnte sich der dünne Draht des mit ihrem Körper verbundenen Bewusstseins im Beobachtungsraum und drohte zu zerreißen. Margali wusste dank eines schwatzhaften Teils ihres Geistes, dass es nur noch eine Frage der Zeit war, bis sie die Verbindung zu ihrem körperlichen Ich verlor. Bald würde sie bei ihrer geliebten Jaelle sein.

»Jaelle!«, rief sie. »Shaya, Geliebte!« Der Ruf echote durch die Überwelt und erreichte zwei Menschen, die ihr lieb und teuer waren.

Der Schmerz in Margalis Herzen schmolz, als sie ihre Freipartnerin erspähte – Jaelle mit dem wogenden, rotgoldenen Haar, das gar nicht zu ihrem fließenden scharlachroten Gewand passen wollten. *Wie komisch,* dachte sie, *dass Jaelle die Farben einer Bewahrerin trägt.* Da durchzuckte sie die Erkenntnis, dass der hoffnungsvolle Anblick gar nicht Jaelle darstellte. Es konnte nur eine Bewahrerin sein!

Als Margali Kontakt zu ihr aufnahm, schob Dorilys, genannt Cleindori, die Bewahrerin von Arilinn, die Hand über die Kluft der sie trennenden Finsternis. In Sekundenschnelle riss Margali sich zusammen und überwand ihre von Entsetzen gelähmten Muskeln. Sie streckte die Finger aus und erfasste Cleindoris dargebotene Hand.

»Wer bist ...?« Margali keuchte. Dann flüsterte sie »Cleindori« und zitterte erneut. Eine Woge von Schwindel erfasste sie, und sie sah eine dritte Gestalt. Sie war dunkelhaarig und schlank und gesellte sich in einer Insel aus Licht zu Cleindori und ihr ...

»Shaya!«

»Mutter!«, rief Shaya und schlang die Arme fest um Margalis Hals. Und obwohl Margali wusste, dass Shaya sich körperlich im fernen Arilinn aufhielt, hatte sie das Gefühl, als hielte sie ihre Tochter wirklich in den Armen. »Mutter! Es ist so lange her, und wir haben uns solche Sorgen gemacht! Seit Tante Jaelle gestorben ist, haben wir nur etwas von Ferrika gehört.«

Margali schüttelte sich, und Cleindori formte mit der Kraft ihrer Gedanken aus dem Stoff der grauen Welt eine Bank. »Komm«, sagte sie und zog Margali heran, damit sie sich neben sie setzte.

»Tante ...« Cleindori verwendete das Wort, das einst »Mutters Schwester«, »Geehrte Frau der Generation meiner Mutter« und »Freipartnerin meiner Mutter« bedeutet hatte. »Was ist passiert, dass du dich in diese Gefahr begeben hast? Warum hast du nach deinem Ruf nicht gewartet?«

Erst jetzt wich Margali zurück, um das Gesicht der Bewahrerin besser sehen zu können. »Ich habe euch nicht gerufen!« Verbitterung verhärtete ihre Stimme. »Ich habe ... Jaelle gerufen.« Margali konnte Cleindori und Shaya, die zu ihren Füßen saß, nicht anschauen.

»Hast du etwa vergessen, dass deine Tochter, meine Schwester, Shaya heißt? Du hast gerufen. Wir haben es gehört und geantwortet.« Als Cleindori Margalis Blick auffing, wich sie zurück. In den Augen ihrer Tante sah sie viel älter aus als siebzehn Jahre. Aber schließlich war sie eine Frau, eine Bewahrerin und in Arilinn ausgebildet worden.

»Tante Margali ... warum hast du keinen Kontakt mit uns aufgenommen? Warum bist du fortgeblieben? Ich weiß, dass die Schwesternschaft dich nicht daran gehindert hat.« Als Cleindori Margalis entsetzten Blick bemerkte, fuhr sie fort: »Mach dir keine Sorgen, dein Geheimnis ist sicher. Wir wissen nur wenig. Aber Ferrika hat uns etwas über die Schwesternschaft erzählt.« Und als fiele es ihr erst jetzt ein, fügte sie hinzu: »Es ist nicht genug, um es an jene weiterzugeben, die dir schaden könnten.«

Nun kam Margalis Prüfung. Nicht erst in zehn Tagen oder in Monaten. Nein, jetzt! Ihr Mund öffnete und schloss sich lautlos. Sie legte die Hände auf ihre Oberarme. Es wäre ihr fast lieber gewesen, die Finsternis hätte sie erstickt. Und doch war Cleindori hier, voller Liebe, Respekt und Stärke. Und ... ja, sie musste es zugeben, sie hatte auch viel von Jaelle.

Margali sackte nach vorn und hauchte: »Ich hatte Angst.« Sie streckte die Arme aus, drückte Cleindori fest an sich, warf Shaya einen verlegenen Blick zu und sprach weiter. »Ich war so wütend, weil Jaelle nicht mehr da ist. Es hat mir so weh getan. Wäre doch nur ich an ihrer Stelle gestorben. Ich hätte ihren Tod verhindern müssen. Wenn die Klippe nicht gewesen wäre ... die große Höhe ... hätte ich sie retten können. Sie war mein Leben. Ohne sie war mir, als sei ich verstümmelt.«

Sie saßen eine ganze Weile schweigend da und weinten erleichtert vor sich hin.

Schließlich sagte Cleindori leise: »Auch ich habe geweint, als ich vom Tod meiner Mutter erfuhr. Ich habe vor Schmerz und Enttäuschung geweint und war zugleich verärgert, weil sie mich verlassen hatte. Dann haben Vater, Ellemir und die anderen mich an ihre Talente erinnert, an ihr Lachen und ihre Fröhlichkeit, an ihre Sturheit, an ihre Liebe für dich und mich und daran, dass sie mir das Leben geschenkt hat. Sie ist nun fort, aber wir sind da, um weiterzumachen.«

Margali schaute die Kindfrau verwundert an.

»Seit zehn Jahren schmerzt mich ihr Tod nicht mehr, Margali. Sie hätte es so gewollt. Das weißt du doch. Ich muss arbeiten. Du musst arbeiten. Lass Jaelle ihren eigenen Weg nehmen.«

Margalis Geist echote: »Keine Schwester kann einer anderen den Weg abnehmen ...«

Cleindori wich ein Stück von Margali zurück, um zu sehen, welche Wirkung ihre Worte hatten. Und in die herrschende Stille hinein bat Shaya mit dunklen, von Tränen erfüllten Augen: »Mutter, komm bitte nach Hause.«

»Ja, Shaya, meine Kleine«, sagte Margali zurückhaltend. »Ja, es ist Zeit.« Sie stand auf und schaute in die Ferne, als dächte sie nach, als suche sie nach etwas.

Das Zittern begann mit einer winzigen Gänsehaut und einem Kitzeln, das die Haare auf ihren Armen und Beinen aufrichtete. Dann schlotterten ihre Glieder und sie erbleichte.

»Tante Margali!«, rief Cleindori. »Was ist? Was ist los mit dir?«

»... so kalt. Es war schwierig ... so viele ...« Margali machte eine hilflose Geste.

Die besorgte Cleindori nahm eine rasche Bewegung vor und ließ ihre geschickten Hände über Margalis Astralleib wandern. »Gnädige Avarra, Margali! Du bist in einer Krise! Was hast du ... Ach, es ist unwichtig. Wir bringen dich zurück in die Stadt. Du musst zurückkehren. Ich helfe dir ...« Sie stützte die Tante von links, und Shaya gesellte sich zu ihnen. In Gedankenschnelle erreichten sie ein eigentümliches Gebilde im Überweltgefüge.

»Wir können dich nicht weiter begleiten«, sagte Cleindori. »Aber du kennst nun den Weg. Ich hoffe, du kommst sicher zurück. Besuch uns in Arilinn, sobald du kannst. Ich habe wunderbare Neuigkeiten.« Cleindori übersandte Margali schnelle Bilder von ihr und Lewis-Arnad Lanart-Alton. Die beiden waren auf eine Weise zusammen, auf die eine Bewahrerin nicht mit einem Mann zusammen sein durfte. Als Cleindori und Shaya Margalis erschreckten Blick sahen, kicherten sie. »Schau nicht so überrascht!«, sagte Cleindori tadelnd. »Du warst doch lange genug im Verbotenen Turm, um zu wissen, dass Liebe nicht verboten sein darf – nicht einmal für die Bewahrerin von Arilinn!«

Sie und Shaya schoben Margali auf eine verschwommene Tür zu, die sich in der grauen Landschaft bildete. »Geh jetzt – deine Schwestern rufen dich.«

Margali hörte das Krächzen der Krähen wie aus weiter Ferne und erkannte, dass die ungestümen Vorboten des Kreises der Zwanzig seit geraumer Zeit an ihren Gedanken nagten.

»Komm zurück, Margali«, rief Kynthas Stimme. Dann stimmten die Anwesenden den Gesang an, der eine Beobachterin aus der Überwelt zurückrief. Unter ihnen erkannte Margali auch Meloran und Camilla. *Aber warum?*, fragte sie sich, als sie durch den Türrahmen stolperte und in ihren Körper krachte. In einem Moment der Klarheit begriff sie, dass der halbe Kreis der Zwanzig sich in den Raum gequetscht hatte und Meloran mit großen, erschreckten Augen in der fernsten Ecke hockte. Dann zuckte ihr Körper heftig hin und her, warf sie zu Boden und ließ sie die Besinnung verlieren.

Nach einer Weile vernahm Margali das gedämpfte Summen der ängstlichen Stimmen der anderen. Wie durch eine Nebelwand wurde ihr bewusst, dass ihr schwindelig war und ihre Schläfen pulsierten. Der Rest ihres Körpers erschien erstarrt und taub zu sein. Irgendjemand – sie nahm an, ihre Eidmutter – untersuchte sie sanft.

»Hier, Kyntha.« Sie war es also wirklich! »Das bringt sie wieder auf die Beine.«

»Trink das, Margali«, befahl Kyntha. Dann zog sie Margali auf ihre verschränkten Beine und nahm ihren Kopf in die Armbeuge. Margali schluckte. Bahhh, das Zeug brannte in der Kehle! Sie stöhnte auf, schob das ekelhafte Fläschchen schwach von sich und rutschte von Kynthas Schoß.

»Margali!«, rief Camilla. »*Breda!*« Camillas starke, knotige Hände hoben Margali auf ihren Schoß. Die Zurückgekehrte schaute in das tränennasse Gesicht der *Emmasca* und kuschelte sich in die Arme ihrer Freundin.

»Ich muss sie jetzt sondieren, Camilla. Ich muss sehen, wie die Droge wirkt. Wenn sie sich so an dich klammert, beeinflusst du meine Fähigkeiten. Ich muss sie berühren.«

Margali spürte die geistige Berührung ihrer Eidmutter. Dann zog Kyntha Hände und Geist zurück und hockte sich mit einem zufriedenen Seufzer auf die Fersen. »Sie hat die Krise jetzt überstanden. Wir können sie in den Heilungsraum bringen. Allerdings muss sie in den nächsten Tagen genau beobachtet werden.«

Camilla hob schützend die Hände, und als Kyntha es bemerkte, klopfte sie ihr ungelenk auf die Schulter. »Du kannst so lange bei Margali bleiben, wie du möchtest. Ich schicke Llewellyn mit Suppe und Brot vorbei; das Abendessen ist längst kalt.«

Kyntha ließ den Blick durch den Raum schweifen und schaute sämtliche Anwesenden an. »Wird Zeit, dass wir zu dem zurückkehren, was noch übrig ist. Wenn du nichts dagegen hast, Mutter«, sie nickte Mutter Judyth zu, »erstatte ich dem Kreis morgen Bericht, nachdem ich mich noch mal mit Margali unterhalten habe.«

Als Mutter Judyth nickte, stand Kyntha auf und gab Camilla ein Zeichen, ihr mit Margali zu folgen.

Sie betraten den Heilungsraum. Camilla bugsierte Margali zum nächsten Sofa, half ihr aus einigen Kleidungsstücken, die sie achtlos fallen ließ. Schließlich war sie mehr an Margalis Wohlergehen interessiert als daran, wo deren Stiefel oder Strümpfe landeten. Margali ließ sich aufs Sofa fallen und bereute ihr Tun. Die plötzliche Bewegung ließ den Raum wanken und sich heben.

»Margali!«, rief Camilla angesichts ihrer erblassten Freundin besorgt. »Bist du in Ordnung?«

»Ja«, sagte Margali leise, während sie die Zähne zusammenbiss und hoffte, dass ihr Magen sich wieder beruhigte. »Mir ist nur von dem Trank schwindelig, den man mir gegeben hat. Igitt!«

»Was ist passiert?«, sagte Camilla, als sie die Decken um Margali richtete. Dann wandte sie den Kopf, um nachzuschauen, ob Kyntha schon eingetroffen war. Schließlich sagte sie, nun leiser: »Es heißt, du hättest in der Überwelt Schwierigkeiten gehabt. Man hat mich gerufen.« Sie spitzte die Lippen und schnaubte. »Natürlich konnte ich nur besorgt herumstehen, denn um dich schwirrten schon die Hohen und Mächtigen herum. Sie haben auch nicht gerade den Eindruck gemacht, als wüssten sie mehr als ich. Was ist mit dir passiert?«

»Das wüsste ich allerdings auch gerne«, ertönte es von der Tür.

Die beiden Frauen zuckten beim Klang von Kynthas Stimme zusammen. Margali bedauerte die Bewegung sofort, und Camilla tarnte ihr plötzlich schlechtes Gewissen, indem sie an den Decken zupfte.

»Ich weiß nicht, ob sie schon mit dir reden kann«, sagte Camilla kehlig, denn sie war unsicher, ob Kyntha etwas mit Margalis Notlage in der Überwelt zu tun gehabt hatte.

»Ach«, sagte Kyntha nur, und der etwas schrille Ton ihrer Worte deutete an, dass sie überrascht und irritiert war. »Sie hat sich also nur so weit erholt, dass sie dir erzählen kann, was passiert ist, nicht aber ihrer Eidmutter?«

Camilla runzelte die Stirn. Margali ächzte. »Ist schon in Ordnung, Camilla. Ich rede mit ihr. Vorausgesetzt, ich brauche mich dabei nicht zu bewegen.«

Llewellyn trat mit Knollensuppe und Brot ein. Also rückten sie Stühle, Decken, Kissen, Hocker und Nahrung umher, bis

Camilla aufgerichtet am Ende des Sofas hockte und Margali sich mit einer händewärmenden Suppenschale wieder darauf niederließ. Kyntha saß auf einem Lehnstuhl am Kopfende des Sofas. Nachdem Llewellyn ihre Arbeit getan hatte, ging sie leise hinaus.

Während des Essens berichtete Margali, woran sie sich erinnerte. Als sie fertig war, wusste sie allerdings nicht genau, was Kyntha dachte.

Camilla hingegen war bestürzt. »Margali! Du wärst beinahe gestorben!«, stieß sie hervor. »Und Cleindori. Eine Bewahrerin von Arilinn mit einem Alton!«

»Das reicht, Camilla. Margali, das hast du gut gemacht.«

Die *Breda* tauschten überraschte Blicke. »Ruh dich jetzt aus. Ich habe dich für die nächsten Tage vom Dienstplan gestrichen. Schon dich und sammle neue Kräfte.« Und als fiele es ihr erst jetzt ein, fügte Kyntha hinzu: »Der Kreis der Zwanzig möchte dich vielleicht noch sehen, bevor du nach Thendara aufbrichst. Sprich mit niemandem über das, was geschehen ist.«

Plötzlich erfüllte der Alarmruf der Krähen den Raum. Kyntha stand sofort auf und richtete ihre Aufmerksamkeit nach innen, um eine Eilmeldung des Kreises zu empfangen. Sie öffnete die Augen, runzelte besorgt die Stirn und setzte sich gleichzeitig in Bewegung. Dann sagte sie mit einer Schärfe und Dringlichkeit, die Margali von ihr nicht kannte: »Die Namenlosen nähern sich der Stadt. Wir müssen die Mauern bemannen. Wir brauchen *jede* Hilfe. Kannst du gehen, Margali?« Ohne auf eine Antwort zu warten, eilte sie aus dem Raum und schritt kerzengerade durch den Korridor, während Camilla ihre Einwände hervorstotterte.

Margali schob schon die Decken zurück.

»Du kannst nicht gehen«, sagte Camilla und drückte sie auf ihr Lager zurück.

»Ich muss. Wir alle müssen!«

»Nein, es geht dir nicht gut. Du musst dich ausruhen und wieder zu Kräften kommen.«

Margalis Verärgerung nahm zu. Sie ballte die Fäuste, bis sich die Fingernägel in ihre Handflächen bohrten. »Die Namenlosen haben Jaelle umgebracht! Verstehst du denn nicht? Es ist Zeit, ihren Tod zu rächen! Ich muss kämpfen!«

Camilla gab erschrocken ihren Widerstand auf und half Margali in die Kleider. Als sie langsam durch die leeren Korridore gingen, um die Kräfte der Geschwächten nicht zu vergeuden, nahmen sie ihre Waffen an sich und schritten zur Stadtmauer.

Die Schwestern standen ruhig vor den Mauern, welche die Stadt der Weisheit umgaben. Aus dem Süden, über Eis und Schnee, näherte sich ein Heer schwarz gekleideter Frauen. Sie waren bewaffnet, denn die Namenlosen setzen ihren Willen nur mit körperlicher und geistiger Gewalt durch. Sie hatten nie gelernt, sich auf der psychischen Ebene zu bewegen.

Camilla und Margali zogen ihre Kurzschwerter. Es war Jahre her, seit die beiden sie zuletzt in einer Schlacht eingesetzt hatten. Doch noch ehe die Schwerter aus der Scheide glitten, ließ ein drängender Schrei sie innehalten. Mutter Judyth eilte rasch an ihre Seite. »Wir müssen Hass und Furcht vergessen, Kinder. Auch die Waffen der Angst. Einzig der Hass führt diese Bösen zu uns. Liebe und Solidarität werden unsere Stadt sichern und erhalten.«

»Aber sie haben Waffen und werden sie auch einsetzen!«

»Sie sollen erfahren, wie wenig ihre Waffen ihnen gegen die Schwesternschaft nützen.« Mutter Judyth stand hoch aufgerichtet vor den *Bredhyia*. »Margali, du musst jeden noch verbliebenen Hass in dir freigeben. Du musst dich von dem Fluch befreien, der dich in all den Jahren verzehrt hat. Beende das, was du heute in der Überwelt begonnen hast.«

Camillas Kinnlade sackte herunter. Margali schaute die gewählte Führerin der Schwesternschaft verdutzt und verzweifelt an. »Dazu fehlt mir die Kraft, Mutter.«

»Dann musst du sie finden, oder wir gehen unter. Der Hass in dir hat dieses Übel angezogen.«

Margali holte tief Luft. Nun verstand sie allmählich das Unrecht, das sie sich, Camilla und den Kindern angetan hatte. Als sie sich Cleindori, Shaya und ihren Ängsten in der Überwelt gestellt hatte, hatten Letztere angefangen, sich zu zersetzen. Doch der Hass auf die Namenlosen, die direkte Ursache für Jaelles Tod, war noch in ihr. War sie stark genug, um das Böse mit Liebe zu vergelten?

»Ich werde mich bemühen zu tun, was Ihr sagt, Mutter«, erwiderte sie.

»Mehr erbitte ich nicht. Möge die gesegnete Avarra dir die Gabe verleihen, die du ersehnst.« Judyth legte die Hände auf Margalis dunkle Locken, drehte sich um und kehrte zu den restlichen Angehörigen des Kreises der Zwanzig zurück.

Camilla und Margali schauten sich an. Mit heftig klopfendem Herzen lehnten sie ihre Klingen an die Stadtmauer und gesellten sich schweigend zu den Schwestern.

Die Horde der Namenlosen kam näher und reckte Keulen, Schwerter und Messer in die Luft. Bei ihrem Anblick juckte es Camilla, das Schwert wieder an sich zu nehmen, was sie sogleich Margali anvertraute.

»Ich weiß«, sagte Margali. »Mir geht es nicht anders. Trotzdem möchte ich meinen Hass überwinden. Warum ist es nur so schwierig?«

Die ernsten Blicke aus den Reihen der Schwestern in ihrer Umgebung brachten Camilla und Margali zum Schweigen. Sie wandten sich den Angreiferinnen zu.

Die Nähe des Bösen erinnerte Margali an die Schlacht, in der Jaelle umgekommen war. Sie machte einen halbherzigen

Versuch, das Ereignis aus ihrer Erinnerung zu streichen. Je mehr sie sich bemühte, die Vision zurückzudrängen und ihren Geist Hass und Furcht zu befreien, desto schlimmer wurde alles. Obwohl es schon Jahre zurück lag, sah Margali Jaelle vor ihrem geistigen Auge mit Aquilara ringen. Margalis Hand umklammerte das Schwert, das nicht mehr an ihrer Seite hing. Hätte sie ihre Freipartnerin doch nur retten können! Die Verzweiflung stieg wie Gallenflüssigkeit in ihr hoch. Sie musste die Frauen des Bösen bezwingen!

Plötzlich ertönte ein Schrei und riss Margali aus der schrecklichen Erinnerung. Mehrere schwarz gekleidete Gestalten näherten sich der Ostmauer. Die Front der Schwestern wankte, als der Angriff des Bösen begann. Eine, nein, zwei Schwestern fielen unter den Hieben der Angreifenden leblos zu Boden.

Nein!, schrie es stumm in Margali auf. *Avarra, gesegnete Mutter, lass nicht zu, dass dies passiert!* Ihr Magen stülpte sich um. Sie durchforschte ihren Geist schnell nach einer Lösung, nach irgendetwas, das ihr half, das Böse zu bekämpfen. Eigenartigerweise fielen ihr Kynthas Worte ein: »Der Hass, der noch in dir ist, wird dir und uns das Böse bringen. Du musst dich Jaelles Tochter stellen, die nun die deine ist ...« Und was hatte Cleindori sinngemäß gesagt? »Ich empfinde seit Jahren keinen Schmerz mehr ... Man muss sein Leben leben. Jaelle hätte es so gewollt.«

Indem Jaelle Aquilara mit in den Todes gerissen hatte, hatte sie ihren Freundinnen die Freiheit gesichert. Andere hatten auf Grund ihres selbstlosen Handelns weiterleben dürfen. Doch Margali hatte mit Hass und Furcht auf das ihr geschenkte Leben reagiert. Ein ungleicher Tausch. Der Gedanke ließ sie unweigerlich aufstöhnen. Irgendwo tief in sich verspürte Margali plötzlich ein Reißen und einen sengenden Schmerz.

Der Schmerz zerrte immer wieder an ihrem Leib und zwang

sie in die Knie. Je mehr sie ihm widerstand, desto heftigere Wellen der Pein hüllten sie ein. Es tat so weh, dass sie keine Luft mehr bekam. Sie befürchtete, an diesem Schmerz zu sterben. Dann wünschte sie es sich sogar, denn ihr Magen setzte dazu an, in ihre Kehle zu drängen. Der Schmerz! Es war schrecklich! Margali versuchte, ihn abzuschneiden, zurückzudrängen. Sie suchte hektisch nach einer Lösung. »Gütige Avarra, lass eine Lösung existieren!«, schrie sie. Sie wurde mit einem Bild der mit Aquilara ringenden Jaelle belohnt. Margali erlebte erneut das Grauen – Jaelle, die sich auf Aquilara stürzte. Margali tat es ihr gleich. »Nein, nein!«, rief Jaelle. »Ich halte sie auf. Bring die anderen weg!« Dennoch war Margali zu ihrer Freipartnerin gelaufen und vor dem Klippenrand stehen geblieben. Jaelle und Aquilara schlugen sich, dann stürzten sie aneinander geklammert in die Tiefe …

Inmitten des alten Grauens kam Margali der Funke einer Idee. Diesmal wehrte sie sich nicht mehr gegen den Schmerz. Sie ergab sich ihm, wie Jaelle sich Aquilara ergeben hatte.

Der Schmerz wich jäh zurück, und an irgendeiner unbekannten Stelle ihres Inneren spürte Margali, wie plötzlich eine ansteigende Kraft und segensreiche Erleichterung aufwallte. Als die Kraft sie durchströmte, verdrängte sie die letzten Ausläufer des Schmerzes und floss mächtig durch ihren Körper, der nun keinen Widerstand mehr leistete. Der plötzliche Ausbruch warf Camilla zurück, die sich besorgt über die gequälte Margali beugte. Von der Lähmung befreit, richtete Margali sich auf und reckte sich. Jegliche Unschlüssigkeit, alle Fragen, die mit »Was wäre, wenn …« begannen, verstreuten sich und lösten sich auf. Gelassen musterte sie die Angreifer. Dann streckte sie eine Hand nach Camilla aus, die links von ihr stand, und fasste auch die Schwester zu ihrer Rechten an. Die drei hielten sich fest und dann auch alle anderen, bis die

Schwesternschaft einen Kreis bildete, der die ganze Stadt umgab. Energie strömte ungehindert durch die miteinander verbundenen Hände und bildete schließlich einen leuchtenden Schutzschild um sie.

Die erste Angreiferin, die den Schild berührte, zuckte zurück, als hätte sie sich verbrannt. Jene, die versuchten, sich mit Gewalt einen Weg durch die schillernde Mauer zu bahnen, wurden heftig zu Boden geschleudert. Andere reagierten verwirrt und fahrig oder behaupteten, die Stadt der Zauberei sei in einem Feuerball explodiert.

Die Anführerinnen sammelten die Reste ihrer Truppen und rückten noch einmal vor – diesmal kamen sie genau auf Margali zu! Der schützende Kreis der Schwesternschaft wankte kurz, als Margali spürte, dass sich die Hauptlast der Wut der Angreiferinnen gegen sie richtete. Tapfer dachte sie an Jaelle, an das Leben und die Liebe und richtete ihre Gedanken nach innen, bis auch das letzte schwarze Samenkorn des Hasses aufgelöst war. Die freigesetzte Energie strömte aus den verbundenen Händen der Schwestern nach oben und formte die Illusion einer Flammenwand, die sie einhüllte, ohne sie zu verzehren. Die Namenlosen wichen vor dem Feuer zurück, das ihnen nur allzu echt erschien. Dann richtete sich in den wirbelnden Tiefen des Feuers die Gestalt einer Frau in Ketten auf – die Göttin. Die Angreifer schrien entsetzt auf und zerstreuten sich wie trockenes Herbstlaub im Wind.

Mit einem kollektiven Seufzer trennten sich die Schwestern voneinander. Als die Kraft des Kreises nachließ, brach Margali zusammen.

Camilla saß seit Stunden reglos da. Als sie über Margali wachte, zeichnete Furcht ihr Gesicht. Schließlich stöhnte ihr Schützling auf und schlug um sich. »Camilla. Camilla?«

»Ich bin hier, *Bredhyia*«, sagte die Gerufene leise.

Margali nahm ihre Hand, drückte sie, murmelte ein paar Worte und fiel in einen nervösen Schlaf.

Camilla schob mit ihrer großen, sanften Hand eine Strähne aus Margalis Gesicht und sprach ein leises Gebet.

Als Margali zum zweiten Mal aus den Wolken der Ahnungslosigkeit in die Besinnung zurückkehrte, lag sie eine Weile mit geschlossenen Augen da und sammelte ihre Gedanken, die wie Insekten durch den zu kurzen darkovanischen Sommer surrten. Dann machte sie die Augen wegen des Lichts der Kerzen und Lampen einen Spalt breit auf und suchte den Raum ab. Als sie Camilla neben dem Sofa in einem Sessel zusammengesunken liegen sah, musste sie lächeln, und etwas Farbe kehrte in ihr Gesicht zurück.

»Ach, Camilla«, sagte sie leise. »Ich war ... in all den Jahren nicht aufrichtig zu dir ... Ich habe mich selbst gehasst. Ich habe das Leben ohne Jaelle gehasst. Ich habe so wenig Leben mit dir geteilt, wo du mich doch so sehr geliebt hast ...«

Camilla, deren Schlaf so leicht war, dass ihr nicht das geringste Geräusch entging, war plötzlich hellwach und stand eine Sekunde später am Fußende des Bettes. »Margali?«, sagte sie. »*Breda!* Bin ich froh, dass du endlich wach bist! Wie geht es dir?«

»Ach, Camilla«, sagte Margali mit vor Verlegenheit belegter Stimme. »*Kima*«, fügte sie hinzu und stolperte über den liebevollen Namen, den sie nur selten aussprach. Camilla wirkte, als sei sie erfreut und besorgt zugleich.

»Was ist denn?«

»Sind wir ... Ist die Stadt sicher? Sind sie wirklich weg?«

»Ja«, sagte Camilla lächelnd. »Wie geht es dir?«

»Ich bin müde«, sagte Margali leise. »Müde und ... und leer.

Es tut so weh ... Jaelles Tod. Er hat irgendwas mit mir angerichtet.« Sie schaute zu Camilla auf. »Aber jetzt ist der Schmerz weg. Er ist weg, und ich bin leer.«

»Pssst«, machte Camilla. Sie versuchte, Margali mit erhobener Hand am Sprechen zu hindern.

»Nein, Camilla, lass es mich sagen. Ich muss es aussprechen.« Margali versuchte sich aufzusetzen. »Ich habe den Schmerz hinter eine Wand gedrängt und ... und ebenso einen Teil meines Ichs. Es war ungerecht, denn es hat auch dir wehgetan!«

Camilla sagte überrascht: »Wie kommst du denn darauf, Margali?«

»Aber, Kima ... Wenn du ... Selbst wenn wir zusammen waren, wünschte sich ein Teil von mir Jaelle zurück, weil sie ...« Margali schluckte. »Geh mit mir nach Thendara, Camilla.« Sie senkte den Blick. »Ich weiß, wir haben oft darüber gesprochen, aber ich wollte nie. Doch diesmal lass uns als Freipartner gehen.«

»Margali!« In Camillas Augen tanzten kleine Funken.

»Ja, Camilla. Falls du mich nach allem, was war, noch haben willst. Zieh mit mir in die Welt hinaus, lass uns Cleindori und Shaya besuchen. Es ist nicht gut, wenn man weiser ist als alle anderen in der Stadt, aber kein Umfeld und keine Familie hat, mit der man das teilen kann.«

Margali ließ Camillas Hand erschöpft sinken und legte sich aufs Kissen zurück. »Ich bin so müde. Und doch fühle ich mich, als wäre eine riesige Last von meinen Schultern genommen.«

»Ruh dich jetzt aus, Margali«, sagte Camilla. »Ich passe auf dich auf. Ruh dich aus. Schlaf.« Sie tastete Margali mit ihren geistigen Kräften ab, bis sie entspannt eingeschlafen war, dann ließ sie sich mit einem Seufzer wieder in den Sessel fallen und machte es sich bequem.

Als sie sich zehn Tage später in der Kälte des Morgengrauens am Stadttor befanden, atmete Margali kleine Eiswolken aus. Camilla ritt vorn, neben dem Packtier, das in prallen Bündeln ihre Vorräte schleppte.

Die blutrote Sonne Darkovers ging über dem Horizont auf, während Margali und Camilla sich von den anderen verabschiedeten. Dann machten sie sich auf den Weg, der von der Stadt der Weisen Schwesternschaft fortführte. Es war eine lange Reise nach Thendara. Aber sie war nicht annähernd so lang wie die, die Margali bereits hinter sich hatte.

Über Deborah Wheeler und »Ein Mittsommernachtsgeschenk«

Wenn ich die Einsendungen für meine Anthologien lese, gehört es zu meinen größten Freuden, eine Geschichte zu entdecken, von der ich sofort weiß, dass sie brauchbar ist. Ich entdecke gern neue Schreibtalente, aber bis ich zu ihnen durchdringe, muss ich mich durch Unmengen von amateurhaften, unbrauchbaren Seiten lesen. (Ich könnte auch ein viel gemeineres Wort verwenden, aber bis ich über die nächste Kurzgeschichte über einen Vampir mit AIDS stolpere, bleibe ich mal freundlich.) Man weiß von mir, dass ich die Lektüre unaufgeforderter Manuskripteinsendungen mit dem Tauchen nach Perlen vergleiche. Man sichtet Berge von Unrat und stößt manchmal auf eine Perle. Doch meist findet man nur kalte, nasse, glitschige Austern, die nicht mal schmecken.

Doch zu den Belohnungen des redaktionellen Lesens gehören immer wieder vereinzelte Manuskripte, von denen man im Voraus weiß, dass sie druckreif sind. Wären es doch nur alle; aber dies ist wohl ein vergeblicher Wunsch.

Deborah Wheelers Geschichten sind seit *Die freien Amazonen* in sämtlichen Darkover-Anthologien und ebenso in meinen *Schwestern*-Büchern, *Spells of Wonder* und der vierten Ausgabe von *Marion Zimmer Bradley's Fantasy Magazine* erschienen. Sie hat einen Abschluss am Reed College gemacht, besitzt auf wahre Amazonenart einen Schwarzen Kung-Fu-Gürtel, ist Chiropraktikerin und Mutter zweier Töchter.   MZB

Ein Mittsommernachtsgeschenk

von Deborah Wheeler

Nach Gavriela n'ha Alys' Meinung war der Abend vor der Mittsommernacht nicht die beste Zeit, um den dichten Wald zu durchqueren, der an den Venza-Fluss grenzte. Es war warm und mehr oder weniger still unter dem grünen Baldachin und sogar auf den gelegentlich von Wildblumen gesprenkelten Lichtungen, wo die massiven Harzbäume wie Fackeln gebrannt hatten und ihre Nachfolger noch nicht ausgewachsen waren. Die drei Entsagenden waren offenbar die einzigen Lebewesen in jenem Wald, wenn man von einem hier und da in der Ferne auftauchenden Vogel absah. Es gab auch keine Spuren von Banditen, die einer kleinen Gruppe wie dieser gefährlich werden konnten. Um zufällige Begegnungen zu vermeiden, hatte Fiona, die Führerin, eine Route gewählt, die fernab von ihrem Territorium lag.

Hätte Gavi bestimmen dürfen, hätte sie noch einige Tage gewartet, doch auf Fiona und Maire wartete Arbeit in Hali, und sie wusste aus schmerzlicher Erfahrung, dass sie besser nicht allein reiste. Sie hatte Fiona im Gildenhaus von Thendara, wo sie das Hebammenhandwerk erlernte, nicht sehr gut gekannt, doch inzwischen wünschte sie sich, sie wäre ihr nie begegnet. Seit Rosario hinter ihnen lag, zogen Maire und sie Gavi ständig damit auf, dass sie das Mittsommerfest verpassen würden. Manchmal stichelten sie im herablassenden Tonfall von Erwachsenen, die ein Kind schalten, das nur an ungesunde Süßigkeiten dachte. Manchmal aber verletzte sie ihr Gelächter mehr, als die beiden sich vorstellten.

Gavi presste die Lippen aufeinander und wischte die Schweißtropfen ab, die sich auf ihrem glatten, rotbraunen Haar sammelten. Dass sie Männer mochte, stand nicht in Widerspruch zu ihrem Eid. Sie hatte nur geschworen, niemals das Eigentum eines Mannes zu werden. Wenn sie wollte, konnte sie sogar eine Freipartnerehe eingehen, aber die Wahrscheinlichkeit, dass es dazu kam, war ebenso gering wie die, dass man sie zur Bewahrerin von Arilinn ernannte. Wenn man den Eid der Entsagenden und die Hebammenethik bedachte – den Gatten einer Gebärenden mit übertrieben gewissenhafter Redlichkeit zu behandeln –, war die Chance denkbar gering, einem Mann zu begegnen, der ihr Herz rührte. So blieben ihr nur Träume und die Hoffnung auf die Mittsommernacht.

Ich habe meinen Eid nie bereut. Auch wenn ich im Haus meines Vaters geblieben wäre und seinen Wünschen gemäß geheiratet hätte, wäre nichts anders gewesen. Sie wischte sich erneut das Gesicht ab und bemerkte eine einsame Träne unter den Schweißtropfen.

»Lasst uns das Lager heute früher aufschlagen und ein eigenes Fest feiern«, sagte Maire lachend. Sie trat zur Seite, um Gavi vorbeizulassen. Dann hakte sie sich bei Fiona ein.

»Tolle Idee«, sagte Fiona. »In meiner Flasche ist noch etwas Wein.«

Gavi seufzte, ignorierte Maires Kichern und ging allein über den schmalen Pfad weiter. Vorsichtig stieg sie über einen umgestürzten Schößling, blieb stehen und lauschte. Das vor ihnen liegende Gehölz war so dicht, dass der Pfad in einer dichten grünen Wand zu verschwinden schien. Ihr fragmentarisch ausgeprägtes *Laran*, das ihr als Hebamme besondere Empfindsamkeit verlieh, stieß eine schrille Warnung aus.

Maire knallte gegen ihren Rücken und stolperte lachend, doch Fiona wurde auf der Stelle wachsam. »Was ist denn, Gavi?«

»Vor uns ist etwas ... Aber ich kann nichts hören.«

Lautlos zog Fiona das lange Messer aus der Scheide und

baute sich vor den anderen Frauen auf. Ihre spröden Gesichtszüge zeigten nun nicht mehr die geringste Spur von Erheiterung. Als Gavi und Maire ihre Messer zogen, betete Gavi darum, dass sie das ihre nicht einzusetzen brauchte. Sie war nie eine geübte Kämpferin gewesen, und ihr Hebammeneid verpflichtete sie, Leben zu erhalten und zu hegen.

Fiona glitt wie ein dahinfließender Schatten auf dem Pfad voran. Die Zweige teilten sich so elegant vor ihr, als würden sie vom Wind bewegt. Gavi und Maire folgten so leise wie möglich. Kurz darauf hörte Gavi, dass in den Büschen etwas raschelte.

An dieser Stelle verlief der Pfad gerade und war auf eine kurze Distanz deutlich zu überblicken. Fiona blieb stehen und duckte sich kampfbereit.

Ein warnendes Unbehagen baute sich wie ein Druck hinter Gavis Herz auf und alarmierte sie, bis es so wehtat, dass sie am liebsten um Hilfe geschrien hätte. Sie trat vor. »Fiona ...«

Fionas Kopf zuckte herum. Sie befahl ihr zurückzutreten, und im gleichen Moment kam ein junger, dem Knabenalter gerade entwachsener Mann über den Pfad gelaufen. Er war wie ein typischer Waldbewohner gekleidet – Stiefel, eine Lederweste, ein offenes Hemd und weite Hosen –, doch passten ihm die Kleider nicht richtig. Er hielt rutschend an, richtete den Blick auf Fionas Klinge und zog das an seiner Seite hängende Schwert. Dann erblickte er ihr Gesicht, warf das Schwert hin und hob bittend die Hände.

»Ich will euch nichts Böses tun, gute Frauen. Ich bin unterwegs nach Rosario, um Hilfe zu holen. Die Gattin meines Herrn ... Ist eine von euch vielleicht in der Heilkunst bewandert?«

Gavi trat vor. »Ich bin Hebamme.«

»Dann sind die Götter uns eindeutig wohlgesonnen!« Der junge Mann katzbuckelte fast vor ihr. Nur Fionas erhobene

Klinge hinderte ihn daran, sich vor Gavi auf den Boden zu werfen.

»Fiona, eine Frau braucht meine Hilfe ...«, sagte Gavi.

»Maire, heb das Schwert auf. Und du, Junge, zeigst uns den Weg. Und keine Tricks – sonst kriegst du dein eigenes Schwert in den Rücken.«

Als sie den Pfad entlangeilten, erzählte der junge Mann in atemlosen Schüben seine Geschichte. Er hieß Felix und war der Friedensmann Valdrins, des leiblichen Sohnes des alten Fürsten Caradoc of Sweetwater in den Venza-Bergen. Doch dessen *Nedestro*-Onkel hatte das Herrenhaus an sich gerissen und den jungen Fürsten gezwungen, um sein Leben zu laufen ...

An dieser Stelle warf Fiona unhöflich ein: »Die örtliche Politik interessiert mich so wenig wie der Fingernagel eines *Cralmac*. Du hast gesagt, dass eine *Frau* unsere Hilfe benötigt.« Sie versetzte Felix einen Stoß in den Rücken, um ihm zu verdeutlichen, worum es ihr ging.

»Ja, ich verstehe.« Felix hob beide Hände und machte einen Satz. »Seine Freipartnerin ... sie heißt Nyssa ... kommt aus der Gegend oben am Kadarin-Fluss. Sie ist schwanger ... Sie ist nicht sehr kräftig ... Man hat sie aus ihrer Heimat in die Wälder verjagt ...«

Hinter Gavis Augen tauchte ein Bild auf. Das Licht eines Feuers, das den gerundeten, schweißüberströmten Bauch einer Frau vergoldete. Ihr strohblondes Haar flog hin und her, ihre Augen waren vor Schmerz weit aufgerissen. »Ihre Wehen haben zu früh eingesetzt.«

»Ja, woher wisst Ihr das?«, fragte der junge Felix, der noch immer eine respektvolle Entfernung zu Fionas Messer einhielt.

»Sie weiß solche Dinge, weil es ihr Beruf ist«, sagte Maire grimmig. »Was glaubst du denn?«

Sie hatten das Lager ein Stück vom Pfad entfernt aufgeschlagen. Hinter den Büschen standen drei stämmige Chervines. Die hereinbrechende Nacht hatte das Unterholz in Finsternis versinken lassen. Als Felix sich mit einem Ruf meldete, bemerkte Gavi ein primitives Zelt neben dem Feuer aus ihrer Vision. Daneben lagen mehrere Gestalten. Jemand stand auf und kam ihnen entgegen. Ein Mann, der wie Felix die Kleidung der Waldbewohner trug.

Gavis Knie wurden weich. *Nicht mal Aldones persönlich könnte solche Eleganz aufweisen,* dachte sie.

Im schwindenden Tageslicht waren seine Augen grau, aber klar und leuchtend wie ein reinigendes Gewitter, und sein langes, kastanienbraunes Haar lag wie ein Umhang um seine adeligen Züge. Seine Schultern waren zwar breit, aber er hatte schmale Hüften wie ein Tänzer und war nicht im Geringsten beleibt. Als er lächelte und sprach, erfüllten seine Worte sie mit Feuer.

»Evanda möge Euch segnen, *Mestra*. Meine Gattin ...«

Gavi löste ihren Blick mit Gewalt vom Gesicht des Mannes und eilte zu der freien Stelle am Feuer. Auf einem Deckenstapel lag eine Frau, deren Kopf auf einer Rolle gepolsterter Kleider ruhte. Sie trug nur ein schweißnasses Unterkleid, das sich über ihren aufgeblähten Bauch spannte. Gavi kniete sich neben sie und nahm ihre Hand.

»Ich bin Gavriela n'ha Alys, Hebamme aus Thendara. Wie lange liegt Ihr schon in den Wehen?«

Die Frau leckte sich die Lippen und verzog keuchend das Gesicht. Ihr ganzer Körper verrenkte sich plötzlich, ihre Bauchmuskeln traten hervor. Der junge Fürst – wie hatte Felix ihn genannt? Valdrin? – zog ihren Oberkörper hoch, damit sie sich an seiner Brust abstützen konnte, und legte die Hände schützend auf ihre Schultern. Obwohl die Kontraktionen den Körper der Frau noch immer schüttelten, wurde ihr Gesicht weicher, als sie zu ihm aufschaute. Er blickte mit solch unverhüllter Zärtlichkeit auf sie hinab, dass Gavi den Blick abwenden musste.

»Seit gestern Abend«, sagte die Frau mit leiser, doch deutlicher Stimme. Ihre blassen Augen schauten erneut ihren Gatten an, während sich ihre dünnen, sechsfingrigen Hände an seinen Arm klammerten.

»Aber es ist zu früh«, sagte er. »Das Kind sollte erst in zwei Monaten geboren werden.«

»Trotzdem kann es überleben«, erwiderte Gavi so entschieden wie möglich. »Manchmal verrechnen sich die Frauen, wenn es um ihren Zyklus geht. Lasst mich ...« Vorsichtig legte sie eine Hand auf den Bauch der Frau, um die Größe des Fötus abzuschätzen.

Sie wurde von Empfindungen durchströmt, die sie für kurze Zeit blendeten. Die erste, überwältigende, war die Stärke und fremdartige Schönheit des Geistes der Frau. *Sie ist eine* Chieri, *mindestens zur Hälfte, sonst will ich Durramans Esel sein! Aber sie wirkt so weiblich ... Vielleicht deswegen, weil er so männlich ist.*

Die zweite Empfindung war eine stehende schwarze Präsenz an der Stelle, an der die Lebensenergie des ungeborenen Kindes hätte sein sollen.

Gavi hockte sich benommen auf die Fersen. Jetzt war nicht die Zeit, um sich in sentimentalem Geschwafel zu ergehen. Womöglich stand das Leben der Frau auf dem Spiel. Sie zwang sich, Valdrins anziehende Schönheit gänzlich aus ihrem Geist zu verbannen und ergriff Nyssas Hände. Mit ihren blassen Augen schaute sie die Hebamme an, ohne mit der Wimper zu zucken.

»Ihr wisst es also?«

Nyssa nickte. »Ich habe gehofft, ich hätte mich geirrt.«

»Deshalb sind die Wehen so stark«, folgerte Gavi. »Das Kind kann nicht mithelfen.«

»Nyssa«, sagte Valdrin mit leiser, erschreckter Stimme. »Du hast mir nicht erzählt ...«

»Wie hätte ich es tun können? Du wolltest doch so sehr ein Kind. Ah ...« Nyssa schrie auf, als eine erneute Kontraktion sie packte und wie ein Rabbithorn in den Fängen eines Wolfes schüttelte.

Gavi hielt sie fest. »Schaut mich an, Nyssa, schaut mir in die Augen. So ist es richtig; ignoriert alles andere. Schaut nur in meine Augen. Lasst den Schmerz wie ein Sturm sein; seid ein Falke, der sich von ihm tragen lässt. Spürt, wie Ihr auf seiner Kraft dahinschwebt ... Und atmet mit mir zusammen ...«

Die Kontraktionen hörten auf. Gavi rief Fiona und Maire zu, sie sollten Wasser kochen und saubere Tücher suchen. Sie spürte die Umrisse des toten Kindes durch Nyssas dünne Bauchdecke. Es lag nicht mit dem Kopf nach unten, sondern quer. Daher war es unmöglich, das Kind so durch den Geburtskanal zu holen. Falls es doch klappte, würde Nyssa bestimmt sterben.

So ruhig wie nur möglich, erläuterte die Hebamme, was sie tun musste. »Die Muskeln der Gebärmutter halten das Kind in einer ungünstigen Position, also müsst Ihr Euch entspannen, damit ich es drehen kann.«

»Entspannen?«, sagte Valdrin. »Bei diesen Schmerzen?«

»Ihr müsst mir vertrauen, Nyssa, wie schon bei der ersten Kontraktion. Hier, haltet Valdrins Hände und tut, was ich sage.«

Gavi redete weiter in dem sanften, murmelnden Tonfall, den sie in den Jahren ihrer Ausbildung erlernt hatte. Sie legte die Hände auf Nyssas Bauch und spürte, wie sich der Gebärmuttermuskel bei der nächsten gewaltigen Kontraktion spannte. Im gleichen Moment, in dem das Zucken durch Nyssas Körper tobte, tauchte Gavi in die strahlenden Energiefelder ein und linderte den Schmerz von innen. Sie spürte, dass

Nyssa sich der mentalen Berührung wie eine edelsteinverzierte Blüte öffnete ...

Dann gesellte sich ein weiterer Geist zu ihnen. Er war wie dunkle Seide, glatt und subtil, zwar nicht so strahlend wie der Nyssas, aber er blendete sie beide.

Mit geschlossenen Augen drückte Gavi tiefer in die Gebärmutterwand hinein und spürte, dass die Muskeln nachgaben. Das tote Kind, steif und schwach, widersetzte sich ihr. Nyssa stieß einen hohen, keuchenden Schrei aus, der Gavi für einen Moment ablenkte. Als sie ihre Konzentration wieder auf die Totgeburt richtete, spürte sie ein zweites Händepaar über dem ihren; nicht körperlich, sondern geistig. Es erfüllte die Hebamme mit großer Lebenskraft. Gavi spürte das Schlagen seines Herzens und die aus seinen Lenden von seinem in ihren Körper strömende Kraft, die sich bis in ihre Fingerspitzen und Nyssas Schoß hinein ausbreitete.

Als das Kind in die richtige Lage rutschte, war Gavi tief genug, um das Schema der abgestorbenen Zellen zu lesen und sich zu verdeutlichen, dass keine Vereinigung zwischen diesem menschlichen Mann und seiner Halb*chieri*-Frau je Leben hervorbringen konnte. Ihre Ausbilderinnen hatten *letale Rezessivität* als Problem inzüchtiger Comyn erwähnt, aber sie hatte nie geglaubt, dem je zu begegnen.

Einige Minuten später, ihre Hände waren vom heißen Seifenwasser halb verbrüht, griff sie in die sich quälende Frau hinein und dirigierte den winzigen Kopf langsam nach außen. Das tote Kind war sogar für sein Alter sehr klein. Nyssa schrie, als es herauskam. Sie fing heftig an zu bluten.

Gavi hatte keine Zeit zum Trauern. Sie musste schnell handeln, damit es nicht zwei Tote gab. Normalerweise hätte das Stillen des Säuglings die Blutung gestoppt, doch nun strömte Nyssas Lebenssaft in einem heftigen Schwall heraus. Da Gavi nun erneut um das Leben der Frau fürchtete, fing sie intensiv an, ihren Uterus von außen zu kneten. Es bedurfte all ihres Geschicks, die Muskeln so zu stimulieren, dass sie sich nur die zerrissenen Blutgefäße vornahmen, ohne weitere Verletzungen zu erzeugen. Gavi bemerkte kaum, dass Maire das Kind in einen Deckenfetzen schlug und Valdrin reichte.

Es war eine langwierige und vertrackte Angelegenheit, die Blutung unter Kontrolle zu bekommen. Als Gavi es geschafft hatte, war ihr Hemd von getrocknetem Blut und Schweiß bedeckt und ihre Schenkel und Unterarme bebten vor Erschöpfung. Bleich und ausgelaugt lag Nyssa da. Die Frauen hatten sie in die Umhänge aus ihren Beuteln gepackt. Gavi setzte sich zurück und atmete tief ein.

Das Lager war bis auf Fiona und Maire leer. Sie saßen zusammen hinter dem Zelt. Die beiden Männer waren verschwunden. Möglicherweise begruben sie den Säugling.

»Gavi ... Gavriela.«

Die Hebamme trat neben Nyssa und nahm ihre Hand. Die Finger der Frau fühlten sich kalt an. »Ihr solltet jetzt schlafen. Euer Körper braucht Ruhe, damit er heilt.«

»Ich werde nicht sterben?«

»Ich glaube nicht. Das Schlimmste ist vorbei.«

»Aber ich darf nicht mehr schwanger werden?«

Gavi holte tief Luft. Sie hätte lieber gewartet, bis Nyssa stärker war, aber sie konnte ihr Gegenüber jetzt nicht belügen. Sie schaute in ihre blassen, unerschrockenen Augen. »Nein. Nicht von Valdrin. Wahrscheinlich von keinem Mann, der über *Laran* verfügt.«

»Es gibt keinen anderen, von dem ich ein Kind haben möchte«, sagte Nyssa leidenschaftlich. »Und er ... er liebt mich, aber es ist ihm so *wichtig*, einen Erben zu haben, der Sweetwater nach ihm regiert.«

Gavis Gedanken rasten zu ihrem Amazoneneid. »... werde ich kein Kind von einem Manne austragen, es sei denn zu meinem Vergnügen ... kein Kind für eines Mannes Haus oder Erbnachfolger ...« Doch Nyssa hatte keinen solchen Eid geschworen, und mit ihrer *Chieri*-Empfindsamkeit war sie für die tiefen Sehnsüchte ihres Gatten ganz und gar anfällig.

»Ich habe bemerkt, wie Ihr ihn angeschaut habt«, fuhr Nyssa fort. »Und als wir zusammen waren, habe ich gespürt, dass Eure Lebensenergie mit der seinen getanzt hat. Als wir in meinem Körper waren, habe ich den Euren gespürt. Ich weiß, dass Ihr jetzt fruchtbar seid.«

Gavi zuckte zurück. Sie wäre fast umgefallen. Ihre Stimme war plötzlich so heiser wie die einer *Kyorebni*. »Was wollt Ihr damit sagen?«

»Dass Ihr sein Kind für mich austragen könnt.«

Gavi konnte weder geradeaus sehen, noch geradeaus denken, da ein ohrenbetäubendes Brüllen in ihrem Kopf widerhallte. Nyssa richtete sich plötzlich mit verzweifelter Heftigkeit auf und umklammerte Gavis Hände mit eisernen Fingern. »Auf Euren Amazoneneid: *Keine Frau soll je vergeblich an mich appellieren*. Habt Ihr es geschworen oder nicht?«

Der Eid bezog sich auf *andere* Entsagende. Aber wie konnte sie Nyssa beibringen, dass sie ihr keine Loyalität schuldete? Als Hebamme hatte sie geschworen, jede Frau, die sie pflegte, mit aller Kraft aufzupäppeln, zu verteidigen und zu beschützen. Wenn sie schon kein Kind nach eines Mannes Willen gebären konnte, warum nicht das einer anderen Frau? Rettete sie damit nicht Nyssas Leben?

Es würde ein kurzes und süßes Erlebnis sein, ein Traum, an den sie sich ein Leben lang erinnern konnte. Mit ihm zusammen unter dem mondhellen Himmel liegen. In der Nacht des Mittsommerfestes, mit einem Gott in den Armen. Sie stellte sich seine Lippen auf den ihren vor, wie seine geschmeidigen Finger ihre Brüste umfassten. Ihr Herz schlug schneller, ihre

Brustwarzen juckten und schickten winzige Lustwellen durch ihren Leib.

Nyssas Finger zitterten, als sie Gavis Hände festhielt. Sie atmete schnell und leicht, als sei sie schon am Ende ihrer Kräfte.

»Legt Euch hin«, sagte Gavi sanft. »Ihr müsst jetzt ruhen.«

»Nicht, bevor Ihr zugestimmt habt.«

»Ich ...« Die Hebamme wusste nicht mehr, was richtig war. Hier wurde ein Eid gegen den anderen ausgespielt, und ihr sprunghaft zunehmendes Verlangen umwölkte beide. Sie konnte Fiona oder Maire nicht um Rat fragen. Sie kannte die Antwort der beiden genau.

»Valdrin ...«, sagte Nyssa leise. »Wie lange hörst du uns schon zu?«

Gavi zuckte zusammen und schaute sich um. Valdrin stand ein paar Schritte hinter ihr, im Schatten eines niedrig hängenden Astes. Er kam näher, und das Feuer beleuchtete seine Züge. »Lange genug«, sagte er gepresst. »Bist du verrückt geworden, Nyssa? Oder glaubst du, weil ich dich liebe, bin ich dein Spielzeug, das man an jede Frau ausleihen kann, die du aussuchst, ohne an meine Gefühle zu denken?«

Nyssa wimmerte. Ihr Kopf sank auf die Kleiderrolle zurück. Valdrin drehte sich um, als wolle er davonlaufen.

»Hört zu!«, schrie Gavi plötzlich aufgebracht. »Was sie gewollt hat, hat sie nur für *Euch* gewollt, Ihr Holzkopf! Für Euch und den Erben, den Ihr Euch so sehr wünscht. Sie ist bei seiner Geburt fast gestorben. Ist Euch das klar? Und nun zeigt Ihr Eurer Liebsten die kalte Schulter ...«

Valdrin kniete sich wie ein Tänzer neben Nyssa hin. »Verzeih mir, meine Liebe, ich habe es nicht verstanden. Aber ...«

»Aber wenn ich schwanger oder krank wäre und dir nun mal danach zu Mute wäre, würde ich dich zu der Frau schicken, die mir die liebste ist«, murmelte sie und hob die Hand, um sein Gesicht zu streicheln. »Du hast mir selbst erzählt, dass es bei deinem Volk so üblich ist.«

Er drückte ihre Hand an seine Lippen und küsste ihre Finger. Seine glänzenden Augen wandten sich keine Sekunde von ihr ab. »Das war ... eher geprahlt.«

»Aber wahr.« Nyssa schaute Gavi an. »Diese Frau kann dir geben, was ich dir nicht zu geben vermag. Ein schwesterliches Geschenk, mit meinem Segen.«

Zuerst konnte Gavi ihm nicht in die Augen schauen. Es wurde erst anders, als er eine Hand unter ihr Kinn legte und sie in die Arme nahm. Seine Berührung war wie Seide, wie Feuer. Seine Finger streichelten ihre Wange und tasteten über ihre Unterlippe. Selbst im matten Licht des Feuers waren seine Augen so tief, wie sie es nie zuvor gesehen hatte. »Und Ihr? Seid Ihr dazu bereit?«

»Ich weiß nicht.« Gavi rappelte sich auf. Die Steifheit ihrer Knie überraschte sie. *Ich werde alt. Vielleicht ist es meine letzte Chance ...*

Die letzte Chance – in welcher Hinsicht?, fragte sie sich. *Für eine Nacht mit dem Mann einer anderen Frau? Für ein ihrem Vater schon versprochenes Kind, um das Leben zu leben, das er für sie bestimmt? Warum habe ich das Haus meines Vaters verlassen, wenn nicht, um das Recht zu erringen, mein eigenes Leben zu gestalten?*

Er nahm ihre Hand und führte sie in den Wald. »Lasst uns eine Weile gehen und reden. Wir brauchen nichts übereilt zu entscheiden.«

Die vier Monde standen am Himmel und tauchten die Baumstämme in silbernes Licht. Der Wald erschien ihr unnatürlich still. Eine Märchenwelt. Dann sang irgendein Vogel, als glaube er, der Tag sei angebrochen, plötzlich ein Lied.

»Ich kann mir die Schwierigkeit Eurer Lage vorstellen«, sagte er.

»Könnt Ihr es wirklich? Was wisst Ihr schon über meinen Eid und mein Leben?«

»Ich weiß, dass Ihr eine integre Frau seid. Wenn Nyssa ... Wenn die Dinge sich anders ergeben hätten ... Wären wir beide ungebunden gewesen und hätten uns bei irgendeinem Mittsommerfest getroffen, hätten wir uns bestimmt miteinander vergnügt.«

Gavis Herz tat einen Sprung. Er hielt inne, als wäge er ihre Antwort ab. Sie drehte sich um und biss sich in den Handknöchel.

Ich muss einen Abend der Lust gegen einen Eid abwägen, der ein Leben lang gültig ist. Kann ich mich einfach darüber hinwegsetzen, weil ich den Wunsch dazu verspüre? Bin ich auf dem Weg, meinen Eid zu brechen, weil eine Frau im Namen der Schwesternschaft es von mir verlangt? Und wenn der Eid der Entsagenden mir nicht die Freiheit gibt, meinem eigenen Verlangen nachzugeben, wozu ist er dann gut?

Valdrin schien ihr Schweigen für Zustimmung zu halten, denn er legte die Hände auf ihre Schultern und zog sie an sich. Sofort reagierte ihr Körper auf seine überwältigende männliche Kraft. Ihr Herz schlug wie ein gefangener Vogel, ihre Lenden schmolzen wie Butter dahin. Er beugte sich vor und küsste sie.

Gavi hätte beinahe die Arme gehoben, um ihn zu umschlingen, doch sie konnte sich nicht rühren. Zuerst musste sie wissen, was sie wirklich wollte.

»Gefalle ich Euch nicht?«, murmelte er. Sein Atem blies ihr Haar beiseite.

»O doch«, sagte sie leise und wiederholte es lauter. »O doch. Ich habe Euch seit dem Augenblick begehrt, als ich Euch sah. Aber dies ist kein simples Mittsommernachtsgeschenk, sondern es geht um vier Leben. Um Eures, meines, Nyssas und das des Kindes. Ich habe keine Macht über das, was Nyssa und Ihr mit dem euren anfangt.«

Sie löste sich von ihm, und an der Stelle, wo er sie angefasst hatte, zitterte ihr Leib noch immer. »Aber ich habe zwei Eide abgelegt, die ich ehren muss – einen Eid, mein Leben nach meinem eigenen Geschmack zu leben und nicht nach dem eines anderen, so sehr ich ihn auch liebe. Und einen Eid, meine Schwestern zu respektieren, ob sie nun Amazonen sind oder nicht. Nyssa hat mir etwas Unteilbares angeboten. Es würde mir gefallen, wenn Ihr mich so anschauen würdet wie sie, und das ist etwas, das weder sie, noch Ihr, noch Aldones persönlich mir geben kann.«

»Aber ...«, sagte er protestierend. Doch sie unterbrach ihn, da sie halb befürchtete, sie würde alles, was ihr nun klar war, vergessen, wenn er sie noch mal berührte.

»Aber ich könnte das, was Ihr – und sie – mir anbietet, annehmen, wenn es nicht um ein viertes Leben ginge. Ein Leben, das zu verteidigen ich zwei Eide ablegen müsste. Nicht nur, um es vor körperlicher Gefahr zu bewahren, sondern auch vor der Versklavung, der ich entflohen bin. Wenn ich ein Kind bekäme, und es wäre ein Mädchen, könnte es dann sein Leben selbst bestimmen, auch wenn es so aussähe wie das, das ich führe? Oder würde man es mit jenem Mann verkuppeln, von dem Ihr glaubt, er sei der beste, um Sweetwater weiterzuführen?«

»Nein. Wofür haltet Ihr mich?«

»Und wenn es ein Junge wäre, wäre er dann freier oder müsste er auch dann Euer Erbe sein, wenn ihm das Herz nach etwas anderem stünde – nach einem Turm vielleicht, nach Nevarsin?«

Valdrin ließ den Kopf hängen. Trotz des Lichtes der vier Monde wirkte seine Miene finster. »Das könnte ich Euch nicht versprechen.«

»Ich weiß«, sagte sie sanft. »Und wärt Ihr nicht der Mann, der Ihr seid, wäre ich auch nicht so verlockt.« Sie küsste ihn sanft, wie eine Schwester.

»Eure Frau wartet auf Euch. Geht zurück und betet zu Aldones, dass er Euch ihrer würdig macht.«

Nachdem er gegangen war, stand sie zwischen den Bäumen und fragte sich, auf welche Weise sie sich an diese Nacht erinnern würde. Und was aus dieser Nacht hätte werden können. *So viel zum Thema sentimentales Geschwafel!*

Zwischen den Bäumen bewegten sich Schatten. Fiona und Maire traten mit gezückten Messern ins Mondlicht. »Ich sehe, du brauchst doch keine Hilfe«, sagte Fiona.

Gavi runzelte die Stirn. »Fiona, hast du den Wein noch? Dann hol ihn her, und wir feiern zusammen die Mittsommernacht.«

Als sie zum Lager zurückkehrten, stieß Fiona einen Jubelschrei aus, und sie umarmten sich.

Über Joan Marie Verba und »Die Ehre der Gilde«

Joan Marie Verba veröffentlicht seit geraumer Zeit in meinen Anthologien. Ihre erste professionell publizierte Erzählung wurde in *Die Freien Amazonen* abgedruckt. Ihr diesjähriger Beitrag fängt wie eine klassische Mordgeschichte an ...

Joan Marie Verba wurde in Massachusetts geboren, lebt aber seit ihrem vierten Lebensjahr in Minnesota. Über Minnesota weiß ich nur, dass das dortige Klima dem von Darkover ähnlich ist.   MZB

Die Ehre der Gilde

von Joan Marie Verba

Janna n'ha Cassilde begutachtete sorgfältig die vor ihr liegende Leiche. Der Mann hätte nicht tot sein dürfen. Es gab weder Anzeichen von Gewalteinwirkung noch solche einer Krankheit. Sie nahm die an ihrem Hals hängende Matrix aus der Hülle und hoffte, dass ihr *Laran* etwas aufdeckte. Fehlanzeige. Sie packte den Stein wieder ein, schob ihn in die Jacke und drehte sich um, denn sie wollte mit der Gattin des Verstorbenen sprechen. Hinter ihr in der alten, von Zwielicht erfüllten Hütte, in welcher der Tote lag, hatte sich eine schweigende Menge versammelt.

Janna ignorierte die starrenden Blicke. »Ihr behauptet, eine Entsagende hätte es getan, *Mestra*?«, fragte sie die Frau.

»Ganz genau, Irrtum ausgeschlossen. Sie hatte kurzes Haar, trug Hosen und hatte ein Schwert, wie Ihr.« Die Frau zog ihr Kopftuch enger um sich, so dass ihre Züge kaum noch zu erkennen waren.

Janna kratzte sich am Ohr. Die Frau sprach mit einem ländlichen Akzent, nicht das gebildete *Casta* oder den städtischen *Cahuenga*-Dialekt, den sie gewöhnt war, aber sie konnte die Worte verstehen. Die Entsagende wandte sich wieder der Leiche zu. Sie hatte fast erwartet, dass der Tote sich hinter ihr aufrichten würde, aber er lag noch immer so reglos und kalt da wie zuvor. »Sie hat ihn also nur angeschaut, und er ist tot umgefallen?«

»Ja, genau.« Die Worte kamen diesmal langsamer und unsicherer.

»Und es bestand kein Grund, ihn zu töten, sagt Ihr?«

»Nee, nee, kein Grund. Er war nur draußen auf'm Feld und hat sich ums Getreide gekümmert.« Nervös wandte die Witwe den Blick von Janna ab und musterte einen anderen Anwesenden. Er hieß Ruyvil und schien unter den Männern des armen Dorfes zu den prominenteren zu gehören.

»Wenn ihr mich fragt, sind alle Entsagenden verrückt«, stieß Ruyvil hervor. »Der Rat der Comyn sollte die Charta kündigen und euch an Männer verheiraten, die euch so lange auspeitschen, bis ihr wieder vernünftig werdet. Die Trockenstädter machen es schon richtig – sie legen ihre Frauen in Ketten!«

Janna ignorierte ihn. »Euer Verlust tut mir Leid«, sagte sie zu der Witwe. »Auch ich habe einen Freipartner, und er bedeutet mir sehr viel ...«

»Er ist fraglos ein Sandalenträger«, murmelte Ruyvil.

»Falls Eure Familie Hilfe bei der Ernte braucht, werden meine Gildenschwestern und ich tun, was wir können.«

»Nee, danke, *Mestra*«, sagte die Witwe und trat ein Stück zurück, was es für Janna noch schwieriger machte, ihre Gesichtszüge zu erkennen. »Ich hab drei erwachs'ne Söhne, die mir helfen könn'n. Zwei sind Junggesellen.«

Janna streckte die Arme aus, um die Witwe tröstend zu umfangen, aber die kleine Frau zuckte zurück. Also murmelte die Entsagende nur einen freundlichen Spruch und ging hinaus.

Draußen, fern der stickigen Hüttenluft und der vielen Trauernden – Janna zweifelte nicht daran, dass sich die gesamte Einwohnerschaft des Dörfchens darin versammelt hatte –, inhalierte sie tief die kühle, frische Luft. Das Dorf war auf dem Land der Ridenows und fast ebenso weit von den Herrenhäusern der Serrais, Altons und den Trockenstädten entfernt. Mit anderen Worten: völlig abgelegen. Normalerweise gab es in Ortschaften dieser Größe kein Gildenhaus, aber eine bescheiden wohlhabende Matrone aus dieser Gegend hatte sich als Witwe den Entsagenden angeschlossen. Da sie kinderlos war, hatte sie der Gemeinschaft ein Gestüt vererbt, das nun als Gildenhaus und Hauptquartier dieser Gegend diente. Das Gestüt versorgte die anderen Gilden mit Reittieren. Einige Schwestern halfen den Frauen in den verstreuten Dörfern als Hebammen, bereisten regelmäßig die Umgebung und besuchten ihre Kundschaft. Es gab auch einen kleinen Stall und ein Stück Land, auf dem die Entsagenden Futter für die Reittiere und das Milchvieh anbauten und Gemüse anpflanzten, um die Unabhängigkeit der Gilde zu gewährleisten.

Janna war weder hier geboren, noch lebte sie in diesem Ort. Als älteste Tochter der Familie Hastur hatte sie eine gewisse Zeit in einem Turm verbracht, eine Comyn-Ehe jedoch abgelehnt und sich den Entsagenden angeschlossen. Sie wollte selbständig sein und war es auch. In Thendara hatte sie einen Stellmacher als Freipartner genommen, von dem sie Kinder hatte. Inzwischen hatte sie auch Enkel. Sie war in ihrem Leben als Begleiterin und Leibwächterin vieler reisender Comyn-Frauen geritten. Man hatte sie als Fährtensucherin angeheuert. Wenn nötig, hatte sie auch bei der Brandbekämpfung mitgewirkt und mit Angehörigen des Rat der Comyn über Dinge diskutiert, welche die Entsagenden betrafen. Als Mutter Rayna, die örtliche Gildenmutter, die Botschaft nach Thendara gesandt hatte, eine Entsagende habe einen Mord begangen und man benötige Hilfe, hatte das Gildenhaus Janna geschickt.

»Die Witwe ist von ihrem Gatten verprügelt worden, nicht wahr?«, sagte Janna zu Rayna, als sie im Gildenhaus ihren Umhang aufhängte.

»Und zwar sehr oft«, bestätigte Rayna. Sie ging mit Janna aus dem Umkleideraum in ihr eigenes Zimmer. Die Gildenmutter war ebenso gekleidet wie Janna; sie trug Hosen, ein dickes Hemd, eine Weste und Stiefel. »Sie hat sich nicht getraut, ihn zu verlassen, und ich bezweifle, dass sie allzu sehr über sein Ableben trauert. Aber es ist die zweite Leiche in zwanzig Tagen, und ich fürchte, der Rat der Comyn wird sich der Sache annehmen, wenn wir sie nicht bald schnappen. Außerdem sehe ich in allen sieben Domänen Gefahren für den Bestand unserer Charta.« Sie nahm auf einem Stuhl an der Feuerstelle Platz und bedeutete Janna, es ihr gleichzutun.

Die Frau setzte sich. Dabei bemerkte sie, wie müde und wund ihre Muskeln von dem langen Ritt, dem kurzen Aufenthalt im Gildenhaus und dem Fußmarsch vom Haus der Witwe bis hierher geworden waren. Sie hatte weder ihre Reisekleidung abgelegt, noch wusste sie, wo die anderen Gildenschwestern ihr Gepäck und ihr Pferd hingebracht hatten.

»Du hast gesagt, du hättest Liriel nach dem ersten Todesfall angewiesen, im Gildenhaus zu bleiben, und dass sie entwischt ist. Damit hat sie sich zur Gesetzlosen gemacht. Man könnte sie auf gesetzlicher Grundlage zur Strecke bringen.«

Rayna breitete die Arme aus. »Versuch doch, sie zu erwischen.« Sie fuhr sich mit der Hand durchs Haar. Es war, wie das kupferrote Haar Jannas, von grauen Strähnen durchzogen, allerdings war es schwarz. »Liriel war schon eigensinnig und stur, als sie zu uns kam. Sie ist eine *Nedestra* der Familie Ridenow und in einem Dorf nördlich von hier aufgewachsen. Eines Tages stand sie vor der Tür. Normalerweise erscheinen über kurz oder lang die Verwandten hier, um sich nach den Frauen zu erkundigen, die sich uns angeschlossen haben – entweder wütend, wenn die jungen Dinger fortgelaufen sind, oder um sich von ihrem Wohlergehen zu überzeugen, falls sie mit dem Wissen der Ausreißerinnen kommen. Doch nach Liriel hat sich niemand erkundigt.«

»Warum habt ihr sie aufgenommen, wenn sie so rebellisch war?«

»Sie war eben nicht schwierig – jedenfalls nicht am Anfang. Sie wollte unbedingt zu uns gehören und hat ihr Haushaltsjahr mit der gleichen Zielstrebigkeit absolviert wie jede andere Aufgabe. Niemand hat sich über sie beschwert. Sie hat alles fleißig angenommen, was wir sie gelehrt haben – besonders den Fechtunterricht. Als das Jahr abgeschlossen war, hat sie dem Haus gut gedient. Doch dann hat sich langsam alles geändert. Sie hat behauptet, eine Gildenschwester hätte mit ihr gesprochen. Aber die Frau hat es abgestritten. Dann sagte sie, sie höre Stimmen, die aus dem Brunnen kommen. Die Hebammen erzählten, Liriel hätte im Wald behauptet, dass die Bäume und der Himmel zu ihr sprechen.«

»Was habt ihr unternommen?«

Rayna zuckte die Achseln. »Was hätten wir schon unternehmen können? Wir haben versucht, sie zu beschäftigen. Es hat ein wenig geholfen, aber ihr fortwährendes Gerede über Stimmen ging den anderen Schwestern allmählich auf die Nerven. Ich entwickelte den Plan, sie in einen Turm zu schicken, um zu sehen, ob die *Leroni* ihr helfen können, wie sie es manchmal bei schwierigen Krankheiten machen. Aber bevor ich einen Brief abschicken konnte, ging Liriel eines Abends hinaus und brachte Alaric um.«

Janna verlagerte ihr Gewicht auf dem Stuhl. »Wer war Alaric?«

»Er war ein Tunichtgut und hatte in allen Dörfern in der Umgebung einen schlechten Ruf. Die meisten Eltern haben ihre Töchter versteckt, wenn sie ihn sahen. Einige Mädchen – Alaric war immer nur hinter heranwachsenden Frauen her – haben ausgesagt, er hätte sie gegen ihren Willen genommen. Aber er blieb nie lange genug an einem Ort, dass jemand ihn hätte schnappen können. Liriel stand am nächsten Morgen mit blutigen Kleidern vor der Tür und verkündete, Zandru sei ihr erschienen und habe sie angewiesen, Alaric zu ihm zu schicken. Sie war ziemlich ruhig – sie zog sich um, nahm ein Bad und verzehrte ihr Frühstück, während die anderen am Tisch saßen und kein Wort über die Lippen bringen konnten.«

Janna seufzte.

»Es gibt nicht viele, die Alaric vermissen«, fuhr Rayna fort. »Einige Väter der Mädchen, die er vergewaltigt hat, haben gesagt, Liriel hätte nur das getan, was sie am liebsten auch getan hätten. Dabei habe ich ihr befohlen, das Haus nicht zu verlassen, bis ich an die *Leroni* geschrieben hatte. Doch bevor ich den Brief aufgesetzt hatte, ist sie entwischt. Deswegen habe ich eine Schwester zu den *Leroni* und eine andere nach Thendara geschickt. Du warst als Erste hier, doch inzwischen hat Liriel schon wieder getötet.«

Janna rieb sich die Stirn. »Ich habe eine Periode in einem Turm verbracht. Fälle wie dieser wurden den Leuten dort schon früher geschickt. Ich glaube, man wird dir antworten, dass man nichts dagegen tun kann. Es ist vielleicht besser, wenn sie im Wald irgendwelche giftigen Kräuter isst und die Götter sie zu sich holen. Sonst wird sie ein leidvolles Leben führen – entweder angekettet, damit sie nicht wieder tötet, oder draußen in der Wildnis, wo sie sinnlos weiter Menschen umbringt, bis sie selbst einem Mörder zum Opfer fällt.«

Lange Zeit sagte niemand etwas. Schließlich ergriff Rayna das Wort: »Es tut mir Leid. Ich will ganz ehrlich sein: Liriel war mir zwar keine Freundin, aber ich habe in all den Jahren noch nie bei einer Gildenschwester versagt, so schwierig sie vielleicht auch war. Doch jetzt habe ich das Gefühl, mein Soll nicht erfüllt zu haben.«

»Es wäre schlimmer«, erwiderte Janna, »wenn wir gar nichts täten. Es gibt viele Menschen, für die wir Entsagenden Perverse und Rabauken sind. Ein einziger Mordfall in unseren Kreisen könnte den Ruf der Gilde in allen sieben Domänen ruinieren. Arbeitgeber werden uns nicht mehr beschäftigen; die Menschen werden uns noch mehr fürchten, und man wird an den Rat der Comyn appellieren, die Charta für ungültig zu erklären. Wir müssen den Fall selbst lösen, und zwar schnell.«

Rayna lächelte. »Aber nach der Reise kannst du dir doch

gewiss die Zeit nehmen, dich auszuruhen und etwas zu essen, oder?«

»Essen ... ja, ein wenig. Dann muss ich hinaus, um sie zu finden, bevor ihre Spur verwischt ist.«

»Ich glaube nicht, dass sie weit gekommen ist.«

»Umso leichter kann ich sie erwischen.«

Janna fing auf dem Feld hinter dem Bauernhof der Witwe an. Obwohl die Abdrücke schon einen Tag alt waren, machte sie die Spuren in dem getrockneten Morast schnell aus. Die dicken Sohlen der Stiefel, welche die Entsagenden herstellten, waren auf eine bestimmte Weise geriffelt, damit sie besser in die Erde griffen. Das Muster war eindeutig. Janna schaute auf und schätzte, dass die Mittagsstunde gerade vorbei war. Falls Liriel sich noch in dieser Gegend aufhielt, musste sie die Flüchtige bei Einbruch der Dunkelheit finden. Sie stand auf und wischte sich den Staub von den Händen. Wenn sie die Abtrünnige aufgespürt hatte, wollte sie die Frau nach Hause bringen und in einen Raum einsperren, bis Mutter Rayna entschieden hatte, wie mit ihr zu verfahren war. Vor ihr lag eine Menge Arbeit.

Die Fußabdrücke führten in den das Land umgebenden Wald. Nach der Spur zu urteilen, die Liriel hinterließ, unternahm sie keinen Versuch, eine Verfolgung zu erschweren. Janna vermutete, dass es an dem Tag vor dem Tod des zweiten Opfers geregnet haben musste, denn jetzt war der Boden trocken und die Abdrücke gut zu erkennen. Sie führten an einen Platz am Fluss, der vom Dorf aus nicht einsehbar war. Dort brannte ein Lagerfeuer. Janna erblickte ein primitives Schutzdach, das aus drei Ästen und langen Gräsern bestand.

Liriel ging neben dem Lagerfeuer auf und ab. Sie hatte Janna noch nicht erspäht. Die Fährtensucherin kroch vorwärts und schirmte sich von ihrem Opfer ab, indem sie es, hinter

Bäumen versteckt, umkreiste. Als sie näher kam, hörte sie Liriel vor sich hinreden. Janna lugte hinter dem Baumstamm hervor und bemühte sich, die Worte zu verstehen.

Liriel verstummte abrupt. Janna zog den Kopf zurück. Sie zückte ihr Schwert und erkannte anhand der raschelnden Geräusche von Liriels Stiefeln, dass die Frau sich ihr näherte. Als sie glaubte, die Abtrünnige stünde genau hinter dem Baum, fuhr sie mit erhobener Klinge herum.

Liriel schaute sie an. Über ihren großen braunen Augen hingen einige rote Locken in die Stirn. Ihr Gesicht war glatt und faltenlos, in ihrem Haar zeigte sich noch keine Spur von Grau. Sie überragte Janna um einen halben Kopf. Ihr Körper war stämmig, ihr Gesichtsausdruck ernst.

»Man könnte dich eine Gesetzlose nennen, wenn du angesichts einer Schwester das Schwert ziehst«, sagte Liriel warnend.

»Du bist die Gesetzlose, denn du bist nicht bereit, dich der Disziplin deiner Gildenmutter zu unterwerfen.«

Liriel richtete sich stolz auf. »Zuerst gehorche ich den Gesetzen der Götter, erst dann denen der Gilde. Das habe ich geschworen, als ich den Eid abgelegt habe.«

Janna veränderte ihre Stellung, hielt den Griff des gezückten Schwertes jedoch sehr fest. Liriel tobte nicht. Vielleicht, dachte Janna, gab es in ihr noch ein Quäntchen Vernunft, das man ansprechen kann. »Dann hast du die beiden Männer also auf Anweisung der Götter getötet?«

»Natürlich.« Liriels Ton war anzumerken, dass sie nur etwas aussprach, was jeder wusste. »Ich gebe zu, es war ein Fehler, dass ich den ersten mit dem Schwert getötet habe. Zandru hat nicht erwähnt, dass es auch eine andere Möglichkeit gibt. Avarra hat mir gesagt, wie man tötet, ohne dass Blut fließt. Ohne Waffe – nur mit dem Geist.« Sie berührte ihre Stirn. »Sie hat mir den Fehler vergeben. Als Entsagende hätte ich sowieso nicht auf Zandru hören sollen. Sie hat mir eine neue Aufgabe gestellt. Möge Avarra selbst mich verurteilen, wenn ich versage.«

Janna bemühte sich noch immer, in Erfahrung zu bringen, was Liriel mit ihrem *Laran* angestellt hatte. Ein Telepath mit der Alton-Gabe konnte kraft seiner Gedanken töten. Verfügte Liriel über die Alton-Gabe? Janna wusste es nicht. Man brauchte einen Alton, um einen Alton zu prüfen. Sie selbst hatte die Hastur-Gabe. Wenn Liriel wirklich eine *Nedestra* der Familie Alton war, musste sie über die Ridenow-Gabe verfügen, die sich entweder bei empathischem Kontakt oder der Verständigung mit fremden Lebewesen zeigte. Aber das bedeutete nicht, dass sie ihre Behauptung nicht hätte in die Tat umsetzen können. Das *Laran* war an sich schon eine mächtige Waffe.

Janna leckte sich nachdenklich die Lippen. »Wenn du wirklich Anweisungen von den Göttern erhältst, Schwester, wird Mutter Rayna einsehen, dass sie dich falsch beurteilt hat. Darf ich auch zu ihnen sprechen? Dann wirst du frei sein. Wenn nicht, werden dich deine Gildenschwestern ein Leben lang für eine Gesetzlose halten ...«

»Du ...?« Liriel hatte diese Bitte eindeutig nicht erwartet. Bevor Janna noch irgendetwas sagen konnte, drehte Liriel jäh den Kopf und schaute ihr Gegenüber wieder an. »Da du eine Hastur von den Hasturs bist, sagen sie, dass du sie vielleicht auch sehen kannst. Steck dein Schwert ein und komm.« Sie ging zum Lagerfeuer zurück.

Janna tat, worum die andere sie gebeten hatte, doch nicht, weil sie Liriel traute, sondern weil die junge Frau nur ein Messer hatte und sie zuversichtlich war, dass sie die Flüchtige überwältigen konnte, falls es zu einem Kampf kam.

Liriel blieb am Feuer stehen und deutete hinein. »Schau in die Flamme.«

Janna sah nur ein Feuer. Aber sie spürte ein Kitzeln in ihrer Kehle. Ohne dass Liriel sie dazu drängte, packte sie ihre Matrix aus und bündelte ihr *Laran* durch den Stein, um in die Flamme zu blicken.

Es blendete. Sie ließ die Matrix fallen. Der Stein am Ende des Bandes um ihren Hals prallte gegen ihr Brustbein. Sie hob den Arm, um ihre Augen zu schützen, doch das Licht war in ihrem Geist. Es ließ sich nicht vortreiben. Es wollte auch nicht weichen, wenn sie den Kopf drehte oder die Lider schloss. Es war überall in ihrem Kopf und in ihren Ohren. Der Geruch strömte ihr in die Nase. Ihre Zunge konnte es schmecken. Es drang in ihr gesamtes Ich vor und entließ sie dann in die Dunkelheit.

Janna öffnete die Augen. Sie schaute zu den Sternen auf. Das Licht wurde von einem Kreis aus Baumwipfeln eingefasst. Sie lag auf dem Rücken. Sie drehte sich. Das Lagerfeuer bestand nur noch aus Glut. Liriel war weg.

Janna stöhnte und setzte sich auf. Sie tastete ihre Arme und Beine ab. Es schien alles in Ordnung zu sein. Ihr Kopf wies keine Schramme auf, und er dröhnte auch nicht. Sie verspürte einen dumpfen Kopfschmerz, als hätte sie Fieber gehabt, doch es war nicht mal störend. Sie atmete die Nachtluft ein und stieß sie mit einem Seufzer wieder aus. Liriel zu schnappen war wohl schwieriger, als sie sich vorgestellt hatte.

Dann kehrte sie zum Dorf zurück. Bevor sie das erste Haus erreichte, hörte sie einen Schrei. Als sie in Richtung des Geräuschs rannte, sah sie einen Mann, der tot auf einer Türschwelle lag. Eine Frau ragte über ihm auf; sie hatte sich die Hand in den Mund geschoben, um ihren eigenen Schrei zu ersticken. Der Tote war Ruyvil. Und wie das Opfer, das die Entsagende zuvor gesehen hatte, war er äußerlich unverletzt.

Janna blieb stehen und erblickte die sich schnell nähernde

Mutter Rayna. »Hast du gesehen, wer es war, Gwynnis?«, fragte Rayna die Frau auf der Türschwelle.

Gwynnis nahm die Hand aus dem Mund. »Nee, nee. Ich hab 'n Poltern auf der Treppe gehört und gedacht, Ruyvil ist wieder betrunken. Ich hab die Tür aufgemacht, und da lag er hier.«

Ein paar Neugierige versammelten sich um sie. »Ich kümmere mich um meinen Vetter«, sagte ein Mann, der die Entsagenden finster anschaute.

Rayna und Janna tauschten einen Blick und gingen zum Gildenhaus zurück. »Es war zweifellos Liriel«, sagte Rayna, als sie im Haus waren. Sie führte Janna in die Küche, holte ein paar Äpfel und eine kalte Fleischpastete hervor und legte alles mit einem Teller und einer Gabel vor Janna ab. »Hier, iss, du siehst aus, als kämst du gerade aus Zandrus siebenter Hölle.«

»Ich war vielleicht wirklich dort.« Während Janna aß, berichtete sie, was sich an diesem Nachmittag zugetragen hatte. Als sie ihre Mahlzeit beendet hatte, fügte sie hinzu: »Entweder hat Liriel die Alton-Gabe, die sie auf mich projiziert hat, oder die Gabe der Ridenows und steht in Verbindung mit irgendetwas, das nicht von dieser Welt ist. Sie glaubt, es sind die Götter.«

»Vielleicht ist sie wirklich wahnsinnig und setzt ihr *Laran* ein, um dich an ihren Wahnvorstellungen teilhaben zu lassen.«

»Gut möglich«, sagte Janna nachdenklich. »Als ich im Turm an der Reihe war, wurde jemand mit *Laran* zu uns gebracht, der seine Kraft nicht steuern konnte. Die Bewahrerin hat dem Opfer die *Laran*-Zentren aus dem Hirn gebrannt, ohne dass ihm sonst etwas passiert ist. Es wäre wohl das Beste, Liriel einzufangen und in einen Turm zu bringen.«

»Aber kann man sie fangen, ohne dass weitere Menschen sterben müssen?«, sagte Rayna. »Vielleicht setzt sie sich gegen dich zur Wehr. Dann musst du sie töten. Nach den Regeln der Gilde ist sie schon jetzt eine Gesetzlose.«

Janna rieb sich die Augen. »Ich weiß nicht. Am liebsten würde ich jetzt hinausgehen und sie suchen ...«

»Nein«, sagte Rayna und schlug auf den Tisch, um ihren Worten Nachdruck zu verleihen.

Janna lächelte. »... aber ich bin nicht mehr so jung wie früher. Ich muss mich eine Nacht ausruhen und darüber nachdenken. Vielleicht finden wir morgen eine Lösung.«

»Gut«, sagte Rayna. »Bis du einen Entschluss gefasst hast, habe ich eine andere Neuigkeit für dich: Als du Liriel heute Nachmittag suchtest, habe ich von deinem Bruder in Thendara eine Nachricht erhalten. Die Geschehnisse sind dem Fürsten Serrais zu Ohren gekommen. Er ist mit mehreren Gardisten auf dem Weg zu uns. Außerdem gibt es Gerüchte, laut denen der Rat uns die Entsagenden-Charta entziehen will. Dein Bruder blockiert zwar den Rat, aber er konnte Fürst Serrais nicht im Zaum halten. Wenn wir Liriel nicht bald schnappen, wird sich zweifellos jemand anders um sie kümmern.«

Janna nickte. »Wenn er dir eine Botschaft geschickt hat, hat er bestimmt auch Mutter Margali im Gildenhaus von Thendara unterrichtet.«

»Es ist schön, einen Bruder zu haben, der die Entsagenden unterstützt.«

Janna lächelte. »Nicht alle Männer sind gegen uns. Ich habe zufällig einen geheiratet, der ebenfalls auf unserer Seite steht.«

Als Janna am nächsten Morgen ihre Stiefel anzog, hatte sie einen Plan ausgetüftelt. Sie nahm das Frühstück mit den anderen Gildenschwestern im Haus ein. Einige Frauen boten ihr an, sie zu begleiten, doch Janna war der Ansicht, dass eine Suchgruppe Liriel entweder zur Flucht verleiten oder zu einem weiteren Mord treiben würde, so dass man auch sie würde töten müssen. Deswegen lehnte sie das Angebot dankend ab.

Die Schwestern in der Küche packten einen Rucksack mit Proviant für sie. Janna ließ ihr Pferd im Stall und ging erneut zu Fuß los. In einer bestimmten Entfernung von Liriels Lager – die Abtrünnige befand sich am gleichen Ort wie am Tag zuvor – nahm Janna unter einem Baum Platz. Ein Gebüsch schirmte sie vor Liriels Blicken ab, aber sie konnte die Frau durch die dünnen Zweige sehen. Janna drehte sich um, lehnte sich an den Baumstamm und aß ein wenig von dem Proviant. Dann warf sie einen zweiten Blick durch das Gebüsch. Liriel war noch da, sie saß am Lagerfeuer und murmelte vor sich hin.

Behutsam, als könne das Rascheln der Seide Lärm erzeugen, packte Janna ihre Matrix aus. Im Turm hatte sie als Überwacherin gearbeitet. Sie wusste, wie man die Körperfunktionen eines anderen aus der Ferne regulierte. Man hatte sie auch das Heilen gelehrt, daher kannte sie alle inneren Mechanismen des Körpers. Doch das Wichtigste war: Sie wusste, wo die *Laran*-Zentren des Gehirns lagen. Wenn es ihr gelang, irgendwie darauf einzuwirken, konnte sie Liriel vielleicht von den Dämonen befreien, von denen die Frau besessen war. Es war nicht einfach, und es bestand durchaus die Gefahr, dass Liriel dabei starb, doch Janna hatte keine Alternativen mehr. Wenn sie in Sachen Liriel nichts unternahm, würden sich die Dorfbewohner oder Fürst Serrais und seine Gardisten ihrer annehmen.

In den Domänen betrachtete man einen Mord – wenigstens im abstrakten Sinn – mehr oder weniger als Privatangelegenheit, doch Janna hatte oft festgestellt, dass die Leute allgemein geäußerte Ansichten in der Praxis nicht befolgten. Sie nahm an, dass die Hinterbliebenen der drei Männer, die Liriel getötet hatte, ihre Peiniger nicht allzu sehr vermissten. Doch da sie nicht durch eines empörten Vaters oder Vetters Hand gestorben waren, sondern durch die einer Entsagenden, war die öffentliche Entrüstung sogar bis nach Thendara gedrungen. Dies bestätigte, was Janna aus Erfahrung längst wusste: Eine Tötung rief auch dann, wenn das Opfer ein böser Mensch war, oft mehr Probleme hervor, als sie löste. Die Entsagende wollte die Angelegenheit nicht noch weiter verkomplizieren, indem sie Liriel umbrachte, solange es in ihrer Macht stand, etwas anderes zu tun. Abgesehen davon hatte Janna noch nie eine Gildenschwester auch nur verletzt, nicht mal eine Abtrünnige. Sie hatte das Gefühl, dass Liriels Tod in etwa so war, als würde man einen Arm amputieren, um ein Muttermal loszuwerden.

Sie nahm die Überwacherhaltung ein, damit ihre Muskeln sich nicht verkrampften, wenn sie bis zum Sonnenuntergang hier sitzen musste. Dann konzentrierte sie sich auf die Matrix und suchte das Energonennetz, aus dem Liriels Körper bestand. Vorsichtig, damit die Flüchtige nichts bemerkte, sondierte Janna ihr Gehirn, erreichte das *Laran*-Zentrum und isolierte die Zellen.

Nein.

Janna zog sich zurück. Als sie sich zur Seite lehnte, erspähte sie Liriel wieder am Feuer. Nichts an der jungen Frau deutete an, dass sie die psychische Sondierung bemerkte. Janna musste es sich eingebildet haben. Wahrscheinlich war sie zu nervös. Sie verlagerte ihr Gewicht und machte einige Atemübungen, um sich zu beruhigen. Dann unternahm sie einen neuen Versuch.

Da.

Sie hatte die richtige Zellgruppierung gefunden. Nun konnte sie diesen Teil des Gehirns Zelle für Zelle lahm legen.

Irgendetwas packte sie. Nein, es packte Liriel. Nein, es war wieder das Licht, das gleißende Licht in Liriels Psyche. Janna warf ihre Entschlossenheit wie einen Haken aus und zog. Sie kam sich vor wie ein Banshee, der sich mit einem anderen um ein Stück Fleisch stritt. Nur bestand das Fleisch aus Liriels *Laran*. Ihr Gegenspieler riss und zerrte. Janna erblickte, wie durch ihre Augen, die Gestalten, die Liriel sah. Es waren helle Wesen, die aussahen wie Menschen.

Lasst sie los!, befahl Janna in Liriels Geist.

Nein, kam die Antwort. *Wir brauchen sie für unsere Rache.*

Für welche Rache?

Wir sind hier in einem Krieg gestorben. Wir haben ständig gerufen, damit sich jemand bei uns meldet. Die hier hat uns geantwortet. Wir werden sie benutzen, damit sie jene sucht, die uns hierher geschickt haben.

Es hat seit Generationen keinen Krieg mehr gegeben. Jene, die euch getötet haben, sind nicht mehr unter uns. Die Toten haben keinen Anspruch auf die Lebenden.

Dann töten wir eben ihre Söhne und die Söhne ihrer Söhne ... Ihre Wut brannte wie Säure.

Janna zuckte zusammen, blieb aber standhaft. Die Altons waren mächtig, die Ridenows empfindlich, aber die Hasturs der Legende hatten sogar die Götter gebunden und gebannt.

Janna enthüllte ihre Gabe, die der Stärke und Brillanz ihrer Widersacher ebenbürtig war. Sie droschen auf die Abschirmung der Entsagenden ein. Janna wankte zwar, gab ihre Stellung aber nicht auf.

Irgendetwas ... Nein, irgendjemand stärkte ihr den Rücken. Liriel. Mit steigender Zuversicht richtete Janna sich vor den Übeltätern auf, umstellte sie, erstickte sie und schickte sie zurück in die Vergessenheit der Toten.

Als sie in ihren Körper zurückkehrte, keuchte sie auf. Liriel war neben ihr und legte den Kopf auf ihre Schulter. Janna nahm sie schwach in die Arme.

»Es tut mir Leid, Schwester«, sagte Liriel. »Ich werde mich allem unterwerfen, was die Gilde in meiner Sache beschließt.«

Janna setzte den letzten Rest ihrer psychischen Kräfte ein, um Liriels Hirn zu untersuchen. Ein Teil ihres *Laran*-Zentrums war verschwunden, aber nicht alles. »Hörst du noch immer Stimmen?«

»Nein. Mir ist, als wäre ich aus einem Alptraum erwacht.«

Janna lächelte. »Ich glaube, du hattest die Ridenow-Gabe, aber sie war weitaus empfindlicher als die jedes anderen Ridenow. Dein Geist hat eine Präsenz berührt, die niemand je zu Gesicht bekommen sollte.« Sie küsste Liriels Kopf. »Mach dir keine Sorgen. Jetzt ist es vorbei.«

»Was glaubst du, wird Mutter Rayna machen?«, fragte Liriel besorgt.

Janna drückte sie an sich. »So schlimm, wie du es dir vorstellst, wird es wohl nicht werden, dessen bin ich mir sicher. Ich glaube, man wird es dir hoch anrechnen, wenn du mich dabei unterstützt, zum Gildenhaus zurückzukehren.«

Als Liriel ihr auf die Beine half, stöhnte sie leise. Nun, da die junge Frau wieder geistig gesund war, zweifelte sie nicht mehr daran, dass die Gilde mit den betroffenen Familien ins Reine käme. Außerdem könnte sie, Janna, Fürst Serrais und den Rat der Comyn gewiss überzeugen, dass die Entsagenden mit den ihren schon fertig wurden. Der Ehre der Gilde war gedient worden.

Über Diana L. Paxson und »Die Zeit der Schmetterlinge«

Diana L. Paxson ist den Darkover-Fans natürlich nicht unbekannt. Von mir abgesehen treibt sie sich am längsten auf Darkover herum und gehört zu jenen Fans, bei deren Geschichten ich weiß, dass sie hundertprozentig professionell geschrieben sind. In meinen Einführungen habe ich des Öfteren geschrieben, dass es einige Dinge gibt, nach denen ich in diesen Erzählungen suche: zum Beispiel ein faszinierender oder ungewöhnlicher *Laran*-Einsatz.

Diana L. Paxson ist meine Schwägerin und gehört zu den erfolgreicheren Autorinnen, die es so gemacht haben wie ich. Sie ist seit meiner ersten Anthologie dabei, und da ihre Vorstellungen hinsichtlich Darkover den meinen ziemlich ähnlich sind, könnte ich ihre Geschichten auch ungelesen veröffentlichen, denn bei ihr weiß ich (wie auch bei Mercedes Lackey) von vornherein, dass sie keinen Ausschuss produziert. (Mir werden so viele unaufgefordert eingesandte Manuskripte zugeschickt, dass ich eine große Erleichterung verspüre, wenn ich etwas bekomme, von dem ich weiß, dass es druckreif ist.) Doch »Die Zeit der Schmetterlinge« ist mehr als das. Die Erzählung berichtet von den faszinierendsten Fremdlingen, die mir je untergekommen sind, inklusive jener, die der verstorbene A. Merritt (1884–1943) erfunden hat – ein großes Lob für eine große Wahrheit.

Diana hat zudem eine Reihe von Büchern geschrieben, die meiner Meinung nach mehr als lesbar sind. Dazu gehören auch *Der Erdstein* und *Der Meerstern*. Außerdem hat sie einige schöne »Großstadt«-Fantasy-Romane verfasst, von denen mir *Brisingamen* am besten gefällt. Es ist das einzige Buch, von dem ich je spontan gesagt habe, ich hätte es selbst gern geschrieben. Mit *Der Zauber von Erin* hat sie einen ausgezeichneten historischen Roman über die Legende von Tristan und Isolde vorgelegt, den man schon deswegen nicht genug empfehlen kann, da mir dazu nicht genügend Superlative einfallen. Ich sage nur: Lesen Sie ihn. Wenn Sie meine Bücher mögen, werden Ihnen auch die meiner Schwägerin gefallen.

Diana lebt zwar (wie ich) in Berkeley, aber wir sind beide so beschäftigt, dass wir uns nur auf Tagungen begegnen. Sie hat zwei heranwachsende Söhne, Robin und Ian. Der jüngere der beiden ist jetzt 18; sie müssen also (wie mein eigener) herangewachsen sein, als ich mich gerade umgedreht habe. (Es ist erschreckend, wenn ich daran denke, dass unser jüngstes Kind nun 24 Jahre alt ist; mein »Baby« Moira studiert nun Musik im kalifornischen Long Beach. In Kürze debütiert sie wahrscheinlich als *Tosca* oder so was ...) MZB

Die Zeit der Schmetterlinge

von Diana L. Paxson

Die Winterabende auf Darkover sind lang und bitterkalt, so dass sich selbst in Thendara die Menschen gern um ein wärmendes Feuer versammeln. Auch im Gildenhaus ist es im Winter nicht anders. Abgesehen von jenen Amazonen, die eventuell irgendwo im Schnee festsitzen oder zur Ausbildung bei den Terranern weilen, kommen dann alle nach Hause. Wir sitzen an den langen Abenden im Musikzimmer, besticken oder flicken Harnischleder und lassen uns berichten, was eine jede an Neuigkeiten mitgebracht hat. Doch beim Lirielfest, wenn die Mittwinterfeier nur noch Erinnerung ist und die alten und neuen Geschichten so knapp werden, wie die Schränke im Vorratsraum leer, beginnt die Zeit der unheimlichen Geschichten. Wir erzählen sie uns, um die Langeweile zu vertreiben oder der aufkeimenden Furcht zu begegnen, dies könne möglicherweise der Winter sein, nach dem der Frühling nie wieder zurückkehrt.

Nach zwanzig Jahren als Entsagende hatte ich geglaubt, all diese Geschichten längst zu kennen, und nach vierzehn Jahren als Caitrin n'ha Laurians Freipartnerin hätte ich behauptet, ich würde auch ihr Leben wie mein eigenes kennen. Doch an diesem Abend überraschte sie mich.

Es hatte zwei Wochen lang gestürmt. Thendara war von einer dicken Schneeschicht bedeckt. Der Wind raste gegen die Fensterläden an, und sogar im Musikzimmer spürten wir die Kälte trotz der getäfelten Wände und der auf dem Boden liegenden dicken Teppiche. Aus irgendeinem Grund wandte sich das Gespräch den Schrullen unserer Arbeitgeber zu. Kyla n'ha Rainéach war zu einem seltenen Besuch nach Hause gekommen, und alle wollten von ihren Abenteuern bei den Terranern erfahren. Doria hatte uns eine lange, vertrackte Geschichte über die Handelsrechtsverhandlungen in Caer Donn erzählt, und Gilda n'ha Camilla beendete gerade eine unerhörte Anekdote über einen Trockenstädter und einen *Oudrakhi,* als Caitrin sich plötzlich in unserem Kreis umsah und sagte: »Ich muss euch eine Frage stellen ...«

In ihrer Stimme war etwas, das mich von dem terranischen Genetikbuch aufschauen ließ, das ich mich gerade zu lesen bemühte, und Kiera, die ihrer Comyn-Familie endlich entkommen war und sich zu uns gesellt hatte, schaute ihre Eidmutter erwartungsvoll an.

»Dann stell sie, Schwester«, sagte Kyla mit kühler Stimme. »Wir werden unser Bestes tun, um sie zu beantworten.«

Caitrin bedachte sie mit einem schnellen Blick. Ihr sandfarbenes Haar glitzerte im Schein des Feuers. »In unserem Eid begrenzen wir die Loyalität für unsere Arbeitgeber *auf die Zeit unserer Beschäftigung ...*«

Alle nickten. Man vergisst eben keinen abgelegten Eid, auch nicht nach zwanzig Jahren. Bei jedem Eid, den ein Neuling ablegte, schworen auch wir innerlich einen neuen.

»Welche Bedeutung gewinnt dieser Eid«, fuhr Caitrin fort, »wenn die Zeit der Beschäftigung nie endet?«

»Was meinst du damit?«, fragte Gilda spitz. »Ich dachte, die letzte Gruppe, die du angeführt hast, sei im letzten Herbst nach Vainwal zurückgekehrt ...«

»Die meine ich nicht«, fiel Caitrin ihr ins Wort. »Sie sind zwar weg, aber sie haben mich an die erste Expedition erinnert, die ich je allein geführt habe. Es war vor langer Zeit ... in dem Jahr, in dem ich dich kennen lernte, Stelle ...« Sie schenkte mir ein schnelles Lächeln, als wolle sie mich für etwas um Vergebung bitten, das sie mir nie erzählt hatte.

Ich schaute sie an, und mir fiel die Zeit des Wahnsinns ein, in der ich nicht mehr gewusst hatte, ob ich mir ihrer oder meiner eigenen Gefühle sicher sein konnte. Doch ich hatte den Sommer ohne sie verbracht und gemerkt, wie sehr ich sie brauchte. Ich hatte nie richtig gewagt, mich zu fragen, was sie daraus gelernt hatte.

»Wer waren die Leute, Caitrin?«, fragte Kiera zurückhaltend.

»Außenweltler«, kam die Antwort. »Hastur hatte den lizenzierten Führern gerade die Erlaubnis erteilt, Besucher von Außenwelten durch die Domänen zu geleiten, und für eine Weile sah alles so aus, als wollte sich jeder gelangweilte Aristokrat des Imperiums hier umschauen. Wir hatten alle Hände voll zu tun, selbst die noch nicht flüggen Amazonen, auf deren Eidpapier das Wachs noch nicht erkaltet war, wurden eingespannt. Die Freien Amazonen hatten als Führer von Reisegruppen schon einen gewissen Ruf ...« Sie grinste Kyla an. »Und ich wollte unbedingt zeigen, was in mir steckte. Der Veranstalter, der mich anheuerte, war ein schnell redender Kerl vom Planeten Vainwall und hieß Genyi Coramne. Damals glaubte ich, alle Besucher aus dem Imperium kämen von Terra. Er hatte mir nur mitgeteilt, wie groß meine Gruppe sei und wo sie hinwollte. Ich erkundigte mich nach den ernährungstechnischen Erfordernissen, um den Proviant zu bestellen, aber ich vergaß ihn zu fragen, wer die Leute waren, die zu der Gruppe gehörten.«

»Hat die Proviantliste dir denn nichts über sie verraten?«, fragte die alte Irmelin.

»Über Terraner?« Gilda schüttelte angewidert den Kopf. »Sie essen Dinge, die ich keinem Chervine vorsetzen würde, und rümpfen die Nase, wenn sie etwas wirklich Nahrhaftes kriegen.«

»Gedünstete Kaldaunen ...«, sagte jemand leise hinter mir. Ich nahm an, dass es eine der Frauen von der Brückengesellschaft war, die in diesem Jahr bei uns ausgebildet wurden.

»Als erfahrene Fremdenführerin wäre ich vielleicht auch argwöhnischer gewesen«, sagte Caitrin, »denn sie bestellten nur Trockenobst und Honig. Laut Coramne wollten sie sich den Rest ihres Proviants selbst besorgen.«

»Wen interessiert es, was sie gegessen haben?«, fragte Doria gespannt. »Ich möchte wissen, wer sie waren!«

»Es waren xerasische Schmetterlinge«, sagte Caitrin. Sie lächelte, als sie sah, wie die anderen ihre Worte aufnahmen.

Ich hörte das überraschte Murmeln der Terranerinnen hinter mir und sah, dass Kyla die Stirn runzelte. In dem Buch, das ich gerade las, hatte etwas über Xerasus gestanden. Ich versuchte mich daran zu erinnern, was es gewesen war.

»Wie diejenigen, die im Mittsommer rauskommen?«, fragte Kiera in die einsetzende Stille hinein. Der Wind veränderte seinen Rhythmus. Zwischen dem Rauschen und Heulen rutschte der Schnee vom abgeschrägten Dach unseres Hauses in den Garten. Kiera schüttelte sich. »Aber sie leben nur bis zum ersten Schneefall ...«

»Die Terraner nennen diese Wesen xerasische Schmetterlinge, weil sie geflügelte Metamorphen sind«, erklärte ich flink. »Erst im zweiten Stadium entwickeln sie Bewusstsein. Dann wachsen ihnen Flugmembrane. Aber wenn sie ihre Gene ausgetauscht und für ihre Nachkommenschaft gesorgt haben, sterben sie.« In dem Buch hatte noch mehr gestanden, doch es fiel mir jetzt nicht ein.

Kiera machte runde Augen.

»Aber eins steht nicht in deinen Büchern«, sagte Caitrin und streckte die Hände nach dem Feuer aus. »Dass sie nämlich wunderschön sind.«

Genyi Coramne brachte seine Kunden an einen Kreuzweg vor Thendara, um sie ihrer Führerin vorzustellen. Als er Caitrin von diesem Treffpunkt berichtet hatte, hatte sie sich gefragt, ob sie im Begriff war, irgendetwas Ungesetzliches zu tun. Doch da war sie durch den Vertrag schon gebunden. Und da sie darauf aus war, den Auftrag zu übernehmen, hatte sie es vermieden, ihn zu fragen.

Als ich ihrer Geschichte zuhörte, dachte ich: Vielleicht wollte sie außerdem fern von mir sein. Caitrin war als *Cristoforo* erzogen worden; sie hatte stets die Vorstellung bekämpft, dass das, was wir füreinander empfanden, Liebe war.

»Ich kam im Morgengrauen dort an«, sagte Caitrin. »Es war ein Frühsommertag, an dem der Sonnenaufgang den Nebel mit amethystfarbenen und rosa Farbtönen durchsetzte und die untergehenden Monde glitzerten wie die Edelsteine in Avarras Schleier. Obwohl ich eine ganze Reihe von Ponys im Zaum halten musste, schüttelte ich mich angesichts dieser Schönheit. Aber ich war fest entschlossen, professionell zu handeln und trödelte nicht, um diesen Anblick zu genießen. Ich erreichte den Kreuzweg früher als abgemacht, aber die Gruppe wartete schon auf mich. Coramne ging auf und ab. Er war in Felle gekleidet. Hinter ihm standen drei mit Umhängen verhüllte Silhouetten, bei deren Anblick es mir kalt den Rücken herunterlief.

›Was ist hier los, Coramne?‹, sagte ich und packte seinen gepolsterten Arm. ›Wer sind diese Leute?‹

›Eure Kunden ...‹ Er grinste zu mir hinauf.

›Aber es sind doch gar keine Menschen‹, setzte ich an. Er grinste noch einmal und deutete auf den Vertrag, den er in der Hand hielt.

›Es sind intelligente Lebewesen, *Mestra,* und Ihr habt geschworen, ihnen zu dienen.‹ Er reichte mir den Vertrag. ›Ich möchte Euch Xitenith nai'Dorn vorstellen, der die weite Reise von Xerasus auf sich genommen hat, um eure Berge zu sehen. Ich bin ganz sicher, ihr werdet eine wunderbare Zeit miteinander verbringen!‹

Der größte der Fremdlinge drehte sich um, und ich sah, dass die Regenbogenmonde sich in seinen Facettenaugen spiegelten. Einen Moment lang war all dies ein Teil der Schönheit des Morgens, doch dann glaubte ich, mir würde übel. Allerdings hatte mein Eid mich gebunden, und so verbeugte ich mich und sagte, ich wäre ihre Führerin.

Die Gefährten des Großen hießen Kalsith und Ansth. Ihre Spezies kennt keine Geschlechter und keine Verwandtschaft, da jedes Individuum sich nur einmal reproduziert. Aber sie sind sehr langlebig, und die Erwachsenen sind zu Hohen Häusern vereint, was mich sehr an unsere Gildenhäuser erinnert hat. Ihre Familien entstehen nicht durch Geburt, sondern durch Wahl und einvernehmliche Bedürfnisse.«

»Wie hast du dich mit ihnen verständigt?«, fragte Doria. »Ich habe mal einen Katzenmann gesehen, und wir alle kennen *Cralmacs*. Sie sind zwar fremdartig, aber man kann sie mehr oder weniger verstehen.«

»Manche Leute in den Hellers glauben noch heute, dass die Terraner Hörner und einen Schwanz haben«, sagte eine leise Stimme hinter mir. Alle lachten.

»Sie sprachen ein ausgezeichnetes *Casta*«, sagte Caitrin, »und obwohl sie auf Sätteln saßen, konnten sie einwandfrei reiten. In ihren kapuzenbewehrten Umhängen sahen sie aus der Ferne sehr gut aus. Nach einigen Tagen konnte ich sie voneinander unterscheiden. Ansth und Kalstith waren kleiner. Der eine war schnell und zielstrebig, der andere ruhig und langsam. Xitenith war der größte, er ragte auf wie ein Hastur. Aus der Nähe betrachtet konnte ich mir, auch wenn sie die Umhänge nie ablegten, ungefähr ausmalen, wie ihre Gliedmaßen aussahen. Es dauerte eine Woche, bis es mir gelang, beim Frühstück nicht zu würgen. Andererseits war mir unablässig nach Singen zu Mute, wenn ich Xiteniths Augen sah. Es war schon sehr eigenartig.«

»Und wohin seid ihr gegangen?«, fragte Kiera. »Was wollten diese merkwürdigen Geschöpfe überhaupt auf unserer Welt?«

»Sie hatten mich angestellt, damit ich sie ins Kilghard-Gebirge brachte. Sie lebten wohl von Honig und Pollen, und ich nahm an, irgendein Reiseveranstalter aus Vainwall hätte sie mit dem Versprechen auf unsere Sommerblüten hergelockt. In diesem Jahr hatte die Saison spät und rasch eingesetzt, so dass alles, was blühen konnte, auch in voller Blüte stand. Ihr wisst ja, wie es manchmal ist, wenn die Luft duftet und jede Veränderung des Windes plötzlich einen anderen Geruch mit sich bringt.

Wir rasteten in den Bergen oberhalb von Armida. In der ersten Nacht drehte sich der Wind nach Norden, und es schneite ein wenig. Ich nahm zwar an, dass die Xerasier froren, aber keiner beklagte sich. Ich habe ein ordentliches Feuer entfacht und bemühte mich, die eigenartigen Konturen zu übersehen, welche die tanzenden Flammen enthüllten. In der Finsternis hätten die eingehüllten Gestalten neben mir alles Mögliche sein können.

›Ich bin so alt, dass ich weiß, dass mit der Zeit alle Dinge vergehen müssen‹, sagte Xitenith. ›Dies gilt auch für Unbehagen.‹

›Wie alt seid Ihr?‹, fragte ich.

›Ich habe mehr als fünfhundert Umdrehungen Xerasus' um seine Sonne erlebt. Haltet Ihr mich für uralt? Selbst für mein Volk bin ich uralt. Alles vergeht – außer unserem Leben. Wir reifen über Jahrhunderte hinweg. Selbst unsere Nachfahren sind hundert Umdrehungen lang Kinder, die sich beim Aufwachsen von ihren Eltern ernähren. Allerdings fürchten wir allzu viel Betreuung, da diese nur Anziehungskraft erzeugt, und wenn man Leben spendet, endet das Leben. Nun nimmt unsere Zahl jedoch ab, da manche zwangsläufig Unfällen zum

Opfer fallen. Früher haben wir darauf reagiert, indem wir mehr als einen Nachfahren ansetzten. Aber wir haben zu gut gelernt, den Tod zu bekämpfen. Jetzt erkennen viele derjenigen, die ihr Leben geben wollen, um die Spezies zu erneuern, dass sie es nicht mehr können.‹

Ich schüttelte mich, allerdings nicht wegen der Kälte. Xiteniths Stimme war zu ruhig. Für einen Moment hatte ich den Eindruck, ich sähe die Ewigkeit, die sich vor mir ausstreckte. Sie war so karg wie die Wüste, welche die Trockenstädte umgibt, und so kalt wie die Mauer, die die Welt umschließt. Nun verstand ich, warum die Xerasier einander mit so unvoreingenommener Höflichkeit begegneten. Selbst jene, die sich in Hohen Häusern zusammengefunden hatten, waren nicht durch Liebe miteinander verbunden, sondern auf Grund von Pflichtgefühl, Logik und Loyalität. Wie würde das Leben wohl aussehen, wenn wir uns in den Gildenhäusern so behandeln würden?« Caitrin hielt inne und schaute sich im Raum um.

»Viel, viel friedlicher!«, rief eine jüngere Frau, die gerade eine schmerzliche Liebesaffäre hinter sich hatte. Mir fiel ein, wie ich damals gelitten hatte. Ich hatte befürchtet, Caitrin würde mich niemals lieben, und ich wusste nicht, ob ich mich darüber freuen oder traurig sein sollte, weil mein Leben nun so ruhig geworden war.

»Aber sicher auch langweiliger!«, erwiderte Doria, und sogar Kyla grinste.

»Ich war damals so jung wie Kiera und nicht annähernd so klug.« Caitrin lächelte ihre Eidtochter an, dann bedachte sie mich mit einem unsicheren Blick. »Aber als ich Xitenith lauschte, wäre ich am liebsten nach Thendara zurückgelaufen, um mit euch zu lachen oder mich mit euch zu streiten! Doch ich blieb und sicherte die Zeltseile gegen den wechselhaften Wind. Wir wickelten uns in Decken und schliefen, und als wir am nächsten Morgen erwachten, hatte die Welt sich verändert.

Als ich aus meinen Decken kroch, erwärmte sich schon die Luft. Das Morgenlicht schimmerte auf den Bergen, und auf jedem Fels glitzerte schmelzender Schnee. Als der Sonnenschein den feuchten Boden erwärmte, stieg in langsamen Wirbeln Dunst auf. Die Luft war schwer, feucht und vom Lärm gurgelnder Bäche und singender Vögel erfüllt. Ich stellte den Kessel aufs Feuer und schaute nach den Pferden. Ich nahm an, wenn das Wetter so blieb, wollten die Xerasier vielleicht gern auf einen Gipfel hinaufreiten und die Aussicht genießen.

Nach einiger Zeit fragte ich mich, ob sie etwas kochten, denn als der Wind zunahm, wehte ein üppiger, süßer Duft zu mir heran, der mich an frisch gebackenes Brot erinnerte. Ich schnupperte genüsslich und spürte, dass mir schwindlig wurde. Die Sonne stand nun hoch am Himmel, und der silberne Nebel hatte sich in Gold verwandelt. Also legte ich meinen Umhang ab und zupfte an den Schnürbändern meines Hemdes. Als ich zum Lager zurückkehrte, sah ich, dass in den goldenen Wirbeln blaue Schmetterlinge flatterten, und ich begriff, dass der Dunst gar keine Dunst war, sondern treibende Pollenschleier, in denen die Schmetterlinge flogen.

Ich blieb auf der Stelle stehen und suchte nach den Filterstöpseln, die ich für den Fall mitgenommen hatte, dass wir zufällig auf ein verborgenes Feld gerieten, auf dem noch *Kireseth*-Blüten wuchsen. Ich hatte auch Filter für meine Kunden mitgenommen, aber die Xerasier hatten leider keine Nasenlöcher, in die sie gepasst hätten. Vielleicht hatten die Halluzinogene, welche die Pollen mit sich trugen, keine Auswirkungen auf die fremdartige Biochemie, aber ich hatte schon genug davon abgekriegt, so dass ich nur noch kicherte, während ich mich fragte, was wohl geschähe, wenn es nicht so war.

Die drei Xerasier beobachteten die Schmetterlinge. Ich lief zu ihnen hin und brabbelte etwas in der Art, sie sollten die Spültücher als Filter verwenden. Dann drehte Xitenith sich um. Ich war sprachlos. Ich wusste nicht, ob die Pollen auf ihn oder auf mich eingewirkt hatten. Seine Facettenaugen leuchteten. Mir fiel mein Eid ein, dass ich sie beschützen musste. Ich setzte nochmals zu einer Erklärung an.

›Es ist unnötig ...‹ Xiteniths Umhang fiel zur Seite, als er ein Vorderglied hob und ich dass Glitzern der darunter befindlichen Flugmembrane sah. Zum ersten Mal hatte ich bei ihrem Anblick keine Angst.

›Wir hoffen, dass die Substanz auf uns einwirkt‹, sagte Ansth. ›Wir sind ihretwegen hier. Die Droge, die man *Kirian* nennt, stimuliert uns zwar ein wenig, aber am liebsten verspeisen wir Pollen. Vielleicht werden wir durch die Rohessenz der Blume erlöst.‹

Der andere Xerasier drehte sich um, und ich musste blinzeln, denn plötzlich pulsierte die ledrige Haut unter dem Umhang in schneller Buntheit. Nun standen sie einander gegenüber, und ich wusste, sie hatten mich vergessen. Doch Xiteniths Regenbogenaugen waren noch immer auf mich gerichtet.

›Passt auf Euch auf, Kleines. Ihr könnt jetzt nichts für sie tun.‹

›Ich habe geschworen, euch zu beschützen‹, erwiderte ich. ›Ihr wisst nicht, wozu das *Kireseth* fähig ist!‹

Der Körper des Xerasiers wankte. ›Wir wissen es. Es kann den Tod oder den Wahnsinn bringen, den die Menschen Liebe nennen. Wartet ab und bezeugt es gemeinsam mit mir.‹

Ich ging einen Schritt zurück, dann noch einen. Dann stand ich mit dem Rücken an einem Baum. Ein Teil meines Bewusstseins plapperte noch immer, ich müsse etwas unternehmen, doch mir war schon so schwindlig, dass ich kaum noch stehen konnte. Ansth und Kalstith traten ebenfalls ein Stück zurück; ihre Umhänge sanken zu Boden. Zum ersten Mal sah ich ihre ganze Gestalt: leicht spitze Köpfe, die auf einem schlanken

Hals thronten, einen dreiteiligen Leib mit langen, mit Gelenken ausgestatteten Beinen, geschickte dreifingrige Hände und ein drittes Gliedmaßenpaar, an dem sich Schwingen befanden.

Aber ich hatte keine Zeit mehr, mich über die Einzelheiten zu wundern. Als der Wind zunahm, tanzten die Farben noch heftiger über ihre blasse Haut. Die mittleren Gliedmaßen ragten auf. Plötzlich spreizten sich ihre verkümmerten Flugmembranen, bauschten sich, wurden straff, breiteten sich aus und schillerten in einem Ton, der aus ihnen selbst kam. Die beiden Körper bebten, dann wurden sie plötzlich vom Wind ergriffen und stiegen in die Luft. Sie schwebten in großen Kreisen wie Riesenschmetterlinge über die Wiese.

Mein Hals war wie zugeschnürt, denn als sie flogen, war ihre Schwerfälligkeit wie weggeblasen. Diese Geschöpfe hatten mehr Jahrhunderte gelebt, als ich mir vorstellen konnte. Sie waren auf Grund ihrer ungelenken Körper ebenso an den Boden gebunden, wie ihr Geist vom Mangel an Liebe gebunden war. Doch nun umarmte sie der Wind – der goldene, pollenreiche Geisterwind, den alle Menschen fürchteten. Der Luftstrom rauschte leise in den uns umgebenden Bäumen, doch von den kreisenden Gestalten über mir ertönte ein lieblicheres Lied.

Xitenith wankte. Sein dünner Hals zuckte, als er nach oben schaute. Ich sah, dass seine Fluggliedmaßen bebten und das düstere bunte Farbgeflacker auf seiner faltigen Haut kam und ging. Er – oder es – hatte sich einen Zeugen genannt, doch das *Kireseth* wirkte auch auf ihn. Nur gab es für ihn keinen Partner, keinen Gefährten, der die Metamorphose stimulierte und ihm die Freiheit des Himmels gab. Das werbende Lied der beiden anderen wehte süß und traumhaft wie das Gold der Pollen durch die verzauberte Luft. Stimmen wie Doppelflöten verflochten sich in aufsteigenden Harmonien. Doch aus dem langen Hals des einen, den die Schwerkraft am Boden hielt, kam nur ein qualvolles Klagen.

Ich musste vor Mitgefühl weinen. Aber ich jämmerlich viergliedriges Lebewesen hätte nichts tun können, um sein Bedürfnis zu befriedigen. Ich empfand den ekstatischen Flug der beiden Geschöpfe über mir mit jedem Nerv und schlug mit den Fäusten auf das weiche Gras ein. Die Muskeln in meiner Brust und meinen Armen zuckten voller Mitgefühl, als würden auch mir gleich Schwingen wachsen. Mir fiel ein, wie es ist, wenn man liebt, und ich bedauerte jeden Tag, an dem ich die Tröstungen der Liebe zurückgewiesen und einem anderen, der dieses Bedürfnis empfand, Schmerz zugefügt hatte.

Doch immerhin wusste ich, was Erfüllung ist, so schwer es manchmal auch gewesen war. Für Xitenith gab es keine Erfüllung, es konnte keine geben. Erneut übertönte seine Agonie das triumphierende Lied seiner Gefährten. Dann wurde es still. Ich schaute furchtsam zu Boden und keuchte, denn sein gequälter Ruf hatte unglaublicherweise eine Antwort erfahren.

Zuerst wirkte die sich reckende Gestalt, die dem Xerasier gegenüberstand, menschlich, doch sobald ich mich bemühte, sie zu erkennen, veränderte sie sich. Ihr heller Körper spiegelte die Umwandlung, die Xeniths Metamorphose nun endlich vollendete. Von oben erstrahlte Musik. Ansth und Kalstith schraubten sich zum Himmel hinauf. Ihre blassen Gestalten leuchteten, als das Licht durch sie hindurchbrannte. Dann endlich vereinigten sie sich.

Als sie allmählich der Erde entgegenflatterten, stiegen Xitenith und der andere in den amethystfarbenen Himmel hinauf. Sie schwebten. Ihr Glanz war zu stark für meine Augen. Sie sangen, doch meine Ohren konnten den Gesang nicht ertragen. Vielleicht waren meine Filter auch nicht so gut, wie der Ausstatter mir versprochen hatte. Vielleicht war es das *Ki-*

reseth, das mir diesen Anblick zeigte, denn meinem Bewusstsein fehlte die Kraft menschlicher Worte, ihn zu begrenzen, und ich wurde auf einem Sturm von Regenbogenschwingen davongetragen ...«

Caitrins Stimme versagte. In der Stille hörte ich deutlich das Geräusch fallenden Wassers. Ich nahm an, es hatte damit zu tun, dass meine Wangen tränennass waren. Schnell wischte ich mir mit dem Ärmel über die Augen. Ich hätte Caitrin am liebsten fest in die Arme geschlossen, bis ich wieder anfing zu weinen. Ihre Lider waren noch geschlossen, ihr Gesichtsausdruck leer, als sei ihr Geist noch immer Meilen und Jahre entfernt.

Schließlich fand Kiera eine Möglichkeit, die Stille zu durchbrechen. Eine leichte Berührung brachte Caitrin zu uns zurück. Die Turmausbildung war ihr in manchen Dingen eindeutig von Nutzen, doch ich hätte am liebsten wie Xitenith geheult. Ich zwang mich, tief Luft zu holen und zu verstehen, warum ich so reagierte. Caitrin war seit vierzehn Jahren meine Geliebte. Was wollte ich sonst noch von ihr? *Hast du mehr getan, als in den vergangenen paar Jahren mit ihr das Lager zu teilen?*, erwiderte eine innere Stimme. *Du wirst älter und befürchtest, dass die Liebe eingeschlafen ist.*

»Es war ein *Chieri*, nicht wahr?«, fragte Kiera dann. »Ein *Chieri,* der sich verwandelt hat, damit auch Xitenith fliegen konnte.«

»Ich glaube, ja«, sagte Caitrin leise. »Falls es nicht doch ein *Kireseth*-Traum war.«

»Aber was ist aus ihnen geworden?«, fragte Kyla. »Sind sie nach der Paarung gestorben?«

Caitrin schüttelte sich kurz und schaute sich dann im Raum um.

»Ich nehme an, es hängt davon ab, was man unter Sterben

versteht ... Als der Geisterwind abflaute und ich wieder bei Sinnen war, lagen die drei Xerasier regungslos im Gras. Ich konnte weder Ansth noch Kalstith wecken, doch als ich zu Xitenith kam, glomm noch ein wenig Licht in seinen Regenbogenaugen.

›Sucht eine Höhle für uns‹, hauchte er mir zu. ›Hier in den Bergen. Legt uns in eine Höhle und verschließt sie. Lasst mein Volk wissen, was Ihr getan habt. Wenn die Zeit reif ist, werden sie kommen.‹

›Was soll das heißen?‹ Ich griff ohne Ekel in das fremdartige Fleisch und spürte den knorpeligen Rückenschild unter seiner Haut. ›Ich kann euch nicht hier lassen ...‹

›Mein Nachfahre knospt schon in mir‹, lautete seine Antwort. ›Nun wird bald alles, was ich hin, in den Schlaf überwechseln. Wenn das Junge wächst, werden Körper und Geist zerstört. Bei den Menschen ist es anders. Wenn mein Nachfahre bereit ist zu erscheinen, ist der Körper, den Ihr tragt, Staub. Ich weiß nicht, ob ihr Menschen wieder geboren werdet. Doch für uns ist dies die letzte Metamorphose. Wenn Ihr mir dienen wollt, erfüllt meinen Willen ...‹

Seine Regenbogenaugen wurden langsam stumpf und er hat kein Wort mehr gesprochen.« Caitrin seufzte.

»Die Geschichte erinnert mich an die Märchen, die die Kinderfrauen den Kindern im Zeitalter des Chaos erzählten, damit sie einschlafen«, sagte eine der Frauen. In ihrer Stimme widerstritten Unglaube und Verwunderung.

»In der Schule der Alpha-Kolonie habe ich schon seltsamere Geschichten gehört«, erwiderte eine Terranerin.

»Ich glaube dir!«, sagte Kiera beherzt. »Denn ich *weiß*, dass du die Wahrheit sagst.«

Die anderen musterten ihr mittelblondes Haar, und ihnen fiel ein, dass sie eine Ridenow war. Die Fähigkeiten einer Comyn verlangten nun zwar weniger Ehrfurcht als früher, doch auch jetzt hätten die Anwesenden nicht gewagt, an ihren Worten zu zweifeln.

Aber niemand versteht, worum es wirklich geht, dachte ich und schaute mich in unserem Kreis um. Caitrin hatte die Erzählung mit einer Frage begonnen. Und man konnte sie erst beantworten, wenn man das Ende der Geschichte kannte.

»Was ist dann passiert, *Breda*?«, fragte ich heiser. »Was hast du gemacht?«

»Ohne Hilfe konnte ich sie nicht nach Thendara zurückbringen«, sagte Caitrin. »Selbst wenn es mir gelungen wäre ... Wie hätte ich ihren Tod erklären sollen? Es erschien mir besser, das zu tun, worum Xitenith mich gebeten hatte. Und im Kilghard-Gebirge gibt es bekanntlich genug Höhlen.

Ich war stark genug, um die Leichen zu tragen. Sie waren zwar eine schwere Last, aber leichter als angenommen. Und sie wurden bereits steif, so dass sie leichter zu bewegen waren. Ich nehme an, erst nachdem ich sie in die Höhle gebracht hatte, fing ich wirklich an, Xiteniths Worten zu glauben. Sie wurden längst nicht so steif wie menschliche Leichen. Ich spürte, das sich ihr Gewebe noch immer veränderte. Als ich am nächsten Tag zurückkam, um den Höhleneingang zu verschließen, waren alle drei in einen weißen Schleier eingehüllt, der wie ein Kokon aussah ...«

»Und so hast du sie dort gelassen«, sagte Kyla schließlich.

»Ich habe sie dort gelassen«, sagte Caitrin nickend. »Aber ich habe noch immer den Vertrag, mit dem sie mich an sich gebunden haben. Vielleicht könnte Genyi Coramne ihn als erfüllt erklären, aber er hat Darkover nach der Ablieferung der Xerasier verlassen und ist, soweit ich weiß, nie zurückgekehrt. Ich habe eine Nachricht an Xiteniths Hohes Haus auf Xerasus geschickt. Irgendwann kam in der Imperialen Bank eine Überweisung für mich an, aber keine Antwort.«

»Tja, dann bist du alle Sorgen los«, sagte Gilda forsch. »Hättest du deinen Auftrag nicht erfüllt, hätten sie dich nicht bezahlt.«

»Das habe ich mir auch gesagt.« Caitrin grinste schief. »Aber manchmal stelle ich mir doch Fragen. Der Vertrag verpflichtet mich, sie sicher ins Kilghard-Gebirge und *zurück* zu bringen, aber Xitenith schläft noch immer dort. Deswegen meine Frage: Bin ich noch an den Vertrag gebunden oder frei?«

»Ach, Caitrin ...« Doria schüttelte gähnend den Kopf. »Du hast uns bestimmt eine der merkwürdigsten Geschichten erzählt, die man in diesen Mauern je gehört hat. Was sollen wir antworten? Da musst du schon eine Schlichterin oder einen Hastur fragen! Ich danke dir für deine Geschichte, aber ich bin jetzt zu müde, die Sache zu entscheiden.«

»Schaut mal, die alte Irmelin ist schon eingeschlafen«, fügte Gilda hinzu. »Es ist an der Zeit, dass auch wir jetzt zu Bett gehen.« Dann lachten alle, standen auf und reckten sich, um ihre von der Faszination der Geschichte steifen Muskeln zu entkrampfen.

Auch ich wollte aufstehen, doch mir war ein Fuß eingeschlafen, so dass ich stolperte und dabei Bücher und Notizpapier über den Boden verstreute. Caitrin kniete sich hin, um mir beim Aufsammeln zu helfen. Da streckte ich den Arm aus und packte den ihren.

»Ist was, *Breda*?« Sie hob eine Hand, um mir die Tränen abzuwischen.

»Nein, ich bin nur dumm ...«, erwiderte ich. Doch ihre grauen Augen schauten in die meinen, und ich hatte sie noch nie belügen können. »Caitrin ...«, sagte ich schließlich. »Als du den Xerasier beschrieben hast, der nach Liebe schrie, habe ich gespürt, dass ich es war! Ich bin nicht mehr jung, und ich war auch nie schön, aber ich bin noch immer an dich gebunden, und ich beneide das Geschöpf, das in seiner Höhle schläft!«

»Sei nicht albern, Stelle ...« Sanft wischte sie mir die Tränen ab. »Verstehst du denn nicht? Ich bin nur zu dir zurückgekehrt, weil ich vor vierzehn Jahren etwas von Xitenith gelernt habe!«

Als ich sie an mich drückte, fielen die Bücher erneut zu Boden. In der Stille konnte ich ihren Herzschlag und ein anderes Geräusch hören – den melodiösen Klang fallenden Wassers, als draußen der schmelzende Schnee vom Dachgesims tropfte.

Über Kelly B. Jaggers und »Missverstandene Situationen«

Kelly Jaggers sagt über sich: »Ich kann mich eigentlich nicht sehr gut selbst beschreiben, da ich ständig das Gefühl habe, dass es weitaus interessantere Dinge gibt, über die man sich unterhalten kann.« Sie ist allerdings der Meinung, dass es ihr Vergnügen bereitet, »zu reisen, etwas über Völker und ihre unterschiedlichen vergangenen und gegenwärtigen Kulturen zu erfahren. Dies hat möglicherweise etwas damit zu tun, dass ich einen Bachelor-Abschluss in Anthropologie und Archäologie habe und momentan an der University of Kansas an einer archäologischen Magisterarbeit sitze.« Ihren Worten zufolge wohnt sie mit einem ausgestopften Äffchen namens Murray und einer Zimmergenossin zusammen, die »ganz anders« heißt. So hat eben jeder seinen eigenen Geschmack. MZB

Missverstandene Situationen

von Kelly B. Jaggers

Mutter Mori musterte die vor ihr stehende Frau. Ihre klugen alten Augen schienen sich vor Trauer zu verdunkeln.

»Dies ist ein ungewöhnlicher Umstand, Glynis. Wir haben nicht die geringsten Anhaltspunkte. Morde kommen zwar vor, aber bisher noch nie in einem Gildenhaus.«

Glynis regte sich unbehaglich unter den Blicken der Frauen.

»Wir wissen auch, dass es Trunkenheit gibt. Wenn wir sie auch nicht schätzen, müssen wir doch akzeptieren, dass sie existiert. Es ist jedoch unentschuldbar, wenn jemand unter Alkoholeinfluss eine Schwester angreift und tötet.«

Ein Murmeln ging durch den Raum. Glynis konnte den Zorn der Entsagenden spüren. Er trommelte gegen ihren Rücken, bis ihr Herz im gleichen Rhythmus zu klopfen schien. Mutter Mori hob eine Hand, damit Ruhe eintrat.

»Du tust mir Leid, Glynis, denn du musst nun für immer mit dieser Tat leben. Ich habe über den Fall nachgedacht und bin schließlich zu folgendem Urteil gekommen.«

Glynis spürte, dass ihr das Blut aus dem Gesicht wich. Mutter Mori stand auf und gab Keithea ein Zeichen, dass sie vortreten möge. Die Fechterin ging zu Glynis und packte sie am Arm. Die Frau versuchte entsetzt, sich dem Griff zu entziehen.

»Glynis n'ha Mori ...« Die Angesprochene drehte sich wieder um. »Ich ordne an, dass du aus diesem und allen anderen Gildenhäusern verbannt bist. Vom heutigen Tag an gehörst du nicht mehr zu den Entsagenden.«

Die Verurteilte keuchte entsetzt auf. Ihre Beine fingen an zu zittern und sie sank langsam zu Boden. Auf ein Zeichen von Mutter Mori traten zwei Frauen an ihre Seite und hoben sie hoch. Keithea packte den kleinen goldenen Reif, der an Glynis' Ohr baumelte, und riss ihn ab. Die Frau unterdrückte einen schmerzhaften Aufschrei und schaute zu, als Keithea das lange Messer nahm, das Glynis seit der Initiation bei sich trug, und die Klinge mit einem festen Fußtritt brach. Erst als ihre Welt mit der Klinge zermalmt wurde, schrie sie auf.

Glynis wanderte tagelang durch die Täler von Thendara. Sie schlief in Hauseingängen und suchte Nahrung in Müllkübeln. Nach und nach löste sich der Schreck auf, der ihr Gehirn lähmte, und sie wurde schwächer und wankte. So wie die Träne in ihrem Ohr, heilte auch ihr Verstand. Sie wusste, dass in der Mordnacht mehr passiert war, aber sie konnte sich nicht daran erinnern, so sehr sie sich auch bemühte.

Die Verstoßene hockte sich vor das Feuer, das fortwährend in der Mitte des Marktes brannte, und schaute den über den Platz strömenden Menschen zu. Erst als ihr ein bestimmter Mann auffiel, achtete sie auf einzelne Personen. Er bewegte sich durch die Menge und blieb hin und wieder stehen, sobald jemand ihn anhielt. Glynis schaute zu, als ein junger Bursche in einer Kadettenuniform auf den Mann zuging. Sie wollte wegsehen. Dann erstarrte sie, denn der Bursche gab dem Mann ein paar Münzen und erhielt dafür ein kleines Päckchen. Sie fuhr hoch. Ihr Götter! Sie wusste es wieder. *Kireseth!*

Sie hatten eine Sauftour gemacht. Moira hatte das Päckchen aus ihrer Jacke gezogen und es Glynis hingehalten. Doch sie hatte sich geweigert. Moira war streitlustig geworden. Als die Wirkung des *Kireseth* einsetzte, war sie gewalttätig geworden. Sie hatte sich ohne Warnung auf die ältere Frau gestürzt. Völlig unvorbereitet, den Geist vom Alkohol benebelt, war es ihr nur schwer gelungen, Moira abzuwehren. Dann hatte Moira sich vor die Tür gestellt und geschworen, nur eine von ihnen werde lebend hinausgehen. Plötzlich hatte Glynis um ihr Leben gekämpft.

Die Garde war in dem Moment gekommen, als Moira zum letzten Mal angegriffen und Glynis verzweifelt versucht hatte, ihr Messer abzuwehren. Auf einmal hatte jemand geschrien. Moira war überrascht nach vorn gestolpert und hatte sich auf Glynis' Klinge gespießt. Die Angegriffene wusste anschließend nur noch, dass Moira in einer Blutlache gelegen hatte.

Sie schaute auf, als der junge Mann in Kadettenuniform den Arm des Burschen festhielt. Während der Bursche sich verbal zur Wehr setzte, verschwand der Mann in der Menge. Ein Schatten folgte ihm. Beide schlichen durch die Straßen von Thendara. Der Mann verhökerte seine Art von Alpträumen an jedermann und hielt in Hauseingängen und an Straßenecken inne. Glynis schlich ihm gnadenlos nach. Als sie an eine Gasse kamen, war ihr fast übel. Schließlich bog der Mann in die Gasse ab und näherte sich einem kleinen Tor, das in eine Mauer eingelassen war.

»Traummacher.«

Der Mann drehte sich langsam um und schaute sie an. »Ah ... die Entsagende. Braucht deine Freundin wieder Traumpulver?« Er setzte eine höhnische Miene auf, zückte ein kleines Päckchen und wog es locker in der Hand.

»Dort, wo Moira jetzt ist, braucht sie deine dreckigen Tränke nicht mehr.«

»Ach, wirklich?« Der Mann lächelte flüchtig. »Hast du vielleicht Interesse?« Er wich zurück, als sie in die Gasse eintrat.

»Im Moment bin ich nur an einem interessiert, Traummacher.« Sie zog ihren Dolch und tauchte in die Finsternis ein.

Halbherzig zupfte Glynis an ihrer zerfetzten Jacke, dann gab sie auf. Es war ohnehin sinnlos. Sie lehnte sich an die Mauer, die wenigstens ein gewisses Maß an Schutz gegen den nun fallenden Regen bot. Ihr Kinn schmerzte. Der Mann hatte fraglos zu kämpfen verstanden. Glynis hob den Kopf und spürte, dass ihr die Tropfen aufs Gesicht fielen. Sie schloss die Augen und dachte an Moira. Dann verabschiedete sie sich geistig von ihr.

»He!«

Sie riss jäh die Augen auf.

»Du kannst hier nicht schlafen.«

Glynis hätte den jungen Burschen beinahe ausgelacht. Er war viel jünger, als er auf dem Marktplatz gewirkt hatte.

»Wie lange bist du schon bei den Kadetten, Bürschlein?« Sie sah, dass er ihre zerlumpte Gestalt von oben bis unten musterte. Unweigerlich glättete er seine Uniform. Dann gab er sich einen Ruck und hob stolz den Kopf.

»Seit zwei Jahren.« Seine Hand suchte nach dem Griff seines Schwertes, denn nun fiel ihm ein, wer er war. »Ich muss dich bitten, weiterzugehen. In der Innenstadt gibt es genug Schlafplätze.«

Glynis grinste ihn an und entspannte ihren verkrampften Körper. Dann verschränkte sie die Arme vor der Brust und grinste erneut. »Sag mal, Bürschlein, geht ihr immer so sorglos mit potenziell gefährlichen Leuten um?«

Er wich zurück und starrte sie an. Ihr Grinsen wurde breiter. Glynis wusste genau, was er nun sah: eine Frau, die ihre besten Jahre hinter sich hatte und die Lumpen irgendeines Gildenhauses trug.

»Ich bin wohl kein toller Anblick, was, Bürschlein?«

Von der Frage völlig überrascht, antwortete der Junge ehrlich. »Nein, eigentlich nicht«, gestand er. Dann fügte er hinzu: »Ich kann aber auf mich selbst aufpassen.«

Ihre Augen wurden zu Schlitzen. »Hat man dir etwa beigebracht, herumzustehen und zu tratschen?« Sie lehnte noch immer an der Mauer, im Schneidersitz, die Arme verschränkt, doch ihr Lächeln war verschwunden. »Wo ist dein Kollege?«, fauchte sie.

Der Bursche zuckte ängstlich zusammen. Er war sich seiner plötzlich nicht mehr ganz sicher. Der Regen klatschte nun gegen die Wände der Gasse. Und Glynis machte gnadenlos weiter.

»Du hast den Dienst ohne ihn angefangen, nicht wahr? Er kann wohl nicht arbeiten?«

In seinen Augen zeigte sich allmählich Unsicherheit.

»Er träumt ein wenig, was?« Ohne Warnung streckte sie einen Arm aus, packte den seinen und drehte ihn dem Jungen auf den Rücken. Der Bursche versuchte, die Bewegung abzublocken, aber Glynis hatte ihn an die Mauer gedrängt, bevor er auch nur wusste, was sie vorhatte.

Ein leises Stöhnen entwich ihm, als er die Spitze ihres Dolches an seinem Hals spürte.

»Was machst du jetzt, Bürschlein?« Sie konnte seine Angst riechen, die gegen ihre Sinne anstürmte. Tränen mischten sich auf ihrem Gesicht mit dem Regen. Glynis blinzelte sie wütend fort.

»Ist dies nicht genau der Grund, aus dem man euch lehrt, nie allein hinauszugehen?«

Er winselte und wehrte sich zaghaft gegen die ihn haltende Hand.

»Ist es nicht so?« Glynis riss ihn von der Mauer zurück. Sie legte ihm den Arm um den Hals und senkte ihre Klinge. »Bei zweien wäre es nicht so einfach gewesen, nicht wahr?«, fragte sie. Ihre Stimme war vor Trauer belegt. »Indem du das Problem ignorierst, hilfst du deinem Kumpanen nicht.«

Glynis schob den Dolch in die Scheide und trat zurück. Ihre Hand griff an den kleinen Riss an ihrem Ohrläppchen. »Er wird sich jetzt einen anderen Händler suchen müssen«, fügte sie leise hinzu.

Sobald sie den Burschen losgelassen hatte, wirbelte er herum und zog sein Schwert. Erst dann bemerkte er die Leiche, die nur wenige Schritte entfernt am Boden lag. Er schaute Glynis an. Sein Schwert sackte herab.

Die Frau zuckte die Achseln. »Er hat die Situation missverstanden.« Sie schenkte dem Jungen ein kurzes Grinsen, dann zuckte sie noch einmal die Achseln und ging davon.

Über Mary Fenoglio und »Erwachen«

Mary Fenoglio lebt in Texas und hat schon zwei Geschichten in meinen Anthologien veröffentlicht. In ihrer aktualisierten Biografie schreibt sie, sie sei zwar älter geworden, »ob klüger, ist dagegen fraglich; aber ganz eindeutig grauer«.

Tja, werden wir das nicht alle? – älter, meine ich. Grauer zu werden ist nicht einfach, wenn man so blond ist wie ich. (Wenn ich also in einem Darkover-Buch sage, dass der alte Danvan Hastur nicht grau wirkt, weil er so blond ist, weiß ich, wovon ich spreche – aus persönlicher Erfahrung.)   MZB

Erwachen

von Mary Fenoglio

Im Morgengrauen am Tag ihrer Eheschließung ritt Linzel zum letzten Mal allein aus. Nun, da sie kurz davor stand, alles aufzugeben, empfand sie die Dinge mit besonderer Intensität: den Geruch der nachtfeuchten Wiese, den satten Duft des Laubes, den die Hufe aufwirbelten, den Gesang der erwachenden Vögel, das Gefühl des zuverlässigen Pferdes, auf dem sie saß. So konnte sie vergessen, dass die Zeit verging, und nur ihre Erkenntnis, dass das Pferd ermüdete, würde sie wieder nach Hause bringen.

Heute zögerte sie den Rückweg besonders lange hinaus, aber da sie um die Aufregung ihrer Mutter wusste, verlief der Ausritt wesentlich kürzer als üblich. Als sie in den Stallhof kam, sah sie, dass die Zofe ihrer Mutter sie bereits erwartete. Die junge Frau hatte die Arme in die Seiten gestemmt, und ihr Gesicht war vor Verzweiflung ganz zerfurcht. Als Linzel absaß, ergriff sie ihre Herrin an der Hand, zog sie zum Haus und schimpfte sie aus. Linzel seufzte und warf einen sehnsuchtsvollen Blick zu ihrem Pferd zurück, das gerade weggeführt wurde.

»Selbst am Tag Eurer Hochzeit muss man Euch von einem Pferd herunterziehen und ins Haus jagen!«, sagte die Frau tadelnd. »Eure Mutter ist aufgeregt, und wer weiß, was Euer zukünftiger Ehemann nun denkt!«

Wen kümmert es?, dachte Linzel rebellisch. *Ich habe nicht um diese Heirat gebeten. Mir ist es bisher ganz gut gegangen. Mahlon ne Royhann mag ja eine großartige Partie sein, wie Mutter zu sagen beliebt, und vielleicht lässt es sich in Rihannon wunderbar leben, aber ich habe mir weder ihn noch seinen Besitz ausgesucht.*

Natürlich sprach sie ihre Gedanken in diesem Moment nicht aus, ebenso wenig während der langwierigen Vorbereitungen für die große Feier. Und schon mal gar nicht, als die endlose Zeremonie ablief. Sie lächelte zwar, so oft sie konnte, doch das Lächeln erreichte nie ihre grünen Augen. Sie war eitel genug, um das bewundernde Gemurmel zu genießen, das ihr folgte, weil sie wusste, welches Bild sie in ihrem wunderschönen Gewand, mit dem kunstvoll frisierten rotbraunen Haar und ihren umwerfend grünen Augen abgab. Ihrem Ehemann, der so steif neben ihr stand, brachte sie kaum mehr als leichte Neugier entgegen. Nach dem ersten anerkennenden Blick hatte er sie kaum noch einmal angesehen.

Doch ihr war in erster Linie absolut jämmerlich zu Mute. Es verlangte sie nicht danach, ihr Heim und ihre bisher genossene relative Freiheit gegen die eingeschränkte und reglementierte Existenz der Ehefrau und Geliebten eines Herrn einzutauschen. Sie hatte ihre Mutter stets genau beobachtet und wusste, dass sie nicht so leben wollte. Und doch stand sie jetzt hier, ob es ihr nun gefiel oder nicht, und man erwartete von ihr, dass sie das Beste daraus machte.

Nachdem die Trauungszeremonie beendet war, feierte man ein riesiges Fest. Es gab reichlich zu essen, und selbst die Dienerschaft und die Leute von den Bauernhöfen saßen an langen, reich gedeckten Tischen. Der scharlachrote Wein floss in Strömen, und Musikanten schlenderten zwischen den Massen umher und spielten die beliebtesten Weisen. Linzel hatte ihre Mutter noch nie so glücklich gesehen. Und das verstand sie nicht.

Ich komme mir vor, als hätte man mich in Knechtschaft gegeben, dachte sie. *Und meine eigene Mutter freut sich darüber! Ich nehme an, sie sieht es von einem anderen Standpunkt aus. Immerhin bin ich neunzehn. Wahrscheinlich hat sie geglaubt, ich kriege keinen mehr ab.*

Dieser Gedanke ließ sie nach dem Mann Ausschau halten, an den man sie gerade verheiratet hatte. Er hatte den Platz an ihrer Seite schon nach wenigen freundlich gemurmelten Worten freigegeben. Sie entdeckte ihn in einer kleinen Gruppe von Männern, die vor einem Weinfass standen. Vorsichtig hob sie den Saum ihres Gewandes und ging zu der Gruppe hin. Doch ihre Mutter, die ihr eine Hand auf den Arm legte, hielt sie zurück.

»Du darfst dich den Männern nicht aufdrängen«, sagte die ältere Frau warnend. »Sie besprechen zweifellos wichtige Dinge, von denen wir nichts verstehen. Komm jetzt, es ist Zeit, dass du dich für die Reise in dein neues Zuhause umkleidest. Ach, Schätzchen, es wäre mir lieber, du würdest nicht reiten. Hättest du doch nur einer Kutsche zugestimmt! Dann hättest du ein wunderbares Reisekleid bekommen! So ist es nur ein Reitkleid. Nun ja, die Näherin hat getan, was sie konnte, aber ...«

Linzel ließ sich fortführen, ohne auf das nervöse Getratsche ihrer Mutter zu achten. Man durfte sich den Männern nicht aufdrängen? Ihr Vater hatte ihre Gesellschaft immer willkommen geheißen. Die Männer besprachen wichtige Dinge, die sie nicht verstand, weil sie eine Frau war? Sie schaute zu ihnen zurück und sah, dass sie lachten. Einige von ihnen wirkten ziemlich betrunken. Wichtige Dinge?

Als sie später mit dem Hochzeitsgefolge durch das Tor ihres Vaterhauses ritt, drehte sie sich nicht um und warf keinen Blick zurück. Sie ritt im Damensattel, wie es für eine junge Frau ihres Standes schicklich war, und hielt den Rücken so gerade, als hätte sie einen Besenstiel verschluckt. Ihr Kopf saß steif aufgerichtet auf dem schlanken Hals, und sie reckte die Schultern. Ihr dunkles, rotbraunes Haar rutschte in kleinen, widerspenstigen Strähnen unter der Krempe des Reisehutes hervor, aber das war das einzig Undisziplinierte an ihr. Der

Blick ihrer ausdrucksvollen grünen Augen war leer und unergründlich, als er sich auf den breiten Rücken ihres Ehemannes richtete, der genau vor ihr dahinritt. Sie hatte dummerweise erwartet, er würde neben ihr reiten, wie sie es von ihrem Vater und ihren Brüdern gewohnt war, aber Mahlon ne Royhann, der Herr von Rihannon, hatte sie wegen dieses Vorhabens schnell und energisch ausgeschimpft. Die unerwartete Zurechtweisung ließ ihr die Röte in die Wangen steigen, allerdings mehr aus Überraschung und Erheiterung denn aus Verärgerung, und sie zügelte ihr Pferd in die Reihe hinter ihm. Ihre erste Lektion als Ehefrau hatte sie also soeben erhalten. Es gefiel ihr nicht sehr, wie ein unartiges Kind vor der gesamten Hochzeitsgesellschaft zurechtgewiesen zu werden. Linzel erstickte fast an ihrem Zorn, doch aus Gründen des Respekts vor ihren Eltern hatte sie sich vorgenommen, Mahlon später zu erzählen, was sie von seinem Benehmen hielt. Auf der Reise nach Rihannon würde es schon eine Gelegenheit geben, bei der sie allein waren.

Leider waren sie während des gesamten zweitägigen Rittes niemals für sich – nicht einmal, um ein Gespräch zu führen. Er hielt sich stets bei seinen Männern auf, während sie zwei Damen zur Gesellschaft und Unterstützung begleiteten. Die beiden waren freundlich und respektvoll, aber sie waren nur da, um die junge Ehefrau zu bedienen, nicht um mit ihr Freundschaft zu schließen. Als Linzel sah, dass die Damen miteinander tratschten und lachten, wenn sie bei der Rast ihre Aufgaben verrichteten, empfand sie eine abscheuliche Einsamkeit, die einen großen, dunklen Stein in ihrer Magengrube formte. Die beiden machten es ihrer Herrin für die Nacht bequem und zogen sich zurück, um einander Gesellschaft zu leisten. Etwas anderes wäre nicht passend gewesen. Linzel wollte sie nicht in Verlegenheit bringen, indem sie die Gesellschafterinnen bat, bei ihr zu bleiben. Ihre Kehle schmerzte so sehr, dass sie nichts essen konnte, aber weinen wollte sie auch nicht. Als sie sich zum Schlafen hinlegte, erschien ihr das Gesicht ihrer Mutter, und sie dachte sehnsuchtsvoll an ihr luftiges Schlafzimmer zu Hause.

Nur war ihr Zuhause jetzt nicht mehr ihr Zuhause. Sie gehörte jetzt nach Rihannon, und als Linzel von der anderen Seite des Tales auf die großen Steinmauern blickte, war ihr, als strecke sich über die sonnenbeschienene Route eine kalte Hand aus und umklammere ihre Kehle. Sie hatte das irrationale Empfinden, dass sie nie ankommen würde, wenn sie durch das Tor ritt, doch sie folgte ihrem Gatten durch riesige eiserne Stangen in den Innenhof. Hinter ihr knallte das Tor mit einem hohlen Knall zu, sie drehte sich im Sattel und blickte deprimiert zu den grauen Mauern ihres neuen Heims hinauf. An einigen Fenstern in den oberen Etagen waren Farbtupfer zu sehen. Linzel lächelte trotz ihres Elends vor sich hin. Bedienstete! Sie waren überall gleich, zweifellos alle aufgeregt über die neue Frau des Herrn, denn sie würde ihr Leben verändern. Linzel ließ sich von ihrem Gatten aus dem Sattel helfen und wankte leicht, als sie den Boden berührte. Doch sie erholte sich sofort, als sie den Blick von Mahlons dunklen Augen auf sich spürte. Er hielt ihr die Hand hin, und sie legte die ihre leicht auf sein Gelenk, als sie die breite Steintreppe hinaufschritten. Ihr leichter Schritt war ein Echo seines schwereren. Zwischen ihnen war es noch immer nicht zu einem privaten Gespräch gekommen. Allmählich graute ihr vor dem Augenblick, in dem sie miteinander allein waren.

Dann endlich kam der Moment. Gleich nach dem Abendessen – das Linzel zwar nicht herunterbekam, ihr Ehemann jedoch sichtlich genoss – streckte er ihr erneut die Hand entgegen, und sie gingen zusammen die Treppe hinauf. Als Linzel nach unten schaute, überraschten sie die Gesichtsausdrücke jener, die ihnen von unten zuschauten. Sie hatten Mienen aufgesetzt, die Linzel noch nie gesehen hatte und nicht deuten konnte, aber sie verstand den guten Willen, mit dem sie ihre Krüge hoben, als Mahlon am oberen Treppenabsatz stehen blieb und nach unten blickte. Sie musterte ihren Gatten eingehend. Er war groß, breitschultrig, hatte dunkles Haar und dunkle Augen. Sein Gesicht war glatt, wenn man von seinem schwarzen Schnauzbart absah, seine Nase gerade und elegant, die Stirn hoch, das Kinn fest. Sein Auftritt zeigte mehr Arroganz, als Linzel mochte, und sie fand sein Schweigen ihr gegenüber, um es vornehm auszudrücken, mehr als irritierend. Aber sie hatte noch nie einen Mann getroffen, der sich allzu viel mit Frauen unterhielt.

Als sie durch den Korridor schritten, wurde der jungen Frau noch unbehaglicher zu Mute. Die Finsternis wurde von immer schwächer flackernden Fackeln unterbrochen. Sie waren in gewissen Abständen an den Wänden befestigt, doch dazwischen tanzten seltsame Schatten und streckten lange, wabernde Finger aus, die ihr Haar zerzausten. Vor einer großen, handgeschnitzten Tür blieb das Paar stehen. Das Licht der Fackeln flackerte auf dem Holz, doch bevor Linzel Gelegenheit erhielt, es sich anzusehen, hatte Mahlon die Tür aufgestoßen und hob seine Frau auf seine Arme. Sie keuchte überrascht auf, und ihre Wangen röteten sich angesichts dieser ungewohnten Vertrautheit und der Nähe seines Gesichts zu ihrem. Er schritt über die Schwelle, trat die Tür mit dem Stiefel zu und bedeckte ihre Lippen mit den seinen. Seine dunklen Augen waren geschlossen; sie sah seine Wimpern in unglaublichen Einzelheiten, als der Geschmack von Wein sich mit einem scharfen, kupfernen Aroma mischte, das ihre Sinne betörte. Sein Mund war hart und fordernd. Sie versuchte, das Gesicht wegzudrehen, doch es gelang ihr nicht, und sie geriet plötzlich in Panik. Linzel wusste nicht, was er tat, was er wollte, was er von ihr erwartete, dieser dunkelhaarige, schweigende Mann, der sie mit einem schmerzenden und erniedrigenden Griff festhielt, doch sie konnte sich nicht dazu bringen, ihn zu fragen. Mit drei Schritten erreichte er das große, mit einem Baldachin versehene Bett, das mit schneeweißen Laken und getrockneten Rosenblüten bedeckt war, und legte Linzel auf den riesigen Polstern ab. Sie zog sich auf der Stelle an die Wand zurück und saß, die Knie ans Kinn gezogen, reglos da und musterte ihn mit dem Blick eines in die Enge getriebenen Tiers, als er anfing, sich zu entkleiden. Ihr Herz schlug gegen ihre Rippen. Sie konnte nur ganz flach atmen, und der Raum verschwamm vor ihren Augen. Am liebsten hätte sie laut geschrien, aber sie wusste, dass niemand kommen würde. An diesem Abend gab es niemanden außer ihr und dem großen, finsteren, schweigenden Mann, der sich ohne Eile seiner Stiefel und Reithosen entledigte und schließlich ein weißes Leinenhemd auszog. Sein breiter Brustkorb war von dichtem, krausem, schwarzem Haar bedeckt, das sich in einer dünnen Linie bis zu seinem flachen, harten Bauch hinunterzog, um sich dort wieder zu verbreitern.

Linzel hatte ihre Brüder oft nackt gesehen, besonders die jüngeren, und sich wenig dabei gedacht, doch ein erwachsener Mann im Zustand der Erregung war eine völlig neue Erfahrung für sie. Entsetzt schloss sie die Augen, als sie spürte, dass seine Hand sich auf ihr Gelenk legte und sie über das Bett zu ihm hinzog. Sie spürte, dass seine Hände an ihren Kleidern zerrten, bemerkte plötzlich kalte Luft an ihrem Körper, hörte ihn jäh Luft holen, doch sie blieb distanziert und starr und verweigerte jegliche Reaktion. Stumm ertrug sie seine Zärtlichkeiten, nahm sein heiseres Geflüster kaum wahr, und als der Schmerz kam, erblühte er wie eine blutende Blume tief in ihrem Inneren. Sie schrie nicht einmal auf; sie hatte sich längst ein Stück des Bettlakens in den Mund gestopft, um es zu verhindern. Sie weinte auch später nicht. Sie legte sich so weit wie möglich von dem schwer atmenden Mann hin und fürchtete, dass die geringste Bewegung ihn wecken und dazu ermutigen könnte, die gesamte schmerzhafte und grauenvolle Episode zu wiederholen.

Während die Nacht verging, jagte ein verwirrter Gedanke nach dem anderen durch ihren Kopf. Sie dachte sehnsuchtsvoll daran, ein Pferd zu satteln und von diesem Alptraumort fortzureiten. Doch dicht auf den Fersen dieser Vorstellung kam ein Bild, in dem man sie als Ungnädige nach Rihannon zurückschleppte, damit ihre Familie nicht in Schmach und Schande fiel, weil sie ihren Eid gebrochen hatte. In ihrem Kopf wirbelte alles durcheinander, bis sie erschöpft war und eindöste. Sie erwachte, als die Sonne über die Gebirgskette trat und ihr Gatte sich ihr erwartungsvoll zuwandte. Noch einmal ertrug sie ihn, und die erste kleine Narbe des Hasses weitete sich in ihrem Herzen zu einer festen Verkalkung aus.

Als sie, nachdem er von ihr abgelassen hatte und nach unten gegangen war, am Kamin stand, seifte sie sich mit der weichen, duftenden Seife ein, die sie von zu Hause mitgenommen hatte, und schrubbte sich ab, bis ihre Haut schmerzte. Das Zimmermädchen brachte warmes Wasser. Linzel schüttete es über ihren Körper und versuchte, den stumpfen Schmerz zu lindern, das Gefühl der Schändung, das sie noch immer empfand. In ihrem Bauch brannte ein kleiner heißer Kern. Auch wenn sie sein lebhaftes Erforschen ihres Körpers ertragen, seine Kinder gebären, ihm den Haushalt führen und ihr Leben neu gestalten musste, um dem Bild seiner Ehefrau zu entsprechen – es musste ihr deswegen nicht gefallen. Sie musste nicht plötzlich widerstandslos und unterwürfig werden. Sie war diejenige, die sie immer schon gewesen war, und Mahlon ne Royhann sollte es am besten von Anfang an wissen! Als sie nach unten kam, war ihr dichtes, glänzendes Haar zusammengebunden und im Nacken unter einem Netz verborgen. Ihr

Kleid war dementsprechend bescheiden, und ihr langer, blatt-grüner Unterrock ließ ihre Augen noch intensiver als Smarag-de glänzen. Linzel scherte sich nicht um die Bewunderung, die sie unter jenen fand, die am Tisch saßen. Mit einem leeren Gesichtsausdruck, den Blick nach unten gerichtet, doch mit aufgewühltem Magen, nahm sie den Platz neben ihrem Gatten ein.

»Guten Morgen«, sagte er in einem amtlichen Tonfall, und Linzel wunderte sich, dass er so mit ihr sprach, nachdem er ihr dies angetan hatte. Als hätte sich zwischen ihnen nicht das Geringste verändert. Männer waren wirklich seltsame und fremdartige Geschöpfe! Der Blick ihrer Smaragdaugen traf den seinen, als sie den Gruß kalt erwiderte, und abgesehen von der Vorstellung der Dienerschaft und einigen Männern, die ebenso dunkelhaarig waren wie er und die sie als seine Hauptmänner identifizierte, sprach ihr Gatte kein weiteres Wort mit ihr.

Linzel konnte nichts von dem Stolz wissen, den er angesichts ihrer Schönheit und Haltung gegenüber seinen Leuten empfand, oder wie gespannt er erwartet hatte, dass sie an diesem ersten Morgen die Treppe herunterkam. Dass ihre Hochzeit arrangiert worden war, war völlig natürlich. Sie hatte ihm auf den ersten Blick gefallen, doch hatte dies weder etwas mit ihrem Geist noch mit ihrer Schlagfertigkeit zu tun. Es ging nur darum, dass man sich aneinander gewöhnte, und dies erforderte Zeit. Er hatte sich im Ehebett nicht unangebracht gefühlt. Er hatte gewusst, dass sie Jungfrau war. Ihre Furcht würde sich mit der Zeit in Lust verwandeln. Damit hatte er nicht die geringsten Schwierigkeiten. Und so hatte er gespannt ihr erstes Frühstück erwartet und es für den Beginn des Lebens gehalten, das er sich ersehnte.

Da nur wenige Worte gewechselt wurden, konnte Mahlon nicht ahnen, dass Linzel ihre Heirat in völlig anderem Licht sah. Nach ihrem Wissen wurden Ehen zwar zum Nutzen aller Beteiligten arrangiert, aber es gab offensichtlich viele Dinge, die man ihr über das Zusammenleben mit einem Mann verschwiegen hatte. Bisher hatte sie über nichts dieser Art nachgedacht: öffentliche Schelte, langes Schweigen und die Dinge, die sich im Bett abspielten. Das Zusammenleben mit einem arroganten Fremden war nicht das, was sie sich unter einem schönen Dasein vorstellte. Sie hatte, indem sie hierher gekommen war, ein angenehmeres Leben hinter sich gelassen und nicht die Absicht, sich an ihrem neuen zu erfreuen.

Deswegen wurde zu seiner Verwunderung und ihrer Irritation bei Tisch kaum gesprochen, und daran änderte sich auch später nichts. Mit der Zeit nahmen die Missverständnisse zwischen den Eheleuten zu, und ihr Leben lief in schweigsamen Stunden an ihnen vorbei. Sie besprachen nur Dinge, die den Landsitz betrafen. Er hielt sie für scharfsinnig und geschickt in Dingen, die das Haus und die Bewirtschaftung betrafen, und hätte manchmal gern ihren Rat eingeholt, da er die landwirtschaftliche Seite ihrer Existenz als langweilig empfand. Er brachte es nie über sich, ihr zu zeigen, wie wertvoll ihre Meinung für ihn war, denn sie erweckte nicht den Eindruck, dass sie sich darüber freuen würde, und ihre Geringschätzung wollte er nicht auf sich laden. Was sie anging, so wünschte sie sich oft, ihre Gedanken und Ideen mit ihm teilen zu können, denn sie fand Rihannon und den dazu gehörenden Grundbesitz wunderschön und faszinierend und die Möglichkeiten endlos. Aber sie konnte es nicht als ihr Eigentum betrachten und wusste, dass man auf die Ansichten von Ehefrauen allgemein keinen Wert legte. Sie hörte genug Gerede in der Küche und unter den anderen Frauen des Haushalts, um zu wissen, dass alle großes Mitgefühl für Mahlon empfanden, da er mit einer »gefühlskalten und scharfzüngigen Xanthippe« verheiratet war.

Aber so bin ich doch gar nicht, dachte sie oft, wenn sie die letzten Worte eines Gesprächs vernahm, das sofort verstummte, sobald sie den Raum betrat. Ihre Beherrschung ließ nach, ihre Zunge wurde noch spitzer. Das Personal fürchtete sich vor ihr, und die anderen Frauen im Haus gingen ihr aus dem Weg. Sie lebte inmitten eines großen Landsitzes praktisch allein und war verzweifelt und einsam. In ihrem Geist wurde Mahlon zu einem Feind, zur Ursache ihres Elends, und je mehr sie ihn verabscheute, desto tiefer wurde das Schweigen zwischen ihnen. Manchmal überraschte sie seine Miene, wenn er sie anschaute. In seinen Augen lag echte Verwirrung, als wolle er sie gleich fragen, wie sich die Dinge so entwickeln konnten. Er kam zwar noch immer zu ihr ins Bett, aber den Raum hatte er ihr überlassen. Er war in einen anderen gezogen. Wütend ertrug sie das, was für sie Angriffe waren, und sie betete darum, obwohl sie es früher kaum getan hatte, dass er sie nicht schwängerte.

Nach drei Jahren Ehe war sie noch immer nicht schwanger geworden. Das Paar hatte sich inzwischen auf eine Routine erbitterten Konflikts geeinigt. Wenn die Belastung unerträglich wurde, ritt Mahlon mit seinen Männern aus und ging jagen. Nur dann senkte Linzel ihre Abschirmung und entspannte sich, doch es gab niemanden, mit dem sie reden konnte. Manchmal lag sie in der Nacht wach, kalter Schweiß perlte über ihr Gesicht, ihr Herz klopfte, ihr Atem raste, ihr Geist kreiste hin und her und her und hin, und sie suchte verzweifelt nach einem Ausweg, obwohl sie wusste, dass es keinen gab.

Nach einer solchen Nacht – Mahlon war mehrere Tage fort und die Illusion des Friedens hatte sie übermannt – ging sie die Treppe hinunter und fand den Großen Saal in Aufruhr vor. Ein offenbar müder und hungriger Besucher war eingetroffen, doch der Hauptmann, der in Mahlons Abwesenheit das Kommando führte, wollte den Reisenden nicht in den Saal lassen.

Linzel war entsetzt. In diesem schroffen Land war Gastfreund-schaft gegenüber Reisenden Pflicht. Sie war zudem neugierig auf Nachrichten von außen; ein Reisender würde sich wenigs-tens mit ihr unterhalten. Daher schritt sie zur Tür und stieß sie fest auf. Ihre grünen Augen blitzten, als sie den Mund öffnete, um den Hauptmann zurechtzuweisen. Und er blieb in sprach-loser Überraschung offen, denn auf der breiten Steintreppe stand die von der Reise völlig verwahrloste Gestalt einer Frau. Die Fremde war groß und knochig und trug Reithosen und Stiefel wie ein Mann. Sie hatte den Umhang nach hinten ge-worfen, und ihr kurz geschnittenes Haar fing den Sonnen-schein wie eine goldene Kappe ein. Sie hatte ein Bein vor das andere auf die Stufen gestellt, ihr Unterarm ruhte auf dem Oberschenkel, in der einen Hand hielt sie ihre Reithandschu-he. In der anderen hingen die Zügel eines sehr müden Pferdes, das mit einem erhobenen Lauf und hängendem Kopf dastand. Das Pferd schien ihr wichtiger zu sein als sie selbst, doch der Hauptmann war stur, und seine Stimme grob und wütend.

»Solche wie dich wollen wir hier nicht haben!«, fauchte er. »Anständige Frauen und deren Schutz sind uns wichtiger!«

»Ich bin keine Bedrohung für Eure Frauen«, sagte die Frem-de ruhig. »Ich bitte nur um ein paar Stunden Ruhe für mein Pferd und etwas Nahrung für uns beide. Wenn Ihr wollt, neh-me ich auch gern mit dem Stall vorlieb.«

»Ich will, dass du sofort von hier verschwindest. Wenn du nicht gleich abhaust, hetze ich die Hunde auf dich.«

Die Reisende schien gerade wieder das Wort ergreifen zu wollen, als Linzel wieder zu sich kam und in das Getümmel hinaustrat.

»Ihr vergesst Euch, Hauptmann«, fauchte sie. Die Frau auf der Treppe schaute Linzel an. »Hier bin ich die Herrin, und so lange wird an dieser Tür niemand abgewiesen! Sorgt auf der Stelle dafür, dass sich jemand um das Pferd kümmert!« Dann sprach sie die Frau an. »Bitte, tretet ein und teilt mit uns, was wir haben.«

»Danke, meine Dame, aber ich werde mich zuerst um mein Reittier kümmern. Könnte mir vielleicht jemand den Stall zeigen?«

»Natürlich«, sagte Linzel freundlich. »Der Hauptmann zeigt ihn Euch.« Sie schaute in seine wütenden Augen. Endlich zog er den Kopf ein und lief, je drei Stufen auf einmal nehmend, die Treppe hinunter. Linzel grinste. Als die Blicke der beiden Frauen sich trafen, lächelten sie. Linzel spürte eine plötzliche Wärme in der Magengrube. Ihre Gedanken waren identisch, dessen war sie sicher, aber das Gefühl war neu für sie.

Als sie darauf wartete, dass die Frau erwachte, konnte sie es vor Spannung kaum aushalten. Nachdem man die Fremde gebadet, verköstigt und in einen Schlafraum geführt hatte, hatte sie in ihrer Erschöpfung den ganzen Tag verschlafen. Linzel hatte sich inzwischen leichtfüßig ihrer Aufgaben angenommen und dabei völlig ihre spitze Zunge vergessen, denn nun konzentrierte sie sich auf etwas, das nichts mit ihrem privaten Elend zu tun hatte. Später hatte sie sich in die kleine Kammer zurückgezogen, die sie ihren »Nachmittagsraum« nannte. Dort stieß die Fremde auf sie.

»Ich entschuldige mich für mein ungehöriges Benehmen, meine Dame«, sagte die Frau. »Aber seit ich vor drei Monaten mein Gildenhaus verlassen habe, habe ich in keinem Bett mehr geschlafen. Man empfängt mich nicht überall, wo ich auftauche, mit offenen Armen.«

»Der Hauptmann hatte eindeutig Angst vor Euch«, sagte Linzel. »Ich sehe in Euch zwar nichts, das mich persönlich bedroht, aber er war regelrecht erschreckt.«

»Er – und einige andere auch – fürchten etwas, das sie nicht verstehen«, sagte die Fremde gut gelaunt. »Und Frauen, die lieber allein sind und für sich selbst sorgen, statt sich unter den durchaus fragwürdigen ›Schutz‹ eines Mannes zu begeben, verstehen sie schon gar nicht.«

»Frauen?«, fragte Linzel verwundert. »Gibt es noch andere Eurer Art?« Sie errötete, als sie den ungehörigen Klang ihrer Worte vernahm, doch ihr Gast lächelte nur.

»Ich fürchte, ich habe völlig vergessen, wie man sich benimmt. Ich heiße Alane. Ich gehöre zu den Entsagenden. Möglicherweise habt Ihr nie von uns gehört.«

»Natürlich habe ich von euch gehört!«, sagte Linzel laut und beugte sich in ihrem Eifer leicht vor. »Als ich noch zu Hause und ein kleines Mädchen war, hat man viel von euch gesprochen!«

»Diese Geschichten kenne ich wahrscheinlich schon«, sagte Alane ironisch. »Wir lieben Frauen, sind abartig und verführen naive kleine Mädchen, damit sie nicht dem natürlichen Trieb folgen und Gattinnen von Männern werden, sondern unseren Gelüsten dienen.«

»Das hat man auch erwähnt«, sagte Linzel nickend. »Liebt ihr Frauen?«

»Manche lieben Frauen«, sagte Alane gelassen. »Manche lieben nur ihre Selbstachtung und bemühen sich, diese zu erhalten – zusammen mit einem Maß an innerem Frieden und einem Gefühl für ihre Richtigkeit in der Welt. Und nein, wir locken niemanden von irgendwo fort. Jede Art von Loyalität wird freimütig gegeben. Wozu wären wir sonst nütze?«

Linzels grüne Augen glitzerten, ihre Wangen röteten sich vor Aufregung, und in den nächsten Stunden aß, unterhielt und lachte sie mit Alane. Es war so, als werde nach und nach ein großes Gewicht von ihrem Brustkorb genommen, und irgendwann fühlte sie sich fast so wie als Mädchen. Ihr Gesicht leuchtete vor Freude und wandte sich um, als sie hörte, wie eine Tür geöffnet wurde. Ihr Haar hatte sich gelöst und floss über ihren Rücken, ihre Wangen waren rosig, und ihre smaragdfarbenen Augen leuchteten wie große Edelsteine zwischen dichten schwarzen Wimpern. Die grimmige Linie ihres Mundes hatte sich entspannt und in jenen Liebreiz aufgeweicht, den er früher gezeigt hatte. Ihr gesamter Körper verriet Freude und Entspanntheit.

Mahlon stand im Türrahmen und sah Linzel so, wie er sie nur aus seinen Phantasien kannte: gebadet ins Feuerglühen, begehrenswerter als je zuvor – und sein Herz tat einen heftigen Sprung. Seine dunklen Augen waren plötzlich lebendig, und ein Lächeln, das Linzel unbekannt war, umspielte sanftmütig seinen ernsten Mund. Als ihr Lächeln, in Verwirrung erstickt, erstarb, sah er Alane seiner Gemahlin gegenübersitzen, einen Weinkelch in der Hand und einen gelassenen Ausdruck im Gesicht. Sie schien sich wohl zu fühlen und wirkte wie zu Hause, und noch weit mehr, als gehöre sie mehr zu seiner Gattin, als er es je selbst empfunden hatte. Eine mörderische Wut befiel ihn.

Er sprang Alane mit einem heiseren Schrei und all seiner soldatenhaften Stärke und Hitzigkeit an. Ihr Stuhl kippte nach hinten. Mahlon krachte schwer auf die überraschte Frau und legte seine großen Hände um ihre Kehle. Sie wehrte sich heftig, aber er hatte sie überrumpelt und drückte schnell das Leben aus ihr heraus. Alane griff nach dem Messer an ihrem Gürtel, doch sie hatte Linzels Kammer unbewaffnet betreten. Die Welt wurde unscharf und grau, und sie hörte, wie sich ihre Lunge gegen den Druck seiner Hände abmühte, die sich unerbittlich um ihre Kehle verengten, bis sie das Bewusstsein verlor ...

Die letzte Sauerstoffexplosion war willkommene Agonie. Sie füllte ihre Lunge immer wieder. Der Mann war ein totes Gewicht auf ihrem Körper, verengte den Luftstrom in ihre verhungernde Lunge. Alane rollte sich schwach unter ihm hervor und setzte sich benommen hin. Ihre Kehle fühlte sich verbrannt an, und sie wusste, dass sie dem Tod nicht fern gewesen war.

Als ihr Blick sich klärte, schaute sie zu Linzel auf, die mit einem Schürhaken in der Hand vor ihr und dem Mann stand. Rasch fühlte Alane Mahlons Puls und schob sein dichtes Haar dort beiseite, wo das Blut auf seinem Gesicht eine klebrige Lache bildete. Sein Herz schlug fest und gleichmäßig. Die Wunde war zwar tief, aber nicht tödlich.

»Er hätte dich umgebracht«, sagte Linzel tonlos. »Ich konnte nicht zulassen, dass er dich tötet. Eher hätte ich ihn umgebracht.«

»Ist schon in Ordnung«, erwiderte Alane und rappelte sich auf. Mit Linzels Hilfe schaffte sie es auf den Stuhl und sackte darauf zusammen. In ihrem Kopf pulsierte es gewaltig. »Ich verschwinde lieber, bevor er zu sich kommt. Wenn ich hier bleibe, macht es die Sache nur noch schlimmer.«

»Lass mich mit dir gehen!«, rief Linzel. »Ich halte es hier nicht aus! Ich kann ihn nicht ausstehen! Ich habe mich so elend, so einsam gefühlt ...«

»Und doch liebt er dich, Kleine«, sagte Alane leise. Linzel wich ein, zwei Schritte zurück. Ungläubigkeit erfüllte ihren Blick.

»Es ist wahr«, fuhr Alane fort. »Ich habe es in seinen Augen gesehen. Würde ein Mann das, was er getan hat, für eine Frau tun, die ihm gleichgültig ist? Er würde niemals zulassen, dass du mit mir gehst.«

»Ich hatte nicht vor, ihn darum zu bitten!«, sagte Linzel scharf. »Er liebt mich nicht! Du weißt doch gar nicht ... Du kannst doch gar nicht wissen, was ...«

»Ich kann es erraten. Hör zu, Linzel, es geht nicht nur um ihn, sondern auch um dich. Du bist noch nicht bereit, mit mir zu gehen; noch nicht bereit, dich uns anzuschließen. Vielleicht wirst du es eines Tages sein, aber jetzt ist nicht der richtige Zeitpunkt für dich. In deinem Leben gibt es einiges, das du nicht verstehst. Hier existiert zu viel Unerledigtes für dich, um ohne ein Wort zu gehen. Eine gute Entscheidung will wohl überlegt sein, und das kannst du jetzt noch nicht.«

Alane stand schwerfällig auf. Linzel war sofort neben ihr, und sie gingen nach unten in den Großen Saal. Die Herrin setzte rasch einen Hauptmann in Bewegung, der sich um Mahlon kümmern sollte, dann ordnete sie an, dass man für Alanes Reise Nahrung bereitstellte und dass ihr Pferd gesattelt und geholt wurde. Während all dieser Zeit wurde das Herz in ihrer Brust kleiner und kälter, denn es erwartete die schweigenden, einsamen Stunden nach Alanes Abreise. Auf der Steintreppe drehte die Entsagende sich um und schaute in Linzels Augen. Sie wirkten groß und elend, doch Alane lächelte.

»Komm, *Breda*«, sagte sie, und um ihre Bestürzung zu übertünchen, zog sie schnell die Handschuhe an und legte ihren Umhang um. »Wir werden uns wieder sehen. Irgendetwas hat uns zusammengeführt, hat mich aus irgendeinem Grund zu dir geschickt. Eines Tages werden wir den Grund dafür kennen. Bis dahin müssen wir unser Leben Tag für Tag leben. So gut wir können. Falls du mich je brauchst, schick nach mir. Ich bin im Gildenhaus von Galmannorr und verspreche dir, dass ich antworte, wenn ich es kann.«

Linzel konnte nur nicken, als sie sah, wie Alane sich mit Leichtigkeit in den Sattel schwang. Sie stand auf der Treppe und schaute zu, wie das Pferd und seine Reiterin mit zunehmender Entfernung kleiner wurden und verschwanden. Dann drehte sie sich langsam um, schloss die Tür und ging mit müden, schlurfenden Schritten in das große Haus zurück.

Vor den Folgen von Alanes Besuch konnte sie die Tür jedoch nicht verschließen. Mahlon ersetzte sein Schweigen durch Grausamkeit und Linzel durch eine hübsche junge Dirne aus dem Untergeschoss. Es kümmerte sie nicht im Geringsten, dass er eine andere Frau in sein Bett holte. Sie war sogar erleichtert. Doch dass er sie eines Tages an der Tafel im Großen Saal durch die affektierte Dirne ersetzte, war mehr, als Linzel ertrug. Ihr Stolz stand auf dem Spiel, um ihre Gefühle ging es nicht.

Eines Abends, als er mit der jungen Frau zusammensaß, sie mit Häppchen von seinem Teller fütterte und wie ein heranwachsender Tölpel an ihrem Hals herumschmuste, strafte sie ihn mit verächtlichen Blicken. Und als sie vor den beiden stand, brachte sie ihre grenzenlose Wut unverhohlen zum Ausdruck.

»Ich habe die Würde deiner Stellung in allen Dingen aufrechterhalten«, sagte sie kalt, »und habe es nicht nötig, mich von dir mit solchen wie der da beschämen zu lassen. Nimm sie ganz, wenn du willst, aber behalte sie da, wo sie hingehört – außer Sichtweite.«

Mahlon wandte nicht einmal den Kopf, um seine Gattin anzuschauen, doch seine Stimme war leise und gefährlich. »Du hast alles verdient, was ich dir zuteil werden lasse, und du hast bisher großes Glück gehabt, dass es kein tödlicher Schlag war!« Er hob den Kopf, schaute ihr direkt in die Augen, und Linzel empfand widerwillig Erschrecken. Seine Augen brannten in innerem Feuer, das Weiß war rot geädert, die Lider geschwollen und gerötet. Da er sich kaum mehr beherrschen konnte, war er Argumenten nicht zugänglich. »Dein gerissener Erzeuger hat mich von Anfang an getäuscht. Hat er gewusst dass du eine von *denen* bist?«

»Von *denen*?«, wiederholte Linzel. Der Hass in Mahlons Stimme verwirrte sie. »Von *denen*? Ich verstehe nicht, was du damit meinst.«

»Natürlich verstehst du es nicht«, zischte er und stand halb auf. Die junge Frau hatte er in seiner Wut völlig vergessen. »Du hast nie geplant, dass diese Hexe hierher kommt, was? Ist sie deine Geliebte, oder hast du nur gehofft, du könntest sie während meiner Abwesenheit dazu machen? Wie oft war sie schon hier, wenn ich fort war?«

»Meine Geliebte?«, fragte Linzel. »Was soll das bedeuten?« Sie traute ihren Ohren nicht. »Alane war mir fremd. Sie kam her und hat um Obdach und Brot gebeten. Du hast selbst angeordnet, dass an unserer Tür niemand abgewiesen wird. Glaubst du, sie hätte ohne dein Wissen herkommen können? Deine Offiziere würden sich doch gegenseitig für das Privileg umbringen, mich als Erster bei dir anzuschwärzen!«

Trotz seiner Wut leuchteten Mahlon ihre Worte ein. Er sackte plötzlich auf seinen Stuhl zurück und schwenkte in einer lahmen Geste die Hand. Es bedeutete, dass sie gehen sollte. Linzel drehte sich auf dem Absatz um.

»Solange du nicht bei Sinnen bist, Gatte, werde ich meine Mahlzeiten allein oben einnehmen«, sagte sie und ging. Als sie mit so viel Würde, wie sie nur aufbringen konnte, die Treppe hinaufschritt, hörte sie ihn etwas sagen, das wie »Na, endlich« klang. Oben angekommen, blieb sie stehen, drehte sich um und warf einen Blick über das Geländer. Doch zu ihrer Überraschung sah sie, dass er sich auf dem Stuhl vorbeugte, die Ellbogen auf die Knie und den Kopf auf die Hände stützte. Sie war sich fast sicher, dass seine Schultern zitterten, als weine er, und das alberne junge Gör schaute sich unbehaglich um, als wisse es, dass es nicht hierhin gehörte; als frage es sich, wie es von hier verschwinden könne. Mahlon und weinen? Unmöglich!

»Und doch liebt er dich«, vernahm sie Alanes Stimme, während sie den Korridor zu ihrem Zimmer entlangeilte. Als sie es betreten hatte, lehnte sie sich an die Tür und überdachte das gerade Geschehene. Selbst wenn er sie liebte und nur eine eigenartige Art hatte, es ihr zu zeigen, spielte es jedenfalls keine Rolle. Sie wollte nur frei sein.

In den nun folgenden langen unausgefüllten Tagen und Nächten hoffte sie sogar, dass er sie freigab. Dass er ihren Anblick hasste, stand außer Frage. Er ließ keine Gelegenheit ungenutzt, es ihr zu zeigen. Sie studierte Reden ein, in denen sie ihn bat, sie freizugeben, und in denen sie ihre Freiheit verlangte. Sie diskutierte, flehte, bedrohte ihn – doch nur in der Einsamkeit ihres Schlafzimmers. Sobald sie ihm gegenüberstand, wurde ihr klar, dass er keines dieser Worte je hören und sie niemals aus freien Stücken gehen lassen würde.

Und schon bald sollte sie nicht mehr gehen können, denn Rihannon wurde von einem Fürsten aus den Bergen im Westen belagert. Sein Söldnerheer schnitt das Anwesen von der Außenwelt ab. Jeder Kurier, den Mahlon aussandte, wurde gefangen genommen, umgebracht und auf sein Pferd gebunden zurückgeschickt. Die Kämpfe dauerten tagelang, die Verletzten lagen überall im Großen Saal und in der Küche, wo alle zur Verfügung stehenden Frauen sie pflegten. Hin und wieder ließen die Kämpfe nach, so dass sie wenigstens schlafen konnten, doch dann begann der Terror von neuem. Es gab Nächte, in denen niemand schlief und das Wimmern der erschreckten Frauen und Kinder im Verein mit dem Schreien und Stöhnen der Verwundeten Linzel fast in den Wahnsinn trieb.

In dieser Umgebung bewegte sie sich wie im Traum, pflegte Verwundete, fütterte Kinder, tröstete ängstliche Frauen und folgte Mahlons Anweisungen. Sie glaubte fortwährend, dies sei ein abscheulicher Alptraum, der alle gefangen hielt, jedoch bald enden würde. Die Lebensmittel waren rationiert. Wasser war zum Glück ausreichend vorhanden, da es auf dem großen, ummauerten Gelände mehrere Brunnen gab. Doch wenn ihnen die Nahrung ausging ... Linzel war sicher, dass bis dahin

Hilfe eintraf. Sie klammerte sich selbst angesichts der unbestreitbaren Tatsachen an diesen Glauben.

Mahlon persönlich war ein Nervenbündel. Ihn hielt nur noch das Wissen um das aufrecht, was ihnen blühte, wenn sie aufgaben. Trotz der zwischen den Eheleuten herrschenden Verbitterung bewunderte Linzel seine Hingabe an seine Männer und die Entschlossenheit, mit der er an einen Sieg glaubte. Sie hatte noch keine Gelegenheit gehabt, ihn von dieser Seite kennen zu lernen, und endlich verstand sie, warum seine Hauptmänner ihm so treu ergeben waren.

Schließlich standen sie am Rand der Verzweiflung. Tagelang hatten heftige Kämpfe getobt. Die Verluste waren hoch. Hungernde und erschöpfte Männer haben wenig Reserven, mit denen sie kämpfen können, und das Haus hatte sich an die Stille der Verzweiflung gewöhnt. Linzel war in ihrer Kammer und gönnte sich einige Minuten des Alleinseins. Ein winziges Feuer brannte im Kamin und verlieh ihr in der nächtlichen Kälte die Illusion von Wärme. Sie saß fast in der Asche, hatte einen wollenen Umhang um sich geschlungen und gestattete sich endlich den Luxus, sich aus der Wirklichkeit in eine Traumwelt zurückzuziehen. Sie ritt breitbeinig auf einem wackeren Pferd mit ihren Brüdern in den hellen, frühen Morgen hinein und balancierte ihren Turmfalken auf dem Handschuh. Der Traum löste sich auf, als Mahlon eintrat und die Tür fest hinter sich zumachte, als wolle er die Welt eine Zeit lang ausschließen.

Linzel bemerkte seine Müdigkeit, als er auf einen Stuhl zuging, der bisher noch nicht zu Feuerholz geworden war. Er ließ sich schwer darauf nieder, lehnte den Kopf zurück und schloss die dunklen Augen. Dann streckte er die langen Beine in den abgeschabten Stiefeln vor sich aus und legte die Arme mit den großen Händen auf die Lehnen, so dass sie vorn herabhingen. Er war verrußt und dreckig, sein Haar verschwitzt, und er hatte Blut im Gesicht. Ein halbes Dutzend Wunden und Schnitte an Hals und Brustkorb befleckten sein Wams. Linzel wusste, dass es nicht nur sein Blut war. Einiges stammte von gefallenen Kameraden, anderes vom Feind, der die Mauer bereits zweimal an ungeschützten Stellen durchbrochen hatte. Die Angreifer waren zwar zurückgeschlagen worden, aber sie wusste, dass die Männer den Sieg gerochen hatten und die Ruhepause nicht lange währen würde. Mahlon tat ihr schrecklich Leid, da sie wusste, wie verzweifelt er sich bemüht und wie viel er von sich selbst gegeben hatte, damit es anders ausging. Zwar konnte sie jetzt nur wenig für ihn tun, doch sie war bereit zu geben, was sie konnte.

»Wie ist die Lage?«, fragte sie, warf den Umhang ab, zog den kleinen Topf an sich, der über dem Kamin hing, und goss heiße, dünne Brühe in einen Becher.

»Jämmerlich.« Seine Stimme war belegt und heiser. Sie merkte, wie wund seine Kehle vom Schmutz, vom Rauch und vom Brüllen war. »Ich habe nie daran gezweifelt, dass wir sie zurückwerfen, und es ist uns auch gelungen. Aber wir haben zu viele Männer verloren, und es gibt niemanden, der sie ersetzen kann. Die Männer haben mehr geleistet, als ich von ihnen erwarten kann, aber noch länger stehen sie es nicht durch. Wir sind am Ende. Es tut mir Leid, Linzel. Ich habe nicht nur bei den Männern versagt, sondern auch bei dir.«

Seine dunklen Augen schauten sie fest an, und sie wusste, dass er nicht nur die Belagerung meinte. Zum ersten Mal gestattete sie es sich, die Liebe in seinem Blick wahrzunehmen. Sie schob den dampfenden Becher in seine Hände, und das gleiche einfache Mitgefühl, das ihr das Zittern seiner Hände gezeigt hatte, gestattete ihr, eine flache Schüssel mit Wasser auf den niedrigen Tisch zu stellen und sein Gesicht vom blutigen Schmutz zu säubern. Dankbar und müde wie ein Kind hob er den Kopf, und ihre Berührung war so freundlich und sanft, als wäre er ein erschöpfter kleiner Junge. Er vergrub sein Gesicht in dem Becher und trank einen großen Schluck. Als sie ihm die Stiefel ausgezogen hatte, war der Becher leer. Er entfiel seiner Hand und rollte über den Boden. Mahlon war schon eingeschlafen.

Linzel deckte ihn mit einem Stück Bettdecke zu und nahm wieder Platz, um ein paar kleine Äste in das schwache Feuer zu werfen. Ihre Gedanken waren nun nicht mehr auf die Vergangenheit gerichtet. Sie konzentrierte sich auf das Hier und Jetzt, und ihr agiler Geist dachte über die Umstände nach. Alane trat so heftig in ihr Bewusstsein ein, dass sie sich im gleichen Raum zu befinden schien, und ihre Stimme sagte deutlich: »Ich verspreche es, wenn ich kann, werde ich antworten.«

Linzel stand mit einer geschmeidigen Bewegung auf. Ein Adrenalinstoß ließ sie Erschöpfung und Verzweiflung vergessen. Sie warf einen Blick auf Mahlon, doch er war in einen so tiefen Schlaf gesunken, dass sie befürchtete, man könne ihn nicht mal wecken, wenn man ihn brauchte. Sie entnahm ihrer Kleiderpresse ein zerknittertes Bündel, streifte ihr Gewand ab und zog die Reitkleidung an, die sie nie fortgeworfen hatte. Dann verließ sie leise den Raum und eilte nach unten. Im Schatten der Mauer des großen Raumes schlüpfte sie durch eine Tür in die Finsternis hinaus.

Auf dem Burghof rief niemand sie an, und auch im Stall blieb sie unbehelligt. Sie ging an den Boxen vorbei bis ans Ende, wo Mahlons schnellstes Pferd – sein ganzer Stolz – stand und den hellen Kopf über die niedrige Tür schob. Das Tier wandte sich zu ihr um. Seine Nüstern blähten sich auf, als es die Frau witterte. Dann schnaubte es kurz und scharrte mit dem Vorderhuf.

»Lust zu einem Ausritt, was?«, sagte Linzel fast fröhlich, als sie den Hengst hinausführte und zäumte. »Ich glaube, ich kann dir den Gefallen tun, aber dann musst du auch schneller laufen als je zuvor, sonst bin ich bald nicht mehr in dieser Welt und du hast einen neuen Herrn.« Kurz darauf hatte sie das Pferd gesattelt und band es los. Mit einem leichtfüßigen Schnauben trat es zur Seite, und sie nutzte die Bewegung, um ihr Leichtgewicht auf seinen Rücken zu schwingen. Das Pferd schritt leicht über das Pflaster, überließ sich ihren Händen an den Zügeln und war überrascht über ihr geringes Gewicht. Als es sich dem Haupttor zuwenden wollte, lenkte Linzel es zu einem kleinen Nebentor, das am anderen Ende des Hofes in die Mauer eingelassen war. Sie wollte auf diesem Weg entwischen und sich so leise wie möglich durch die feindlichen Linien schleichen. Sie rechnete mit der Ermüdung und der hochnäsigen Zuversicht der Belagerer, die glaubten, sie hätten die Schlacht schon gewonnen. Vielleicht entspannten die Männer sich gerade, so dass sie unbehelligt durchkam. Wenn sie einen kleinen Vorsprung gewann, würde man sie auf diesem Pferd nie einholen!

Es ging glatter als erwartet. Natürlich stand ein Wächter am Seitentor, doch als er kopfschüttelnd nach den Zügeln des Pferdes griff, um Linzel zu zeigen, dass er sie nicht gehen lassen wollte, drückte sie ihre Schenkel so fest in die Seiten des Pferdes, dass es grunzend einen Satz nach vorn machte und den Mann an die Mauer drückte. Linzel beugte sich vor, zog den Riegel zurück und schwang das Tor auf. Sie war wie der Blitz im Freien und schon in der unfreundlichen Dunkelheit verschwunden. Als das Pferd die frische Luft witterte, zog es ungeduldig an den stramm gehaltenen Zügeln, doch sie blieb dicht im Schatten der großen Granitklippe. Sie kamen so dicht an den gegnerischen Wachfeuern vorbei, dass Linzel die Männer riechen konnte, die um sie herum saßen. Ihr lief das Wasser im Mund zusammen, als sie den herrlichen Duft des Essens wahrnahm, das die Kerle kochten. Das Pferd wollte losstürmen. Es mochte die unvertraute Witterung der Fremden, ihrer Pferde und der rauchenden Feuer nicht. Linzel hielt es mit reiner Willenskraft still, bis sie fast vorbei waren. Dann blieb es plötzlich stehen und riss den Kopf hoch.

Linzel spürte, dass ihr Pferd erstarrte. Seine Nüstern sogen den Wind ein, sein gewölbter Brustkorb blähte sich auf, als es einatmete. Dann wusste sie, was ihr bevorstand, und sie beugte sich vor, um seine Schnauze zu packen. Zu spät. Das laute, singende Wiehern begann an seinen Flanken, drängte nach außen und zerriss die stille Nacht. Es rief die Stute, deren Witterung von der Brise herangetragen wurde.

»Jetzt hast du es verpatzt, du elender Mistbock!«, zischte Linzel und schaute sich hektisch um. Die Stute hatte geantwortet – im Chor mit etwa sechzig anderen, die mit ihr angebunden waren. Sofort befand sich das gesamte Lager in hektischem Aufruhr. »Dabei hat es so gut angefangen!«, schimpfte Linzel aufgebracht. Sie riss das Pferd herum und lenkte es den Abhang hinunter. »Jetzt wissen sie, dass wir hier sind«, sagte sie, als die beiden dem Lager entgegenrasten. »Da können wir auch gleich den einfachsten Weg nehmen.« Sie gab dem Pferd die Sporen und stieß einen wilden Schrei aus. »Auf!«, rief sie fast überglücklich. Das Pferd raste los. Sein großer Leib zog sich zusammen und dehnte sich unter ihr, während seine gewaltige Hinterläufe es bei jedem Sprung unglaublich weit nach vorn fliegen ließen. Die junge Frau donnerte in einem chaotischen Durcheinander bergab und ritt quer durch das Lager. Sie lenkte mit ihrer Stimme und den Händen das Rennpferd auf das mittlere Lagerfeuer zu und ließ es darüber springen. Als sie über die brüllenden roten Flammen hinwegflogen, erschien es ihr wie eine Ewigkeit. Dann landeten sie so leicht wie ein Herbstblatt, und Linzels Herz platzte fast vor Liebe und Stolz. Die Finsternis hieß sie willkommen, verschluckte sie und verbarg sie vor den Verfolgern, als Ross und Reiterin über die festgetretene Straße in Richtung Galmannorr und Alane stoben.

Gegen Mittag des nächsten Tages erblickten die Beobachter auf den Mauern eine in der Ferne aufgewirbelte Staubwolke. Ihr Alarmgeschrei ließ Mahlon herbeieilen. Er war auf einer Mauer auf und ab gegangen und hatte sich wegen seines Schlafes und Linzel wegen ihrer Sturheit verwünscht. Doch gleichzeitig hatte er auch einen eigenartigen Stolz für sie empfunden. Als er die Staubwolke sah, nahm sein Mut ab. Es konnte nicht Linzel sein. Dafür war sie viel zu groß. Wahrscheinlich bekamen die Belagerer Verstärkung. Er setzte eine grimmige Miene auf und dachte über seine Möglichkeiten nach. Es waren nur wenige, und keine war erfreulich. Der Schrei eines Hauptmanns ließ ihn erneut zur Staubwolke hinblicken. Zwei Reiter hatten sich aus ihr gelöst und jagten dem Haupttor entgegen. Sie lagen flach auf dem Hals ihrer Pferde und wurden von wehenden Mähnen verdeckt. Mahlon erkannte sein Rennpferd. Er lief die Treppe hinunter, nahm jeweils drei Stufen auf einmal und schrie nach der Torwache, damit sie öffnete. In einer dichten Staubwolke donnerten die beiden Reiter durch das Tor. Die Pferde bockten und schlugen leicht und steifbeinig aus.

Linzel grinste übers ganze Gesicht und beugte sich vor, um den verschwitzten Hals des Rennpferdes zu streicheln. Ihre Smaragdaugen leuchteten vor Aufregung und suchten Mahlon zwischen den Männern. Er trat vor und packte die Zügel, als sie agil wie ein Junge absprang und mit schmutzverkrustetem Gesicht neben dem Pferd stehen blieb. Ihre Zöpfe hatten sich gelöst, ihr zerzaustes Haar war verschwitzt. Sie umfasste Mahlons Arm mit beiden Händen und schüttelte ihn sanft.

»Sie kommen, Mahlon! Deine und meine Verwandten! Sie

sind morgen Abend hier! Bis dahin müssen wir nur durch halten!«

»Und die Staubwolke? So was können zwei Reiter doch nicht erzeugen! Wir haben geglaubt, die Belagerer kriegen Verstärkung.«

»Ach, das«, sagte Linzel mit einer lockeren Geste. »Es sind nur ein paar Söldner, die wir in der Stadt angeworben haben. Sie reiten auf und ab und ziehen Äste hinter sich her. Sieht beeindruckend aus, nicht wahr? Es könnten fünfhundert Mann sein. Wer kann das schon genau sagen?«

»Linzel, dein Einfallsreichtum beeindruckt mich, aber wozu sind ein paar Söldner und eine Staubwolke gut?«

»Hast du nicht zugehört, Mahlon? Knapp zehn Minuten, nachdem ich das Gildenhaus erreicht hatte, ist ein Kurier von dort aufgebrochen, der zuerst zu deinen und dann zu meinen Verwandten reitet. Sie sind frühestens morgen Abend hier, aber übermorgen ganz bestimmt. So lange können wir aushalten!«

»Du hast Recht«, sagte Mahlon, und neue Hoffnung glomm in seinen Augen auf. »Wir haben geglaubt, dass uns niemand hilft. Damit haben wir das Schlimmste hinter uns. Jetzt, da wir wissen, dass jemand kommt, kämpfen wir eben doppelt so hart!« Er schaute Linzel an und hätte gern mehr gesagt, aber sie hob eine Hand und brachte ihn zum Schweigen.

»Wir unterhalten uns später«, sagte sie leise. »Wenn die Gefahr wirklich vorüber ist und wir wieder klar denken können.«

Und so kam es, dass die beiden einige Abende später sauber, wohl genährt und entspannt in ihrer Kammer saßen. Die Belagerer waren verjagt worden. Viele waren umgekommen, doch Rihannon war wieder sicher. Linzel hatte sich ausführlich mit Alane unterhalten, und das Einverständnis, zu dem die beiden Frauen gekommen waren, erfüllte sie mit solchem Frieden und solcher Freude, dass alle Verbitterung von ihr abgefallen war. In Wahrheit hatte es einige Zeit gedauert, doch ihre Gespräche mit Alane hatten die letzten Spuren fortgewischt. Nun saß sie Mahlon wegen dem, was sie ihm zu sagen hatte, fast mit einem Anflug von Bedauern gegenüber.

Er hörte ihr schweigend zu, als sie die Hoffnungen zunichte machte, die in seinem Herzen gerade ein neues Leben begonnen hatten. Sie wollte außer seinem guten Willen, seinen guten Wünschen und ihrer Freiheit nichts von ihm. Sie bat darum, dass er sie von sich aus freigab, damit sie auch weiterhin gute Freunde blieben, aber sie machte ihm auch klar, dass sie selbst dann gehen würde, wenn er es nicht tat. Dass es falsch sei, wenn sie blieb; falsch für sie und ihn.

»Du bist ein guter Mensch, Mahlon«, sagte sie und umfasste seine Hand mit den ihren. »Ich habe es nie bemerkt, und es tut mir Leid. Wir haben uns einfach nicht verstanden.«

»Und wenn ich dir verspreche ...«

Linzel schüttelte langsam den Kopf, und er verstummte. »Ich möchte es nicht, Mahlon. Ich wollte mich stets frei in der Welt bewegen. Ich wusste nur nicht, dass es auch möglich ist. Jetzt weiß ich es, und deswegen muss ich gehen. Bitte, Mahlon, lass uns die Sache in Frieden beenden.«

Seine dunklen Augen blickten lange und eingehend in ihre grünen. Beide hatten Tränen in den Augen. Endlich nickte er.

»Dann gehe in Frieden«, sagte er. »Das verdammte Pferd kannst du gleich mitnehmen. Außer dir kann es jetzt ohnehin niemand mehr reiten.«

»O Mahlon, was für ein herrliches Geschenk!«, rief Linzel, die nicht wusste, ob sie lachen oder weinen sollte.

»Schneidest du dir auch das Haar ab?«, fragte er. Er nahm eine glänzende Strähne zwischen seine Finger, so dass der Feuerschein darauf spielte. »Ich habe dein schönes Haar immer geliebt.«

»Ich weiß nicht«, sagte Linzel sanft. »Jedenfalls nicht hier.« Sie verfielen in Schweigen, saßen da, hielten sich an den Händen und schauten lange Zeit in die Flammen.

Als sie durch das Tor ins Freie ritten, hielt Mahlon sich nicht auf dem Burghof auf. Linzel saß wie ein Mann auf dem großen Rennpferd. Alane ritt neben ihr. Die junge Frau wusste, dass ihr Gemahl sie vom Schlafzimmer hoch oben beobachtete. Ihr rotbraunes Haar wehte frei in der Brise des frühen Morgens und strahlte in den ersten Sonnenstrahlen wie schimmerndes Kupfergold. Linzel ritt hoch aufgerichtet, mit geraden Schultern und erhobenem Kopf, in die wartende Welt hinein. Und sie warf keinen Blick zurück.

Über Patricia D. Novak und »Carlinas Berufung«

Wenn ich für meine Anthologien Geschichten begutachte, suche ich unter anderem immer nach einem Aspekt: Enthält sie einen beliebten Charakter aus meinen Büchern und wird dessen Geschichte weitererzählt? (Ich sollte vielleicht darauf hinweisen, dass ich jedes Jahr doppelt so viele gute Geschichten erhalte, wie ich verwenden kann, und die Auswahl auf einer immer gleichen Grundlage treffen muss – doch auch nachdem ich die allzu amateurhaften zurückgeschickt habe, bleiben noch genug übrig, aus denen man wahrscheinlich ein ebenso gutes Buch machen könnte.) Jene unter Ihnen, die mit den Darkover-Romanen vertraut sind, erinnern sich vielleicht an Carlina aus dem Roman *Die Zeit der hundert Königreiche*.

Pat sagt, sie sei bei ihrer Geschichte von der Annahme ausgegangen, dass der in ihrem Werk auftauchende König Carolin der gleiche ist, der in *Die Zeit der hundert Königreiche* erwähnt wird und vielleicht noch lebt.

Pat Novak ist Assistenzprofessorin für Landwirtschaft an der Auburn University, 33 Jahre alt und lebt mit ihrem Ehemann Jim, drei Katzen und zwei Hunden in Opelika, Alabama. Bevor dieses Buch erscheint, wird ihr erstes Kind geboren sein. (Ja, Anthologien haben eine längere Tragezeit als Menschen.) Ihre erste veröffentlichte Kurzgeschichte hieß »Haftfeuer« und wurde in *Die Domänen* abgedruckt.

MZB

Carlinas Berufung

von Patricia D. Novak

Mutter Liriel – in weltlichen Kreisen hatte man sie Carlina di Asturien genannt – schlief und träumte. In einer Vision erschien ihr ein Busch voller blühend roter *Vallaria*-Blumen, um die sich die Ranke einer dunklen Robinie schlang. Die schwarzen Blätter umliefen die scharlachroten Blüten; ihre Farben vermischten sich zu einer einzigartigen Pracht.

Die junge Priesterin lächelte im Schlaf. Das Miteinander war gut. Natürlich und richtig. Die Göttin Avarra würde sich freuen.

Mit einer gnadenlosen Plötzlichkeit zerbrach das erfreuliche Bild, und Carlina zuckte hoch und saß kerzengerade in ihrem Bett. Ihr Herz schlug heftig, ihr Geist wurde von einem Entsetzen überspült, das nicht aus ihr selbst heraus kommen konnte. Sie lag im Sterben, sie spürte es, das Schwangerschaftsfieber hatte sie niedergestreckt. Sie presste die Hände auf ihren schlanken, unbefruchteten Leib und weinte um das Kind, das seine Geburt nicht erleben würde.

»Jandria, hilf mir!«, stöhnte sie laut, obwohl sie wusste, dass sie kein Recht hatte, eine Angehörige der Schwesternschaft des Schwertes zu rufen. Sie hatte ihnen abgeschworen.

Der Alptraum hielt Carlina so fest im Griff, dass sie Anya, die ihr auf Grund ihrer Schreie zu Hilfe kam, zuerst gar nicht sah.

Die Herbeigeeilte stellte die Lampe auf den einzigen Tisch, umfasste Carlinas schmale Schultern fest mit ihren großen Händen und schüttelte sie sanft. »Wach auf, Liriel, wach auf! Du träumst nur, Schwester, das ist alles.«

Carlina starrte Anya mit leerem Blick an, dann erwachte sie

und schüttelte sich. »Es war so real«, sagte sie leise. »So unheimlich real.«

Sie schwang ihre dünnen Beine über den Bettrand, wies Anyas Hilfe sanft zurück und trat an das Fenster ihres kleinen Hauses. Mit nackten Füßen lief sie über den kalten Boden. Im Herbstnebel war nur der bleiche Mond Marmallor über dem Horizont sichtbar; die anderen waren untergegangen.

»Es war kein Traum«, sagte sie schließlich. »Es war ein Ruf, und ich muss ihn beantworten.«

Sie wischte sich die letzten Spuren des Schlafes aus den Augen, wandte sich vom Fenster ab und nahm ein schwarzes Gewand von einem Haken an der Wand. »Zuerst muss ich eine gewisse Jandria finden, die bei der Schwesternschaft des Schwertes in Serrais lebt. Mit ihrer Hilfe werde ich jene treffen, die ich suche.«

»Du kannst doch jetzt nicht fortgehen«, protestierte Anya. »Wenn du bis zum Sonnenaufgang wartest, kann eine Eskorte dich begleiten.«

Carlina schüttelte den Kopf. »So viel Zeit habe ich nicht.«

»Dann muss ich mitgehen.«

»Du bist großzügig, Schwester, aber der Ruf gilt nur mir allein. Mir wird schon nichts passieren, ich verspreche es dir.« Sie hatte die Worte kaum ausgesprochen, als sie auch schon wusste, dass sie der Wahrheit entsprachen. Allerdings hatte sie keine Ahnung, woher sie es wusste.

Carlina knöpfte ihr Gewand zu und gab Anya einen flüchtigen Kuss auf die Wange. »Sag Mutter Luciella, dass ich gegangen bin.« Sie legte sich einen Umhang um die Schultern, nahm ihren Tornister und ging allein in die Nacht hinaus.

Das Feuer war heruntergebrannt, und Mirelli Lindir fror. Es war entsetzlich kalt, aber ihr fehlte die Kraft, aufzustehen und die Flammen neu zu entfachen. Sie zupfte schwach an der fadenscheinigen Decke und bemühte sich, ihre Schultern zu bedecken. Aber der Stoffrest war zu klein. Sie rollte sich so eng zusammen, wie ihr aufgeblähter Bauch es zuließ, dennoch war die Erleichterung nur gering.

Sie glaubte nicht daran, dass sie noch einmal zehn Tage überleben würde. Ihre Fuß- und Handgelenke waren dreimal so dick angeschwollen wie üblich, und heute Morgen war ihr Blick irgendwie grau und verschwommen. Sie war zwar keine Hebamme, aber die Symptome des Schwangerschaftsfiebers waren ihr nicht unbekannt. Ohne eine fachkundige Heilerin würde sie sterben. Doch es gab niemanden, der ihr helfen konnte.

Ihr flammend rotes Haar war nun stumpf und spröde und hing ihr strähnig ins Gesicht. Mit zitternden Fingern zupfte sie kurz an den schlimmsten Verfilzungen, dann gab sie angeekelt auf. Spielte es noch eine Rolle, wie sie aussah? Es war doch niemand da, der sie anschaute. Rafael war tot. Eine Million Tränen würden ihn nicht wieder zum Leben erwecken.

Sie hatte ihre Ehre und ihren Platz in der Schwesternschaft des Schwertes für die Liebe eines *Laranzu* aus dem Turm von Neskaya aufgegeben, ebenso hatte er seinen Platz für seine Liebe geopfert. Sie hatten diese Hütte entdeckt, diesen erbärmlichen Fleck im Nichts, und sie waren eine Zeit lang glücklich gewesen.

Doch die Liebe, fiel ihr ein, hatte ihn nicht aus den endlosen Streitigkeiten der winzigen Königreiche herausgehalten. Als der Herzog von Hammerfell, sein Vetter, einen *Laranzu* gebraucht hatte, um den Angriff Aldarans von Scathfell abzuschmettern, war Rafael bereitwillig gegangen – um nie mehr zurückzukehren.

Er hatte ihr nichts hinterlassen. Sie hatte sich im Alter von fünfzehn Jahren von ihrer Familie und ihrem adeligen Erbe losgesagt, um sich der Schwesternschaft anzuschließen. Für

Rafael hatte sie ihre Eide aufgegeben. Nun hatte sie nichts mehr, keine Sippe, keine Familie, keinen Treueeid. Vor einigen Monaten, als sie gemerkt hatte, dass sie schwanger war, hätte sie vielleicht zu Rafaels Familie nach Hammerfell gehen können, doch nun war sie nicht mehr reisefähig.

Sie wälzte sich stöhnend hin und her und fiel schließlich in einen fiebrigen Schlaf. Und in ihren Träumen rief sie nach Jandria von der Schwesternschaft, die ihre Eidmutter gewesen war.

Ein Dutzend – wenn nicht mehr – Augenpaare konzentrierten sich fragend auf Carlina, als sie den Speisesaal des Gildenhauses von Serrais betrat. Alle Gespräche erstarben, nicht ein einziger Löffel klapperte gegen eine Holzschale.

Carlina zuckte innerlich zusammen. Sie fand es abscheulich, im Mittelpunkt des Interesses zu stehen. Doch äußerlich bewahrte sie die Würde, die dem dunklen Gewand einer Priesterin Avarras entsprach. »Ich suche jemanden namens Jandria, die Gildenmutter des Hauses.«

Eine Frau, die schon älter war, sich aber einen geraden Rücken und einen klaren Blick bewahrt hatte, erhob sich von ihrem Platz und schaute die Fremde an. »Und was willst du von ihr?«, fragte sie mit einem Landakzent, der so breit war, dass Carlina ihn kaum verstand.

»Ich habe eine Botschaft von Mirelli Lindir«, erwiderte die Angesprochene, »die ich ihr persönlich überbringen muss.«

Das Gesicht der älteren Frau verzog sich kurz zu einer schmerzverzerrten Grimasse. Dann verließ sie ihren Platz an der Tafel und kam auf Carlina zu. »Du hast mich gefunden«, sagte sie. Dann wandte sie sich zu ihren scharlachrot gekleideten Kriegerinnen um. »Esst eure Suppe, Töchter. Ich kümmere mich um die Angelegenheit.«

Carlina folgte Jandria mit einem Gefühl der Erleichterung

aus dem von Menschen wimmelnden Raum, weg von den zahlreichen starrenden Augen. »Mirelli ist für uns tot«, sagte Jandria, als die beiden sich in der Privatsphäre eines leeren Raumes befanden. »Sie hat uns abgeschworen.«

»Sie stirbt tatsächlich«, erwiderte Carlina. »Sie hat in ihren Träumen zwar mich erreicht, doch eigentlich ruft sie nach dir. Ohne Hilfe wird sie das Ende der Mondspanne nicht überleben.«

»Ah, das ist schlimm.« Jandria zog den Kopf ein. »Aber trotzdem ... Das Mädel ist aus freiem Willen gegangen. Die Kleine ist eine Eidbrecherin. Sie hat kein Anrecht auf unsere Unterstützung.«

Carlina, ansonsten recht leidenschaftslos, fauchte: »Sprich nicht von Rechten, wenn jemand im Sterben liegt, der dich liebt. Zu was ist Ehre ohne Mitgefühl gut? Sind wir nicht alle Avarras Töchter?«

Jandria schwieg eine Weile. Ihre dunklen Augen waren unergründlich. »Deine Stimme ist grob, Tochter, doch dein Herz ist sanft«, sagte sie schließlich. »Und du bist den ganzen Weg von der Insel des Schweigens gekommen, um an mich zu appellieren. Ich kann mich dir nicht verweigern. Sag mir, was du brauchst, und du wirst es bekommen.«

Carlina lächelte. Ihr schmales Gesicht wurde für einen Moment fast schön. »Ich brauche eine Hebamme aus dem Dorf, die mir hilft«, sagte sie.

Jandria errötete. »Bedeutet das etwa ...«, setzte sie an.

Doch Carlina fiel ihr ins Wort. »Du musst ebenfalls mitkommen. Das heißt, wenn du zum Reiten noch nicht zu alt bist.«

Jandria fluchte. »Ich bin jedenfalls noch nicht so alt, dass ich nicht länger sitzen könnte als eine Priesterin Avarras! Ich werde erst in der Mittwinternacht achtzig!«

»Nun denn«, erwiderte Carlina, und erneut spielte ein seltenes Lächeln über ihre Züge. »Dann brechen wir morgen früh auf. Bis dahin müsste mein Pferd wieder bei Kräften sein.« Und sie dachte mit unvoreingenommener Erheiterung, dass sie endlich einen Grund gefunden hatte, ihrem Pflegebruder Bard di Asturien dankbar zu sein. Denn er hatte den Priesterinnen ein Dutzend guter Pferde geschenkt, ihr eigenes Reittier eingeschlossen.

Mirelli hörte das Geräusch von Pferdehufen auf dem groben Steinweg, der zu ihrer Hütte führte. Ihr Herz klopfte voller Angst. *Gnädige Avarra! Es sind Banditen, die mich ausrauben und töten wollen, denn um diese Zeit treibt sich niemand sonst in dieser Gegend herum.* Mit einer Verzweiflung, die sie überraschte – sie war davon ausgegangen, dass der Tod ihr gewiss war –, erhob sie sich zitternd von ihrem Lager und suchte aufgeregt nach einer Waffe. Sie erspähte Rafaels Kurzschwert, den einzigen Gegenstand, den er ihr hinterlassen hatte, und versuchte es aufzuheben. In ihrem geschwächten Zustand war das kleine Schwert fast zu schwer für sie. Sie balancierte es unsicher über ihrem geschwollenen Bauch und hielt es mit einer Hand fest. Mit der anderen stützte sie sich an der Wand ab, damit sie nicht umfiel.

»Mirelli«, vernahm sie eine vertraute Stimme von der Tür her. »Ich bin hier, *Chiya*.«

Eine Woge der Erleichterung, so stark, dass sie in die Knie ging, durchflutete sie. Das Schwert fiel mit einem dumpfen Scheppern auf den festgetretenen Erdboden der Hütte. »Oh, möge die Göttin gepriesen sein«, sagte sie leise. »Oder träume ich?«

Wenn es ein Traum war, hoffte Mirelli, dass er nie endete. Drei Frauen – die alte Jandria, eine ihr unbekannte junge Bäuerin und eine dunkel gekleidete Priesterin – kamen rasch durch die Tür. Sie hoben die gestürzte Mirelli und trugen sie vorsichtig zu ihrem Lager. Sie schlugen die Frau in warme Decken ein, und die Priesterin entfachte das Feuer, indem sie mit der Hand wedelte.

»Ach, Jandria, Jandria«, sagte Mirelli leise, wobei Tränen über ihre Wangen strömten. »Wie habe ich gebetet, dass du kommst.«

Jandria legte eine faltige Hand auf die heiße Stirn der jungen Frau. »Sei jetzt still, *Chiya*. Ich bin hier. Bleib still liegen und lass die Priesterin ihre Arbeit tun.«

Carlina trat vor und beugte sich über Mirelli. »Man nennt mich Mutter Liriel«, sagte sie freundlich. Sie nahm einen Sternenstein aus dem Beutel, der an einem seidenen Band um ihren Hals hing. »Du hast *Laran*, Schwesterchen, du kannst mir helfen. Konzentriere dich auf dein Kind.«

Mirelli schloss die Augen.

»Ich kann dir auch helfen«, sagte Jandria leise. »Ich habe zwar keine starken Kräfte, aber ich bin nicht völlig kopfblind.«

Carlina schaute die Frau in stiller Überraschung an. Jetzt, da sie genauer hinschaute, entdeckte sie die roten Spuren in ihrem verblichenen Haar und spürte die Aura der mentalen Präsenz, die nur ein Mensch mit *Laran* haben konnte.

Die Hebamme, die Maura hieß, lachte leise, als sie den Wasserkessel aufs Feuer stellte. »Ihr seid zu bescheiden, Jandria. In Serrais weiß doch jeder, dass Ihr König Carolins Pflegeschwester seid!«

»Ich habe diesen Dingen entsagt, als ich zur Schwesternschaft ging«, widersprach Jandria mit fester Stimme. »Aber ein wenig *Laran* habe ich schon, ja. Wenn du willst, Mutter Liriel, werde ich dich überwachen.«

Carlina nickte, dann richtete sie ihre Aufmerksamkeit wieder auf Mirelli. »Es ist zwar noch etwas zu früh«, sagte sie, »aber das Kleine muss jetzt auf die Welt, sonst werdet ihr beide sterben.«

Mirelli nickte schwach.

»Dann fange ich jetzt an«, sagte Carlina und gab Maura mit einem Wink zu verstehen, dass sie sich bereitmachen sollte.

Bevor das Kind auf die Welt kam, graute der Morgen. Als die blutrote Sonne hoch am grauen Himmel stand, war das Kind endlich da, gesund und munter, und tat den ersten Atemzug.

»Ein hübsches Mädel«, murmelte Jandria, als sie Maura half, die Kleine zu säubern. »Möge es kräftig und gut werden.«

Carlina wischte sich mit einem sauberen Handtuch die Stirn ab. »Schlaf nun, Schwesterchen«, sagte sie zu Mirelli. »Maura kümmert sich um deine Tochter.«

Mirelli, über alle Maßen erschöpft, fiel sofort in einen tiefen Schlaf.

»Das wäre geschafft«, sagte Jandria und gesellte sich zu Carlina an die Feuerstelle. »Wenn du mit mir zum Gildenhaus zurückkehren willst, sorge ich für eine Eskorte, die dich zur Insel bringt.«

»Es ist geschafft?« Carlinas Stimme verriet ihre eigene Erschöpfung. »Und was wird aus den beiden?« Sie deutete mit dem Kopf auf Mutter und Kind. »Es wird Mittwinter werden, bevor Mirelli gesund genug ist, um für sich selbst zu sorgen. Man kann sie nicht allein lassen.«

Jandria zuckte die Achseln. »Vielleicht hat sie eine Familie, zu der sie gehen kann. Vielleicht könnte sie auch dich zur Insel begleiten.«

Carlina seufzte. »Sie hat niemanden. Ich würde sie zwar gern zur Insel mitnehmen, aber unsere Regeln erlauben es nicht.«

»Dann haben wir ihr Leben umsonst gerettet«, sagte Jandria verbittert. »Dies hier ist kein Ort, an dem man einen Säugling aufziehen kann. Wir sind Kriegerinnen, keine Kinderschwestern.«

Carlinas Miene umwölkte sich. »Unsere Regeln. Eure Regeln. Wir sind in einer Falle, die wir uns selbst gestellt haben, wie irgendwelche Jungfern, die man gegen ihren Willen verheiratet.« Sie schaute schlecht gelaunt ins Feuer, und einen Moment lang sah es so aus, als hätte sie in den flackernden Flammen eine Vision, eine scharlachrote *Vallaria*, umschlungen von dunklen *Robinia*-Blättern.

Carlina keuchte auf und legte eine bebende Hand auf Jandrias Arm, denn die Bedeutung der eigenartigen Vision wurde ihr schlagartig klar. »Du und ich können die Regeln ändern.«

Jandria schüttelte den Kopf; sie sah aus, als wolle sie etwas sagen, doch Carlina redete weiter und berichtete von ihren Zukunftsträumen. »Vor einigen Jahren wollte ich Priesterinnen weltlicher machen, aber die älteren Mütter wollten nichts von Veränderung wissen. Ich bin sicher, dass es in deiner Schwesternschaft viele gibt, die ebenfalls etwas dagegen hätten, von alten Dingen abzulassen.«

Jandria nickte. »Sehr viele würden laut aufschreien, würde man auch nur die kleinste Vorschrift übertreten.«

Carlina schaute der anderen Frau tief in die Augen. »Du bist Gildenmutter. Du kannst genügend Schwestern in Serrais überzeugen. Jene, die keine Veränderung wollen, können in ein anderes Gildenhaus umziehen. Und ich werde von der Insel des Schweigens diejenigen Priesterinnen herbringen, die mir folgen wollen. Zusammen können wir einen neuen Orden gründen, mit menschlichen Regeln, damit keine Frau gezwungen wird, eine unmögliche Wahl zu treffen.«

Es dauerte eine Weile, ehe Jandria antwortete. Sie maß die noch immer fest schlafende Mirelli mit einem besorgten Blick und schaute dann das Kind an, das sich zufrieden in Mauras Arme kuschelte. »Aye«, sagte sie leise. »Wir haben Mirelli verloren, weil sie sich verliebt hat und die Schwesternschaft keinen Platz für die Liebe zu einem Mann hat.« Sie schüttelte den

Kopf. »Frauen, die Frauen lieben, werden nicht gezwungen, gegen ihre Natur zu handeln, doch von den anderen verlangen wir, dass sie zu viel aufgeben.«

»Dann wirst du es also tun? Nimmst du Mirelli mit nach Serrais und heißt die Priesterinnen willkommen, die ich überzeugen kann, mir zu folgen?«

Jandria zuckte die Achseln. »Ich weiß nicht, ob es durchführbar ist.« Sie seufzte und fuhr dann leiser fort: »Aber auch ich würde gern um einen Zufluchtsort wissen, an dem jede Frau ungeachtet ihres Könnens und ihrer Neigungen ein Heim findet – eine echte Alternative.«

Nach diesen Worten trat Maura mit dem Kind auf den Armen vor. »Entschuldigt, meine Damen. Ich habe mitgehört, was Ihr gesagt habt. Ihr wisst nicht, was ein solcher Zufluchtsort für jemanden wie mich bedeuten würde.« Sie richtete einen flehentlichen Blick auf Jandria. »Ich bin keine Kriegerin wie Ihr, *Mestra*.« Ihr ernster Blick wandte sich nun Carlina zu. »Ich habe auch nicht den Wunsch, mich von den Dörflern zu trennen, die mein Können brauchen. Aber ... Ach, wie sehr habe ich mich danach gesehnt, der Herrschaft meines Stiefvaters zu entkommen. So, wie es jetzt ist, muss ich mich, um einem Tyrannen zu entkommen, an einen anderen Mann binden und kann nur hoffen, dass er nicht zu grob ist ... Bitte, *Mestra* ...« Sie wandte sich wieder Jandria zu. »Bitte, versucht, was Mutter Liriel vorgeschlagen hat. Ich würde hart arbeiten, um das Vorrecht zu genießen, Eurem Orden anzugehören. Ich würde mein ganzes Einkommen dem Haus übergeben.«

Jandrias altes Gesicht verzog sich zu einem Lächeln. »Nein, alles bestimmt nicht, mein Kind. Vielleicht einen Anteil.« Sie warf resigniert die Hände in die Luft. »Tja, ich bin zwar alt, aber in meinen Methoden noch nicht festgefahren. Und ich kann Mirelli nicht dem Tod überlassen. Wir werden einen neuen Orden gründen, Mutter Liriel, aber wenn man uns beide mit vorgehaltenem Schwert aus Serrais verjagt, behaupte nicht, du wärst nicht gewarnt worden.«

Maura quietschte vor Entzücken und weckte das Kind, das leise anfing zu weinen. Sie lächelte entschuldigend, überließ die beiden anderen Frauen ihrem Gespräch und entfernte sich, um die Kleine zu beruhigen.

»Wir werden eine neue Charta brauchen«, sagte Carlina langsam. Ihre anfängliche Begeisterung über Jandrias Einlenken wurde nun zu einer besorgten Bewertung der äußerst realen, vor ihnen liegenden Schwierigkeiten. »Vielleicht ist der König nicht damit einverstanden.«

Jandria kicherte. »Nein, Mädel. Carolin ist kein Hindernis. Ich bin wirklich mit ihm verwandt, und er schuldet der Schwesternschaft des Schwertes eine Menge. Er wird mir keine vernünftige Bitte abschlagen.«

Carlina nahm Jandrias Hände in die ihren und drückte sie kurz. Doch geistig war sie schon meilenweit entfernt und zählte die Priesterinnen, die sich ihr anschließen würden. Anya natürlich und Buartha, vielleicht noch ein Dutzend andere. Es waren vielleicht nicht viele, aber es war ein Anfang. Und mit einer Gewissheit, die aus der Stärke ihrer Entschlossenheit geboren wurde, wusste sie, dass es genug sein würden.

Über Judith Kobylecky und »Ein Anfang«

Da Judith Kobylecky wieder ein Kind bekommen hat, weist nicht nur der Titel dieser Geschichte auf einen neuen Anfang hin. Herzlichen Glückwunsch; mein Enkel ehrenhalber ist schon sieben. Sie wachsen schnell, nicht wahr? Auch wenn man es nicht glaubt, wenn sie klein und laut sind und einen in den Wahnsinn treiben. Man braucht sich nur zweimal umzudrehen, dann sind sie schon einsachtzig!

Judith zufolge wurde diese Geschichte »gleich nach Emmas Geburt geschrieben, deswegen ist sie auch so kurz. Sie schrie zwar danach, verlängert zu werden, aber Neugeborene sind so wunderbar, dass man sich nicht von ihnen lösen kann.« Wie anständig sie doch sind. »Außerdem war ich müde.« Dafür sorgen Säuglinge schon – besonders, wenn man noch andere Kinder hat, wie Judith, die neben ihrem Ehemann John Orr noch Ian (3) und Anna (6) versorgen muss. Meine ersten 30 Bücher entstanden, als die Kinder im ganzen Haus herumschrien, doch leider war nichts davon zur Veröffentlichung geeignet. Über schreibende Mütter braucht man wohl nichts zu sagen – es sei denn: Schöpft Mut! Sie werden schneller groß, als man glaubt. Meine Jüngste ist nun fast 25 – und ich bin überzeugt, dass ich sie eigentlich jetzt noch auf dem Arm herumtragen müsste.

Ich könnte über die Freuden des Daseins als Vollzeithausfrau und Mutter sowie darüber, wie man sich beim Schreiben abrackert, um eine Familie mit zwei kleinen Kindern über die Runden zu bringen, eine Seite nach der anderen füllen – aber solche bösen Wörter spreche ich in der Öffentlichkeit nicht aus. MZB

Ein Anfang

von Judith Kobylecky

Als Ailain sich einen Weg durch das schwelende Holz bahnte, brannte die Siedlung noch. Fast versteckt im rauchenden Dunst konnte sie drei Gestalten ausmachen, welche die Ruinen langsam durchsuchten. Ailain war zu benommen, um sich zu fragen, wer sie waren oder wen sie suchten; sie hatte ihre Toten längst gefunden. Fest umklammert hielt sie das Schwert ihres Geliebten. Es war in das Banner eingeschlagen, das er so stolz in die Schlacht getragen hatte. Der Ehre der Sippe wegen hatten Generationen eine Blutfehde ausgetragen, deren Ursache längst vergessen war. In dieser Schlacht hatten schließlich beide Seiten verloren. Nun waren alle tot, außer Ailain und den anderen, die ihre Suche nicht aufgeben wollten und sich wie Gespenster durch den Rauch bewegten. Ein klagendes Weinen sagte der Erschöpften, dass eine der anderen Frauen gefunden hatte, wonach sie suchte. Das Schluchzen durchbrach die Mauer, die sie um ihren eigenen Schmerz errichtet hatte, und trieb sie ans Ufer des Flusses.

Als sie sich hinkniete, um den Ruß und das Blut von ihren Händen abzuwaschen, achtete sie sorgfältig darauf, ihre Last nicht fallen zu lassen. Einzig das Schwert war noch übrig, um die Sippenehre aufrechtzuerhalten. Die Frau fürchtete sich davor, es auch nur einen Moment loszulassen.

Beim Geräusch der leisen Schritte wandte sie sich um und sah, dass auch die anderen Überlebenden ans Ufer gekommen waren. Ailain wusste, wer sie waren. Die in ihre langen Haare eingeflochtenen Sippensymbole identifizierten sie so deutlich, als hätten sie sich einander vorgestellt. Die Frau mit der verbundenen Hand trug die Symbole ihrer Erzfeinde; sie war so schmutzig und müde wie Ailain selbst. Die beiden anderen gehörten zu den Familien der reisenden Händler, die in die Kämpfe verstrickt worden waren. Sie hatten zwar nicht daran teilgenommen, aber ihre Angehörigen ebenfalls verloren.

Als Ailain aufstand, schauten die anderen sie müde an. »Heute kämpfe ich nicht mehr.« Ihre Stimme klang in den Ohren der anderen Frauen schwer und schwach zugleich.

Die ältere Händlerin sagte leise, als führe sie ein Selbstgespräch: »Wir haben uns nie für den Kampf interessiert, aber es hat keine Rolle gespielt. Wie soll ich ohne Familie und ohne Sippe leben? Der Winter steht vor der Tür und sämtliche Häuser und alle Vorräte sind vernichtet.«

Das Mädchen fing an zu weinen. Zu Ailains Überraschung legte die Frau einen Arm um das Kind und murmelte tröstende Worte. Ihre Sippensymbole waren die rivalisierender Familien, die einander noch nie Trost zugesprochen hatten. Zum ersten Mal stellte Ailain den Kodex in Frage, der bisher jede Handlung ihres Lebens bestimmt hatte. Es war Recht in dem, was die Frau getan hatte, sie konnte es nicht leugnen, selbst wenn es gegen alles sprach, was man sie gelehrt hatte.

Zu ihrer Überraschung hörte sie sich sagen: »Die Fehde ist beendet. Nur wenn wir uns zur Zusammenarbeit entschließen, können wir überleben.«

Die Frau von der Rivalensippe warf einen skeptischen Blick auf das Banner und das Schwert, das Ailain so sorgsam in den Armen hielt.

»Wie kann du das sagen, wo wir doch alle Abzeichen unserer Sippen tragen? Unsere Familien waren schon vor der Geburt unserer Eltern verfeindet. Wie sollte es uns je gelingen, uns gegenseitig zu trauen? Die Familienehre besteht, solange auch nur ein Angehöriger der Familie lebt.«

Ailain schaute das Schwert und das Banner ihres Anverlobten eine geraume Weile an, dann warf sie beides ins Wasser. Als sie ihr eigenes Schwert aus der Scheide zog, sah sie,

184

dass die anderen besorgt zurücktraten, während das Kind einen Schrei unterdrückte und das Gesicht in den Armen der anderen Frau verbarg. Ailain hob ihren langen Zopf mit einer Hand hoch. Die Symbole ihrer Sippe waren darin eingeflochten. Erst heute Morgen hatte ihr Geliebter ihr eine Kette mit Perlen in den Sippenfarben geschenkt. Er hatte ihr zugeschaut, als sie den Schmuck in ihr Haar geflochten hatte. Sie schnitt den Zopf ab und warf ihn ebenfalls ins Wasser.

»Ich entsage meiner Sippe und meinen alten Loyalitäten. Wir sind eine Schwesternschaft, und nun seid ihr, das schwöre ich, mein Volk.«

Sie schaute mit zunehmender Hoffnung zu, wie eine ihrer neuen Schwestern nach der anderen ihr langes Haar mit den Symbolen abschnitt und es in das schnell fließende Wasser warf.

Über Mercedes Lackey und
»Um einem Dieb eine Falle zu stellen ...«

Ich hatte die einmalige Freude – nun, sie war nicht gänzlich einmalig, da es mir inzwischen mehrfach passiert ist –, die erste Geschichte einer Autorin vorstellen zu dürfen, die sich in meinem Genre auch weiterhin einen Namen gemacht hat. Mercedes Lackey publizierte erstmals in *Die Freien Amazonen* und anschließend in den *Schwestern*-Anthologien. Ihre Geschichten drehen sich um zwei Frauen, die eine Zauberin, die andere Fechterin, die Freie Amazonen sind, auch wenn sie nicht so genannt werden. Außerdem erschien eine ihrer Geschichten in *Die Domänen*. Aber sie hat mit ihren ausgezeichneten »Herald«-Büchern – die mir paradoxerweise gefallen, obwohl sie sich mit Leuten befassen, die mit intelligenten Pferden kommunizieren – eine unabhängige Laufbahn eingeschlagen. Als alte Bauersfrau habe ich, was Pferde angeht, zwar keine romantischen Illusionen, doch mir gefällt Lackeys Werk, obwohl es von Pferden handelt. Mir sind Drachen allgemein lieber, auch wenn sie ein zu Tode gerittenes Fantasy-Klischee sind.

Mercedes Lackey hat auch einige sehr schöne Großstadt-Fantasy-Romane geschrieben, deswegen sehe ich sie nicht mehr als Protektionskind, sondern als selbständige und unabhängige Autorin. Was mich an die Zeit denken lässt, in der die liebenswerte, inzwischen verstorbene Autorin C. L. Moore (1911–1985) im letzten Jahr ihres bewussten Lebens vor einer Gruppe von Autorinnen sprach. (Als Opfer der Alzheimer-Krankheit lebte sie zwar noch sehr lange, wusste aber nicht mehr, wer sie war, und erkannte keinen anderen mehr.) Als sie uns junge Autorinnen (einige waren um die 40 und älter) sah, murmelte sie verdutzt: »Ihr seid so jung, dass ihr nicht mal meine Töchter sein könntet.« Woraufhin sämtliche im Raum anwesenden Frauen – nicht nur ich, der es sofort einfiel – spontan riefen: »Wir sind aber deine Töchter, Catherine!«

Deswegen neige ich dazu, viele junge Autorinnen – nicht nur diejenigen, die ich persönlich gefördert habe – für meine Töchter zu halten. Meine Freundin Sandi hat mir einst während einer unserer zahlreichen Auseinandersetzungen vorgeworfen: »Ach, Marion, du möchtest am liebsten jedermanns Mutter sein!« Woraufhin ich erwiderte: »Es fällt einem eben schwer, es nicht zu sein, wenn die ganze Welt auf deinem Schoß Platz nimmt!«

Aber – ich gestehe es – ich bin so stolz auf Mercedes Lackey, als wäre sie meine Tochter. In der folgenden Erzählung behandelt sie ein Problem, über das ich mir schon oft Gedanken gemacht habe. Bedenkt man den Vertrag, der alle Waffen verbietet, die »länger sind als die Reichweite des Arms, der sie einsetzt« – entspricht dann die Verwendung von Pfeilen dem Gesetz? Und wenn ja, warum? MZB

Um einem Dieb eine Falle zu stellen ...

von Mercedes Lackey

Es hätte Spaß machen können. Tayksa arbeitete gern mit Leder, selbst wenn sie es flicken musste. Der Gemeinschaftsraum des nagelneuen Gildenhauses war endlich warm – zum ersten Mal seit Wintereinbruch. Praktisch alle Angehörigen der neu gegründeten Gilde der Entsagenden hatten einen Grund gefunden, hier zu sein, doch im Gegensatz zu ihrer Partnerin Deena hielt Tayksa sich gern in einem Menschengewimmel auf. Sie war schließlich ein Stadtkind. Mauern und Menschen waren ihr Element.

Doch die gemütliche Atmosphäre war mit einem Mal zerschlagen, als eine andere Ex-Schwester des Schwertes das Thema Politik zur Sprache brachte ...

Tayksa seufzte, dann beugte sie sich wieder über ihre Lederarbeit und hoffte verzweifelt, dass man sie nicht gerade in diese Auseinandersetzung ihrer entsagenden Schwestern hineinzog.

»Pfeil und Bogen töten keine Menschen«, sagte Leanna stur und schob ihr Kinn so weit vor, dass jedem, der ihr widersprach, offensichtlich Ärger bevorstand. »Menschen töten Menschen.«

Wenn ich je eine grobe Vereinfachung gehört habe, dann jetzt, dachte Tayksa, aber ihr fiel auch ein, dass Leanna den Eid erst vor kurzem abgelegt hatte und zudem eine knochige Schäferin aus dem Vorgebirge der Hellers war, die sehr darauf achtete, *nicht* das Risiko einzugehen, ihre Haut bei einer Rauferei mit einem Wolf oder einem Katzenmenschen aufs Spiel zu setzen. Ihr Volk kannte nicht mal einen Bruchteil der Kriegsführung, die Land und Leute zerrissen hatte, bevor der Comyn-Fürst Varzil – der nun »der Gute« hieß – angefangen hatte, dies zu ändern, indem er die streitenden Parteien persönlich unterworfen hatte.

Sie hat – Avarra, steh uns bei – noch kein Haftfeuer gesehen, dachte Tayksa verbittert. Sie erinnerte sich nur allzu gut an den Anblick jener Angehörigen der Schwesternschaft, die einen Vorgeschmack des bösen Zeugs auf einem Schlachtfeld erlebt hatten, und zwar aus allernächster Nähe. *Und Todesstaub noch weniger. Andererseits hat sie nicht ganz Unrecht. Wie, bei der siebenten Hölle, sollen Schäfer ihre Herden verteidigen – oder Bauern ihre Familien? Sie haben keine Zeit, Fechten zu lernen. Sie müssen sich um das Getreide kümmern. Hm. Wenn ich so darüber nachdenke, haben eigentlich nur die Reichen und Hochwohlgeborenen die Zeit zu lernen, wie man mit Schwert und Messer umgeht. Und Leute wie wir, die ihren Lebensunterhalt damit bestreiten. Außerdem ...*

»Nimmt man den normalen Menschen den Bogen weg, können sie sich nicht mehr verteidigen«, fuhr Leanna fort und sprach damit die Worte aus, die Tayksa gerade durch den Kopf gingen. »Wenn es ein Verbrechen sein soll, einen Bogen zu besitzen, werden nur Verbrecher einen haben. Könnt ihr mir vielleicht sagen, wozu *das* dienlich sein könnte?«

Sie schaute sich um, als erwarte sie Zustimmung. Ihr Blick richtete sich auf Tayksa. Die junge Frau stöhnte innerlich auf, denn sie wusste genau, was nun kam. Man würde sie in die verfluchte Diskussion hineinziehen, ob es ihr passte oder nicht ...

Um die Wahrheit zu sagen: Sie hatte, was die ganze verdammte Sache anging, gemischte Gefühle. Natürlich verstand sie die Weisheit hinter Varzils Vertrag. Er besagte, dass niemand eine Waffe einsetzen oder besitzen durfte, die aus der Ferne zuschlagen konnte. Dies war gewiss jeden Preis wert – ebenso wie das Bestreben der Türme, zu verhindern, dass jemand für irgendeinen Zweck Haftfeuer oder Todesstaub erzeugte.

Aber wo blieben in diesem Fall die Schäfer – wie Leannas Verwandte?

Oder anders gefragt: Wo blieb dann sie?

»Schwester«, unterbrach sie eine leise Stimme von der Feuerstelle her, bevor Leanna Tayksa in die Schlägerei einbeziehen konnte. »Schwester, du siehst nur die Begrenzungen des Vertrags. Du lässt jedoch die Freiheiten außer Acht, die er uns allen bringt.«

Tayksa seufzte dankbar. Maira n'ha Joyse war aus den Reihen der anderen Schwesternschaft in das neu gegründete Gildenhaus gekommen – denen der grau gewandeten Damen der Avarra. Zwar war sie in ihr staubgraues Gewand gekleidet, doch es endete nun knapp oberhalb der Knie und hing über der gleichfarbenen Reithose. Außerdem trug sie stolz das lange Messer der Entsagenden, obwohl sie keine Ahnung hatte, wie man es benutzte.

Leanna gab widerstandslos nach. Tayksa wusste nicht genau, ob sie es aus Respekt vor dem grauen Gewand oder dem roten Haar der Comyn-Frau tat, das über Mairas blassem Gesicht aufflammte.

Spielt auch keine große Rolle, dachte sie. *Bevor es hier losgeht, bin ich draußen. Das Ärgerliche ist, dass noch zu viele Schwestern wissen, was ich war, und darüber vergessen, was ich bin ... Außerdem ist alles, was ich sage, suspekt. Andererseits kann ich nicht aufhören, das zu sein, was ich war, denn es ist ein Teil meines Ichs. Und um ganz ehrlich zu sein, ich schäme mich dessen nicht. Evanda und Avarra wissen, dass ich dem alten Kupferhaupt mehr als einmal das Leben gerettet habe. Man braucht nun mal einen Dieb, um einem anderen Dieb eine Falle zu stellen. Und wenn man einem Mörder eine Falle stellen will ...*

Maira streckte ihre verstümmelte, klauenartige linke Hand aus. Leanne zuckte zurück. »Dies, *Breda,* ist die Auswirkung eines Haftfeuertropfens, der nicht größer war als ein Stecknadelkopf«, sagte sie mit der gleichen leisen und freundlichen Stimme. Der Feuerschein ließ die Hand übler aussehen, als sie eigentlich war, und Tayksa hatte den scharfsinnigen Eindruck, dass Maira dies auch wusste. »Stell dir vor, das Zeug regnet vom Himmel herunter, nicht nur auf die Kämpfenden, sondern auch auf hilflose Bauern und Hirten, auf Frauen und Kinder – *davor* will der Vertrag uns bewahren. Ist dies das Opfer einiger Bogen nicht wert?«

Leanna sah zwar aus, als sei ihr übel, aber sie war aus härterem Holz geschnitzt, als Tayksa angenommen hatte. »Mag sein«, sagte sie, »aber ...«

Im Türrahmen nahm Tayksa aus den Augenwinkeln eine Bewegung wahr. Sie schaute automatisch auf und erkannte ebenso automatisch, wer dort stand – die schlanke, dunkelhaarige Gestalt ihrer Partnerin Deena. Tayksa nickte, um ihr zu zeigen, dass sie ihre Freundin bemerkt hatte. Deena riss den Kopf ruckartig zur Seite, deutete in Richtung Treppenhaus und verschwand.

Tayksa suchte ihre Sachen zusammen und schob sie in den Nähkorb. Es gefiel ihr zwar nicht, der Wärme zu entsagen, aber sie entzog sich liebend gern der Gefahr, in die Diskussion verwickelt zu werden. *Dann will die Gildenmutter mich also sprechen. Hm. Ich frage mich, aus welchem Grund.*

Deena erwartete sie auf halbem Weg die Treppe hinauf. »Jemand sollte der Kleinen die Lippen zusammennähen, bis sie ein wenig Vernunft gelernt hat«, sagte die hagere Brünette kurz angebunden. »Bei Zandrus Höllen! Ich würde für den Rest meines Lebens freiwillig Ställe ausmisten, wenn es die einzige Möglichkeit wäre, uns den Todesstaub vom Hals zu schaffen!«

Tayksa schüttelte nur den Kopf und übersprang auf der Treppe jeweils eine Stufe. »Sie hat es nie erlebt, deswegen kann sie es sich nicht vorstellen, Deena. Das arme Mädchen hat nicht mehr Phantasie als ein Schafsfladen ...«

Deena erstickte mit ihrem Handrücken ein Kichern.

»Und was will die Gildenmutter von uns?«, fuhr Tayksa fort, als sie nach der Tür ihres Zimmers griff und sie öffnete, damit ihre Partnerin eintreten konnte.

»Nicht die Gildenmutter will etwas von Euch, Ihr Nerven zersägende junge Frau«, sagte eine herzliche erheiterte Stimme, die um zwei Oktaven tiefer war als die der Gildenmutter.

Tayksa machte schnell die Tür hinter sich zu.

Bei Zandrus verfluchten Höllen! Was macht der denn hier?

Fürst Varzil lächelte ihr aus den Tiefen des zweitbesten Sessels der Gildenmutter entgegen. Er lächelte – doch Tayksa brauchte kein *Laran,* um zu wissen, dass irgendetwas nicht stimmte. Dass er hier war, war ihr schon Beweis genug. Aber er sah aus wie ein Mann, dem zu viel im Kopf herumging und der für seine Probleme keine Lösung wusste. Das sich auf seinem kupferfarbenen Schädel spiegelnde Kerzenlicht reichte aus, um ihr die Sorgenfalten zu zeigen, die sein Lächeln und seine Augen umgaben. Sie verschränkte die Arme vor der Brust und lehnte sich mit dem Rücken an die Tür.

»Und warum zersäge ich Eure Nerven, Fürst Kupferhaupt?«, fragte sie. Die Gildenmutter zuckte angesichts dieser Respektlosigkeit zusammen.

»Weil Ihr entweder mit einem *Laran* gesegnet seid, das sich jeder Prüfung entzieht oder es fertig bringt, Konsequenzen zu sehen, die *ich* nicht erkennen kann«, erwiderte Varzil leicht kläglich.

Ah, das also ist es. Ich habe ihm geraten, auf das zu achten, was sich hinter ihm tut. Klingt so, als hätte jemand versucht, ihn von hinten zu erdolchen.

»Hat schon jemand versucht, Euch zu entleiben?«, fragte sie.

Varzil schüttelte langsam den Kopf. »Noch nicht. Aber eine meiner Kolleginnen hat es mir prophezeit. Oder sagen wir lieber, sie hat ein Bild gesehen, auf dem ich höchstwahrscheinlich tot bin. Und viel zu viele Zukünfte enthalten meinen Tod. Leider hat sie nicht den Auftraggeber erblickt, sondern nur das Ergebnis – der Mörder ist irgendwie verwischt, so dass sie nicht zu ihm durchdringt. Und was noch beunruhigender ist: Wir können im Hier und Jetzt weder den Auftraggeber noch denjenigen ausmachen, der hinter ihm steht.«

Tayksa spitzte die Lippen und trommelte mit den Fingern auf ihren Oberarm. »Euch kann also jemand abblocken?«, fragte sie. Dann zuckte sie die Achseln. »Macht nichts. Sie können uns nicht daran hindern zu sehen, dass es nicht passiert.«

»Uns?«, wiederholte Varzil mit gerunzelter Stirn.

»Uns«, erwiderte Tayksa fest. Deena kam etwas näher, um ihrer Aussage Nachdruck zu verleihen. »Wir kommen zu zweit. Deena ist Fährtensucherin. Sie kümmert sich um das Äußere der Orte, die wir bewachen. Ich bearbeite das Innere. Sie wird Dinge sehen, die Euren Wachen niemals auffallen. So was kann *ich* nicht. Was außerhalb von Mauern stattfindet, ist nicht meine Sache. Ich brauche Deena. Ich bin auf ihre Fähigkeiten angewiesen. Ich habe Euch schon beim letzten Mal gesagt, Ihr sollt die Dinge auf meine Weise tun, weil ich sonst nicht mitspiele.«

»So sei es.« Eins musste man Varzil lassen: Er war ein guter Verlierer. »Dann lasst mich das wenige erzählen, das ich weiß ...«

Als Tayksa und Deena eintraten, verstummte das geschäftige Gemurmel im großen Saal einen Moment lang und wurde dann mit deutlicher Schärfe wieder aufgenommen. Tayksa klammerte sich an Varzils Arm und ließ als das hilflose kleine Geschöpf, das sie nach außen hin verkörperte, ihre langen Wimpern klimpern. Sie hatte diese Rolle sehr oft gespielt, bevor sie zur Schwesternschaft gestoßen war, doch niemals in der Position, jemanden vor *anderen* Meuchelmördern zu beschützen.

Männer aller Dienstgrade und Stellungen grinsten oder zwinkerten sich listig zu, als sie vorbeikam. Die Frauen musterten sie mit einem Stirnrunzeln. Einige schenkten ihr kalte, andere verärgerte Blicke. Varzils junge, freundliche Braut – nun ebenfalls schwanger – war bei den Frauen seines Hauses beliebt. Es gab nicht wenige, welche die »Unterhalterin« verabscheuten, von der sie annahmen, sie ersetze die junge Ambria in Varzils Bett.

Die Götter seien gepriesen, dass Ambria ebenso intelligent wie schön ist, dachte Tayksa und zupfte ihre Röcke so elegant zurecht wie jede Dame aus den Kreisen der Comyn. *Sie spielt die Rolle der vernachlässigten Ehefrau wunderbar. Bei Zandrus Höllen, sie hätte auch eine gute Meuchlerin abgegeben! Bevor diese Sache zu Ende ist, werde ich ihr noch einiges beibringen. Wer weiß, wann sie den einen oder anderen Winkelzug brauchen kann.*

Tayksa sah kein bisschen wie die zähe kleine Kämpferin aus, mit der Varzil sich im Gildenhaus unterhalten hatte. Ihr langes blondes Haar – im Gegensatz zu den meisten Schwestern flocht sie es zu Zöpfen, statt es abzuschneiden – wurde von einer teuren Kupferklammer gehalten, die zu dem Kupfergegenstück an ihrem Hals passte. Ihr schweres Wollkleid war in einem üppigen und teuren Rot gefärbt und bestand aus dem weichsten und feinsten Stoff, den man bekam. Außerdem war es so geschnitten, dass man es fast für obszön halten konnte. Körperlich wirkte sie, als könne ein grobes Wort sie umwerfen; zerbrechlich und einnehmend und nicht sonderlich klug, nur gerissen.

Aber es steckten zwei Messer in ihren Ärmeln, und ein drittes war an ihrem Schenkel befestigt, wo sie es durch einen Schlitz in der Rocktasche erreichen konnte. Wenn alle Stricke rissen, klappte sich die teure kupferne Haarspange in zwei bedrohlich aussehende Waffen auseinander, die Tayksa bei mehr als einer Gelegenheit eingesetzt hatte.

Draußen patrouillierte Deena in ständig wechselnder Routine durch den Garten und das Grundstück und hielt die Augen nach allem auf, was ungewöhnlich war. Sie hatte zwar noch nichts gefunden, doch Tayksa wurde das unbehagliche Gefühl nicht los, dass man Varzil und sie seit eineinhalb Tagen beobachtete. Was bedeutete, dass man sie wahrscheinlich auch *jetzt* im Blickfeld hatte. Dies wiederum hieß, dass der Meuchelmörder sich irgendwo in diesem Gebäude aufhielt und im Begriff war, seine – oder ihre – letzten Vorbereitungen zu treffen.

Deswegen hatte Tayksa darauf bestanden, die Täuschung aufrechtzuerhalten, dass sie Varzils *Barragana* sei und sogar sein Bett teile, auch wenn der dort stattfindende »Verkehr« sich nur auf die rein verbale Ebene beschränkte ... *Sie* hatte ihre Zielpersonen oft in den intimsten Momenten beobachtet; riesige Landsitze wie dieser waren nicht selten mit Gängen und Verstecken ausgestattet, von denen ihre Besitzer nichts wussten. Es wäre unglaublich enthüllend gewesen, wenn sie in der Öffentlichkeit als Liebhaber und im Privaten als Verschwörer aufgetreten wären.

Tayksa hängte sich auf dem ganzen Weg zur Tafel an Varzils Arm und löste sich erst von ihm, als sie den Platz an seiner linken Seite eingenommen hatte. Ambrias Stuhl, rechts von ihm, blieb leer.

Tayksa ließ sich mit geschmeidiger Eleganz auf ihren Sitzplatz sinken und zog weitere stirnrunzelnde Blicke von den Frauen in ihrer Nähe auf sich. *Wie gut, dass ich nicht wirklich Varzils* Barragana *bin. Die Atmosphäre hier ist so eisig, dass sie auch die heißeste Leidenschaft abkühlen würde.* Sie lächelte die Frauen an; es war ein absichtlich überlegenes Grinsen, das nur besagte: »Ihr könnt mich wahrscheinlich nicht ausstehen, aber jetzt habe ich die Macht, und das solltet ihr lieber nicht vergessen.«

Denn genau das, dies wusste sie, würde man von einer teuren Hure *erwarten.*

Die Tische füllten sich, der Raum erwärmte sich mit dem Gemurmel der Gespräche und dem Duft des Essens. An der Luke reihte sich das Personal auf, um dampfende Teller und Schalen aus dem Speiseaufzug zu holen. Als die Gerichte an den Tisch kamen, behielt Tayksa sämtliche Lakaien im Auge und suchte nach Anzeichen verstohlener Bewegungen, die vielleicht ein Ausrutschen der Hand anzeigten. Seit Kriegsende war kein Neuling mehr in der Küche angestellt worden – und außerdem hatten sich die dort tätigen Menschen nach der ersten Drohung bereitwillig Varzils *Laran* geöffnet. Doch das Personal unterlag einer großen Fluktuation, es wäre sehr leicht gewesen, jemanden in ihre Reihen einzuschleusen und wieder verschwinden zu lassen, bevor auch nur irgendwem ein zusätzliches Händepaar auffiel. Auf dem Höhepunkt des Abendessens richtete sich die Aufmerksamkeit auf die Teller, nicht auf die fleißigen Hände.

Die meisten verdächtigen Bewegungen erwiesen sich als folgenlos. Tayksa war nicht darauf aus, ein Giftattentat zu verhindern. Sie speicherte alles in ihrer Erinnerung, für ein späteres Ereignis, falls es zu einem solchen kam. Wenn sie wusste, woher ein Gericht stammte, wusste sie auch, wer es serviert hatte und ob es irgendeine Stelle gab, an der man es hätte »veredeln« können.

Dies ging nun ergebnislos seit mehreren Tagen so, doch Tayksa wusste genau, dass ihre Wachsamkeit nicht nachlassen durfte. Schließlich hatte sie dieses Spiel einst selbst gespielt ...

Weswegen Varzil seine Mahlzeiten auch kalt einnahm.

Er *musste* mit den anderen speisen; alles andere wäre für den Meuchelmörder ein Signal gewesen. Doch auch dafür hatte Tayksa eine Lösung: Varzil ließ zwar zu, dass man ihm eine Portion eines Gerichts vorsetzte, er aß sie jedoch erst, wenn alle anderen den Gang beendet hatten. Einschließlich Tayksa, die wenigstens teilweise immun gegen alle Gifte war, mit denen sie einst hantiert hatte. War ein Gericht vergiftet, würde sie die Wirkung des Stoffes – hoffentlich in abgemilderter Form – wahrnehmen, bevor Varzil es auch nur gekostet hatte.

Natürlich bedeutete dies, dass der Fürst mehrheitlich kalte und gefrorene Nahrung zu sich nahm.

»Ich fürchte, Eure Schutzmethoden sind so unerfreulich wie jedes Gift«, sagte Varzil leise zu seiner Beschützerin, während sie mit dem tauben alten Krieger tratschte, der neben ihr saß. Sie fuhr mit einem beständigen Strom dümmlicher Unterhaltung weiter, damit sie auf die Lakaien aufpassen konnte, ohne den Eindruck zu erwecken, dass sie sie beobachtete.

»Kaum, mein Fürst«, flüsterte sie trocken zurück. »Ihr habt keine Ahnung von diesem Thema, wenn Ihr glaubt ...«

Ihre Kehle zuckte und verschluckte die letzten Worte. Ein Stück weiter am Tisch stand jemand jäh auf und brach ebenso plötzlich zusammen.

Garbenasamen, erkannte sie geistesabwesend und zwang ihre Kehle, sich zu entspannen, als sie sich erneut verengte. *Ruft* eine *Lähmung der Schweißdrüsen hervor* ... Im gleichen Moment, in dem sie die Substanz identifizierte, fegte sie Varzils Teller mit einer Hand zu Boden, bevor er auch nur einen Bissen zu sich nehmen konnte. Mit der anderen Hand zückte sie ein Messer.

Der Aufprall von Varzils Teller auf den Steinboden blieb im allgemeinen Pandämonium unbemerkt.

Die Wirkung des Giftes auf jene, die es verzehrt hatten, wie auch auf jene, die es nicht verzehrt hatten, breitete sich aus. Schon brachen andere Speisende keuchend und mit blau angelaufenen Gesichtern zusammen. Der Rest der Anwesenden befand sich in einem Zustand der Panik. Einige bemühten sich tatsächlich, irgendetwas zu tun, doch die meisten führten sich auf wie verängstigte Schafe.

Es muss im Rabbithorn gewesen sein; vermutlich in der Fennelkornsoße. Tayksa blieb genau dort, wo sie war, beobachtete die Menge und suchte nach irgendetwas Ungewöhnlichem. *Es war das Mädchen mit den breiten Hüften und dem nichts sagenden Gesicht. Aber ich sehe sie nicht mehr ... Sie ist ... Ha!*

Varzil war von ihrer Seite gewichen und kniete neben dem nächsten Opfer. Er hielt einen Sternenstein in der linken Hand, seine Rechte lag auf der Stirn des Mannes. Das Gesicht des Fürsten war angespannt. Genau hinter ihm sah Tayksa die fragliche junge Frau, die sich an der Wand entlang zu einer Tür bewegte. Sie fiel weder in Ohnmacht, noch schrie sie, wie etwa die Hälfte der sonstigen Bediensteten. Sie bemühte sich auch nicht, wie die anderen, den Gestürzten zu helfen. Sie machte sich vielmehr zielgerichtet und still davon.

Diesmal nicht. Das Messer befand sich schon in Tayksas Hand. Eine Sekunde später flog es durch den Raum.

Und verfehlte die Flüchtende.

Die junge Frau hatte es irgendwie gesehen und war ihm ausgewichen. Nun duckte sie sich mit einer Geschmeidigkeit, die Tayksa bisher nur bei zwei Menschen – bei sich selbst und dem Meisterdieb, der sie ausgebildet hatte – gesehen hatte, in den Türrahmen.

Egal. Als das Messer gegen die Wand knallte, war Tayksa längst von ihrem Stuhl herunter und fegte mit wehenden Röcken durch den Raum. Als sie den Türrahmen erreichte, hörte sie vor sich das leiser werdende Geräusch rennender Füße. Sie folgte ihm, wobei ihre lederbesohlten Pelzstiefel auf dem Gestein nicht den geringsten Laut erzeugten.

Der Gang bog vor ihr jäh nach rechts ab. Tayksa hielt genau vor der Biegung an. Der vor ihr liegende Korridor war finster – die junge Frau musste die Lichter gelöscht haben, um die Verfolger zu behindern.

Genau das hätte ich auch getan.

Vermutlich war sie sogar noch hier und wartete darauf, dass ihr jemand folgte. Wenn man um die Ecke trat, musste man einen Schatten werfen.

Tayksas Brustmuskeln zuckten einen Moment lang schmerzhaft und krümmten sich in dem Bedürfnis zu atmen. Dann entspannten sie sich zwar, doch sie begradigten sich nicht.

Soll ich sie rufen? Den Versuch machen, sie zum Aufgeben zu bewegen? Tayksa wünschte sich, sie hätte um die Ecke blicken können. Sie bildete sich ein, jemanden in der Dunkelheit leise keuchen zu hören. *Ich war einst in der gleichen Situation ... doch die Schwesternschaft hat mich aufgenommen. Soll ich ihr diese Chance anbieten?*

Dann fiel ihr der Augenblick ihrer eigenen Gefangennahme ein. Sie hatte damals jede Menge Möglichkeiten gehabt, ihre Zielperson zu erledigen – sie hätte ihn töten und Tage zuvor verschwinden können. Doch jede Gelegenheit hatte bedeutet, ihr Opfer zusammen mit einem anderen umzubringen; mit einem Unschuldigen, der nur wenig oder gar nichts mit dem Streit zu tun hatte, auf dessen Grundlage sie angeheuert worden war. Sie hatte außer ihren Zielpersonen nie jemanden umgebracht. Das hatte sie sich geschworen.

Doch die junge Frau war dazu bereit gewesen. Wer konnte vorhersagen, wie viele Menschen heute Abend an dem für Varzil bestimmten Gift starben?

Sie verdient es nicht, dass ich mir ihretwegen Gedanken mache, schoss es Tayksa durch den Kopf. Kalte Wut ließ sie die Zähne zusammenbeißen. *Sie ist ein tollwütiger Hund und muss vernichtet werden.*

Sie stürzte sich in den dunklen Gang und rutschte über den Steinboden. Sobald sie sich bewegte, blitzte ein Messer aus der Finsternis hervor und prallte an einer Steinwand ab.

Dies sagte ihr etwas über die Richtung. Tayksa glaubte, etwas Weißes zu sehen; wahrscheinlich eine Schürze. Sie sammelte sich und sprang blindlings darauf zu.

Sie kam um den Bruchteil einer Sekunde zu spät. Eine ihrer ausgestreckten Hände erwischte das schleifende Ende eines Rockes, als die andere Frau ihre Flucht wieder aufnahm. Tayksa warf sich so schnell sie konnte zur Seite, zog die Täterin von den Beinen und stürzte sich auf sie.

Sie musste feststellen, dass sie ihr nicht gewachsen war.

Tayksa landete auf ihr und versuchte, die Arme und Beine der Meuchelmörderin auf den Boden zu pressen. Die junge Frau war größer, schwerer und möglicherweise kräftiger als sie – und obwohl beide von langen Röcken behindert wurden, bestanden die ihrer Gegnerin aus leichterem Stoff. Sie drosch mit festen Handkantenhieben um sich. Tayksa sah zu wenig, um sie abzublocken. Sie musste es schaffen, ihre Gegnerin irgendwie am Boden zu halten. Doch selbst dies war leichter gesagt als getan. Die junge Frau riss sich einfach von ihr los. Während Tayksa ohne etwas zu sehen in der Dunkelheit kämpfte und bemerkte, dass sie verlieren würde, wurde ihr klar, dass sie nur *eins* tun konnte.

Sie schrie aus vollem Hals um Hilfe.

Ihre Gegnerin verwünschte sie gehässig und wollte eine Hand auf ihren Mund legen, doch Tayksa biss zu, so fest sie konnte, woraufhin die andere ebenso laut fluchte wie Tayksa schrie.

Dann hatte die Attentäterin beide Hände frei und legte sie um Tayksas Hals. Eine Sekunde später war es ihr gelungen, die ehemalige Entsagende auf den Rücken zu werfen und sich auf sie zu schwingen. Und sie fing an zu drücken ...

Tayksa versuchte dreimal, die Hände von ihrem Hals zu entfernen, doch es gelang ihr nicht, den Griff zu lösen. Dann zuckte es wieder in ihrem Brustkorb, und vor ihren Augen fingen Sterne an zu tanzen ...

Keine Sterne. Licht. Fackeln. Blinzelnd tastete Tayksa nach ihrer Kehle. Sie war wund, aber es hätte schlimmer kommen können.

Klar. Ich könnte tot sein.

Sie blinzelte erneut. Der Mann mit der Fackel war Cemoc, Varzils Friedensmann. Varzil selbst kniete neben ihr und löste ihre Hände von ihrem Brustkorb.

Bei Zandrus Höllen. Vielleicht war ich sogar tot.

Sie versuchte sich hinzusetzen. Statt sie daran zu hindern, reichte Varzil ihr die Hand. »Sie ist entkommen«, krächzte Tayksa. »Es war eins der Serviermädchen, und ...«

Varzil schüttelte den Kopf. »Sie ist nicht entkommen«, erwiderte er verbittert. »Aber es hätte nicht viel gefehlt. Deine Partnerin Deena hat sie erwischt, als sie über eine Mauer klettern wollte, und sie mit ihrem verdammten Bogen erledigt.

Jetzt haben wir zwar den Meuchelmord vereitelt, aber wir wissen noch immer nicht ...«

»Vielleicht doch.« Als Tayksa aufstand, ignorierte sie die tanzenden Lichter vor ihren Augen und dass sich um sie alles drehte. Das Kleid war hin; an beiden Schultern war es eingerissen, im Rock befand sich ein langer Riss. Sie übersah den Schaden. »Ich möchte mir die Leiche ansehen.«

»Da gibt's nichts zu sehen«, sagte Cemoc protestierend.

»Ist mir egal. Ich will sie trotzdem sehen.«

Varzil zuckte die Achseln. »Von mir aus. Sie ist in der Kapelle.«

Tayksa drehte sich um und schaute ihn erschreckt an. »Dieses ... *Luder* hat heute Abend über ein dutzend Menschen vergiftet. Sie hat versucht, Euch *umzubringen!* Und Ihr habt sie in Eurer *Kapelle* aufgebahrt?«

Auch diesmal zuckte Varzil nur die Achseln. Er schien wohl nicht zu erwarten, dass sie seine Motive vollkommen nachvollziehen konnte.

Das kann ich auch nicht, dachte Tayksa ergrimmt und folgte Cemoc in die Kapelle.

Sie verstand sogar noch weniger, als sie die Leiche in einem Zustand vorfand, als sei sie ein ehrenwertes Mitglied von Varzils Haushalt. Doch Verständnis spielte keine Rolle. Jetzt zählte nur die Frage, ob die Tote eine bestimmte kleine Tätowierung aufwies.

Und siehe da, dem war so. Die Zeichnung sah genauso aus wie Tayksas eigene. Das, was sie zu erkennen geglaubt hatte, stimmte wirklich. Die Meuchelmörderin hatte sich tatsächlich der Technik ihres alten Meisters bedient. Sie und die Tote trugen eine identische dreizackige Tätowierung auf der Innenseite des Handgelenks.

Beide hatten sie Benno Macarter gehört, dem ehrgeizigen Meisterdieb.

»Wie kommt Ihr darauf, dass er *dort* ist?«, fragte Rafael leise. Er war der Anführer von Varzils Leibgarde.

Tayksa lächelte in das Dunkel, dann fiel ihr ein, dass der Mann gar nicht in der Lage war, es zu sehen. Sie behielt den Blick auf die Tür und die beiden Fenster an dieser Seite der Schenke gerichtet und wartete auf das Zeichen, sie zu betreten.

»Weil Benno wie ich ist. Er ist ein *Stadtmensch*. Er ist nicht ans Landleben oder große Landsitze wie Varzils gewöhnt. Es würde ihm nie einfallen, sich auf dem Land zu verstecken. Seiner Meinung nach muss man solche Orte meiden.« Sie verlagerte leicht ihr Gewicht. Ihr ganzer Körper war mit Schrammen übersät, die sie erst seit kurzem spürte. Ihre Kehle schmerzte bei jedem Schlucken. »In der näheren Umgebung gibt es nur eine Schenke, also wird er sich dort aufhalten. Deswegen habe ich Varzil vorgeschlagen, zu packen und sich auf den Landsitz zu verziehen, bis die Gefahr vorüber ist. In einem solchen Fall hat kein Verbündeter oder Meuchelmörder einen Ort, an dem er sich verstecken kann.«

Und in Thendara könnte man hundert Jahre suchen, ohne je eine von diesen Ratten zu finden, wenn sie sich unter der Erde verkriechen.

»Hm.« Rafael musterte nachdenklich die Tür der Schenke. »Selbst wenn er vorhat, sich herauszureden, hat er keine Ahnung, dass *Ihr* bei uns seid.«

»Genau.« Da trotteten fünf Hirschponys über den Weg zur Schenke: Varzil und seine Gruppe. Dies war das Zeichen für die Beobachter, dass die Luft rein war. Die Reiter saßen ab. Tayksa bewegte sich von Rafael fort und bezog Position im Gefolge neben Deena. Sie trugen nun beide die Kleider der Schwesternschaft: rote Hemden, Lederjacken und weite Reithosen. Beide waren mit Klingen bewaffnet, an denen nur ein Millimeter fehlte, um sie als Schwerter zu qualifizieren. Tayksa war fest entschlossen, Benno und Varzil daran zu erinnern, wer für das Erwischen der Meuchelmörderin und ihres Herrn verantwortlich gewesen war.

Sie erwartete eine Menge Schwierigkeiten, aber Benno war im Alter sorglos, verweichlicht und dick geworden. Als sie eintraten, saß er tatsächlich an der Feuerstelle und hielt einen Bierkrug in der Hand. Tayksa empfand irgendwie Enttäuschung. Es war so gut wie keine Herausforderung für sie.

Als Benno Varzil erblickte, riss er die Augen auf. Sein Gesicht war aufgeschwemmt. Doch seine Augen wurden noch größer, als Tayksa hinter dem Comyn-Fürsten sichtbar wurde, mit einem Finger auf ihn deutete und sagte: »Der da.«

»Weißt du«, sagte Tayksa, als sie ihre Sachen packte und Deena sich auf dem großen Bett in Varzils Gemächern herumfläzte, »all dies erinnert mich an den Knaben, der den Katzenmann am Schwanz erwischte.«

»Ihr fragt Euch, was er mit ihm macht, sobald er ihn hat?«, fragte eine Stimme von der Tür hinter ihr.

Da Tayksa niemanden hatte eintreten hören, ließ das tiefe Organ sie vor Schreck zusammenzucken. Ihr Herz raste einen Moment, und sie maß Varzil mit einem vorwurfsvollen Blick. »Ich glaube, Ihr macht es mit Absicht, Kupferhaupt«, sagte sie säuerlich. »Ihr wollt mich wohl an einem Herzschlag sterben sehen, damit ich nicht mehr in der Gegend bin, um Euch in Verlegenheit zu bringen.«

Deena erhob sich schüchtern vom Bett und stand stramm. Varzil beachtete sie nicht. »Das hier ist *meine* Unterkunft«, tadelte er sie milde. »Ich bin neugierig. Was an dieser Situation erinnert Euch daran, einen Katzenmann am Schwanz zu haben?«

»Ihr wisst, warum Aldaran einen Meuchelmörder engagiert

hat, um Euch zu erledigen.« Tayksa faltete ein Hemd zusammen, nachdem sie es von allen verborgen angebrachten Wurfnadeln befreit hatte, und verstaute es in ihrer Satteltasche. Sie warf Varzil einen Blick zu. Er hatte sich den bequemsten Sessel im Raum ausgesucht, und obwohl er sich nicht in ihm räkelte, war seine Haltung wenig fürstlich zu nennen.

»Der Vertrag«, erwiderte er.

Tayksa nickte. »Ich sage Euch, Kupferhaupt, es wird nicht klappen. Wo wollt Ihr die Grenze ziehen? Bei Haftfeuer und Todesstaub? Wenn Ihr das macht, wird jemand bessere Projektilwaffen erfinden. Bei Pfeil und Bogen? In dem Fall werden die Hirten und Bauern glauben, Ihr hättet sie allein zur Bestrafung ausgesucht. Eine Schwester hat kurz vor unserer Abreise etwas sehr Banales, aber Wahres gesagt: *Pfeil und Bogen töten keine Menschen. Menschen töten Menschen.*« Sie legte eine Reithose zusammen und drehte sich zu Varzil um. »Vergesst es nicht, Mann. Das Mädchen war ebenso wie jeder Bogen eine Waffe, die aus der Ferne tötet! Musste Benno etwa mit ihr im gleichen Raum sein? Oder Aldaran?«

Varzil runzelte die Stirn. »Der Vertrag hat weiterhin Gültigkeit. Wenn es sein muss, kann ich den Begriff ›Waffe‹ auch neu definieren ...«

»Darum geht es doch gar nicht. Es geht vielmehr darum, dass man das Verhalten der Menschen ändern muss. Solange es kein Makel ist, seinen Gegner aus der Ferne zu erledigen, wird ein intelligenter Mensch *genau das* tun.« Sie wandte sich wieder ihrem Gepäck zu, legte die Waffen ganz obenauf und verschloss die Tasche mit den Bändern.

Dann warf sie das Bündel über ihre Schulter und machte sich abmarschbereit. Varzil streckte die Hand aus und erwischte sie am Ärmel. »Ich stehe tief in Eurer Schuld, *Vai Domna*«, sagte er leise. »Nicht nur, weil Ihr mich nachdenklich gemacht habt, sondern auch wegen allem anderen.«

»Unterstützt die Gilde«, erwiderte Tayksa, während einige ihrer Sorgen verblassten. »Mehr wünschen die Gildenmutter und ich nicht. Aber ich möchte noch um etwas anderes bitten. Es geht um eine Schwester, der zu ihrer Zeit zu viele Wölfe begegnet sind ...«

»Sprecht.«

»Bevor Ihr das Verhalten der Menschen ändert, lasst Eure Leute ein wenig mehr Vernunft einsetzen, wenn es um die armen Bauern und Schäfer geht.« Sie seufzte.

Varzil schaute sie nachdenklich an. »Vielleicht wäre es am besten, wenn man zu einem Einverständnis käme ... dass eine Waffe, wenn sie nicht dazu verwendet wird, einen Menschen zu verletzen ...«

Tayksa nickte eifrig.

Ein listiges Grinsen legte sich auf Varzils Gesichtszüge. »Und falls die *nächste* Generation beschließt, dass die Verwendung eines Bogens *ehrlos* ist ...«

»Und ihr *Laranzu* beschließt, dass der Schutz der Bauern vor den Ya-Männern und den Katzenmenschen ebenso ehrenvoll ist wie jede andere Tätigkeit ...«, fauchte sie zurück.

Varzil wirkte ernüchtert. »Ihr hättet es wirklich gern, wenn ich meines Bruders Hüter wäre, nicht wahr?«

Tayksa blieb im Türrahmen stehen. »So ist es. Wenn Ihr jemandem die Mittel nehmen wollt, mit denen er sich verteidigt, habt Ihr, so meine ich, die Pflicht, diese Mittel durch etwas anderes zu *ersetzen*.«

Deena schob sich mit einem sauren Blick an ihr vorbei.

»Dann ist es also so weit gekommen: Ich lasse mich von einer Meuchlerin über meine moralischen Pflichten belehren.«

»Fürst Varzil, ich, die niedrigste Eurer Untertanen, würde mir niemals erlauben, Euch auf *irgendeine* Weise zu belehren. Ich gebe nur Denkanstöße.«

»Ach, wirklich?« Varzil runzelte die Stirn. »In welcher Richtung?«

»Wenn Ihr die Bauern nicht beschützt, wird niemand mehr übrig bleiben, der uns – die Stadtbewohner und Comyn – ernährt«, sagte sie und ging hinaus. »Vergesst nicht, mein Fürst, die Hand, die den Schöpflöffel hält, regiert die Welt.«

Über Jean Lamb und »Eingesperrt«

Jean Lamb ist in Fanzinekreisen wohl bekannt, da sie dort viele Kurzgeschichten veröffentlicht hat. Sie lebt »mit einem Ehemann, der Naturwissenschaften unterrichtet, zwei Kindern, einer Katze und einem Computer« in Oregon. Sie ist aktiv bei den Jaycees, in ihrer Kirche und im Vorstand der National Fantasy Fan Federation. Sie hat einen Roman verfasst, der in ihrem eigenen Universum spielt und gegenwärtig seine Runde bei den Verlagen dreht. Doch sie hat Fan-Geschichten nicht nur im Darkover-Universum geschrieben, sondern auch für Fanzines, die sich mit den Fernsehserien »Star Trek« und »Blake's Seven« befassen. Jean hat als Erdbeerpflückerin, Hilfskrankenschwester, Luftwaffenoffizierin, freiberufliche Buchprüferin und Enzyklopädien-Vertreterin gearbeitet. Das ist ungefähr die Laufbahn, die zu einem Autor passt. Ich selbst war Kellnerin, Textilverkäuferin (an der Haustür), Gemüseverkäuferin, Trödlerin, Folksängerin, Telefonberaterin, Chorleiterin und Wahrsagerin, bevor ich das Schreiben zu meinem Hauptberuf machte. Manche Menschen fragen sich, warum Autoren so viele komische Teilzeitjobs haben. Es ist ganz einfach: Das Schreiben bringt im Anfangsstadium nicht viel ein. Aber man kann keiner Vollzeitbeschäftigung nachgehen, ohne dem Schreiben zu entsagen, deswegen macht man alles und jedes, um ein paar ehrliche Kröten zu verdienen, während man auf den großen Durchbruch wartet.

Sieht so aus, als hätte Jean sich qualifiziert.   MZB

Eingesperrt

von Jean Lamb

Larissa schrie, als ihre Eltern sie in den Schrank sperrten und die Tür zu warfen. Der Riegel war kaum vorgelegt, als das Mädchen auch schon dagegenschlug. Es riss an den muffigen Kleidern, die an den Pflöcken hingen und wie Raubtiere eingekerkert waren.

Schließlich sackte Larissa in der Finsternis auf dem Boden zusammen. Seit ihre Schwester Shazel – sie waren damals beide fünf gewesen – versehentlich den Deckel der Kleiderkiste zugemacht hatte, konnte sie Enge nicht mehr ausstehen. Warum tat man ihr dies an? Warum mochte man sie nicht so, wie sie war?

Die Tür ging einen Spalt breit auf, und ein Lichtstrahl schnitt ihr wie ein Schwert durchs Gesicht. Sie klammerte sich an den Türrand, aber er wollte nicht nachgeben. Eine zitternde, zierliche Hand kam zu ihr hinein. Sie hielt einen großen Becher. »Mama?«, fragte Larissa.

»Ich möchte, dass du dies hier trinkst, *Chiya*«, sagte ihre Mutter. Larissa konnte das komische Zitronenaroma des Getränks fast schmecken. »Tu bitte, was dein Vater möchte, Liebling.«

»Es ist *Kirian*, nicht wahr? Beim letzten Mal ist mir davon schlecht geworden.« Ihr wurde schon übel, wenn sie nur daran dachte, aber sie war so durstig, dass sie fast bereit war, das Zeug trotzdem zu trinken.

»Etwas anderes kann ich dir nicht geben. Ach, es tut mir so Leid, Schätzchen. Du weißt doch, dass dein Vater nur möchte, dass es dir wieder gut geht. Wir sind doch nicht mit den Lanarts verwandt. Es ist nur zu deinem Besten.«

Larissa schloss die Augen vor den verlogenen, liebevollen

Worten. Wenn es Mama wirklich wichtig gewesen wäre, hätte es sie nicht interessiert, was ihr Vater wollte. Dann ging die schwere Tür wieder zu, und sie saß allein im Dunkeln und hatte nur den Becher als Gesellschaft.

Das Mädchen schüttelte sich in Panik. Der Geruch des widerlichen Zeugs verursachte ihr Kopfschmerzen, und dabei hatte sie noch keinen Tropfen getrunken. Ach, gnädige Avarra, wie trocken ihre Mundhöhle war. Selbst wenn es sie krank machte, das *Kirian* würde zumindest ihren Durst löschen. Vielleicht ließ es sie auch einschlafen, wie beim letzten Mal. Vielleicht sahen sie dann ein, dass es nichts nützte, und gaben die Folter auf. Sie glaubten nämlich fälschlicherweise, dass ihre Tochter sich nur vor einem fürchtete: dass ihr *Laran* ausschlug.

Natürlich wusste Larissa es inzwischen besser! Jeder andere in der großen Familie Sisberto verfügte über *Laran*, und niemand hatte mehr als ihre rothaarige Schwester Shazel, die nun in einem Turm ausgebildet wurde. Egal was Larissa auch machte, Shazel machte es immer zuerst und besser. Larissa neidete ihrer Schwester zwar nichts und schmollte auch nicht, weil ihr Haar nur ein dunkles Rotbraun zeigte, aber war es etwa zu viel, wenn sie von ihren Eltern verlangte, dass die beiden auch sie liebten? Doch als sie kurz nach ihrem vierzehnten Geburtstag zur Frau geworden war und noch immer kein *Laran* gehabt hatte, keine telepathischen Kräfte irgendwelcher Art, hatte sie gewusst, dass es hoffnungslos war.

Immerhin hatte *Dom* Moran den Ehrgeiz, durch Heirat und andere Mittel eine große Macht in diesem Land zu werden. Die Gabe der Vorausschau war in einem Krieg unbezahlbar. Deswegen hatten ihre anderen Schwestern, die über dieses Talent verfügten, problemlos edle Gatten gefunden. Shazel würde vielleicht sogar Bewahrerin werden. Nur sie blieb übrig, wertlos wie immer. Trotz der mit aller Sorgfalt und jahrelanger Erfahrung im Turm vorgenommenen Untersuchung und Beurteilung durch eine angereiste *Leronis* war *Dom* Moran überzeugt, dass Larissa ihre Kräfte aus purem Trotz nicht zeigen wollte, egal in welch liebevolle Lügen er sie auch einwickelte. Ihre Mutter Clarinna war zu erschöpft, um sich einzumischen. Larissa hatte wenig Grund, zukünftig auf bessere Behandlung zu hoffen. Ihr Vetter Robard, der ihr angeblich als Gatte versprochen war, hatte auf Grund ihrer offensichtlichen Mängel schon doppelt so viel Mitgift verlangt, wie ihre anderen Schwestern bekommen hatten.

Die Dunkelheit bedrückte sie. Hier drin konnte sie nicht nachdenken. Sie war nicht gern eingesperrt. Warum verstand ihr Vater nicht, wie sehr es sie nach Freiheit verlangte? Warum quälte er sie so? Sie bedeckte die Augen mit den Händen. Es half. Wenn sie es so machte, konnte sie tun, als spiele sie Verstecken.

Aber es half nur für eine Weile. Sie seufzte, dann trank sie das *Kirian* mit mehreren Schlucken. In ihrem Kopf drehte sich bald alles, wie schon zuvor, nur glaubte sie, diesmal würde es nie wieder aufhören. Die Dunkelheit rings um sie herum wurde noch dichter. Der Sternenstein fühlte sich in ihren Händen kalt und leblos an, wie immer, doch diesmal erstrahlte er in eigenem Licht.

Obwohl er keine Macht hatte, stellte sie sich vor, er sei der Himmel und dass sie sich unter ihm befand, nicht hilflos von der eigenen Familie in einen Käfig gesperrt. er war der Himmel, und sie war frei ...

Das *Kirian* hatte sie wahrscheinlich einschlafen und träumen lassen, denn nun sah es so aus, als schwebe sie durch die Mauern der kleinen Burg in den Bergen, die ihr Zuhause war. Alles wirkte irgendwie anders, aber was sich genau verändert hatte, konnte sie nicht sagen. Als sie an der Speisekammer vorbeikam, erblickte Larissa zwei Gestalten – die eine ein zerlumpter Adeliger, der an den Fingernägeln kaute und sich fragte, wie er die anderen im Winter ernähren sollte; die andere eine alte, kranke Frau, die ihm nach bestem Ermessen Trost spendete. Nein, das konnten doch nicht ihre Eltern sein! Ihre Eltern waren doch grausame, herzlose Menschen, denen nichts mehr Freude bereitete, als ihr wehzutun! Dieser Teil des Traums gefiel ihr ganz und gar nicht.

Sie floh durch ein Fenster. Solange sie sich einreden konnte, Schwingen zu haben, konnte sie auch dorthin gehen, wo es ihr gefiel. Ah, das war schon besser. Sie schwebte über dem schneebedeckten Land dahin und kicherte, denn die weich fallenden Flocken kitzelten ihre nackten Zehen. Dann folgte Larissa dem Verlauf des kleinen Flusses, der neben dem Lehen ihres Vaters zu einer geschäftigen kleinen Stadt strömte. Sie lag an seinem Ufer. Soweit sie wusste, war es Nes'sky. Dann träumte Larissa, sie sähe Shazels Turm. Er war so hoch und schön, wie ihre Schwester ihn bei ihrem letzten Besuch zu Hause beschrieben hatte.

Larissas Phantasie beschwor sogar eine Reihe eigentümlich aussehender Frauen mit kurzem Haar herauf, die Schwerter trugen. Die Fremden gingen so frei durch die Stadt, wie sie einst durch den Wald, bevor sie zu alt dazu geworden war. Aber sie wirkten trotzdem erwachsen. Einige waren sogar in Mamas Alter. Wenn Träume wahr würden, könnten Banshees fliegen, aber Larissa war der Meinung, es könne ihr nicht schaden, sich auszumalen, eine dieser Frauen zu sein. Warum sollte sie sich nicht vergnügen, solange der Traum dauerte? Die Wirkung des *Kirian* hielt schließlich nicht ewig an.

Und schon befand sie sich vor dem Tor, durch das die Frauen mit den Jacken und Reithosen ein und aus gingen. Hätte sie doch in Wirklichkeit dort sein können, statt in ihren sehnlichsten Träumen! Dann spürte sie das kalte Gestein der Straße unter ihren Fußsohlen. In ihrem wunderbaren Traum stolperte sie dem Tor entgegen. Ach, wie prächtig es doch war, wie freundlich man zu ihr sprach, wie hilfsbereit man sie aufrichtete, als sie zu wanken begann; wie man sich zu freuen schien, sie zu sehen ... Es fühlte sich sogar so an, als lege man sie in ein Bett mit warmen Flickendecken.

Es spielte keine Rolle, dass nun alles verblasste. Sie wusste, dass es den Fluss wirklich gab. Wenn sie aufwachte, würden ihre Eltern sie irgendwann aus dem schrecklichen Schrank herauslassen. Dann würde sie bei Nacht auf einem Hirschpony entwischen und dem Verlauf des Flusses folgen. Vielleicht gab es den Ort wirklich. Doch nun gefiel es ihr, so zu tun, als legte sie sich hin und schliefe. Sie fürchtete sich nicht mehr davor, im Dunkeln aufzuwachen.

Einige Jahre später lagerten zwei Freie Amazonen in der Nähe der verfallenen Ruinen eines kleinen Lehens. Der Vertragskrieg war darüber hinweggezogen und hatte es leer zurückgelassen. Gwennis n'ha Ysabet äußerte sich ausführlich über die Torheit einiger Fürsten, die geglaubt hatten, sie hätten es nicht nötig, sich mit einer der sieben herrschenden Comyn-Familien zu verbünden. »Tja, das ist der fünfte Steinhaufen dieser Art, den ich sehe! Es spielt keine Rolle, wie mutig der *Vai Dom* dieser Gegend vielleicht war, wenn er die falsche Seite gewählt hat oder gar keine.«

»Ich weiß«, sagte Larissa n'ha Clarinna leise. Ach, sie wusste es nur allzu gut. Keine der ehrgeizigen Verbindungen ihres Vaters war ihm eine Hilfe gewesen, als es wirklich darauf angekommen war. »Ich möchte nichts weiter dazu sagen«, erklärte sie und schluckte ihre Tränen herunter. »Ich habe einst hier gelebt.«

Über Vera Nazarian und »Danilas Lied«

Dies hier ist ein Story-Szenario, das auf Darkover oft passiert sein muss, wenn auch nur in Legenden. Vera Nazarian debütierte in *Wolfsschwester* und gehört ebenfalls zu den Autorinnen, die ich als Protegés betrachte, auch wenn sie nun nicht mehr ganz so jung ist und gut Mitte zwanzig sein dürfte. Sie ist an einem College irgendwo Südkalifornien angestellt und arbeitet an einem Roman. Vera ist eine geborene Stilistin, weswegen die Erstfassungen ihrer Werke zur Überladenheit neigen. Sie hat diese Erzählung vor einem Jahr eingesandt, aber der Text war zu lang und zu blumig. In diesem Jahr passt er jedoch hinein. Falls ihrem Roman ein ähnliches Schicksal bevorsteht, kann ich ihr nur empfehlen, ihn bis auf die Knochen abzuspecken und einen neuen Versuch zu starten. Das Schreiben ist eine Profession, bei der weniger manchmal mehr ist ... obwohl viele Zeitschriften früher nach der Wortanzahl honorierten. Ich bin zu meinen ersten Veröffentlichungen gekommen, indem ich mich kurz und prägnant fasste – obwohl ich auch einen Roman geschrieben habe, der so lang ist, dass manche Menschen tatsächlich mehr Zeit benötigen, ihn zu lesen, als ich zum Schreiben brauchte.   MZB

Danilas Lied

von Vera Nazarian

Hältst du es überhaupt für möglich, dass jemand zwei *Donas* haben kann? Nicht eine, sondern *zwei*?«

Janisse Ridenow wusste, dass sie mal wieder hauptsächlich mit sich selbst redete. Ihr Bruder Erlend ritt mürrisch neben ihr her und schirmte sein Ich mit seinem *Laran* ab. Die meisten Worte, die sie in den letzten Minuten gesprochen hatte, waren völlig an seinem Gehör vorbeigegangen. Dies bereitete ihr noch mehr Kummer, denn er hatte einen guten Grund, sich so zu verhalten. Er wurde immer verbitterter und introvertierter. Und dieser Prozess, hatte die *Leronis* in Serrais gesagt, war mehr oder weniger unumkehrbar. Es war ein direktes Ergebnis dessen, was der junge Mann körperlich und seelisch bei der grauenhaften Feuersbrunst durchlitten hatte – jenem Brand, der ihre Familie ausgelöscht und Erlend trotz aller Fürsorge unwiderruflich zu einem lahmen Krüppel gemacht hatte.

Janisse hatte *Dom* Valentins Tod zwar besser verarbeitet als ihr Bruder, aber sie hatte ihren Vater deswegen nicht weniger geliebt. Erlend hatte sich stets nach einem besonderen Verhältnis zu dem zurückhaltenden Fürsten von Serrais gesehnt. Noch wertvoller erschien dieses Verhältnis Erlend nun im Rückblick, denn er hatte sein Leben lang darum gekämpft, das zu erreichen und die schwierige und subtile Entfremdung seines Vaters zu durchbrechen. Tatsächlich hatte es so ausgesehen, als sei es ihm in den letzten beiden Jahren gelungen. *Dom* Valentin hatte ihn schlussendlich als seinen Sohn akzeptiert und nicht mehr für den Grund des Todes seiner Gattin gehalten, die bei Erlends Geburt gestorben war. Wie kurz und schön waren die beiden Jahre gewesen ... Doch dann war das

Feuer gekommen, in dem sein Vater gestorben war. Und er war nun ein hilfloser, nutzloser Krüppel.

Ihre sechsköpfige Reisegruppe war seit drei Tagen unterwegs und näherte sich auf sehr umständlichen Wegen den Ländereien der Hasturs. Von dort aus sollte es zum Turm von Arilinn weitergehen. Janisse-Lynn Serrais-Ridenow, ihr Bruder Erlend-Damon-Valentin Serrais-Ridenow und Bethan-Rhys Aillard hatten in Arilinn unterschiedliche Geschäfte zu erledigen. Bethan, seit vielen Jahren Erlends Freund, hatte sich am Rand der Alton-Ländereien zu ihnen gesellt. Er kam aus Valeron und war nach Norden unterwegs. Arlin, Erlends Friedensmann, ritt neben ihm, um ihm als Lakai zu dienen, sollte die Lage es erfordern. Letztlich zählten auch die beiden Führerinnen dazu, die Janisse persönlich engagiert hatte. Sie gehörten den Freien Amazonen an, besser gesagt den Entsagenden. Janisse wusste nicht genau, ob es schicklich gewesen war, das Gildenhaus persönlich aufzusuchen und um die Hilfe dieser eigenartigen Geschöpfe zu bitten, aber andererseits hatte sie sich nie sonderlich um Konventionen geschert.

Außerdem spielt es jetzt, da Vater tot ist, ohnehin keine Rolle mehr, dachte sie.

Eine der Entsagenden stimmte ein Lied an. Wie hieß sie doch gleich? Danila n'ha Liraya? Sie war eine eigentümlich weise, schöne Frau mit kantigen Zügen, etwa dreißig Jahre alt und dunkelhaarig. Die Farbe ihrer Augen war so blass wie ein albinoider *Verrin*-Falke. Sie war herzlich, sprühte vor Energie, war wahrscheinlich die Überlegenere der beiden und führte die Gruppe deswegen an. Ihre *Bredhyia, oder* was sie auch war, die Jüngere, Hellhaarige, die sich mit dem Namen Ysabet n'ha Alla vorgestellt hatte, kam ihren Befehlen schweigend und fehlerlos nach. Sie sprach nicht viel, doch ihr Lächeln war dann und wann synchron mit dem der Älteren zu beobachten und wirkte so vertraulich und geistig mit dem Danilas verbunden, dass Janisse argwöhnte, zwischen ihnen bestehe eine *Laran*-Verbindung. Egal, es hatte sie nichts anzugehen. Sie hatte den Eindruck, dass sie nicht die Hälfte dessen über die Entsagenden wusste, was sie hätte wissen müssen.

Danila sang:

> *In Valeron gab's für mich, den Seefahrer, nur*
> *ein Flüsschen, das mit dem Boot ich befuhr*
> *Dah-rih-rah! La-ha-a-ah!*

> *Es stand Lady Aillard wartend am Strand,*
> *und lockte zur Burg mich mit winkender Hand,*
> *Dah-rih-rah! La-ha-a-ah!*

Erlend zuckte zusammen, schüttelte sein kupferrotes Haupt und murmelte mit der für ihn typisch leisen, melodiösen Stimme: »Schon wieder dieses verdammte Gesinge ... Sie macht mich mit diesen Lauten noch wahnsinnig.«

»Was hast du gesagt?«, fragte Bethans freudiger und fester Bariton von der Seite her. Erlend krümmte sich fast, als er die gute Laune in den Worten seines Begleiters vernahm.

»Nichts.«

Bethan hatte mit seinem herzlichen, anziehenden Äußeren, dem kurz geschorenen strohigen Bart und dem ewigen Grinsen in Janisse den Eindruck erweckt, er könne ihren Bruder wieder auf den richtigen Weg bringen, wenn er nur lange genug in seiner Gesellschaft sei. Doch dann war ihr eingefallen, wie hoffnungslos diese Illusion war und dass eine so schlimme Depression nur von *Laranzu*-Spezialisten geheilt werden konnte. Dies war schließlich der Grund, aus dem sie nach Arilinn ritten.

»Gefällt dir das Lied nicht?«, fragte Bethan. »Ehrlich gesagt, ich mag es. Ich hab es schon mal gehört. Ist aber schon lange her. Irgendwo ...«

»Vielleicht in deinem Kopf, Bethan, zusammen mit all den anderen ärgerlichen Liedchen, die man irgendwo hört und die einem tagelang nicht aus dem Kopf gehen. Es ist ein richtiger Ohrwurm ...«

»Also wirklich, mein Freund, das ist doch Unsinn. Mir gefällt das Lied. Und ich glaube, sie singt es sogar ganz gut. Hör doch mal zu ... dah-rih-rah ...«

»Bitte«, sagte Janisse. »Merkt Ihr denn nicht, dass es ihm auf die Nerven geht?« Sie sagte es allerdings nur deswegen, weil sie vermutete, dass Erlend es von ihr erwartete.

Plötzlich verstummte das Lied. Die Frau, die auf einem kräftigen Pony vor ihnen herritt, schien sie irgendwie verstanden oder gehört zu haben. Das leichte Sinken ihrer Schultern sagte Janisse, was sie empfand. Es war eine Art Nonchalance, eine Ruhe, eine gewisse Verachtung der Comyn.

»Wie lange dauert's noch zum nächsten Gasthof, *Mestra*?«, fragte Bethan die Führerin mit lauter Stimme, um das Thema zu wechseln.

»Mindestens bis Sonnenuntergang«, kam die knappe Antwort der Entsagenden. Zwar nicht unfreundlich, aber irgendwie zerstreut. Sie drehte sich auch nicht um. Janisse betrachtete ihren aufblitzenden Ohrring. Er hatte die Farbe von Blut, wie die Sonne.

Die viel befahrene Straße, der sie aus dem Tiefland folgten, führte nun ins Gebirge und war zu beiden Seiten unregelmäßig mit Bäumen bewachsen. Am violettfarbenen Himmel kreisten Falken. Janisse beobachtete ihren Flug mit kurzer Wehmut. Das Pferd unter ihr war stark und möglicherweise in dieser Gegend gezüchtet worden. Sie konnte seine Gegenwart ebenso unterschwellig und deutlich spüren wie den blauen Matrixstein, der auf ihrem Brustbein lag.

Ich bin eine Comyn ...

Selbst wenn Janisse Ridenow eine sanfte alte Stute ritt: die Empfindung, von Comyn umgeben zu sein, würde nie nachlassen.

Bethan unternahm einen Versuch, ihren Bruder in ein Gespräch zu verwickeln. »Hast du schon die Nachrichten aus Caer Donn gehört?«, fragte er. »Von diesen Fremden? Wie heißen sie gerade noch? *Terraner?*«

»Ja, habe ich, aber nur vage.« Erlends Antwort kam automatisch.

»Sie sollen angeblich von den Sternen herabgekommen sein. Glaubst du das?«

»Das weiß nur Zandru. Könnte aber sein. Ich habe gehört, dass Sterne nur weit entfernte Sonnen sind, wie unsere eigene. Sie sehen nur so klein aus, weil sie so weit fort sind.«

»Pah ...!« Bethan machte eine abfällige Geste mit der Hand. »Ich weiß nicht, was ich davon halten soll, mein Freund.«

»Ich glaube es«, sagte Janisse. »Mir fällt ein, dass Lerrys gesagt hat, dass es wirklich stimmt, also glaube ich es auch.«

Erlends schmerzerfüllte braune Augen maßen sie zwar mit einem durchdringenden Blick, aber er versuchte dabei ein Lächeln. »Du glaubst auch alles, was Lerrys Aillard dir erzählt, *Breda.*«

»Nicht alles!« Janisses Wangen wurden dunkelrot. »Ich weiß einfach, dass er in diesem Fall Recht hat.«

»Ach, Lerrys, Lerrys«, sagte Bethan seufzend. »Lerrys müsste es aber eigentlich wissen. Der Bewahrer von Neskaya würde doch einem Angehörigen seines Kreises keine Lügengeschichten erzählen.«

»Ich gehöre seinem Kreis nicht mehr an.«

Bethan musterte das plötzlich ernstlich bleiche Gesicht der jungen Frau und glaubte, den Grund dafür zu kennen.

»Wann seid Ihr ausgeschieden, *Damisela*?«, fragte er freundlich. »Ich kann mich gar nicht daran erinnern, davon gehört zu haben ...«

»Im vergangenen Frühjahr. Mein Vater ... hat mich hier gebraucht, und ich ...«

Erlend verfinsterte sich bei ihren Worten, und Janisse hätte wegen ihrer Sorglosigkeit beinahe aufgeheult. *Dom* Valentin durfte nämlich nie erwähnt werden, es sei denn, man wollte Erlend für den Rest des Tages unbedingt in noch schlimmere Depressionen versetzen.

Und tatsächlich, als sie ihren Bruder erschreckt anschaute, trat ein feuchtes Glitzern in seine Augen. Sein Gesicht blieb jedoch stoisch und reglos. Er wandte sich wortlos von ihnen ab und gab seinem Reittier die Sporen. Geschmeidig und hager preschte er voraus, ohne dass man seine Behinderung bemerkte.

»Cassilda, unterstütze ihn ...«, murmelte Bethan, der ebenfalls das Gefühl hatte, zu viel gesagt zu haben. Janisse und er verfielen in ein unbehagliches Schweigen.

Janisse hätte am liebsten mit ihrem Geist hinausgegriffen und ihren Bruder mit dem herzlichen Schutzschleier einer Empathin eingehüllt, doch irgendetwas an seinem kalten und groben Wesen hielt sie davon ab. Sie spürte am Rande die finstere Wolke seiner Verärgerung und erfasste blitzhaft seine Gefühle: rasender Wind, einen eigenartigen Schmerz in seinem kranken Bein und die Gewitterwolke aus Schmerz und Wahnsinn, die seine Präsenz ausmachte. Hinter der Finsternis, dies wusste sie, lag die undurchdringliche Barriere der Einsamkeit.

Vor ihnen brach Danila erneut in Gesang aus. Ihre klare und melodiöse Stimme ritt auf dem Wind. Sie wies eine eigenartige neutrale Eigenschaft auf, die so natürlich war wie ein Paradox. Einerseits war sie erfüllt von Lebensfreude, andererseits schwang etwas Gespenstisches darin mit. In diesem Augenblick gab es für Janisse freilich nichts, das beruhigender gewesen wäre. Irgendwo weit vor ihnen spürte sie Erlends Präsenz, merkte, dass er bei dem Klang zusammenzuckte, doch diesmal war sie gemeinerweise glücklich darüber.

Soll er zuhören ... Er brütet, wendet sich vom Leben ab. Ich kann nichts mehr für ihn tun. Deswegen ... soll er zuhören!

Und dann, aus irgendeinem verrückten Gefühl heraus, trieb sie ihre Stute an und näherte sich ihrer allein reitenden Führerin, die eins der drei Packpferde an einer Leine hielt.

»Was singt Ihr da, *Mestra*?«, fragte Janisse, als sie Danila erreichte und im gleichen Tempo neben ihr herritt. »Darf ich Euch übrigens beim Vornamen ansprechen?«

Die Frau richtete den Blick weiterhin auf die Straße, lächelte kurz und zuckte einfach die Achseln. »Wie es Euch beliebt, *Damisela*.«

Die beiden ritten eine Weile schweigend nebeneinander her. Das sie umgebende Land wurde allmählich stärker bewaldet und zerklüfteter.

»Wart Ihr schon mal hier?«, fragte Danila plötzlich. Ihre Hand umfasste die Landschaft mit einer weit ausholenden Bewegung. »Dies ist das Kilghard-Gebirge. Eigentlich sind wir noch im Vorgebirge. Es wird gleich steiler werden.«

»Es ist schön. Nein, ich war noch nie hier.«

Janisse hörte, dass Bethan sich mit Arlin unterhielt, der das zweite Packpferd führte. Noch ein Stück weiter zurück bildete die schweigende Ysabet mit dem dritten Packpferd die Nachhut. Die rote Sonne stand hoch über ihnen und blitzte durch die Wipfel der riesigen immergrünen Bäume, die den Weg säumten. Die Straße wurde nun schrittweise schmaler und ähnelte einem Pfad.

»In Wirklichkeit liebt Ihr diesen *Dom* Lerrys, nicht wahr?«

Die plötzliche Aussage und ihre Verwegenheit trafen Janisse gänzlich unvorbereitet. Sie errötete, wollte eine schroffe Antwort geben, doch im Gesicht der älteren Frau war weder ein Lächeln noch Spott zu sehen. Ihre scharfen, albinoähnlichen Augen musterten Janisse mit Sympathie. Dann fügte sie hinzu: »Es geht mich vielleicht nichts an, *Damisela,* aber mir ist aufgefallen, welchen Stimmungsschwankungen Ihr in den letzten Tagen seit dem Aufbruch unterworfen seid. Erst wenn Ihr von Lerrys sprecht, glänzen Eure Augen.«

Aus irgendeinem Grund wollte Janisse nicht länger lügen. Sie ritt mit gesenktem Kopf neben Danila her. »Ich musste den Turm von Neskaya verlassen«, sagte sie. »Seinetwegen. Eigentlich meinetwegen – und wegen dem, was meine Gefühle dort angerichtet haben. Der Kreis war nicht mehr ausgeglichen. Meine Gefühle waren daran schuld. Bei Zandrus Höllen, warum erzähle ich Euch das überhaupt?«

Auch diesmal zuckte Danila die Achseln. Sie schien nicht beleidigt zu sein. »Tja, warum erzählt Ihr es mir? Ich weiß, warum. Ihr *müsst* es jemandem erzählen, *Damisela,* nicht wahr? Ich *weiß* es.«

Janisse konnte nur geradeaus starren.

Sie hat Laran. Sie muss mit den Comyn verwandt sein.

Im gleichen Moment bemerkte die junge Frau, wie sich in Danilas blassen Augen etwas Gefährliches regte – eine Erinnerung, die nicht an die Oberfläche kommen durfte. Entweder hatte sie ihre Gedanken gelesen, oder es lag am hellroten Sonnenlicht, das ihr in die Augen schien, denn Danilas rechtes Lid zuckte, und sie drehte sich um.

»Seit ich den Namen meiner Mutter als den meinen angenommen habe, ist all das für mich nicht mehr wichtig«, sagte Danila zurückhaltend. Nach einer Weile erhellte sich ihre Miene und sie schaute Janisse an. »Welche Rolle spielt heute die Vergangenheit?«

»Für meinen Bruder ist sie sein Leben ... Die Vergangenheit

plagt ihn mit Finsternis«, erwiderte Janisse leise und nachdenklich.

»Ja, für Euren Bruder. Ich würde sagen, er soll von ihr ablassen und die Finsternis und die Verbitterung aus seinem Herzen verbannen. Dann kann er wieder atmen ... Aber Ihr, *Damisela* ... Glaubt Ihr, dass es Euch hilft, wenn Ihr fortlauft?«

»Beim Herrn des Lichts, was könnte ich tun? Er ist Bewahrer, unantastbar! Ich war im Begriff, mich, ihn und uns alle zu vernichten!«

Danila schwieg einen Moment, als denke sie über Janisses Worte nach. »Wisst Ihr es genau?«, fragte sie dann.

»Was?«

»Wisst Ihr genau, dass Ihr ihn, Euch und alle anderen vernichtet hättet, wenn Ihr geblieben wärt? Glaubt Ihr nicht, dass ein Bewahrer über genug innere Stärke verfügt, um zu wissen, was für ihn, Euch und die anderen Angehörigen des Kreises richtig ist? Ihr seid einfach fortgelaufen, statt Euch zu erlauben, einen Blick in Eure Seele zu werfen und Euch zu fragen: ›Liebt er mich?‹ Und dann weiterzufragen: ›Liebe ich ihn wirklich? Oder ist es nur so, dass ich die Liebe und meine persönlichen Bedürfnisse liebe?‹«

Janisses Augen sprühten Funken. »Was wollt Ihr damit sagen? Wie könnt Ihr annehmen, auch nur das Geringste über diese Sache zu wissen? Wie könnt Ihr es wagen?«

Sanfte Trauer zeigte sich in Danilas Blick, doch sie blinzelte sie fort. Dann zuckte sie erneut die Achseln und sagte gelassen: »Tut mir Leid, *Damisela*. Ich bin wohl zu weit gegangen. Es ist natürlich Eure Sache, und es ist falsch, wenn ich glaube, dass Ihr vielleicht Wert auf ein mitfühlendes Ohr oder einen Ratschlag legt. Ich bin niemand – nur Eure Führerin nach Arilinn. Ich werde nun still sein.« Und mit einer eigenartig stolzen Demut richtete sie den Blick wieder auf den Weg.

Janisse ritt eine ganze Weile schweigend neben ihr her,

dann fiel sie an die Stelle zurück, an der Bethan und ihr inzwischen zurückgekehrter Bruder nebeneinander ritten.

Erst am späten Nachmittag legten die Reisenden auf dem schmalen, von Bäumen umsäumten Pfad eine Rast ein. Arlin und die beiden Entsagenden kümmerten sich um die Pferde, sammelten Holz und zündeten vorsichtig ein kleines Feuer an, während Janisse Bethan half, das Essgeschirr auszupacken. Bald brutzelte ihre Nahrung über dem Feuer.

Erlend, der mit nur geringen Schwierigkeiten abgesessen war, stand in sicherer Entfernung von dem kleinen Lagerfeuer und musterte den sie umgebenden Wald. Erst als er ein paar hinkende Schritte machte und der speziell angefertigten Stiefel an seinem rechten Bein sichtbar wurde, bemerkte man seine Behinderung.

Danila und Ysabet pfiffen bei der Arbeit vor sich hin. Sie trugen Lederjacken, wie sonst nur Männer, und bewegten sich sicher, geschickt und ruhig, ohne dass man auch nur ein einziges Stiefelknarren auf dem von Tannennadeln bedeckten Boden hörte. Danila hatte das seltsam intime Zwischenspiel, das knapp eine Stunde hinter ihnen lag, wohl schon vergessen. Sie sprach Janisse fröhlich an, rührte die Nahrung im Topf und bot ihr eine Schale an.

»Esst, *Damisela,* sonst fallt Ihr noch vom Fleisch und werdet so dünn wie dieses Nädelchen hier.« Sie zwinkerte ihr zu.

Janisse konnte einfach nicht anders: Sie musste das Lächeln der eigenartigen Albinoaugen erwidern, nahm die angebotene Portion und stellte fest, dass sie hungrig war wie ein Wolf.

Irgendwie kam das Gespräch auf das Thema zurück, über das sie schon am Nachmittag geredet hatten. »Was glaubt Ihr, Bethan, können in einem Menschen zwei *Donas* sein?«, fragte Janisse.

Bethan wischte sich Mund und Bart mit dem Ärmel ab und

machte sich bereit, ihr seine Meinung zu diesem Thema mitzuteilen. Er hatte interessante Argumente, das mussten alle zugeben.

»Nehmen wir mal an, ein Mensch hat sowohl das Blut der Ridenows und der Altons. Dann müsste man davon ausgehen, dass er sowohl über empathische Fähigkeiten verfügt, als auch eine geistige Verbindung erzwingen kann. Er könnte sogar eine *Menge* von beidem haben. Wer weiß, *Damisela*? Auf jeden Fall kann ich mir vorstellen, dass es theoretisch möglich ist, dass Psi-Energie sich auf Grund einer eigenartigen genetischen Mutation verdoppelt und teilt – obwohl ein solcher Fall noch nicht entdeckt wurde. Warum sollte es so was überhaupt geben?«

»Warum nicht?«, mischte sich Erlend mürrisch ein. »Ich kann dir einen guten Grund dafür nennen. Eine *Dona* ist eine geniale Sache. Sie ist eine bestimmte Ebene der Psi-Kraft, und zwar eine hohe. Jeder hat Psi-Energie, aber nur in den Comyn ist sie so konzentriert, dass sie von Bedeutung wird. Nun stell dir mal die Möglichkeit vor ... vorausgesetzt, die richtigen Gene sind vorhanden ... dass diese hohe Ebene in einem einzigen Menschen *doppelt* vorhanden ist! Ist es überhaupt vorstellbar?«

»Ich weiß nicht«, sagte Bethan. »Aber ich kann dir ein Beispiel geben, das nichts mit *Laran* zu tun hat. Ein Mensch kann auf zwei verschiedenen Gebieten so begabt sein, dass er fast genial ist – ein großer Handwerker kann ebenso ein großer Musiker sein! Ich kenne selbst einen solchen Fall. Nimm zum Beispiel den Ridenow-*Nedestro* ... Wie heißt er doch gleich? Der eine, der sowohl Harfe spielt als auch Tänzer ist. Weißt du noch, wie er uns beim letzten Festabend beeindruckt hat?«

»Ist doch egal.« Erlend zuckte stur die Achseln. »Man kann ein *Laran*-Genie einfach nicht mit einem gewöhnlichen Genie vergleichen.« Seine Stimme wurde nun schriller.

»Moment mal! Wieso denn nicht? Meiner Meinung nach ist *Laran* eine Begabung wie jede andere. Man entwickelt es, und ...«

Janisse erkannte die gefährliche Wendung seiner Argumentation. »Lasst nur, Bethan«, sagte sie. »Wir wissen über diese Dinge gar nicht genug, um sie richtig zu diskutieren.«

»Ach, aber *Lerrys* versteht deiner Meinung nach genug davon?«, sagte Erlend schneidend.

Bethan erkannte, dass es tatsächlich an der Zeit war, das Thema zu wechseln. »Tja«, sagte er nur und zwinkerte Janisse zu, »ich glaube, ich bin wirklich kein Experte in diesen Dingen. Aber gerade was die Sache mit den zwei *Donas* angeht, gibt es Gerüchte, dass Carcosande Hastur sowohl die Hastur- als auch die Alton-*Donas* hat.«

Erlend zuckte erneut die Achseln. Der Schein des Feuers spiegelte sich auf seiner nun ausdruckslosen Miene, und sein Gesicht entspannte sich.

»Es drehen sich einfach zu viele Gerüchte um Carcosande«, sagte Janisse, die sich freute, nun ein Thema gefunden zu haben, mit dem sie die Auseinandersetzung beenden konnte. »Ich frage mich, ob ihr Bruder, der Regent, nur die Hälfte von dem vermutet, was zwischen ihr und der Familie Alton vor sich geht.«

»Ach, Zandru soll diese verdammten Gerüchte holen!« Erlends neurotische Miene flammte wieder auf, und sein Gesicht nahm einen leicht sarkastischen Ausdruck an. »Ich möchte sie gar nicht hören. Genug der Torheiten.« Er drehte sich um, stand vom Feuer auf, reckte sich, ging über den Pfad und verschwand im Wald.

»Ich glaube, das Feuer stört ihn«, sagte Janisse leise. »Seit dem ... Ihr wisst schon ... verhält er sich immer so. Er gibt es zwar nie zu, aber er fühlt sich auch in der Nähe eines Herdfeuers unwohl. Ich will damit sagen ... Man kann nicht mal mit ihm darüber reden.«

»Ach so.« Bethan nickte still. »Ich habe gehört, wie es damals war. Dass er *Dom* Valentins verkohlte Leiche halten und tragen musste ...«

Danila war inzwischen damit beschäftigt, das Feuer auszutreten. Ihre Gefährtin räumte die Reste und das Geschirr ab.

»Wir reiten gleich weiter«, verkündete sie mit ihrer kristallklaren Stimme. Dann fing sie an zu singen.

In Valeron gab's für mich, den Seefahrer, nur ...

Erlend wirbelte herum. »Hört auf!«, schrie er, und in der Luft war eine große psychische Störung zu spüren. »Hört auf zu singen, verdammt noch mal!«

Er stand starr wie ein Pfosten da und stierte sie an. Seine Augen weiteten sich vor Schmerz. Er war urplötzlich fuchsteufelswild geworden. Alle anderen verfielen in Schweigen.

Janisse trat einen Schritt vor. »Erlend ...«

»Nein.« Danila hatte gesprochen. Dann schaute sie dem jungen Mann langsam in die Augen. Sie erblickte Hass in ihnen. Und irgendwo, in ihrem tiefsten Inneren, ein uraltes brennendes Feuer ...

»Warum, *Dom*?«, sagte sie. »Warum?«

Erlend verharrte einen Augenblick. »Brauche ich einen Grund dafür?«, sagte er dann. »Es stört mich ... Deswegen ... Da Ihr für die Dauer dieser Reise in meinen ... unseren ... Diensten steht, *Mestra* ...« Er spuckte das letzte Wort förmlich aus, »... unterliegt Ihr auch unserem Kommando und habt Gehorsam zu zeigen ... selbst wenn ich ein Krüppel bin. Ich befehle Euch, aufzuhören! Schweigt für den Rest dieser verfluchten Reise!«

Danilas Albinoaugen verengten sich kurz, als stünden sie

davor, Funken zu sprühen, die gelöscht werden mussten, bevor sie ein Inferno anrichteten.

»Ihr seid kein Krüppel, *Vai Dom*«, sagte sie. »Für mich seid Ihr nur ein Jüngelchen. Ihr hättet mich darum bitten können. Aber nein, Ihr seid, bei Aldones, niemand, der über mich und meine Gildenschwestern befiehlt. Kein Mensch erteilt uns Befehle! Ich will Euch mal etwas sagen: Von diesem Moment an erlassen wir Euch den Preis für die vor uns liegende Tätigkeit und trennen uns von Euch, damit Ihr tun könnt, was Zandru Euch in seiner siebenten Hölle zugesteht!« Die letzten Sätze sprach sie so heftig aus, dass sie fast wie eine auf *Laran* basierende Kommandostimme wirkten.

Ohne ein weiteres Wort warf Danila n'ha Liraya einen Beutel mit Münzen vor Erlends Füße und machte sich mit ihrer Gefährtin zu den Pferden auf, um sie auf die Rückkehr vorzubereiten.

»Danila, bitte, wartet!«, rief Janisse und setzte sich in Bewegung, um ihr zu folgen. Doch die Frau warf ihr nur einen leeren Blick zu und fuhr in ihrer Tätigkeit fort.

»Lass sie«, sagte Erlend grob. Es war ein Befehl.

»Erlend! Wie kannst du nur so etwas sagen?«, rief Bethan kopfschüttelnd. »War es wirklich nötig, sie zu beleidigen? Wenn man einer Frau wie ihr – und dann auch noch auf eine solche Weise – erklärt, dass sie unter einem Kommando steht, ist es das Gleiche, als würde man einem Wolf sagen, er sei dazu geboren, Schafe zu hüten. Ich fürchte, jetzt sitzen wir in der Klemme. Wahrscheinlich würde es nicht mal etwas nützen, wenn du dich entschuldigst. Nach allem, was ich weiß, sind die Entsagenden ziemlich stolz. Verdammt ...«

»Was sollen wir jetzt tun?«, sagte Janisse, als die beiden Frauen auf ihre Pferde stiegen und schnell über den Pfad davonritten. »Wir kennen den Weg nicht! Bei Aldones, vielleicht kann ich versuchen ...«

»Dann reiten wir eben allein«, fiel Erlend ihr scharf ins Wort. Er war eindeutig wütend und fing an, ihre Sachen zu packen. Seine Miene wirkte wie eingefroren, und sein Hinken war nun noch deutlicher zu sehen.

Als sie endlich fertig waren und den Pfad entlangritten, sank die Sonne schon dem purpurnen Himmel entgegen. »Wir werden den Gasthof niemals erreichen«, sagte Janisse klagend. »Und falls doch, ist es bestimmt zu dunkel, um ihn zu erkennen! O Herr des Lichts!«

Erlend blickte so finster drein wie eine Gewitterwolke und ritt schweigend dahin. Seiner Ansicht nach war mit dem sie umgebenden Wald irgendetwas nicht in Ordnung, aber er wollte es nicht zugeben. Es stimmte zwar, dass er den Weg möglicherweise finden konnte, denn als Kind war er ein ausgezeichneter Aufspürer von Tieren gewesen und hatte Fährten lesen und seine *Laran*-Fähigkeiten einsetzen können, doch nun war irgendetwas anders.

Irgendetwas stimmte nicht.

Im Wald, bemerkte Janisse, als sie mit müdem und nach unten gerichtetem Blick dahinritt, herrschte eine eigentümliche Stille. Kein Vogel sang. Über ihnen kreiste kein Falke. Nirgendwo sprang ein Rabbithorn vor den Hufen der Pferde her, um im Unterholz zu verschwinden. Alles war von Totenstille erfüllt.

Stille und irgendetwas im Wind. Plötzlich spürte Janisse mit einer Übelkeit erregenden Vorahnung, die ihr *Laran* gebar, dass sich ihnen aus der Ferne rasch etwas näherte. Ein Knistern und Brüllen. Und der Wind trieb den Geruch schwarzer Asche vor sich her ...

Ein Waldbrand!

Bevor sie auch nur reagieren konnte, hörte sie Erlends gequälten psychischen Schrei und sah die Panik in seinen Augen.

Vater! Mein Vater!

Obwohl das Feuer mehrere Meilen von ihnen entfernt sein musste, gab Erlend seinem Ross plötzlich die Sporen und galoppierte den schmalen Pfad entlang. Sein hellrotes Haar war hinter den Bäumen sichtbar, als er dem Feuer entgegenpreschte.

Haltet ihn auf, ihr Götter!, schrie Janisse geistig auf, bevor ihre Stimmbänder die Worte bilden konnten. Dann jagte sie wie ein Wirbelwind hinter ihrem Bruder her. Der kurze Augenblick geistigen Kontakts hatte ihr gereicht, um zu erfahren, was er vorhatte.

»Bethan!«, schrie sie nach hinten. »Bitte, helft mir! Er will sterben!« Als sie hinter Erlend herraste, war die Welt nur noch ein aufblitzender Wald vor ihren Augen.

Der Kerl war tatsächlich durchgedreht. Sie konnte sein rotes Haar vor sich im Wind wehen sehen, während hinter ihr der Hufschlag von Bethans Pferd erklang.

Der Geruch wurde schlimmer. Und dann, aus einer Entfernung von etwa einer halben Meile, das brüllende Donnern ... Erlend raste weiter, verließ den Pfad, jagte im Zickzack an den spärlichen Bäumen vorbei auf die näher kommende Feuersbrunst zu.

»Wartet, *Damisela*!«, kam Bethans Ruf von hinten. »Haltet an, *Damisela*! Er wird nicht weiterreiten. Dort sind Menschen, seht Ihr?«

Und tatsächlich ... Als Janisse sich einen Blick in die Richtung erlaubte, in die Bethan deutete, entdeckte sie eine große Gruppe von Einheimischen, die eine Front bildeten, Gräben aushoben und alles unternahmen, um zu verhindern, dass die Feuersbrunst voranschritt. Außer Atem wischte sie über ihr verschmutztes Gesicht, verlangsamte die Stute zum Schritttempo und wartete, bis sie mit Bethan auf einer Höhe war.

Erlend, der sich vor ihnen befand, schien ebenfalls sein

Tempo gedrosselt zu haben. Seine dünne Gestalt sackte jedoch nicht im Sattel zusammen, sondern war gerade aufgerichtet. Janisse wusste, dass er sich mit reiner Willenskraft in dieser Position hielt. Doch trotzdem war er unerreichbar, denn seine Abschirmung war so fest wie Granit.

Was hat er vor? Ihr Puls raste. *O gesegnete Cassilda ... Ich kann nichts tun! Er wird mich nicht hören. Er will nicht auf mich hören! Wenn doch Lerrys nur hier wäre ... Ach, Lerrys ...*

Erlend erreichte die Feuerlinie. Er saß noch immer auf seinem Pferd. Es war eigenartig, seine einsame Gestalt zu sehen, die sich wie im Traum bewegte, während die Menschen um ihn herum hektisch beschäftigt waren.

»He, du da, komm her und hilf!«, rief jemand, der ihn erblickte. Doch als sein Pferd anhielt, blieb Erlend wie benommen im Sattel sitzen. Dann saß er langsam und unter Schwierigkeiten ab und machte hinkend einen Schritt nach vorn.

In Janisses Geist drängte sich ein Übelkeit erzeugendes Bild, und dennoch war sie so weit entfernt! So weit! Hätte sie doch nur nicht auf Bethan gehört. Wäre sie doch einfach hinter Erlend her gejagt. Dann wäre sie nahe genug gewesen, um ihn zu erreichen ...

Sie sah, was er tat; sah jeden Moment, bevor das tatsächliche Ereignis passierte.

Lerrys hätte etwas unternommen ... Dies war der einzige Gedanke, der ihr kam. *Er hätte ...*

Erlends nur einige Schritte vom Feuer entfernter Körper stürzte nach vorn. Im gleichen Augenblick löste sich eine Gestalt von der Feuerlinie. Das vertraute Aufblitzen schwarzen Haars. Ein einzelner Ohrring. Blasse Albinoaugen. Während Erlend nach vorn fiel und wie eine Strohpuppe Feuer fing, warf Danila sich auf ihn und bedeckte ihn mit ihrem Körper. Dann rollten die beiden ein paar Schritte weiter über die Erde, in die Sicherheit des ausgehobenen Bodens. Und während einige verdutzte Zuschauer sie anstarrten, rangen sie miteinander.

Feuer ... sengender Schmerz ... Vater! Erlends Geist war ein irrsinniges Inferno aus Licht und Pein. Er sah sich selbst vorwärts stürzen, versuchte seinen Vater aus den flammenden Tiefen des Raumes zurückzuholen, in den er erst eine Sekunde zuvor gegangen war ... Ein hoch empfindliches neues Band aus *Laran* ließ ihn doppelt sehen. Er sah den brennenden Raum mit den Augen seines Vaters, und ebenso wie sein Vater wusste er im gleichen Moment, dass es kein Entkommen mehr gab, dass dies ein falscher Schritt war, den man nicht korrigieren konnte.

Der letzte Gedanke seines Vaters, an den er sich erinnerte: *Erlend! Wie eigenartig, dass er mich jetzt hier lässt* ... Hatte er nicht auch einen Anflug von Argwohn?

Doch Erlend hatte ihn nicht verlassen. In seinem Blut war sinnloser Zorn. Er stürmte in die Flammen hinein. Er sah sich durch *Dom* Valentins Augen, als käme er aus einem strahlenden Meer. Und dann, in einer Umarmung auf Leben und Tod, bekam er seinen Vater zu fassen ...

Er wusste nicht, was während dieser Momente der grauenhaften Ewigkeit aus Licht und Flammen geschehen war. Irgendetwas, das wusste er noch, war auf ihn gefallen und hatte seinen Vater und ihn am rechten Bein festgehalten ... Er hatte daran gezerrt, hatte gespürt, dass er (oder *Dom* Valentin?) anfing zu brennen. Ein Schmerz, fast heilig, so stechend war er. Doch dann hatte sein Körper, sein Lebensinstinkt, ihn gesteuert. Er hatte in wahnsinnigem Schmerz aufgeschrien und losgelassen, sein Bein befreit, sich nach vorn und hinaus geworfen, während das Bein brannte und sein – ebenso brennender – Geist danach verlangte, zurückzubleiben und zu sterben ...

Nachdem Danila ihn am Boden unter Kontrolle gebracht hatte, schlug sie ihm fest ins Gesicht und rief seinen Namen. Rings um sie her versammelte sich eine kleine Menschenmenge. Auch Janisse und Bethan beugten sich über ihn. Seine Schwester schluchzte, aus ihren Augen strömten dicke Tränen über ihre verschmutzten Wangen. In Bethans Augen funkelte das Grauen.

Doch es war die blasse Farbe der Albinoaugen, der Erlend sich nun zuwandte, ihrem ruhigen, sanften Blick, als wüssten sie nicht mehr, was heute zwischen ihnen vorgefallen war.

»Endlich bist du wieder bei dir, *Chiyu*«, murmelte Danila mit einem eigentümlich undefinierbaren Blick, als vergesse sie sich selbst. Dann zog sie ihn fest an sich, in eine etwas grobe, fast unbehagliche Umarmung. Ihr in Leder gekleideter Körper war in dem Moment, in dem die beiden sich berührten, warm und kräftig, und er glaubte, Spuren ihrer Gedanken aufnehmen zu können, ebenso den Geruch von Rauch und Rohleder ...

Sie ließ ihn los und trat zurück. Ein dünnes, nun wieder neutrales, doch freudiges Lächeln spielte um ihre Mundwinkel, und ihre blassen Augen waren klar. Er musterte sie ziemlich lange, während Janisse kam, um ihn laut weinend vertraulich zu umarmen, und Bethan ihm beim Aufstehen half.

»Ich bin nur ein verdammter, nutzloser Krüppel.« Seine ausgedörrten Lippen brachten die Worte kaum hervor. Und er schaute weiter zu, sein Geist halb benebelt, bis er gestützt von Bethan von der Feuerlinie forthinkte, während die Menschen und Danila ihre Arbeit wieder aufnahmen.

Später am Abend, als der Brand unter Kontrolle war, saß Janisse an einem sicheren kleinen Lagerfeuer und schaute ihrem sich heiser redenden Bruder zu, der einem ziemlich betretenen

Publikum, das aus ihr, Bethan und Arlin bestand, von seinen monatelang unterdrückten Gefühlen berichtete. Ein paar Schritte weiter verschlangen Danila und Ysabet Suppe und Haferbrei. Sie waren nun wieder Teil der Reisegesellschaft. Danila hatte Janisse versichert, dass die meisten Vorkommnisse vergeben und eigenartigerweise vergessen waren und dass sie und ihre Gildenschwester es erneut in Erwägung zogen, für sie tätig zu sein.

»Ich hatte vergessen, wer ich war«, hatte Danila gesagt, als Erlend zu weit entfernt gewesen war, um sie zu hören. »Und was *er*, Euer Bruder, ist. Und wie belanglos und gemein es von mir war, die Worte eines kranken jungen Mannes ernst zu nehmen. Ich hätte wissen müssen, was er empfunden und welche Erfahrungen er gemacht hat.«

»Ich weiß nicht genau, ob ich das verstehe«, sagte Janisse leise.

Danila zuckte die Achseln. »Ach! Da gibt's nichts zu verstehen.« Und sie drehte sich um und nippte an ihrem Borkentee.

»Ihr seid ...«, wagte Janisse plötzlich einen Vorstoß, »so außergewöhnlich empfindsam. Mir, Erlend und allen anderen gegenüber. Ihr hegt keinen Groll, obwohl Ihr jeden Grund dazu hättet.«

»Ihr Comyn«, sagte Ysabet, die neben Danila saß. »Normalerweise reden wir mit Menschen eurer Art weniger offen. Aber Danila ... gilt sogar in unseren Kreisen als außergewöhnlich. Sie *weiß*, was jemandem fehlt, wenn er Schmerzen empfindet. Und sie grollt nie einem Menschen. Sie kann mit Hastur persönlich reden, wenn's sein muss, und seine Seele aufbrechen, ohne ihn zu beleidigen. Bloß ... das eine, das Euer Bruder anfangs gesagt hat, hat wirklich unguten Einfluss auf sie ausgeübt.«

»Was denn?«, fragte Janisse. »Wirklich, *Mestra*, ich verstehe es nicht.«

»Vielleicht erzählt sie es Euch irgendwann. Sie ist ...«

»Ysabet.« Die Warnung in Danilas Stimme brachte die andere zum Schweigen. Sie wandte sich zu Janisse um und sagte einfach und der Wahrheit entsprechend: »Die Vergangenheit liegt hinter uns, *Damisela*. Brütet nie über sie nach. Doch eins will ich Euch sagen, wenn Ihr es unbedingt wissen wollt. Auch ich kenne den Schmerz, den Euer Bruder erfahren hat – und mit ihm die Selbsterniedrigung, das Gefühl, ein nutzloser Krüppel zu sein.«

Während sie dies sagte, schnürte sie mit flinken Fingern den hohen Lederstiefel an ihrem rechten Bein auf. Janisse schaute ihr im Schein des flackernden Feuers zu. Unter dem Leder und einer dünnen Socke sah Janisse das Bein einen Zoll unter dem Knie in einem Stumpf enden. Der Rest bestand aus einer von Meisterhand gefertigten Holzprothese, die in etwa einem menschlichen Unterschenkel und einem Fuß nachempfunden war. Sie war alt und von der Reibung am Stiefelleder abgeschabt.

Janisse stierte das Holz in langsam zunehmendem Schrecken an. Ihr war fast so, als flackerten zusammen mit der heruntergezogenen Socke alte Erinnerungen in Danilas Albinoaugen auf. Erlends Schwester konnte sie kaum erfassen und berühren, als sie an ihr vorbeihuschten.

Die Socke und der Stiefel wurden verdeckt, dann sagte Danila mit neutraler, hölzerner Stimme: »Ich habe mein Bein bei einem Brand zusammen mit dem Leben meiner Tochter verloren, die ich ... nicht retten konnte.«

Und dann verfiel sie ebenso spontan in Schweigen und nippte an ihrem Borkentee.

»Ihr Götter, *Mestra,* ich glaube, das sollte mein Bruder wirklich erfahren!«, stieß Janisse hervor. »Er sollte sehen, wie ungerecht er Euch behandelt hat, wo Ihr doch selbst ...«

»Erlend weiß es schon«, sagte Danila. »Er weiß es schon lange, und es hat ihn verrückt gemacht, dass ich ihm so ähnlich und andererseits so *unähnlich* bin ...«

Erst später, als er es erneut in meinen Augen las, nach der Konfrontation mit dem Feuer, in dem er sich weniger erfolgreich bestrafen konnte, hat er mich richtig kennen gelernt und verstanden. Und der Vergleich schmerzt ihn nun nicht mehr ...

»Wer *seid* Ihr?«, fragte Janisse leise. »Wer seid Ihr wirklich, *Mestra*? Auch Ihr seid eine Comyn, ich weiß es! Ihr verfügt über *Laran*. Sonst hättet Ihr nicht ...«

Statt einer Antwort umwölkte sich Danilas Blick, die Frau stand abrupt auf und entfernte sich um mehrere Schritte.

»Nein, *Damisela*! Vergesst die Vergangenheit. Sonst gibt es für uns kein neues Leben. Ich bin nur die Tochter meiner Mutter – Danila n'ha Liraya.«

Janisse starrte sie plötzlich an. »Soll das heißen, Ihr seid die Tochter von Liraya di Asturien? Und von *Dom* ...«

Doch das Aufblitzen in Danilas Augen ließ sie verstummen und brachte sie mit der reinen Kraft ihrer blassen Tiefen zum Schweigen.

»Ich glaube, es ist das Beste, wenn wir uns jetzt alle hinlegen«, sagte Danila, ohne die Lippen zu bewegen. Dann entspannte sich ihr Kiefer. »Es ist noch ein beträchtliches Stück nach Arilinn, und obwohl Erlend wahrscheinlich nicht mehr so sehr der Hilfe eines Turms bedarf, sollte er dennoch überprüft werden. Und der beste Schlaf ist noch immer der vor Mitternacht.« Sie fing an, ihren Schlafsack auszurollen.

Janisse, die in ihrer Nähe lag und noch immer unter dem starken Eindruck ihrer Gedanken stand, beobachtete die Flammen und dachte nach. Sie dachte an Lerrys und das, was sie für ihn empfand; an Erlend und seine Erlösung und an ihren Vater, der – vor Äonen, wie ihr schien – bei einem Brand ums Leben gekommen war ...

Sie dachte an die Entsagenden und daran, wer sie waren,

und an die seltsamen Terraner, an ferne Sterne, an Männer und Frauen, die über zwei *Donas* verfügten, und ...

Das Feuerchen wurde gelöscht, und Janisse dachte plötzlich an Neskaya. Wenn der Kreis die tägliche Arbeit verrichtet hatte, waren alle nach unten gegangen, an die warme Feuerstelle, und ... Lerrys Aillards warmer, unpersönlicher Blick war auf sie gefallen. Oder nicht? Spielte es eigentlich jetzt noch eine Rolle? Angenommen ... Nur mal angenommen, sie wäre *jetzt* wieder bei ihm und schaute ihm aufrichtig und tief in die Augen ... Würde sie ...?

Im Zwielicht erklang Danilas klare, lebhafte Stimme.

> *In Valeron gab's für mich, den Seefahrer, nur*
> *ein Flüsschen, das mit dem Boot ich befuhr ...*

So sang sie in der Dunkelheit.

Über Elisabeth Waters und »Passende Begleitung«

Als ich die Herausgabe der Darkover-Anthologien in Angriff nahm, fiel mir auf, dass mehr als die Hälfte aller mir zugesandten Erzählungen in eine Kategorie gehörten, die ich Thema A nennen möchte: Eine Frau (allzu regelmäßig eine Freie Amazone) gibt für einen Mann, den sie liebt und dem sie vertraut, ihre Freiheit auf. Von den nicht in diese Kategorie gehörenden Geschichten kann wiederum die Hälfte Thema B zugeordnet werden: Dyan Ardais trifft auf eine Frau, die er liebt und der er vertraut. Als dies ein paar Jahre so gegangen war, drohte meine Sekretärin Lisa mir an, eines Tages eine Geschichte zum Thema A/B zu schreiben: »Freie Amazone begegnet Dyan Ardais.« In diesem Jahr hat sie es endlich getan, doch bevor alle Welt aufschreit, möchte ich darauf hinweisen, dass dies der chronologisch erste Kurzgeschichtenauftritt Dyan Ardais' ist: als zehnjähriger Knabe.

In den Kurzgeschichten, die seine »inoffiziellen Abenteuer« schildern, ist Dyan eine so beständige Figur, dass ich einen Roman begonnen habe, in dem er als eine der Hauptfiguren auftritt. (Bisher taucht er nur als Nebendarsteller in *Hasturs Erbe* und *Sharras Exil* und als »Erscheinung« in *Die blutige Sonne* auf.) Der Hintergrund des Romans wird sich wahrscheinlich mit den Ereignissen der Rebellion befassen, bei der Rafael Hastur ums Leben kam. Er läuft momentan unter dem Arbeitstitel *Contraband*.

Doch zuvor muss ich zwei andere Darkover-Romane beenden: *Rediscovery*, in dem Elizabeth Lorne und die sehr junge Leonie Hastur die tragenden Rollen spielen, und das dritte Regis-Hastur-Buch, dessen Arbeitstitel *Return to Darkover* lautet. Beide existieren in unvollendeter Form in meinen Ablagekörbchen und benötigen noch ein wenig Überarbeitung.

Elisabeth hat sich inzwischen als Romanautorin einen eigenen Platz erobert. Sie hat einen Roman mit dem Arbeitstitel *Changing Fate* geschrieben: Ihre Heldin debütierte in *Windschwester* in der Erzählung »Das Vorrecht einer Frau«. Der Roman wurde 1989 mit dem Gryphon Award ausgezeichnet, den die Autorin Andre Norton stiftet. Außerdem wird mein amerikanischer Verlag ihn vermutlich in zwei Jahren publizieren, nachdem Lisa ihn noch einmal überarbeitet hat. Sie wäre nicht die erste Autorin, die aus meinen Anthologien »aufsteigt«: Mercedes Lackey, Diana Paxson und Jennifer Roberson haben es ebenso getan. (Wo kriege ich dann eigentlich eine neue Sekretärin her?) Doch ich ermutige Lisa weiterhin, eigene Themen zu bearbeiten. Was werde ich wohl lesen, wenn ich neunzig bin – und Lisa noch ein junger Hüpfer von siebzig?   MZB

Passende Begleitung

von Elisabeth Waters

Linnea n'ha Marilla saß unter dem geringschätzigen Blick des Portiers still im Torhaus von Nevarsin. Sie fragte sich, ob der Mönch nur Entsagende nicht leiden konnte oder Frauen im Allgemeinen. Seit sie hier wartete, war die Sonne ein beträchtliches Stück nach Westen gezogen. Sie hoffte, dass der Abt inzwischen wenigstens die Botschaft kannte, die sie in großer Eile von Ardais hierher gebracht hatte.

Lady Rohana von Ardais hatte Linnea ausgesandt, um ihren Enkel Dyan Ardais von seinen Studien in Nevarsin nach Hause zu holen, denn sie wollte sich von ihm verabschieden, bevor sie starb. Und mit ihrem Ableben rechnete man innerhalb der nächsten zehn Tage. Linnea war von Ardais aus drei Tage unterwegs gewesen. Sie hatte eine unkonventionelle Route eingeschlagen und wollte den Jungen schnell mitnehmen, um die Rückreise anzutreten, bevor es dunkel wurde und der drohende Schneesturm sie überraschte.

Sandalenschritte scharrten über den Steinweg, dann trat ein gebückter weißhaariger Mönch ein.

»Seid Ihr *Domna* Rohanas Kurier?«, fragte er freundlich.

Linnea nickte.

»Ich bin Bruder Harrel, der Gästemeister«, fuhr der Mönch fort. »Verzeiht mir, dass ich Euch nicht habe früher willkommen heißen können. Ich habe gerade erst erfahren, dass Ihr hier seid. Wenn Ihr mitkommen wollt, organisiere ich Euch etwas zu essen und ein Bett für die Nacht.«

»Das ist sehr freundlich von Euch, Bruder«, erwiderte Linnea und bemühte sich, ebenso herzlich zu klingen. »Aber ich fürchte, man hat Euch nicht über die Dringlichkeit meines Auftrags informiert. Mit Lady Rohanas Gesundheit geht es drastisch bergab. Dyan und ich müssen so schnell wie möglich zurückkehren. Ich hatte gehofft«, fügte sie hinzu, »dass er inzwischen fertig wäre. Er hat doch bestimmt nicht sehr viel zu packen.«

Bruder Harrel schaute betrübt drein. »Aber in weniger als drei Stunden ist es dunkel, *Mestra*! Man kann doch einen Knaben dieses Alters so spät am Abend nicht mehr auf Reisen schicken. Offenbar ist Euch nicht bewusst, dass es heute Abend schneien wird.«

»Ich weiß durchaus, dass es heute Abend schneit, Bruder«, sagte Linnea grimmig. »Das ist ja auch der Grund, warum ich sofort aufbrechen will. Ich bin nicht fern von hier geboren worden; deswegen erkenne ich die Zeichen eines Sturms, der den Pass zweifellos für die nächsten drei Tage blockieren wird. Doch so viel Zeit haben wir nicht mehr. Wir müssen sofort aufbrechen.«

Da Bruder Harrel sie unschlüssig musterte, sagte sie: »Lady Rohanas Befehl lautet: Bringt Dyan mit größtmöglicher Geschwindigkeit zu mir.«

Bruder Harrel schaute noch unglücklicher drein. »Ich werde mit dem Pater Abt darüber sprechen«, sagte er und eilte davon, um das Problem dieser sturen Frau einem anderen aufzubürden.

»Ich habe keine Vorstellung davon, was der Vater des Jungen sich dabei denkt«, brummte der Portier halblaut. »Kann er nicht mal eine passende Begleitung für ihn schicken?«

Linnea ignorierte den Mann und unterdrückte den Impuls zu antworten, dass der einzige *Dom* Kyril beherrschende Gedanke die nächste Flasche Wein war. Hoffentlich war Dyan seinem Vater nicht allzu ähnlich. Falls doch, würde er sich als äußerst unerfreulicher Reisegefährte erweisen.

Bruder Harrel war offenbar den ganzen Weg zum Büro des Abtes gelaufen, denn nach überraschend kurzer Zeit vernahm

Linnea seine Stimme in der Halle, die seinem Vorgesetzten protestierend mitteilte, dass es Wahnsinn sei, bei diesem Wetter eine Reise zu unternehmen. Die beiden Männer betraten das Torhaus zusammen. Der Abt hielt Lady Rohanas schriftlichen Befehl in der Hand. Obwohl er nicht glücklicher aussah als Bruder Harrel, wirkte er nicht bereit, ihn ohne weitere Diskussion abschlägig zu behandeln.

»*Mestra*«, sagte er mit einem kurzen höflichen Nicken. »Ist es wirklich nötig? Könnt Ihr nicht warten, bis der Sturm vorbei ist?«

Linnea schüttelte den Kopf. Sie war persönlich bei Lady Rohana gewesen, als diese den Befehl aufgesetzt hatte. Sie betete darum, dass die Frau überhaupt noch lebte. Ihre Anweisungen waren klar, und sie war entschlossen, diese auch zu befolgen.

»Die Herrin von Ardais hat nach Fürst Dyan geschickt und wünscht, dass er sich umgehend in Marsch setzt. Wenn wir drei oder vier Tage hier verbringen und warten, bis der Schneesturm vorbei ist, deckt sich dies nicht mit *meiner* Definition von umgehend. Und je länger Ihr unsere Abreise verzögert, desto wahrscheinlicher ist es, dass wir irgendwo auf dem Pass stecken bleiben. Ich bitte nicht um Euren Segen, Pater. Ich muss einen Auftrag erledigen und habe die Absicht, ihn zu erfüllen. Mit oder ohne Euren Segen!«

»Und wenn die Herrin von Ardais nach mir schickt, ist es meine Pflicht, ihren Ruf zu befolgen.«

Linnea zuckte zusammen. Sie hatte den Knaben nicht durch den Torbogen kommen sehen. Anhand seiner Redeweise musste er Fürst Ardais sein, allerdings hatte er keine Ähnlichkeit mit dem Rest seiner Familie. Er glich nicht mal den meisten Comyn. Statt des in seiner Kaste üblichen roten Haars war sein Schopf dunkel. Seine Augen waren grau, und er war zierlich von Gestalt. Linnea wusste zwar, dass er zehn

Jahre alt war, aber er kam ihr jünger vor, wenn man von der gelassen-kühlen Aura des geborenen Edelmannes einmal absah.

»Dyan, mein Junge«, sagte der Abt, »wir wissen dein Verlangen, deiner Großmutter in ihrer Krankheit beizustehen, zwar alle zu schätzen, aber du musst nicht unbedingt in den Schneesturm hinausrennen, der im Anmarsch ist.« Er deutete zum Fenster hinaus, das jetzt nur noch einen bedeckten Himmel zeigte, an dem die Position der Sonne kaum noch zu erkennen war. »Außerdem hast du nur eine einzelne Frau als Begleitung. Sobald der Sturm vorbei ist, können wir dir eine passende Eskorte aus Laienbrüdern und Wachen mitgeben.«

Dyan schaute den Abt mit ausdrucksloser Miene an. »*Domna* Rohana ist seit Monaten krank, Pater Abt«, sagte er freundlich. »Wenn sie nun in aller Eile nach mir schickt, liegt sie im Sterben. Ich werde mit der Begleitung, die sie ausgewählt hat, sofort aufbrechen.«

Hinter Dyan tauchte ein anderer Knabe auf. Er hatte das rote Haar der Comyn und schleppte zwei Satteltaschen.

»Du solltest dich um diese Stunde mit deinen Studien beschäftigen, Kennard«, tadelte der Abt.

»Ja, Pater«, sagte der Knabe demütig. Er reichte seinem Freund die Satteltaschen und umarmte ihn. »Gute Reise, *Bredu*.« Dyan erwiderte wortlos die Umarmung, und Kennard verschwand wieder.

Der Abt seufzte. »Wenn der Sturm, wie Ihr gesagt habt, Euch im Nacken sitzt, *Mestra,* solltet Ihr am besten sofort aufbrechen. Und wenn Ihr entschlossen seid, mit oder ohne meinen Segen zu gehen, so geht lieber mit ihm.« Er legte seine Hand zuerst auf Dyans Kopf, dann auf den Linneas. »Möge der Heilige Lastenträger Euch auf Eurer Reise segnen und stärken.«

»Danke, Pater«, sagte Linnea formell. Dann wandte sie sich

zu dem Knaben um. »Wenn Ihr fertig seid, Fürst Dyan ... Die Chervines warten auf dem Hof.«

Der Junge nickte kurz, schulterte die Satteltaschen und verließ den Raum.

Sie saßen auf und ritten so schnell sie konnten über den Pass, doch der Boden war schon mit einer dicken Schneeschicht bedeckt, die den Weg blockierte, als sie ihn hinter sich gebracht hatten.

»Verfügt Ihr über *Laran, Mestra*?«, fragte Dyan jäh, als sie auf der anderen Seite des Passes abwärts ritten. Es war der erste Satz, den er mit ihr sprach, und Linnea wurde plötzlich bewusst, dass er wahrscheinlich nicht mal ihren Namen kannte – in der Eile ihres Aufbruchs war sie nicht dazu gekommen, sich ihm ordentlich vorzustellen.

»Ich heiße Linnea, Fürst Dyan«, sagte sie, »und wenn Ihr mögt, könnt Ihr mich auch so ansprechen. Nein, ich habe kein *Laran*. Wie kommt Ihr darauf?«

Dyan schaute leicht verlegen drein. Es gefiel ihm offenbar nicht, sich geirrt zu haben. »Ihr habt dem Pater Abt gesagt, der Pass wäre blockiert. Er hat es Euch geglaubt – und Ihr hattet Recht.«

»Das stimmt«, sagte Linnea und empfand ein irrationales Bedürfnis, die Gefühle des Knaben zu schonen und ihm zu helfen, seine Würde zu bewahren – als brauche dieser selbstbeherrschte kleine Comyn-Fürst überhaupt Hilfe in dieser Richtung. »Ich kann mir zwar vorstellen, dass Weitsicht dieser Art den Eindruck von *Laran* hervorrufen kann, aber in Wahrheit basiert meine Kenntnis auf der jahrelangen Beobachtung des Wetters in dieser Gegend. Ich bin hier aufgewachsen, und wenn der Himmel eine bestimmte Farbe annimmt, kann ich voraussagen, dass ein Sturm im Anmarsch ist und wann er hier ankommt. Und der Pater Abt ist zweifellos schon so lange in Nevarsin, dass er einige dieser Anzeichen von selbst erkennt. Deswegen hat er sich auf mein Wort verlassen.«

Dyan lächelte matt. »Außerdem«, sagte er dann, »wärt Ihr, wenn Ihr *Laran* hättet, keine Entsagende. Dann hättet Ihr stattdessen in einen Turm gehen können.«

»Meint Ihr, damit mir dort der gleiche Schutz vor den Männern in meinem Leben gewährt wird?«, fragte Linnea ironisch.

»Ihr bräuchtet gar keinen Schutz vor den Männern in Eurem Leben«, sagte Dyan steif. »Sie sind doch dazu da, Euch zu beschützen.«

Es wäre sicher grausam, dachte Linnea, in diesem Zusammenhang Dyans Vater zu erwähnen, aber allmählich entwickelte sie ein lebhaftes Interesse an den Gedankengängen des Knaben. Und da sie ohnehin während der Reise mehrere Tage miteinander verbringen würden, war es vielleicht wichtig, wenn sie erfuhr, wie weit sie ihm vertrauen konnte. Deswegen beschränkte sie ihre Antwort auf ein einfaches »Wieso?«.

»Weil Männer stärker sind als Frauen.«

»Und Ihr seid der Meinung, dass es die Pflicht der Starken ist, die Schwachen zu beschützen?«

»Natürlich«, erwiderte Dyan sachlich. »Wozu nützt einem Kraft, wenn man sie nicht einsetzt?«

»Es soll aber einige Menschen geben, die der Meinung sind, dass ihre Kraft nur dazu da ist, sich das zu holen, was sie haben wollen«, sagte Linnea.

»Nein.« Dyan schüttelte trotzig den Kopf. »Ich bin zwar kein *Cristoforo,* aber mir ist aufgefallen, dass Kraft und Bürden zueinander gehören. Wenn man seine Kraft ausschließlich für ichbezogene Genugtuung verschwendet, statt jene Aufgaben zu erledigen, die einem seine Stellung im Leben auferlegt, wird man im besten Fall ein bemitleidenswertes Objekt, wenn nicht gar ein gering geschätztes.«

Allem Anschein nach, dachte Linnea, *denkt er an seinen*

245

Vater, aber er könnte ebenso gut den meinen beschreiben. Tja,
wenigstens wirkt er nicht so, als würde er den Geschmack und
die Schwächen seines Vaters teilen, und er beschwert sich
auch nicht über den Weg oder das Tempo, das wir vorlegen.
Trotzdem glaube ich, ist es angebracht, dass wir über Nacht
eine Rast einlegen.

In den nächsten eineinhalb Tag kamen sie gut voran. Die
Reise blieb ereignislos, bis sie an die Brücke kamen, welche
über die Kluft etwa eine halbe Meile von Burg Ardais entfernt
führte. Denn dort endete ihr Glück. Die Brücke war verschwunden und offenbar unter zu viel Gewicht zusammenge-
brochen.

Linnea zerbiss einen Fluch zwischen den Lippen. Nicht deswegen, weil sie glaubte, Dyan kenne ihn nicht, sondern weil
sie Skrupel hatte, junge und angeblich unschuldige Menschen
zu verderben.

Dyan musterte die Kluft mit finsterer Miene. »Die verflixte
Brücke bricht zweimal im Jahr zusammen«, knurrte er. »Aber
muss es ausgerechnet heute sein?«

Er saß schweigend einige Minuten lang auf seinem Chervine, kaute auf seiner Unterlippe und wirkte blass. Dann
seufzte er. »Habt Ihr Höhenangst, Mestra?«, fragte er.

Linnea, drauf und dran, ihm eine schnippische Antwort
über den Widerspruch zu geben, in den Bergen zu leben und
sich vor Höhen zu fürchten, warf einen zweiten Blick auf sein
Gesicht. Höhen machten ihr zwar nicht viel aus, aber sie hatte
den starken Verdacht, dass man von ihrem Gefährten nicht
das Gleiche behaupten konnte.

»Wenn es sein muss, werde ich damit fertig«, erwiderte sie.
»Warum? Kennt Ihr eine andere Möglichkeit, die Kluft zu umgehen?«

»Dort drüben, ein Stückchen weiter rauf, liegt ein alter umgestürzter Baum.« Dyan deutete nach rechts. »Die Kinder des Pächters gehen über ihn nach drüben – als Mutprobe.« Seine Stimmlage deutete an, dass er dies nicht für einen Sport hielt, an dem er bereitwillig teilnahm.

»Tja, wir können ihn uns ja mal anschauen«, sagte Linnea. »Auch wenn niemand garantiert, dass er noch dort ist. Aber falls doch, könnte er uns mehrere Stunden Zeit sparen. Die nächste Brücke über die Kluft liegt mindestens zwei Meilen bergab, nicht wahr?«

»Ja«, bestätigte Dyan. Er wendete sein Chervine und ritt bergauf. »Und wenn wir über den Baumstamm rüberkommen, sind wir gleich hinter der Burg. Er ist kein großes militärisches Risiko. Er kann einen Erwachsenen gerade so tragen, aber niemanden, der eine Rüstung trägt.« Der Junge musterte seine Begleiterin abschätzend. »Wie gut, dass Ihr klein seid. Wir lassen die Chervines und das Gepäck auf dieser Seite stehen. Wenn wir rüberkommen, kann das Personal sich um die Tiere kümmern.«

Sie erreichten den Baumstamm, und Linnea beäugte ihn argwöhnisch. Er durchmaß etwa eine Elle und wirkte ziemlich stabil, doch die Oberseite war schneebedeckt, und darunter konnte sich Fäulnis ausgebreitet haben. Sie fragte sich, ob sie Dyan an sich binden sollte und entschied sich dagegen – sie wollte ihn nicht mit in die Tiefe reißen, wenn der Baum unter ihr nachgab. Sie wog bestimmt dreißig Pfund mehr als das Kind.

»Ihr solltet zuerst gehen, Fürst Dyan«, sagte sie. »Ihr seid leichter, deswegen ist die Chance größer, dass Ihr es schafft. Ich gehe natürlich davon aus«, fügte sie mit einem gezwungenen Lächeln hinzu, »dass Ihr ein Suchkommando schickt, falls ich in den Abgrund stürze.«

Dyans Antwortlächeln war noch gezwungener als das ihre,

und seine Haut hatte eine deutlich gräuliche Färbung angenommen.

»Vergesst nicht«, sagte Linnea beruhigend, »dass wir keine Kinder sind, die sich beweisen wollen, wer waghalsiger ist. Stil und Eleganz zählen nicht. Das Ziel besteht darin, die andere Seite heil zu erreichen. Ich werde mich auf den Stamm setzen und über ihn hinwegkriechen. Auch wenn es vielleicht albern aussieht – aber so sind die Chancen größer, dass man nicht heruntergeweht wird oder das Gleichgewicht verliert.«

Dyan dachte über ihre Vorgehensweise nach, und seine Gesichtsfarbe wurde wieder normal. »Wir werden dabei natürlich nass«, sagte er, »aber bis zur Burg und trockenen Kleidern sind es nur ein paar Minuten Fußweg.« Er band sich die Enden seines Umhangs um die Taille, nahm breitbeinig auf dem Stamm Platz und robbte darüber hinweg. Dabei entfernte er gleichzeitig eine große Menge Schnee.

»Er scheint recht fest zu sein«, rief er von der anderen Seite herüber. »Ihr könnt jetzt kommen!«

Linnea zog ihre Jacke unter dem Gürtel etwas höher und kroch ebenfalls über den Stamm. Als sie die Hälfte der Strecke überwunden hatte, rutschte ihre Jacke herunter. Der Stoff blieb an etwas hängen, das sich genau hinter ihrer rechten Hüfte befand und hielt sie fest. Als die junge Frau sich drehte, um sich loszumachen, wäre sie beinahe in den Abgrund gestürzt.

»Was ist?«, rief Dyan von der anderen Seite herüber.

»Meine verfluchte Jacke hängt irgendwo fest«, sagte Linnea und bemühte sich, ruhig zu bleiben. »Geht schon mal zur Burg und schickt jemanden, der mich losmacht.«

»Etwa einen großen, schweren Erwachsenen?«, fragte Dyan skeptisch. Er holte tief Luft, dann robbte er mit entschlossener Miene zu ihr zurück. Kurz darauf saß er praktisch auf ihrem Schoß. »Presst Eure Unterschenkel an den Baum und haltet

Euch an meiner Taille fest«, befahl er. »Wenn Ihr Euch an mich klammert, kann ich vielleicht dorthin greifen, wo die Jacke festhängt.«

Linnea presste die Beine fest an den Stamm und klammerte sich an Dyans zappelnden Körper, damit sie nicht abstürzten. Nach einer äußerst unbehaglichen Weile vernahm sie das Ratschen zerreißenden Stoffes und war frei. Dyan rutschte in eine stabile Position zurück und sagte vorsichtig: »Ich glaube, Ihr könnt mich jetzt loslassen.«

Linnea gab ihn vorsichtig frei, und der Junge kroch rückwärts zur anderen Seite der Kluft. Sobald er drüben war, folgte Linnea ihm langsam und achtete genau darauf, dass sie sich nicht noch einmal irgendwo verfing.

Als sie sich wieder auf festem Boden befand, klopfte sie den Schnee aus den Kleidern und prüfte den Schaden an ihrer Jacke. Zum Glück war es nur ein Riss im Saum. »Welch ein Glück, dass ich keine langen Röcke trage«, sagte sie mit einem nervösen Lachen.

Dyan fing an zu kichern. »Und wie gut, dass ich keine ›passende Begleitung‹ bei mir hatte ... Könnt Ihr Euch vorstellen, wie eine Eskorte über den Baumstamm rutscht und sich dabei bemüht, ihr Banner im vorschriftsmäßigen Winkel zu halten?«

Bei dieser Vorstellung prusteten beide vor Lachen.

»Kommt mit«, sagte Linnea, sobald sie wieder sprechen konnte. »Wir gehen lieber hinein und ziehen etwas Trockenes an. Außerdem muss sich jemand um die Chervines kümmern.«

»Folgt mir«, sagte Dyan. »Es geht hier entlang.« Nach ein paar Schritten blieb er stehen und schaute sich nach ihr um. »Wenn ich nach Nevarsin zurückkehre, Linnea, werdet Ihr mich dann begleiten?«

»Mit Freuden, Fürst Dyan«, erwiderte die Frau. »Ihr seid wirklich ein guter Reisegefährte.«

Über Lynne Armstrong-Jones und »Lektion im Vorgebirge«

Lynne Armstrong-Jones beweist höchstpersönlich, was ich immer über das Schreiben sage: Es besteht zu 10% aus Inspiration und zu etwa 90% aus Schweiß und Ausdauer. Manchmal muss man einen Herausgeber einfach fertig machen, indem man ihn mit Kurzgeschichten bombardiert, bis er es leid ist, einem mit Absagen zu antworten. Als ich mit der Zeitschrift begann, die sich *Marion Zimmer Bradley's Fantasy Magazine* nennt, erhielt ich eine Zeit lang mit jeder Post eine Erzählung von Miss Armstrong-Jones (jedenfalls kam es mir so vor). Irgendwann war ich es wirklich leid, sie immer wieder zurückzuschicken. Glücklicherweise brauchte ich es nach einer Weile auch nicht mehr zu tun.

Lynne lebt im kanadischen Ontario und ist »zum Glück arbeitslos«. Zum Glück deswegen, weil ihre finanzielle Lage »die Gefahrenzone noch nicht erreicht hat« und ihr das Zeit zum Schreiben lässt. Tja, so geht es manchmal auch.

Einige ihrer Geschichten sind in *Marion Zimmer Bradley's Fantasy Magazine, Sword and Sorceress VI* und *VII* sowie die *Domänen* erschienen. Außerdem hat sie in *Weird Tales* und verschiedenen Fan-Publikationen veröffentlicht. Sie ist »Mutter eines vierjährigen Sohnes, dessen Vorstellungskraft und Fähigkeit zum Phantasieren intakt erscheinen«. Wie die Mutter, so der Sohn, würden wir sagen.   MZB

Lektion im Vorgebirge

von Lynne Armstrong-Jones

J enna gab vor, die Fakten und Zahlen der Einnahmen und Ausgaben des Monats zu überprüfen. In Wirklichkeit jedoch war ihr Blick wieder mal zu Kali, Dorel und Gwynnis hinüber geschweift, die sich darauf vorbereiteten, in die Berge zu gehen.

Ein neuer Auftrag.

Wie aufregend musste es sein, als Söldnerin, Bergführerin oder etwas Ähnliches zu arbeiten!

Jenna seufzte und richtete ihre Aufmerksamkeit wieder auf ihre Arbeit. Immerhin nahm sie ebenfalls eine hochwichtige Funktion im Gildenhaus ein. Wie übrigens auch alle anderen. Man musste sich nur mal vorstellen, wie das Leben wohl ohne Saris' köstliches Backwerk aussähe!

Innerlich wusste Jenna, dass alle anderen von ihrer präzisen und detaillierten Buchhalterkunst abhängig waren, denn sie vermied, dass sich bei ihnen Schulden ansammelten. Trotzdem fragte sie sich manchmal, wie es wohl wäre, wenn ...

Sie kicherte. Dann tadelte sie sich. Was brachte es schon, auch nur davon zu träumen? Ein winziges Persönchen wie sie, die eher einem kleinen Jungen glich statt einer Frau! Die Entsagenden, die »körperliche Arbeit« verrichteten, waren alle groß und kräftig. Und sehr stark.

Ich sollte mit meinem Los zufrieden sein, redete Jenna sich ein.

Als sie sich wieder ihrer Arbeit zuwandte, runzelte sie wie üblich die Stirn. Sie kam jedoch nicht weit, denn ein Klopfen an der Tür unterbrach sie. Als die junge Frau versuchte, sich zu konzentrieren, runzelte ihre Stirn sich noch mehr, und sie fragte sich, warum Saris nicht auf das Klopfen reagierte. Dann fiel ihr ein, dass sie ja zum Einkaufen hinausgegangen war.

Jenna schob den Stuhl mit einem Seufzer vom Tisch zurück, fuhr sich mit der Hand über das kurze, schwarze Haar und eilte zur Haustür.

»Ja?«

Sie hatte die Frau zwar schon mal in der Ortschaft gesehen, aber sie kannte ihren Namen nicht. Beurteilte man sie nach dem feinen, seidigen Stoff ihres Gewandes, schien sie einer Familie anzugehören, deren Geschäfte gut gingen. Aber sie war zweifellos völlig aufgelöst.

»Ach, bitte«, stieß die Frau hervor, »Ihr müsst mir helfen!« Ihre blauen Augen waren voller Tränen. »Es geht ... um meine Tochter Innana. Sie ist weg! Jemand hat sie im Vorgebirge herumklettern sehen! Ihr kennt Euch doch in dieser Gegend aus ... Ihr müsst sie für mich suchen! Dort oben nisten doch bestimmt Banshees! Bitte, bitte!«

So sehr Jenna sich auch bemühte, der Frau zu erklären, dass sie keine Bergführerin war – am Betteln und Schluchzen der Fremden änderte sich nichts.

Was soll ich nur tun? dachte Jenna. Diesmal hinterließ ihr Stirnrunzeln tiefe Falten zwischen ihren braunen Augen. *Ich kann der armen Frau sagen, dass die Führerinnen fort sind und ihr die Tür vor der Nase zuschlagen – oder ihr allein helfen.*

Sie seufzte und spürte, dass es ihr vor Angst kalt den Rücken hinablief. Dennoch sattelte sie das kleine Pony und packte Verbandszeug, Wasser und ein Seil ein. Dann griff sie noch einmal nach ihrem Messer, um sich zu vergewissern, dass es am Gürtel hing.

Sie schwang sich auf das kleine Reittier und schaute die Mutter noch einmal an. »Ich werde tun, was in meiner Macht steht.« Mehr konnte sie nicht sagen.

Es war zwar Frühling, aber ein Hauch von Winterkälte schien noch in der Luft zu liegen. In den Hügeln, die dem Gebirge vorgelagert waren, war es dunstig. Von irgendwoher ertönte der entsetzliche Schrei eines Banshee, und Jenna bemerkte, dass sie sich schon wieder schüttelte. Es lag aber nicht an der kühlen Temperatur.

Sie band das Pony in einer geschützten Ecke an, sicherte das Seil an ihrem Gürtel und schaute sich um. Von hier oben hatte sie stets einen Großteil des umliegenden Geländes und die Tiefen der Schlucht überschauen können.

Was soll ich bloß machen, wenn das arme Kind tot auf dem Grund der Klamm liegt?, fragte sie sich. Dann schalt sie sich aus. Es war wohl besser, wenn sie *nachdachte* statt sich Sorgen zu machen.

Jenna erblickte einen Felsvorsprung. Als sie ihn gerade besteigen wollte, um nach einem passenden Aussichtspunkt zu suchen, hielt sie inne und schnappte entsetzt nach Luft ...

Ein Banshee-Nest! Gleich hinter dem aufragenden Felsvorsprung. Die junge Frau konnte es zwar von hier aus nicht sehen, aber sie vernahm die Laute des schrecklichen Geschöpfs und hörte das Grunzen seiner Jungen. Schon ihre Lautstärke hörte sich abscheulich an.

Jenna wich langsam wieder auf sicheres Gelände zurück und dankte der Göttin, dass diese sie mit einem guten Gehör versehen hatte. Sie wollte es an einer anderen Stelle versuchen – und hoffte, dass sie dort nicht auch auf eins dieser Geschöpfe stieß.

Vorsichtig und leise begab sich die junge Frau an den Rand einer anderen Stelle der Schlucht – und stürzte bei einem erneuten Geräusch beinahe in den Abgrund.

Nein, diesmal war es kein Banshee. Aber etwas nicht weniger Gefährliches.

Ein Katzenmensch! Sie kannte das Fauchen. Mit dem Messer in der Hand fuhr sie herum.

Was kann mir diese kleine Waffe schon gegen ein so großes Ungeheuer nützen!, dachte sie verzweifelt.

Das Lebewesen strolchte am Waldrand herum, und als es Jenna anschaute, reflektierten seine Reißzähne die Sonne. Es war ein riesiges, Furcht einflößendes Exemplar, und seine Schnurrhaare sträubten sich, als es erneut knurrte.

»Ich bin kein Gegner für *dich*«, sagte die junge Frau leise, während ihr Herz heftig in ihrem flachen Brustkorb klopfte. *Bei Zandrus Höllen! Warum bin ich nicht so groß und stark wie meine Schwestern? Aber nein … Auch ich habe etwas aufzuweisen. Alle sagen, ich bin nicht auf den Kopf gefallen. Mehr habe ich allerdings nicht. Es wird Zeit, dass ich meinen Verstand einsetze!*

Das bösartige Geschöpf beäugte Jenna noch immer. Es knurrte leise und schien auf eine Reaktion zu warten.

Die Frau wandte sich um und trat vom Rand der Schlucht zurück. Sie ging weiter, bis ihr Rücken genau in die Richtung zeigte, aus der sie ursprünglich gekommen war. Und sie lief immer weiter …

Das Katzenwesen folgte ihr und nahm ihr Tempo auf. Schließlich drehte Jenna sich um, rannte los und betete darum, dass ihre Berechnungen stimmten. Mit der Katze auf den Fersen hastete sie über den Felsvorsprung, erreichte dessen Ende, sank schnell in die Knie, glitt behutsam über den Rand und klammerte sich an die felsige Unterseite.

Genau hinter ihr, doch zu schnell, um anhalten zu können, kam das Untier angeschossen. Jenna empfand Dankbarkeit, dass sie es von ihrem Aussichtspunkt aus nicht sah. Es reichte ihr schon, die Katze zu hören, als sie genau hinter dem Ende des Felsvorsprungs dem riesigen, klaffenden Schnabel entgegenfiel …

Die Laute waren abscheulich, als die Banshee-Mutter freudig kreischte und die Katze in Fetzen riss, um ihre hungrigen Nachkommen zu füttern.

Jenna, die sich wieder auf den Felsvorsprung hinaufgeschwungen hatte, war dankbar für die Ablenkung. Zwar wusste sie, dass die Banshees nun eine Weile beschäftigt waren, doch das Schmatzen und der widerliche Geruch der blutigen Mahlzeit waren für sie Anreiz genug, vorsichtig und leise aus dieser Umgebung fortzukriechen. Als sie an den Rand des Abgrundes kam, machte sie eine neue Entdeckung.

Das Mädchen! Da war ja die Kleine. Genau links unterhalb des Vorsprungs hockte sie auf einem kleinen Sims.

Da hat sie aber Glück gehabt, dachte Jenna, *dass der Wind nicht in ihrem Rücken steht und dem Banshee ihren Standort verrät.*

Sie knotete eine Schlinge ins Seil und ließ es zu dem Kind hinab. Das Mädchen schlang es sich nach Jennas Anweisungen um den Körper, ohne den Blick von den noch immer schmatzenden Banshees abzuwenden, denn man konnte ja nie wissen. Schließlich war das Kind Jenna so nahe, dass sie es ergreifen und zu sich hinaufziehen konnte. Zusammen krochen sie auf den Rand der Schlucht ...

Dann jagten sie so schnell sie konnten auf dem Rücken des kleinen Ponys nach Hause zurück.

Jenna zählte die bunten Münzen noch einmal. Sie konnte die Höhe des Betrags noch immer nicht fassen. Sie war so in den Umsatzzahlen – *ihren* Umsatzzahlen – des Hauptbuches versunken, dass sie es nicht einmal hörte, als Kali nach Hause kam.

Beim Klang von Kalis Stimme schaute sie auf. Doch diesmal bewunderte sie die hoch gewachsene, muskulöse Gestalt der brünetten Frau nicht.

»Hast du heute irgendwas Aufregendes erlebt, Jenna?«, fragte Kali mit einem Grinsen.

»Kaum«, kam die übliche Antwort, und Jenna wandte sich wieder ihrer Buchhaltung zu.

Obwohl sie auch diesmal konzentriert war, hatte ein kleines, doch zufriedenes Lächeln ihr übliches Stirnrunzeln ersetzt.

Über Emily Alward und »Sommermarkt«

Emily Alward, in West Lafayette, Indiana – »der Heimstatt der Purdue University« – geboren und aufgewachsen, meint: »Möglicherweise hat die dort herrschende naturwissenschaftlich-technische Atmosphäre schon in frühem Alter auf mich eingewirkt, denn ich mag Science Fiction, solange ich denken kann.«

Über sich selbst sagt sie, dass sie zwei Töchter und zwei kleine Enkel hat, die beide »zu meiner Freude verlangen, dass in ihren Lieblingsgeschichten Magier, Drachen und Zauberschwerter vorkommen.«

(Ich schätze, irgendwann muss ich mal eine Geschichte über den letzten Drachen Darkovers schreiben.)

Emily Alward hat bisher eine Kurzgeschichte veröffentlicht, die in einer Science-Fiction-Welt spielt; außerdem wurden eine ganze Reihe ihrer Erzählungen in verschiedenen Fan-Zeitschriften abgedruckt. Sie stellt, wie ihre Heldin Maura, Stofftiere her, die sie auf SF-Tagungen und Handwerksmessen verkauft. Und wie die meisten Autoren hat sie sich in einer Reihe merkwürdiger Berufe umgetan: Sie war Sekretärin, Korrektorin, Kindermädchen usw. Gegenwärtig arbeitet sie als Bibliothekarin. Das ist so das Übliche. MZB

Sommermarkt

von Emily Alward

An diesem Sommertag wärmte der Sonnenschein zwar das Pflastergestein der Handelsstadt, doch der Kummer ließ mein Herz erkalten.

Seit dem katastrophalen Jahr der Weltenzerstörer ging es nur noch abwärts. Die flauschigen Umhänge und drolligen handgenähten Tiere, die mir in besseren Zeiten ein Einkommen beschert hatten, verkauften sich nicht mehr. Selbst die *Hali'imyn* hatten zu sehr damit zu tun, ihre Felder und Wälder neu anzupflanzen, um Geld für Luxusgüter auszugeben. Zwar bewohnte ich noch meine gemütliche kleine Hütte, aber nur die Göttin wusste, wie ich die Miete für den nächsten Monat auftreiben sollte. Ich hatte finstere Vorahnungen hinsichtlich der Zukunft der Kräutertöpfe auf der Fensterbank. Falls ich wieder ins Gildenhaus ziehen musste, konnte ich die Hunde nicht mitnehmen. Die Schwestern hätten vielleicht erlaubt, dass sich einer auf dem Hof vor der Küche herumtrieb, aber bestimmt nicht alle drei. Wie hätte ich je die beiden aussuchen sollen, die ich abgeben musste?

An diesem Sommernachmittag hatte ich noch mit einer anderen – schlimmeren – Bedrohung zu kämpfen.

Kind meines Herzens, Tochter meines Körpers, wie kann ich dich ohne Geld retten?

Ich hatte gehört, die Terraner würden meine Waren schon kaufen, da sie ständig handgefertigte »Andenken« suchten, um zu zeigen, auf wie vielen Welten sie schon gewesen waren. Also bezahlte ich eine hohe Standgebühr und stellte auf einer Verkaufsmesse aus, die Werbung für das einheimische Handwerk machen sollte. Meine Waren kamen bei den Terranern ziemlich gut an. Ein ständiger Strom von Menschen schob sich an meinem Stand vorbei, lobte die Qualität meiner Produkte und ging dann weiter. Nun ist Bewunderung zwar erfreulich, zahlt aber nicht die Pacht.

Zwei schlaksige Heranwachsende kamen zu mir und blödelten mit vieren meiner zierlichen Regenvögel herum. Ich biss die Zähne zusammen und machte gute Miene zum bösen Spiel. Es zahlt sich nicht aus, wenn man potenzielle Kunden vergrault. Schließlich gingen auch sie weiter, und ich bemühte mich, nicht in Panik zu verfallen. Der Tag neigte sich dem Ende entgegen, und ich hatte noch immer nichts verkauft.

»Wie ich sehe, stellt Ihr gern schöne Dinge her«, sagte plötzlich jemand.

»Ja.« Ich blickte in zwei waldgrüne Augen. Die Frau, die mich angesprochen hatte, war keine Terranerin, sondern eine Einheimische. Ihr sicheres Auftreten deutete an, dass sie von hoher Geburt war. Ihr rotblondes Haar wurde von einer Schmetterlingsspange zusammengehalten und fiel in einer weichen Lockenmähne herab. Das Gewand, das sie trug, zeigte das Violett des Himmels in der Morgendämmerung und umschmiegte in unnachahmlicher Eleganz ihren Körper. Obwohl ich sie so alt wie mich schätzte – mit neununddreißig waren wir beide nicht mehr jung –, war irgendetwas *Glänzendes* an ihr. Ein neidisches Frösteln über das leichte Dasein einer *Vai Domna* durchfuhr mich. Ich schüttelte es ab. Ich war leicht verlegen, weil sie mir so tief ins Herz geschaut hatte. »Ja, so ist es.«

»Ich auch.« Sie lächelte mich an. »Habt Ihr etwas dagegen, wenn ich hier bleibe und mich ein wenig ausruhe?«

»Ihr seid natürlich willkommen, *Vai Domna*.« Ich hob die Schachtel mit dem Garn von meinem zweiten Hocker und gab ihr mit einer Handbewegung zu verstehen, sie solle hinter den Tisch treten. Sie ließ sich mit einem leisen Seufzer nieder, der wie ein Echo der Erleichterung nach einer langen Reise klang.

»Bitte, bleibt so lange, wie es Euch beliebt«, fügte ich hinzu. Auch wenn sie von Adel war und Vorrechte genoss: Der Eid erforderte, dass ich jeder Frau, die um Hilfe bat, Beistand gewährte. Und diesen kleinen Beistand konnte ich ihr leicht gewähren.

Wieder blieb eine Gruppe von Leuten vor meinem Tisch stehen. Ich musterte sie sehnsüchtig. Die Dame beobachtete mich. Als die Gruppe sich abwandte, ohne etwas zu kaufen, sagte sie: »Alle schauen nur, aber sie kaufen nichts. War es den ganzen Tag lang so?«

»Mehr oder weniger«, erwiderte ich verbittert.

»Ich weiß, dass die Lage in diesem Jahr schwierig war«, sagte sie. »Ist es denn so wichtig, dass Ihr etwas verkauft?«

»Bei der Göttin, ja!«, sagte ich. Es zeugt zwar nicht von gutem Benehmen, Verzweiflung offen einzugestehen, aber inzwischen war es mir egal. Schließlich gehörte meine Zuhörerin dem Adelsstand an und war keine mit dem Kodex vertraute Handwerkskollegin. Mir stiegen Tränen in die Augen, aber ich unterdrückte sie.

Ich weiß noch immer nicht genau, wie es passierte, aber plötzlich fing ich an, ihr von meinen Sorgen zu berichten. Nicht von den kleinen Sorgen, nicht von den Kräutern auf dem Fensterbrett oder meiner Furcht, mein gemütliches bescheidenes Heim zu verlieren. Ich erzählte ihr die Geschichte meiner Tochter. Carlinna war gut verheiratet – wenigstens glaubten dies die Menschen. Ich hingegen, die ich schon vor langer Zeit vorsichtig geworden war, was die Ehe und die Versprechungen der Männer anbetraf, hatte mich unglaubwürdig gemacht, als ich sie gebeten hatte, noch eine Weile auf die Armreifen zu verzichten. Sie hatte einen kleinen Adeligen geheiratet und war hoch ins Kilghard-Gebirge gezogen, wo die Katzenmenschen auf der Lauer lagen und das Wort eines *Vai Dom* Gesetz war. Dort hatte sie sechs Monate Glückseligkeit erlebt und anschließend einen Ausblick in die Hölle. Denn als *Dom* Felix' Grund und Boden sich in Gift verwandelt hatte, hatte er angefangen, seine Gattin zu prügeln.

Nun war Carlinna schwanger, und er schlug sie immer öfter. Man hatte das Ungeborene untersucht und wusste, dass es ein Mädchen war. *Dom* Felix' Zorn kannte jedoch keine Grenzen.

»Kann sie nicht irgendwo anders Obdach finden? Vielleicht bei Euren Schwestern?«, fragte die Besucherin sanft.

»Ach, so hoch im Gebirge gibt es keine Entsagenden«, fauchte ich. »Niemand will sie aufnehmen. Alle fürchten den Zorn des *Vai Dom*. Ich ...« Ich biss mir auf die Lippe und kämpfte gegen das schlechte Gewissen an, das mir unberechtigterweise zu schaffen machte. Ich wusste, dass jeder Rettungsversuch meinerseits bisher fruchtlos geblieben war. Aber welche Ehre hat eine Mutter, die ihre eigene Tochter nicht beschützen kann? »Ich würde ja selbst gehen, aber ich bin kein Gegner für *Dom* Felix' Friedensmänner. Außerdem kann sie in ihrem Zustand keinen langen Ritt ertragen. Das Kind wird bald da sein. Ihre Schwangerschaft war von Anfang an schwierig. Sie könnte niemals weit genug über die Gebirgspfade reiten, um die Ländereien ihres Gatten zu verlassen.«

»Ach so.« Die Frau warf einen Blick auf den von Menschen wimmelnden Platz. Sie trug ihre Gelassenheit wie einen Schleier vor sich her. Sie wirkte wie jemand, der jedes Problem lösen kann, das sich ihm stellt. Meine Machtlosigkeit beschämte mich. Ich fühlte mich genötigt, ihr zu zeigen, dass ich mein Bestes gab.

»Es gibt nur eine Möglichkeit. In ihrer Nähe befindet sich ein terranisches Lager. Die Terraner bohren dort Eisenstangen in den Boden. Sie fliegen in Maschinen hin und her, die wie große flatternde Vögel aussehen. Carlinna schickt mir mit ihrer Unterstützung Botschaften. Die Terraner sind bereit, sie in einem ihrer Vögel von dort wegzubringen, wenn ich ... wenn ich für den Flug bezahlen kann. Ich habe versucht, mir etwas zu borgen, aber niemand, der etwas gespart hat, will es einer Frau geben, deren Zukunft so ungewiss ist wie die meine. Ich habe sogar daran gedacht, das Geld zu stehlen ... Es ist mir kalt über den Rücken gelaufen. Für mich enden solche Phantasien stets damit, dass ich erwischt und vor das Schiedsgericht gezerrt werde, weil ich die Ehre der *Comhi-Letzii* verraten habe ... Deswegen muss ich unbedingt meine Waren verkaufen ... um meine Tochter zu retten.«

»Die Terraner sind ein seltsames Volk«, sagte die Dame nachdenklich. »Wenn sie die Rettung einer Schwangeren von Geld abhängig machen ...«

»Immerhin sind sie bereit, mir gegen *Dom* Felix zu helfen. Ein Terraner hat mir erzählt, sie müssten ein Nichteinmischungsgesetz befolgen, wenn es um einheimische Bräuche geht, aber wenn ein Passagier zahlt, nehmen sie einfach an, dass er es aus eigenem Willen tut.« Ich bemerkte überrascht, dass ich die Terraner verteidigte. Ich hatte im Laufe meines Lebens zwar nur wenig Kontakt mit ihnen gehabt, aber jene, die Carlinnas Botschaften brachten, agierten zurückhaltender als die Männer, die ich normalerweise traf. Als ich an diesem Morgen ins Büro ihres Projektleiters gegangen war, hatte er gesagt, Carlinna könne morgen ausfliegen, wenn ich ihren Flug – welch eigenartige Vorstellung! – heute Abend bezahlte. Die Rettung meiner Tochter war so nahe ...

»Hmmm.« Die *Vai Domna* wirkte abgelenkt. Hatte sie mir überhaupt zugehört? »Wie heißt Ihr, *Mestra*?«

»Ich bin Maura n'ha Caillean.«

Sie nannte ihren Namen nicht. Die Adlige beugte sich vor. Ihr glänzendes Haar strich über die Tischplatte, und sie nahm einen wollenen Umhang in die Hand. Ich schaute ihr zu, als sie ihn schweigend streichelte. Ihre Finger schienen überall dort, wo sie ihn berührte, den Glanz der Farben auf dem warmen Schafsfell zu verstärken. Sämtliche hellen Farbtöne von Evandas Frühlingspalette leuchteten plötzlich in meinem eingewebten Muster. Der Stoff schien die Verspieltheit und Freude eines Lämmchens förmlich auszustrahlen.

Dann nahm sie eine wuschelige staubbraune Hirschponypuppe. Sie war meiner Meinung nach recht hübsch anzusehen. Bei der Herstellung von Tieren gab ich mir immer besonders große Mühe. Doch in den Händen der Frau wurde aus dem bloßen Spielzeug – etwas anderes. Die Augen des scheuen Ponys funkelten voller Liebe; sein Körper strahlte Vertrauen und Stabilität aus. Dann richtete die Dame ihre Aufmerksamkeit auf ein kleines Rabbithorn. Sie drückte es an ihre Wange, und im gleichen Augenblick erkannte ich unter seinem flaumigen Fell wachsame Impulse und eine sanfte Seele.

Sie nahm sich einen Gegenstand nach dem anderen vor. Alles, was sie berührt hatte, schien auf einer neuen Ebene der Perfektion zu erblühen.

Bildete ich mir all dies nur ein, weil ich unter einer starken Anspannung stand? Nachdem ich den ganzen Tag verzweifelt hinter meinen Waren gestanden hatte, konnte ich nicht mehr klar denken. Nun trat die Dame zurück und musterte den Tisch mit einem abschätzenden Blick. Ich fragte mich, ob sie nur etwas gesucht hatte, das sie kaufen konnte. Das wollte ich nicht. Nicht aus Mitleid.

»Wie teuer ist das hier?«

Ein Knabe hob eine große, komisch aussehende Chervine-Puppe hoch. Eine meiner teuersten Kreationen. Ich nannte ihm den Preis. Der Junge ließ die Kupfermünzen in meine Hand fallen und verschwand mit seinem Neuerwerb.

»Seht Ihr? Es ist nicht hoffnungslos.« Die *Vai Domna* lächelte mich an.

»Ja«, sagte ich erfreut, aber nicht optimistisch. Zwanzig

Verkäufe dieser Art hätten Carlinnas Flug bezahlen können. Gerade eben. Aber die Zeit reichte kaum noch, um darauf zu hoffen, ich könne zwanzig kleinere Verkäufe tätigen.

Ein Paar in terranischer Uniform blieb stehen und entfaltete meine Umhänge. Die Frau warf sich einen über die Schulter.

»Er steht dir ausgezeichnet, Margot«, sagte der Mann.

»Er fühlt sich auch wunderbar an«, murmelte die Terranerin. »Ich fühle mich in ihm – mmm – warm und beschützt. Als könnte der schreckliche Winter auf diesem Planeten mir nichts mehr anhaben.«

Ihr Gefährte zückte eine Lederbörse und warf mir einen großen Imperiumsgeldschein hin. Ich schaute ihn an und beeilte mich, das Wechselgeld auszurechnen, aber die beiden waren schon weg.

Ich wollte mich gerade mit einem triumphierenden Aufschrei zu der *Vai Domna* umdrehen, als eine weitere Kundin mich unterbrach.

»Das ist das schönste Stofftier, das ich in meinem Leben je gesehen habe«, sagte die junge Frau. Ihre rosigen Wangen und ihre offene Art erinnerten mich an meine Carlinna. Sie drückte den Bären an sich. »Er will, dass ich ihn mit nach Hause nehme. Ich spüre es ganz deutlich! Ach, ich muss ihn einfach haben.« Schon wieder ein Verkauf.

»Hier geschieht irgendwas«, flüsterte ich meiner Besucherin zu, als der Platz vor dem Verkaufstisch eine Minute leer blieb. »Seid Ihr dafür verantwortlich?«

»Ich? Wie sollte ich?« Ihre grünen Augen wurden schmaler, und ihr Blick tanzte vor Erheiterung. »Vielleicht bringe ich Glück, *Mestra* Maura. Einer meiner Liebhaber hat es jedenfalls einst behauptet. Aber nun muss ich gehen, um mir den Rest der Messe anzusehen. Vielen Dank für Eure Freundlichkeit.«

Ich verabschiedete mich von ihr, aber mir blieb keine Zeit, mich über mein Glück zu wundern. Laufend blieben neue

Kunden an meinem Tisch stehen. Sie schmusten mit meinen Tierchen, gackerten sie an, kauften sie, trugen sie heim und sagten, meine Kreationen hätten ihr Herz verzaubert. Andere Leute rissen meine Umhänge an sich und erklärten sie zu den wärmsten und schönsten, die sie je gesehen hatten. Ich verkaufte pausenlos. Die beiden nächsten Stunden waren der Traum einer jeden Handwerkerin.

Erst als der Platz sich am Ende des Tages leerte, kam ich wieder zu Atem. Nur zwei Gegenstände waren unverkauft geblieben. In den zwanzig Jahren, die ich nun schon vom Verkauf meiner Schöpfungen lebte, hatte ich nie einen besseren Tag erlebt. Und ich hatte ihn noch nie verzweifelter gebraucht.

Hatte die geheimnisvolle Dame irgendeine Art von *Laran* eingesetzt, um meine Tiere und Umhänge zu verzaubern? Je länger ich darüber nachsinnierte, desto unerklärlicher wurde alles. *Comynara* konnten zwar freundlich sein, doch sie würden ihre Zauberkraft niemals zum Nutzen einer armen Entsagenden und Handwerkerin einsetzen. Doch wenn – dies nahm ich allmählich auf Grund ihres ungewöhnlichen Verhaltens an – sie gar keine *Comynara* gewesen war? Ich kannte niemanden auf der Welt, der über derartige Kräfte verfügte.

Nein, ich hatte nur unglaubliches Glück gehabt. Vielleicht war meine Notlage der Göttin zu Ohren gekommen, und sie hatte sich in letzter Sekunde entschlossen, mir einen erfolgreichen Tag zu schenken. Als ich die Geldkassette öffnete, war sie voller Kupfermünzen und Scheine. Ich hatte genug, um Carlinna zu retten und die Pacht und die Nahrung für mehrere Monate zu bezahlen. Das Geld reichte sogar, um einen Leckerbissen für meine Hunde zu erstehen ...

Ich nahm das Geld an mich und lief los, um den Projektleiter zu suchen, bevor das Tor der terranischen Enklave sich schloss.

Als ich zurückkehrte, um meine sieben Sachen einzupacken, wartete sie an meinem Tisch. Noch immer pulsierte Fröhlichkeit in meinen Adern.

»Was hatte ich doch für einen guten Tag!«, platzte es aus mir heraus.

»Ich freue mich, *Chiya*«, sagte sie.

»Ach, und ... Ihr seid müde, nicht wahr? Wisst Ihr schon, wo Ihr heute Nacht ruht?« Es kam mir zwar unwahrscheinlich vor, dass eine große Dame wie sie kein Stadthaus in Thendara hatte, in dem sie bleiben konnte, aber genau dies war der Fall. Warum hätte sie sonst an meinen Tisch zurückkehren sollen, wo wir uns doch erst heute kennen gelernt hatten?

Ich bot ihr die Gastfreundschaft meines Hauses an. Es fiel mir nicht schwer, dies für eine andere Frau zu tun. Ich hatte nur Bedenken, dass es ihr nicht fein genug sein könnte. Wir machten uns auf den Weg zu meinem Haus. Sie lieh sich meinen letzten Umhang aus und trug den Klapptisch, während ich die Hocker nahm. Nächtlicher Eisregen fiel. Wir bahnten uns vorsichtig einen Weg durch die glatten Straßen.

Als ich die Tür aufschloss, sprang Callie freudig auf, um mich zu begrüßen. Callies Seele ist voller Liebe, doch in ihrem Fell verstecken sich oft Kletten und ihre riesigen Pranken können einen Menschen mehrere Schritte nach hinten werfen. Als der Hund meinen Gast ansprang, rief ich ihn zur Ordnung.

Die *Vai Domna* protestierte. »Bitte nicht. Auch ich mag schöne Tiere.« Sie kraulte die Ohren des Hundes, und Callie reckte sich wohlig. Ihre Jungen hüpften wie aufgeregte Stechmücken um die Füße der Dame herum. Bevor sie den geliehenen Umhang ablegen konnte, saß sie auf dem Boden und spielte mit den dreien.

Tja, ich hatte bisher keinen Gedanken daran verschwendet, wie sich vornehme Damen zu Hause aufführen. Ich nahm an, dass es ihr Vergnügen bereitete, mit den Hunden herumzutollen. Warum sollte ich mir also Sorgen machen? Einer Frau, die ein Herz für Tiere hat, kann man im Allgemeinen auch in solchen Dingen Vertrauen entgegenbringen, die mit Menschen zu tun haben.

Wir teilten Käse, Nussbrot und Kräutertee. Die Scheite im Kamin mussten gedreht und angestoßen werden, bis sie endlich brannten. Als das Feuer fröhlich vor sich hin prasselte, nahmen wir am Kamin Platz. Mein Gast schien damit zufrieden zu sein, sich entspannen zu können, und stellte keine weiteren Fragen. *Wir sind sicher wie Schwestern,* dachte ich. *Welch hohe Stellung sie auch für den Rest des Lebens einnimmt.* Sie erzählte mir einen – sehr komischen – Witz über Durramans Esel, und bald darauf kicherten wir wie kleine Mädchen und dachten uns die haarsträubendsten Varianten aus, in denen das arme Vieh vorkam.

Schließlich wurde es spät, und ich machte mich auf, um mein Bett für sie herzurichten. Die Pritsche auf der hinteren Veranda reichte mir für die Nacht, und eine elegante Frau wie sie konnte ich wohl schlecht bitten, in einer so kalten Umgebung zu nächtigen.

Als ich zurückkam, stand sie am Kamin. Das Feuer ließ ihr Haar wie poliertes Kupfer glänzen. Es schimmerte nicht mehr rotblond, wie es mir zuvor aufgefallen war. Nun hatte es die Farbe der köstlichen Aprikosen aus den Gärten von Valeron in meiner Kindheit. Die kleinen Fältchen um ihre Augen, die das Leben einer Frau begleiten, waren in ihrem im Schatten liegenden Gesicht deutlich zu sehen. Sie wirkte sehr müde, doch in ihren Augen lagen die Geheimnisse von Waldlichtungen und smaragdener Tiefe.

»Breda«, sagte sie und streckte die Arme aus.

Ich sank an ihre Brust. Ihre Haut duftete nach Talglöckchen, die an verborgenen Orten blühen. Sie legte eine Hand auf meinen Busen, und ich küsste sie.

Dann gingen wir zusammen ins Bett.

Ich kuschelte mich eng an sie, wollte die Behaglichkeit ihrer Arme nicht verlassen. Es klappte nicht. Die rote Sonne war längst aufgegangen, und Callie, die sich irgendwann in der Nacht hereingeschlichen hatte, rührte sich am Fußende des Bettes. Ich seufzte und stand auf, um das Teewasser aufzusetzen.

Es dauerte ziemlich lange, bis die Dame zu mir kam. Als sie eintrat, hatte sie zwei Blüten aus dem eingezäunten Garten vor meinem Haus in der Hand.

»Blumen für die Schwester meines Herzens«, sagte sie.

Ich hatte vergessen, dass heute der Tag vor der Mittsommernacht war. »Danke«, sagte ich und empfand erneut Verlegenheit, da ich selbst nicht daran gedacht hatte. Ich schenkte den Tee ein, und wir nippten ihn schweigend. Dann nahm sie ihre Reisetasche.

»Ich würde mich freuen, wenn du bei mir bliebst, *Breda*«, sagte ich. »Und zwar so lange du willst.«

»Das würde ich gern tun, aber ich kann nicht.«

»Nun ...«, suchte ich nach den richtigen Worten, da der Schmerz ihrer frühen Abreise mich mit Trauer erfüllte. »Dann möchte ich dir eine gute Reise wünschen. Und danke noch einmal für alles. Auch für deine Hilfe bei den Stofftieren. Du hast doch etwas mit ihnen angestellt, oder?«

Sie lachte. »Ich hätte mehr tun können, aber ...« Sie warf Callie und ihren Jungen, die geduldig darauf warteten, dass ein Bissen vom Tisch für sie abfiel, einen liebevollen Blick zu. »Ich bezweifle, dass du noch eine Ergänzung für deine Tierschau brauchst.«

Lange nachdem sie gegangen war, und lange nachdem das Lächeln meiner Enkelin mein Leben allmählich mit einer Freude anderer Art erfüllte, war der verhaltene Duft von Evandas Blumen noch in meinem kleinen Haus zu spüren.

Über Diann S. Partridge und »Varzils Rächer«

Eine weitere Figur, die ziemlich regelmäßig in den mir zugesandten Erzählungen auftaucht, ist Varzil, ein legendärer Bewahrer aus dem Zeitalter des Chaos, der in den Darkover-Romanen zwar oft erwähnt wird, aber, wie ich glaube, in der Serie selbst nur selten auftritt: in *Die Zeit der hundert Königreiche* und in *Der verbotene Turm.*

Es freut mich immer, wenn ich etwas Neues über meine Charaktere erfahre. Diann Partridge ist in Sachen Darkover-Erzählungen kein Neuling, da sie schon in meiner (inzwischen längst vergriffenen) Fanzeitschrift mit Darkover-Storys hervorgetreten ist und Siegerin eines von mir veranstalteten Wettbewerbs war. Für jene meiner Leser, die Darkover von Anfang an verfolgt haben, sollte ich erwähnen, dass sie in verschiedenen Fan-Publikationen auch unter dem Namen Patricia Partridge aufgetreten ist. Auf die erste Seite der folgenden Geschichte, die zu den ersten gehörte, die bei mir eintrafen, hatte ich eine kurze Notiz gekritzelt. Sie besagt, die Vorstellung einer Entsagenden, die über *Laran* verfügt, sei zwar grundsätzlich unhaltbar, doch andererseits sei diese Geschichte so gut, dass ich sie trotzdem verwenden möchte. Dies hatte ich geschrieben, bevor mir klar wurde, dass sich diesmal das genaue Gegenteil bei den besseren Autorinnen als populär erweisen würde. Miss Partridge lebt in Wyoming und hat drei Kinder, von denen zwei gerade im Teenageralter sind. Mein Beileid.   MZB

Varzils Rächer

von Diann S. Partridge

Aislinn Aillard hinkte die Gildenhaustreppe hinauf, indem sie sich auf das Geländer stützte, ihr steifes Bein eine Stufe weiter schwang und auf dem rechten hüpfte. *Avarra,* fluchte sie in sich hinein, *alt zu werden ist schrecklich.*

Wie zur Antwort ertönte ein dumpfes Grollen und ließ das ganze Gebäude erbeben. Aislinn stolperte der obersten Stufe entgegen. Sie hielt sich am Geländer fest und drehte sich, um sich hinzusetzen. Genau zum richtigen Zeitpunkt, denn das nächste Rucken fühlte sich an, als hätte Avarra das Haus persönlich mit beiden Händen gepackt, um es ordentlich durchzuschütteln. Rufe und Schreie ertönten, dazu das Geräusch zerbrechenden Geschirrs. Draußen auf der Straße schrie jemand *Feuer!* Dann ertönte das helle *Ding-Ding-Ding* der Brandglocke.

Plötzlich griffen Hände unter Aislinns Arme, zogen sie über die letzte Stufe nach oben und über den Treppenabsatz. Sie wurde nach hinten gerissen, bis sie im Türrahmen stand. Lucie Valeron, ihre Retterin und Base, hockte sich neben sie hin. Wieder bebte der Boden, und alles wackelte.

»Fast wie in den alten Zeiten, *Cara,* hm?«, sagte Lucie leise und schlang beide Arme um Aislinn. Die alte Frau stieß einen rüden Ton aus und schwang ihr steifes Bein in eine bequemere Position.

Sie warteten. Als ihr galoppierender Herzschlag sich wieder normalisierte und das letzte Beben verklungen war, erhob Aislinn sich allein auf die Beine. Nun riefen die restlichen Entsagenden sich gegenseitig beim Namen und schauten sich die Schäden an.

Aislinn hob den Umhang auf, der Lucie hingefallen war.

Der winzige Metallsplitter, der ihr als Nadel diente, steckte ordentlich im Saum. Ihre letzte Schöpfung waren einige Pferdchen, die ein Gespann übersprangen. Aislinn gab ihn ihr zurück, und Lucie klemmte ihn unter ihren Gürtel.

Inmitten des Durcheinanders rief jemand nach ihnen, der am Fuße der Treppe stand.

»Lucie, hier ist jemand, der dich sprechen will. Er wartet draußen.«

Aislinn schaute ihre Base an. »Es muss Fergus sein. Kein anderer würde mitten in einem Erdbeben hier aufkreuzen.«

Lucie bot Aislinn die Schulter an, damit sie die Treppe hinabgehen konnte, aber die lehnte ab. »Geh ruhig vor. Warte nicht auf mich.«

Lucie trat mit untrüglicher Sicherheit ans Treppengeländer und marschierte nach unten. Aislinn biss sich auf die Unterlippe und beobachtete das bestickte Band, das um Lucies ordentliche graue Zöpfe gebunden war. Es verdeckte die gezackten Löcher, die einst ihre Augen gewesen waren. Im Laufe der Jahre hatte Lucie gelernt, ihr *Laran* so einzusetzen, dass es ihrem verlorenen Augenlicht entsprach.

Aislinn hüpfte so schnell wie möglich die Treppe hinunter und hielt sich dabei am Geländer fest. Die junge Entsagende, die sie gerufen hatte, stand noch an der Tür. Die Frau schaute neugierig zu, wie Lucie ins Freie trat und dem Mann, der auf der Straße wartete, den Kopf zudrehte.

Er kam ihr eilig vier Stufen entgegen und nahm sie in die Arme. Die Umarmung war viel mehr als eine Umarmung unter Verwandten. Die junge Frau trat einen Schritt zurück, als hätte sie das Gefühl, jemanden bei einer äußerst privaten Angelegenheit zu beobachten. Aislinn schob sich an ihr vorbei und fand sich auf ähnliche Weise umarmt.

Die junge Frau wandte sich kopfschüttelnd ab. »Man könnte fast meinen«, murmelte sie vor sich hin, »dass er der Blinde ist. Er führt sich auf, als sähe er nicht, wie alt und vernarbt die beiden sind.«

Die beiden Frauen konnten nichts tun, um beim Aufräumen zu helfen. In den letzten Wochen hatte die Erde regelmäßig gebebt, so dass es inzwischen Routine war, sich davon zu erholen. Der Feueralarm war nicht ernst gewesen. Ein Straßenhändler war in Panik geraten, als sich der Inhalt eines Grills auf den Boden seines Karrens ergossen hatte.

Als sie der Burg Thendara entgegenritten, begutachtete Aislinn die Schäden an den Häusern und Geschäften. Je näher sie kamen, umso leichter erkannte man das gespenstische blaue Leuchten, das den Nordturm einhüllte. Es schien mit dem Schlag ihres Herzens zu pulsieren. Lucie streckte eine Hand aus und berührte Aislinn, damit sie das faszinierte Starren aufgab.

Es war so eiskalt auf den Straßen, dass sie den mit Pelz abgesetzten Umhang enger um ihre Schultern zog. Lucie saß vor Fergus auf seinem Pferd. Sein geflickter Lederumhang bedeckte beide. Die Plage, die für das Beben zuständig war, beeinflusste auch das Wetter. Angeblich herrschte in Thendara Hochsommer, doch noch immer schaufelte man jeden Morgen den Schnee von den Straßen.

Der junge Page schluckte erschreckt, als Aislinn verkündete, wer sie waren und dass sie Cavan Hastur sprechen wollten. Fürst Hastur stand nur eine Stufe unter dem König. Der Blick des Jungen huschte von Aislinns pockennarbigem Gesicht und ihrem kurzen grauen Haar zu Lucies verbundenen Augen und dann zu der tiefen, schartigen Narbe, die unter Fergus' Auge bis zu seinem kahlen Schädel hinauflief.

»Nun mach schon!«, bellte Aislinn. Der Page ergriff die Flucht. Fergus lachte leise. Lucie wandte sich kopfschüttelnd dem Feuer zu, um sich die Hände zu wärmen.

»Du hättest den Kleinen nicht so erschrecken sollen, Linn. Das ist ungerecht.«

»Der Bengel hätte uns nicht so anstarren sollen. Man könnte fast meinen, er hätte noch nie Kampfnarben gesehen.«

»Hat er wahrscheinlich auch nicht«, sagte Fergus. »Jedenfalls nicht bei Frauen.«

Aislinn schnaubte geringschätzig und baute sich neben Lucie auf. Sie streckte die Hände aus, dann schob sie sie schnell wieder unter ihren Umhang. In ihrer Jugend war sie die beste *Ryll*-Spielerin Dalereuths gewesen, doch mit nur fünf Fingern an jeder Hand war das Instrument nicht mehr bedienbar. Lucies stark ausgeprägtes *Laran* fing die Erinnerung ihrer Base auf, und sie schlang einen Arm um Aislinns Taille.

Ein junger Mann betrat den Raum, und das Trio wandte sich zu ihm um. Lucies unterdrücktes Keuchen spürte Aislinn mehr, als dass sie es hörte. Der Mann trug geckenhafte Kleider, die so übertrieben waren wie die eines Prinzen. Doch nicht die Kleidung machte sie sprachlos, sondern das Metall an seinem Körper. Sein kurzer roter Umhang wurde am Hals von einer großen silbernen Spange mit einem stilisierten Falkenkopf zusammengehalten. An der einen Hand trug er zwei, an der anderen drei Ringe. Die Schnürlöcher seines Seidenwamses waren in Metall gefasst, sein Gürtelverschluss ebenso. Die Stiefel waren knapp unterhalb der Knie mit Schnallen versehen; die Sporenrädchen klingelten auf hässlich metallische Weise.

Er kam mit festem Schritt herein. »Fürst Hastur hat für euresgleichen heute keine Zeit«, verkündete er ohne jedes Zeremoniell. »Wenn ihr ihn sprechen wollt, müsst ihr bei meinem Sekretär um einen Termin mit *mir* ersuchen.«

Fergus hatte den Raum in einer Sekunde durchquert. Seine großen, derben Hände griffen in das Seidenhemd, und er schob den jungen Mann rücklings an die Wand.

»Ich bin Fergus MacAran, du frecher kleiner Zwerg«, fauchte er wutentbrannt. »Und dies hier sind *Domna* Aislinn Aillard und ihre Base, *Domna* Lucie Valeron. Sagen dir diese Namen überhaupt etwas, Jüngelchen? Wir sind auf den ausdrücklichen Befehl des Mannes im blauen Turm hier. Jetzt spute dich und mache Cavan für uns ausfindig, sonst werde ich mal nachsehen, ob du 'n bisschen von dem kostbaren Metall verdauen kannst, das an dir hängt.«

Der junge Mann beherrschte seine Furcht. Seine Verärgerung hielt ihn aufrecht. *Wie kann dieser alte Kerl es wagen, mich anzufassen!*

Aislinn empfing seinen Gedanken deutlich durch ihre Verbindung mit Lucie. Automatisch baute sie einen Schutzschild um sich und die beiden anderen auf. Es ging so leicht wie damals, mitten in der Schlacht. Der *laran*förmige Energiebolzen des jungen Mannes prallte wirkungslos an Fergus ab. Hätte Lucie ihn nicht abgelenkt, hätte sein eigener Geist ihn zu spüren bekommen.

Er gehört zu den genetisch veränderten Altons, Lucie, informierte Aislinn rasch ihre Base. *Du hättest ihn lieber spüren lassen sollen, wie seine Medizin schmeckt.*

Bevor Lucie antworten konnte, füllte Cavan Hastur den Türrahmen aus. Schon seine Anwesenheit genügte, um die Spannung abzubauen. Fergus ließ den jungen Mann los und trat zurück.

»Ah, da seid ihr ja, Freunde«, sagte Cavan freundlich. Er sprach, als wäre alles in Ordnung. »Wie ich sehe, habt ihr meinen Berater Falan Alton schon kennen gelernt.« Er wandte sich an den jungen Mann. »Bringst du meinen Freunden bitte ein paar Erfrischungen, Falan?«

Der junge Alton glättete sein Hemd.

»Ja, Herr«, sagte er mit ziemlich belegter, doch beherrschter Stimme.

»Noch etwas, Falan«, fuhr Cavan in aller Ruhe fort. »Ich möchte, dass du dich persönlich darum kümmerst.«

Falan presste die Lippen aufeinander, aber er verbeugte sich vor dem Hastur-Fürsten. Dann dachte er offenbar noch einmal nach, denn er drehte sich um und verbeugte sich auch vor den anderen. Schließlich verließ er den Raum.

»Du musst ihm sein bäuerisches Benehmen verzeihen, Fergus. Er ist neu bei Hofe und noch sehr jung.«

»Und ziemlich von sich eingenommen, Cavan«, erwiderte Fergus grimmig.

»Das auch. Außerdem ist er der einzige Enkel des alten Rimal Alton, der die Schwellenkrankheit überlebt hat.«

Cavan durchquerte den Raum und drückte Fergus fest an seine Brust. Dann war Lucie an der Reihe. Als er die Arme um Aislinn legte, drohten die seit Jahren fest abgeschirmten Emotionen beide zu überwältigen. Sie waren als Kinder zusammen in der niedrigen, ausgedehnten Burg bei Dalereuth aufgewachsen und hatten im dortigen Seeperlenturm gedient. Später hatten sie bis in die letzten Kriegstage Seite an Seite gefochten und miterlebt, wie der Vertrag von den Ebenen Valerons bis zum Gelben Forst durchgesetzt worden war.

Zwei Angehörige ihrer ursprünglichen Gruppe – man hatte sie unter der Bezeichnung Varzils Rächer gekannt – waren in den letzten Tagen vor der Durchsetzung des Vertrages gestorben. Nun hielt man ihren Anführer im Nordturm gefangen. Sie hatten sich noch einmal getroffen, um ihn zu befreien.

In der hektischen Zeit nach Vertragsabschluss hatte die Gruppe sich aufgelöst. Fergus MacAran war nach Norden gezogen, Varzil war in den Turm von Neskaya zurückgekehrt. Cavan hatte seinen Platz an der Seite des Königs eingenommen, und Aislinn und Lucie hatten sich der neu gegründeten Gilde der Entsagenden angeschlossen. Hunderte heimat- und sippenloser Frauen waren in die Stadt geströmt; Frauen, die gegen Männer gekämpft hatten und keine bloße lebendige Habe mehr sein wollten oder konnten. Die meisten waren vernarbt und abgehärtet und zu wenig damenhaft gewesen, um den Männern der nun friedlichen Sieben Domänen zu gefallen. Es war für beide Seiten eine Erleichterung gewesen, als der König ihre Charta unterzeichnet hatte.

Aislinn und Lucie hatten mit den anderen Entsagenden in Thendara gelebt, bis ihre Zahl für ein Haus zu groß geworden war. Am Ende der ersten Dekade hatten sich zwei Gruppen abgespalten. Eine Gruppe war nach Nordosten gezogen, nach Neskaya; Aislinns Gruppe hatte sich nach Südosten begeben, nach Dalereuth. Sie wollte im Alter an der See leben.

Und nun, fünfzehn Jahre später, waren sie nach Thendara zurückgekehrt. Die Kälte ließ das Bein der alten Frau schmerzen. Doch Varzil brauchte ihre Hilfe. In Aislinns Erinnerung sah er genauso aus, wie sie ihn zum letzten Mal gesehen hatte: Das blonde Haar seiner Ridenow-Mutter fiel ihm in die Stirn, in seinen blauen Alton-Augen funkelte der Schalk. Er war der größte Bewahrer seiner Zeit gewesen, sowohl in Neskaya als auch später in Dalereuth. Sie hatten die riesigen Matrixwaffenschirme zusammen vernichtet und den streitenden Sippen einen Frieden aufgezwungen, der vom Kilghard-Gebirge bis nach Nevarsin reichte.

Irgendein Überbleibsel dieses Schreckens war nun zurückgekehrt, um ihn zu quälen. Denn Varzil lag in dem blau eingehüllten Turm und war in seinem Körper gefangen – eingeschlossen in seinem Geist. Die Schlacht, die er allein führte, drohte die ganze Stadt zu vernichten.

»In den letzten vierzig Tagen sind über zweihundert Menschen ums Leben gekommen«, erläuterte Cavan, als Falan mit einem Holztablett voller ordentlich ausgelegtem Fleisch und Käse zurückkehrte. Es gab auch eine Flasche besten cathonischen Weins und vier mit aufwendigen Ornamenten verzierte Steintassen.

»Wie kannst du den nur ertragen, Cavan?«, fragte Aislinn, als Falan wieder gegangen war. Sie schüttelte sich. »Bei all dem Metall?«

»Ich bin daran gewöhnt, dass andere sich wieder mit Metall behängen, *Cara*. Ich kann es zwar selbst nicht tragen, aber ich habe Verständnis dafür, warum die jungen Leute meine Abneigung nicht nachvollziehen können.«

Auf seinem rechten Handrücken verlief eine tiefe, sich krümmende Narbe, die bis unter den Hemdsärmel reichte. Im ganzen Raum gab es kein Metall. Sogar der Kaminrost bestand aus Ornamentgestein. Kein Metall, das einen matrixgenerierten Blitz anziehen konnte. Kein Metall, das die spritzenden Haftfeuerstichflammen anziehen konnte, die der Feind versprühte. Aislinns Gesicht war von Haftfeuernarben entstellt. Lucie hatte es das Augenlicht gekostet. Knochenwasserstaub hatte Fergus' Bruder Angus getötet, und Cavans ältere Schwester war in seinen Armen gestorben, weil sie Lungenschleim eingeatmet hatte. Nach zwanzig Jahren waren ihre Kleider noch immer geschnürt, mit Leder gebunden oder mit Holzknöpfen verschlossen.

Lucie hatte sich erst in den letzten Jahren überwinden können, wieder eine Nadel anzufassen. Ihre *laran*verstärkte Sicht hatte zu einigen interessanten Variationen bei der Kreation neuer Stickmuster geführt.

Unter ihren Füßen zitterte es leicht. Alle erstarrten. Dann wurden sie von einem zweiten Beben durchgeschüttelt, das noch heftiger war. Cavan stand auf und bedeutete den anderen, ihm zu folgen. Fergus leerte zuvor seinen Becher.

»Falls ihr nicht zu müde seid, Freunde, glaube ich, ist jetzt die Zeit, dass wir anfangen. Seit Varzil sich im Turm verbarrikadiert hat, ist es niemandem gelungen, zu ihm durchzudringen. Als mir nichts anderes mehr einfiel, habe ich nach euch schicken lassen.«

Sie gingen schnell durch den Korridor und stiegen mehr Treppenstufen hinauf, als Aislinn zu zählen wagte. Cavan führte Lucie, Fergus stützte Aislinn. Trotzdem pulsierte ihr Bein bald wieder vor Schmerz. Sie blieben dreimal stehen, um abzuwarten, dass sich ihr Zittern wieder legte. Von den Steinwänden wehte Staub wie weißer Regen herunter. Je näher sie Varzil kamen, desto heftiger wurde das Beben.

Die Turmtür war von dichtem, wirbelndem blauen Dunst blockiert. Die gleiche Farbe nahm die Luft im Freien an, kurz bevor ein Haftfeuertropfen explodierte. Aislinn schüttelte sich, als Cavan sie in einen kleinen Raum führte, der einige Türen von ihnen entfernt lag.

Nun übernahm ihr Instinkt. Sie war Varzils Unterbewahrerin gewesen, also geleitete sie die anderen zu den dick gepolsterten Sofas und auf ihre Plätze. Als alle bereit waren, nahm sie ihren Matrixstein heraus und konzentrierte sich auf ihn. Bei einem Angehörigen der Gruppe nach dem anderen verlangsamte sich die Atmung. Ihre Herzen begannen im selben Rhythmus zu schlagen. Sie fassten sich in einem mentalen Kreis an den Händen, und Aislinn führte sie mit einem kaum hörbaren Klicken in die Überwelt.

Es war viele Jahre her, seit sie zum letzten Mal hier gewesen war. Nach den schmerzhaften Jahren empfand sie ihren Überweltkörper als wahre Freude. Sie ragte gerade und groß auf und berührte ihr Gesicht verwundert mit den Händen. Ihre Haut war glatt und weich und hatte keine Ähnlichkeit mit der Grimasse, vor der die kleinen Kinder schreiend fortliefen.

Sie drehte sich leicht, und Lucie stand neben ihr. Das bestickte Band war weg, ihre Augen strahlten in weichem Grün. Ein glückliches Lächeln legte sich auf ihre Züge, als sie ihre

Augen berührte. Auch Fergus war größer und schlanker. Auf seinem Kopf wuchs rotbraunes Haar. Nicht eine Narbe verunstaltete sein Gesicht. Cavan streckte erfreut seine narbenlosen Hände aus. Aislinn musterte die ihren. Lächelnd bewegte sie ihre zwölf Finger.

Weit vor ihnen war das Übelkeit erzeugende blaue Leuchten zu sehen. In der Überwelt war es sogar noch heller und kräftiger. Sie gingen darauf zu. Je näher sie ihm kamen, desto schwerer fiel es ihnen, sich zu bewegen. Sie zogen die Füße hinter sich her, als gingen sie durch dicken, zähen Schlick. *Avarra*, betete Aislinn, *wir brauchen Angus und Roa jetzt mehr als je zuvor.*

Das Gefüge der Überwelt zitterte. In weiter Ferne wurde Hufschlag hörbar. Aislinn blieb stehen und schaute zurück. Am flackernden Horizont erblickte sie zwei Pferde. Sekunden später hatten sie die Strecke hinter sich gebracht, die beide Gruppen voneinander trennte. Es war eine freudige Überraschung, als sie erkannten, dass die beiden Reiter Angus MacAran und Roa Hastur waren.

Die Wiedervereinigung brachte ihnen die Kraft, die sie brauchten, um sich zum blauen Licht durchzuschlagen. Als sie es aus der Nähe sahen, pulsierte es in einem abgehackten Rhythmus. Sie blieben kurz vor dem Leuchten in einem Halbkreis stehen.

»Varzil!«, rief Aislinn. Der Äther erbebte. Sie rief seinen Namen noch einmal.

Aus den Tiefen im Inneren des Turmes kam Varzil Alton-Ridenows Antwort.

»Aislinn, meine Pflegeschwester, endlich bist du hier. Du musst den Ring vernichten, *Chiya*. Vernichte ihn, bevor das Böse sich befreit.«

»Wenn wir den Ring vernichten, Varzil, wirst auch du sterben. Es muss eine andere Möglichkeit geben.«

»Ich bin schon tot, *Cara*, egal was auch passiert. Es ist besser, durch deine Hand zu sterben, als zuzulassen, dass das Böse von meinem Körper Besitz ergreift. Ich bin zu schwach, um diese Kräfte noch länger in Schach zu halten. Wenn es zu einer Öffnung kommt, wird das Chaos wieder frei sein. Bitte, wenn du mich liebst, musst du ...«

Er wurde mitten im Satz unterbrochen. Aislinn fauchte frustriert und stellte sich ein Fenster vor, das durch den Dunst den Blick nach innen ermöglichte. Sie kanalisierte ihre Energie, um es zu erschaffen. Ein winziges Quadrat in der Mitte des stark wirkenden Blaus wurde durchsichtig, und sie sahen Varzil im Turm auf einem mit Kissen belegten Diwan liegen. Er hatte die Hände über dem Brustkorb gekreuzt, und der gewaltige blaue Matrixring flammte an seiner Hand. Es war sein persönlicher Stein; jener, den er vor vielen Jahren eingesetzt hatte, um die riesigen Matrixschirme zu vernichten. Erst jetzt erkannten sie, dass er sie nicht vernichtet, sondern vielmehr die mächtige Essenz eingefangen hatte, die alle Matrixsteine in diesem einen hatte aufgehen lassen. Er hatte die Macht darin eingeschlossen und hütete sie seit fünfundzwanzig Jahren. Doch allmählich verlor er die Schlacht.

Die Kraft wallte erneut auf, reckte ihre Schultern. Sie warf Varzils Rächer zurück, und die Anwesenden spürten, dass Cavan Hastur wankte.

»Wir müssen warten, Freunde. Ich halte es nicht mehr lange aus.«

Aislinn spürte, dass Cavan aus der Verbindung herausfiel und in die wahre Welt zurückglitt. Sein Herz war sehr schwach. Er hatte es ihnen irgendwie verheimlicht.

»*Nein!*«, schrie Lucie. Sie speiste Cavan mit Energie, stärkte ihn und stabilisierte sein Herz. Dadurch zog sie ihn buchstäblich in die geistige Verbindung mit den anderen zurück. Seine schattenhafte Gestalt festigte sich wieder neben ihnen.

Das ausgehungerte Böse brüllte erneut und unternahm einen weiteren Ausbruchsversuch. Varzils Kontrolle geriet ins Wanken. Da Varzil die riesigen Schirme physisch vernichtet hatte, schickte die Kraft Ausläufer hinaus, damit sie einen neuen Ort suchten, den sie besetzen konnte. Es war dem kleinen Kreis nicht möglich, sie zu beherrschen. Die Kraft wurde von jedem einzelnen großen Gitterschirm in den Türmen von Dalereuth, Neskaya, dem neuen Turm in Arilinn, Corandolis, Hali, Ashara und schließlich dem verlassenen Turm in Tramontana angezogen. Sie sondierte jeden Einzelnen und sandte eine psychische Druckwelle aus, der die Bewahrer und ihre Kreise auseinander stieben ließ, um Schutz zu suchen.

In Tramontana gab es keinen Widerstand. Die Kraft lungerte dort herum und suchte gierig nach einem Zugang zu den geschlossenen Schirmen. Varzil schrie auf. Es war ein herzzerreißender, ängstlicher Ton, der besagte, dass er verlieren würde.

Lucie trat vor und nahm den winzigen Nadelsplitter aus der Tasche. Er glitzerte golden, als sie den Rand ihres Umhangs fasste, einen winzigen Energiefaden nahm, ihn in die Nadel einfädelte und anfing zu nähen.

Immer mehr von der alten Matrixschirmkraft wurde freigesetzt. Varzils Schreie wurden zu einem Wehklagen. Die stummen Schirme in Tramontana erwachten vibrierend wieder zum Leben. Lucie nähte weiter. Die anderen konzentrierten all ihre Energie auf sie. Ihre Konstruktion weitete sich spiralförmig aus. Sekunden später war sie riesengroß und legte sich gänzlich um den Umhang, bis Lucie ein gigantisches Netz aus reiner Energie in den Händen hielt.

Cavan wankte erneut, entglitt der Verbindung und kehrte in seinen sterbenden Körper zurück. Ein leises Ploppen ertönte, dann war er tot. Doch im nächsten Moment stand er neben seiner Schwester und Angus MacAran. Lucie reichte allen eine

Seite des gewobenen Netzes, und sie wandten sich gemeinsam um, damit sie das entweichende Böse darin einfangen konnten.

Dann verteilten sie sich und zogen das Netz nach vorn. Als es das Blau berührte, stoben Funken, und sie wankten vor Schreck. Aislinn spürte, dass ihr echter Körper vor Schmerzen zuckte. Sie knirschte mit den Zähnen, griff mit ihrem *Laran* zu und tat alles, damit jedermann in Thendara, der auch nur mit der geringsten Spur dieser Kraft gesegnet war, mit der Überwelt und ihrem Kampf Verbindung aufnehmen konnte. Die Zeit in der Stadt stand still, als jung und alt, Comyn oder Gemeiner, dem Netz Energie zuführten.

Es wurde immer größer, bis es das Böse ganz einhüllte. Sie rissen es wie eine Decke hoch und warfen es über den pulsierenden Stein. Als das hässliche Leuchten unter der Funken sprühenden Decke verborgen war, nahm Lucie erneut ihre Nadel und nähte das Netz so dicht, bis es eng um den Ring lag. Beim letzten Stich leuchtete es in einem hellen Silbergrün. In seiner jetzigen Form passte es in zwei zu Schalen geformte Hände. Es pulsierte im Rhythmus mit Varzils wankendem Herzschlag. Dann erlosch sowohl das eine wie das andere.

Aislinns Kontrolle über die Stadt brach im gleichen Moment zusammen, und sie wurden in ihre echten Körper in den Raum neben dem Turm zurückgeschleudert.

»Verdammter Mist!«, fluchte Aislinn. Sie ächzte und rappelte sich von ihrem Lager auf. Ihr ganzer Körper war von Schmerz erfüllt, und ihr Bein fühlte sich an, als sei es in einen Schraubstock geklemmt. Cavan Hastur lag gefasst da, als schliefe er. Auf seinem leblosen Gesicht war der Anflug eines Lächelns zu erkennen. Lucie richtete sich langsam auf. Fergus kam mit einem Schnauben zu sich.

Sie brauchten nicht hinzusehen. Sie wussten auch so, dass

der Tramontana-Turm nur noch ein Schutthaufen war. In Hali und Corandolis hatte es mehrere Tote gegeben. Die junge Bewahrerin Neskayas litt an einem Schock. Aislinn wollte gar nicht wissen, wie viele Menschen während *ihrer* verzweifelten Aktion ums Leben gekommen waren.

Der Nordturm war sauber vom Rest der Burg abgetrennt. Mit seiner letzten Handlung hatte Varzil versucht, seine Freunde zu schützen. Als man seine Leiche aus den Trümmern barg, war der Stein seines massiven Rings stumpf und zerbrochen. Man brachte seine und Cavan Hasturs sterbliche Überreste in vollem Staat nach Hali. Der König geleitete sie persönlich hinter den Schleier und in den Tempel. Dort würden sie bis in alle Ewigkeit ruhen.

Die drei überlebenden Rächer verließen schweigend die Stadt. Aislinn wünschte sich, sie wäre so mutig, noch einmal in die Überwelt zurückzukehren, um zu sehen, wie es Varzil dort erging. Doch sie wusste, dass die Verlockung, dort zu bleiben, zu groß war. Da war es schon besser, ins Gildenhaus am Meer zurückzukehren und darauf zu warten, bis die Götter sie abberiefen.

Mehrere junge Entsagende boten den alten Menschen an, sie nach Hause zu begleiten, was dazu führte, dass Fergus sich laut lachend in den Sattel schwang. Aislinn fluchte nur und schüttelte die helfenden Hände ab, als sie steif ihr Pferd bestieg.

»Avarra!«, knurrte sie, »alt zu werden ist schrecklich.«

Über Andrew Rey und »Comyn berührt man nicht«

Einmal im Jahr erhalten wir auch eine brauchbare Erzählung von einem Mann. Ich sehe sie allmählich als Quotenmänner. Die Autoren dieser Anthologienreihe sind in stark überwiegendem Maße weiblichen Geschlechts, obwohl ich in dieser Hinsicht keinerlei Vorurteile hege. Es ist nun mal so, dass ich die meisten lesbaren Texte von Frauen bekomme. In der folgenden Geschichte tritt Peter Haldane auf, den die Leser von *Die zerbrochene Kette*, *Gildenhaus Thendara* und *Die schwarze Schwesternschaft* schon kennen. Wenn ich's mir recht überlege, war auch Peter ein Quotenmann.

Andrew Rey ist 28 Jahre alt und hat an der Pomona High School in Südkalifornien einen Abschluss gemacht. Außerdem hat er ein Physik-Diplom von der University of California in Santa Cruz in der Tasche. Wie viele Schriftsteller hat auch er sich in einer ganzen Anzahl merkwürdiger Berufe herumgetrieben: Er war Elektronikmonteur (Hä? Wie montiert man Elektronik? Nein, ich will es lieber nicht wissen), Verfasser von Gebrauchsanweisungen und Produktionsleiter, ohne dass ich weiß, in welcher Branche. »Ich habe jetzt vor, Lehrer zu werden«, schreibt er, »doch dieses Vorhaben kann sich natürlich auch ganz flink ändern.« (Mein Sohn Patrick hat ein Physikstudium angefangen und abgebrochen, da er meint, in diesem Beruf könne man nur für die Regierung, in einem Atomkraftwerk oder als Lehrer arbeiten – was sich aber nicht mit seinen beruflichen Vorstellungen deckt.) Nach all diesen Tätigkeiten sieht es freilich so aus, als wolle Mr. Rey Schriftsteller werden. Wenn ich nach seinem guten Anfang urteile, ist er dazu qualifiziert.   MZB

Comyn berührt man nicht

von Andrew Rey

»Blöd wie ein Ktoller.«   *(Galaktische Redensart)*
»Verrückt wie ein Ktoller.« *(Darkovanische Variante)*

Verdammte Kompressorpumpe!«
    Mellis, der neue Mechanik-Techniker, sprang zur Seite, als die Pumpe aus der Reparaturluke des Sternenschiffes flog. Erschrocken verfolgte er, wie sie über den Beton rutschte und etwa zwanzig Meter weiter liegen blieb.

»Jetzt reicht's mir!«, schrie Mellis durch die Luke. »Wenn du willst, dass dir jemand hilft, Rakk, hol dir einen von diesen dämlichen darkovanischen Eingeborenen! Du bist ja eine Gefahr für die Menschheit!«

»Leck mich doch am *Ronga*«, erwiderte eine Stimme auf der anderen Seite der Luke.

Mellis marschierte zu einem anderen Techniker hinüber, der gerade die Elektronik eines Motors austauschte. »Diese verrückte Ktollera ... Eines Tages bringt sie noch jemanden um.« Dann sagte er spitz: »Was grinst du so, Davia?«

»Wir haben uns schon gefragt, wann du endlich kapierst, dass es gefährlich ist, mit Rakk zusammenzuarbeiten«, sagte Davia. »Du hast es länger ausgehalten als die meisten.«

»Was hat sie denn bloß?«

»Ach, Rakk war schon immer ein kleiner Hitzkopf. Hat sich schon an dem Tag, als sie hier ankam, nur rumgestritten. Aber seit sie vor einem Monat bei einer Schlägerei mit einem Einheimischen den Kürzeren gezogen hat, ist sie noch schwieriger zu ertragen. Ich persönlich glaube, sie hat Angst, wieder in den Ort zu gehen, und kriegt allmählich einen Lagerkoller. Die Einheimischen sind ihr zu zäh.«

»An dem Tag, an dem ich mich vor den schlappschwänzigen Eingeborenen fürchte, schlägst *du* mich beim Armdrücken«, sagte Rakk.

Mellis keuchte, als die große, muskulöse Frau Davia am Kragen packte und in die Luft hob. Ihr rundes Gesicht zeigte keinerlei Anstrengung. Sie holte gleichmäßig Luft durch ihre große Nase. Nicht mal ihre kleinen Brüste blähten sich auf. »Wie wär's, Davia, wenn du dich zur Abwechslung mal um deinen eigenen Kram kümmerst?«

Die Angesprochene quetschte mühsam ein Ja heraus.

»Gut«, sagte Rakk und ließ sie los. »Ich brauche eine neue Kompressorpumpe aus dem Lager. Kannst du dafür sorgen, dass das Schiff nicht zusammenfällt, solange ich fort bin?« Ohne eine Antwort abzuwarten, marschierte sie zu einem Bodenfahrzeug und raste zur anderen Seite des Raumhafens.

Während Rakk den kleinen Wagen steuerte, fiel ihr auf, dass sie allmählich den Lenker verbog. *Reg dich ab, Rakk,* sagte sie sich und wendete, um die Verwaltungsgebäude zu umfahren. *Diese Suffköppe labern doch nur, weil sie Angst haben, ihr Kiefer könnte einrosten. Sie wissen doch gar nicht, was passiert ist. Und es geht sie auch gar nichts an. Sie ...*

In ihrem Bewusstsein blitzte ein Bild auf. Ein rothaariger Mann saß an einem grob gezimmerten Tisch. Ein Bierkrug rutschte auf ihn zu.

Rakk lenkte ihr Fahrzeug mit kreischenden Reifen nach links und raste zwischen zwei Gebäuden dahin. *Warum muss eigentlich immer ich um diese blöden Häuser herumkurven?,* dachte sie, als sie an dem gewundenen Gehweg entlangmanövrierte. *Wenn die Planer zu blöd waren, eine ordentliche Durchfahrtsstraße zu bauen ...*

Als sie auf den großen Hauptplatz kam, warf sie einen kurzen Blick auf das Haupttor. Zwei schwarz gekleidete Angehörige des Sicherheitspersonals starrten sie bereits an. *Ach, wen interessiert es schon, wenn ihr die Stirn runzelt,* dachte sie. Ihr Blick fiel erneut auf die Plaza. Sie hielt gerade nach einem Gehweg Ausschau, als ihr ein rothaariger Mann in darkovanischer Kleidung auffiel, der zum Haupttor unterwegs war.

Rakk trat auf die Bremse. *Den Kopf würde ich überall wieder erkennen,* dachte sie. Sie sprang mit einem breiten Lächeln aus dem Wagen und rief: »Sean!«

Der offenbar in Gedanken versunkene Mann drehte sich nicht um. »He, Sean!«, schrie Rakk und nahm die Verfolgung auf. »Warum hast du mir nicht gesagt, dass du hier bist?« Sie packte ihn an der Schulter. »Sean ...«

Der Mann machte mit einem lauten, überraschten Schrei einen Satz nach vorn und fuhr herum. Er hatte sein Schwert halb gezogen. Sein dünnes, langes Gesicht verriet Verärgerung und Verblüffung. Und es war Rakk völlig fremd.

Die Frau brauchte einen Moment, ehe sie wieder einen klaren Gedanken fassen konnte. »He, tut mir Leid«, sagte sie. »Ich dachte, du wärst ...«

»Seid Ihr verletzt, *Vai Dom*?«, rief ein anderer rothaariger Mann, der allerdings eine Föderationsuniform trug, und baute sich zwischen Rakk und dem anderen auf.

»Es geht mir gut«, sagte der Darkovaner und schob das Schwert in die Scheide zurück. »Er ... Sie hat mich nur erschreckt.«

»Es tut mir sehr Leid, Fürst Gabriel. Ich hätte Euch nicht allein lassen sollen. Manche Angehörige unseres Volkes sind mit den darkovanischen Sitten nicht vertraut.«

»Macht nichts«, erwiderte Gabriel. Er gewann wieder Haltung und wandte sich erneut dem Haupttor zu. Der Mann in der Imperiumsuniform setzte dazu an, ihm zu folgen, doch dann wandte er sich zu Rakk um. »Ich möchte Sie in zehn Minuten in Zimmer 127 des Sicherheitsgebäudes sprechen«, sagte er. Bevor die Frau ihm eine Antwort geben konnte, drehte er sich um, um den Fürsten zu begleiten.

Rakk saß still im Büro und verbog mit den Händen langsam einen Kunststoffschreiber. Als sie im Begriff war, ihn wieder gerade zu biegen, trat der rothaarige Beamte ein.

»Bleiben Sie sitzen«, sagte er und nahm hinter dem Schreibtisch Platz. »Ich bin Peter Haldane, der Verbindungsoffizier zu den Darkovanern. Und wer sind Sie?«

»Rakkaloaliquadarose Olbidavaroulacu, Mechanikerin Erster Klasse. Die Leute nennen mich normalerweise Rakk.«

»Kann ich verstehen«, sagte Haldane. Er beugte sich über die Tischplatte. »Ich habe nicht vor, Sie zu fragen, warum Sie mitten über den Platz gefahren sind. Dafür sind andere zuständig. Und eigentlich interessiert es mich auch nicht. Ich möchte aber etwas anderes wissen. Warum haben Sie Fürst Gabriel angefasst?«

»Ich dachte, ich kenne ihn«, sagte Rakk.

»Wirklich? Kennen Sie viele rothaarige Darkovaner?«

Rakk starrte ihn nur an.

»Na schön«, sagte Haldane und wischte die Frage mit einer Handbewegung beiseite. »Der Mann, den sie angefasst haben, gehört zu den Comyn – den Herrschern dieses Planeten. Und wie Sie auf Grund der Orientierungsvorträge wissen müssten, gibt es, was diese Herrscher angeht, gewisse Regeln. Eine davon besagt, dass man sich ihnen nicht einfach in den Weg stellt und sie anspricht. Die Oberen müssen einen zuerst ansprechen. Die zweite besagt, dass man einen Comyn niemals berührt. Aus irgendeinem Grund ist es oftmals schmerzhaft für sie, von anderen angefasst zu werden.«

Rakk lehnte sich auf dem Stuhl nach hinten. »Wirklich? Und woher haben Sie diese Informationen? Aus *Fordis Galaktischem Reiseführer*?«

In Haldanes Augen blitzte es zwar auf, aber seine Stimme wurde nicht lauter. »In dieser Basis bin ich der Experte für darkovanische Kultur. Ich bin hier aufgewachsen und habe es zu meinem Beruf gemacht, die hiesige Gesellschaft zu studieren. Das Erste, was ein darkovanisches Kind lernt, ist normalerweise, dass es einen Comyn nie aufhalten und *niemals* berühren darf.«

»Wie sicher sind Sie sich da?«, fragte Rakk. »Ich war oft in der Handelsstadt. Ich habe mit den Leuten hier geredet und sie sogar angefasst ...«

Haldane schlug mit der flachen Hand auf den Tisch. »Ich habe sechs Monate bei den Comyn gelebt und *weiß,* wovon ich rede! Niemand, nicht mal ihre Lakaien fassen sie an! Die Comyn berühren einander selbst kaum, und wenn doch, dann nur ganz kurz und leicht. Für sie ist es ein so intimer Akt wie ... nun ja, wie für uns der Geschlechtsverkehr.«

»Sie wollen mich wohl verkohlen!«, sagte Rakk ungläubig.

»Sehe ich aus, als wollte ich das tun?«, fragte Haldane und schob ihr sein gerötetes Gesicht entgegen.

»Nein«, sagte sie leise.

»Gut.« Der Mann nahm wieder in seinem Sessel Platz und strich sich das Haar mit der Hand nach hinten. »Die Sache hätte viel ernster ausgehen können, als es den Anschein hatte. Doch da Fürst Gabriel sie nicht aufbauschen will, werde ich auch nichts gegen Sie unternehmen, wenn Sie mir *versprechen,* dieses halsbrecherische Kunststück nie zu wiederholen und die anderen Arbeiter daran zu erinnern, dass man einen Comyn nie anspricht oder berührt. Und um ganz sicher zu gehen, sollten Sie diese Regel auch auf alle anderen rothaarigen Darkovaner ausdehnen. Sind Sie damit einverstanden?«

»Yeah, klar«, sagte Rakk. Ihre Augen waren leicht glasig, als wäre sie mit den Gedanken ganz woanders.

»Gut. Danke, dass Sie hergekommen sind.« Haldane stand

auf und gab ihr mit einer Handbewegung zu verstehen, dass sie gehen könne.

Als Rakk draußen war, lehnte sie sich an die Korridorwand. Die Worte des Mannes warfen Echos in ihrem Geist. *Es ist ein Akt, der für sie so intim ist wie für uns der Geschlechtsverkehr ...*

»Sean«, sagte sie leise vor sich hin. »O mein Gott, Sean ...«

Tage später saß Rakk in einer Schenke in der Handelsstadt. Sie wollte gerade das nächste Getränk bestellen, als ihr klar wurde, dass es das fünfte war. *Verdammt,* dachte sie, *ich brauch doch nur einen, um mutig zu werden. Na schön, vielleicht auch zwei. Aber vier? So viel Mut brauch ich nun auch nicht. Außerdem bin ich möglicherweise aus der Übung.* Der Sitz neben ihr wiegte sich sanft in einer nichtexistenten Brise. *Seit ich Sean kennen gelernt habe, habe ich nichts mehr getrunken ...*

Ach, Sean!, dachte sie, und alles fiel ihr wieder ein.

Auch an dem Abend, an dem sie Sean begegnet war, dies wusste sie noch, hatte sie gerade den vierten Krug gekippt. Es war ein harter Tag gewesen, und sie hatte an zwei gelandeten Sternenschiffen gearbeitet. Sie hatte sich bemüht, die Ersatzteile schnell aufzutreiben, und ihrem Vorarbeiter einen Kinnhaken versetzt, als er sie aus irgendeinem Grund angeschrien hatte. *Doch das war tagsüber gewesen,* hatte sie gedacht, *und jetzt ist Abend. Am Ersten hat Chucky die Sache wahrscheinlich wieder vergessen. Vorausgesetzt, ich hab ihm nicht den Kiefer gebrochen. So angefühlt hat es sich eigentlich nicht.*

Rakk hatte ihren Krug geleert, einen neuen bestellt und sich in der Schenke umgesehen, ob jemand anwesend war, an dem sie ihr Mütchen kühlen konnte. Bisher ohne Glück. Sie sah nur Menschen von normaler Größe, die sich in kleinen Gruppen um Kerzen zusammendrängten oder sich allein in finstere Nischen duckten. *Ganz normale Terranertypen,* dachte sie. *Haut man ihnen eine rein, fallen sie gleich um. Das macht doch keinen Spaß.*

Sie griff nach ihrem Krug und stellte fest, dass er nicht mehr da war. Verärgert schaute Rakk auf und bemerkte, dass er halb gefüllt unter dem Zapfhahn stand. Der Theker hatte den Tresen verlassen und beugte sich über einen Tisch, an dem gerade ein junger rothaariger Mann Platz genommen hatte. »Womit kann ich Euch dienen, *Vai Dom?*«, fragte er gerade.

»He, du da, was ist mit meinem *Firi?*«, rief Rakk.

Der Mann zuckte zusammen. »Einen Augenblick bitte, *Mestra*«, sagte er und wandte sich wieder dem neuen Gast zu.

Rakk spürte, dass sich ihre Nackenhaare aufrichteten. »Mein Getränk, Mister!«, sagte sie.

Der Theker schaute sich demonstrativ um. Als Rakk den Kopf wandte, sah sie, dass der Rausschmeißer aus der Finsternis am anderen Ende des Raumes trat. Er war über zwei Meter groß, hatte blondes Haar und wohltrainierte Muskeln. Rakk lächelte. *Er hat ungefähr meine Größe und mein Gewicht,* dachte sie. *Es könnte vergnüglich werden. Aber ein paar Gläser mehr machen es noch vergnüglicher.* Sie ignorierte den Rausschmeißer und regte sich ab.

Als der Theker dem jungen Mann ein Getränk serviert und auch sie mit einem Krug bedacht hatte, lächelte Rakk schon wieder. Ihr war ein noch besserer Plan eingefallen. Sie kippte noch einen Schluck – als Glücksbringer – und ging an den Tisch des jungen Mannes.

Er trank gerade, als Rakk ihm gegenüber Platz nahm. Der Mann war Anfang zwanzig, hatte eine schmale Nase und noch schmalere Lippen. Er trug einen kunstvoll bestickten Umhang, und um seinen Hals hing ein Beutel, von dem Rakk annahm, dass er Geld enthielt. Ihr fiel auf, dass der Fremde sie über den Rand seines Kruges hinweg beobachtete und seine blattgrünen Augen größer wurden.

Soll er doch glotzen, dachte Rakk. *Er soll ruhig sehen, wie Frauen von einem Hochgravitationsplaneten aussehen.*

Der Mann stellte das Glas ab und leckte sich das Bier von den Lippen. »Auf die Magie«, sagte er und hob es wieder an.

Rakk prostete ihm zu, dann sagte sie provokativ: »Es gibt überhaupt keine Zauberei.«

Der Mann lächelte sie an. »Ich habe nicht über *Terrani*-Magie gesprochen«, lallte er leicht. »Ich rede von Matrixsteinen und Türmen, von darkovanischer Magie. Die hat's nämlich in sich.« Rakk fiel auf, dass er nun ironisch wurde.

»Magie besteht entweder aus blöden Tricks, mit denen man Dummköpfe reinlegt, oder aus Wissenschaften, die Narren unverständlich sind«, sagte die Frau. »Für euch Hinterwäldler ist alles übernatürlich, was ihr nicht versteht. Ich arbeite mit Sternenantrieben, Datenbanken und Steuersystemen. Damit kann man erstaunliche Dinge tun ... zum Beispiel mit Überlichtgeschwindigkeit von einem winzigen Punkt zum anderen fliegen. Es sieht vielleicht wie Zauberei aus, aber wie es funktioniert, steht in jedem Reparaturhandbuch. Wäre ein Fünfjähriger von einer echten Welt wie Ktoll jetzt hier, bräuchte er sich eure so genannte Magie nur anzuschauen. Er wüsste sofort, worauf sie basiert und könnte sie innerhalb einer Woche verbessern.«

Die Augen des Mannes blitzten auf. Rakk sah, dass sie genau ins Schwarze getroffen hatte.

»Du bist dumm, arrogant und verstehst einen *Reish* davon«, erwiderte er.

Obwohl Rakk die Sprache der Darkovaner nicht fließend beherrschte, hatte sie es sich zur Aufgabe gemacht, zuerst ihre Flüche zu erlernen. Deswegen reagierte sie mit einer *Cahuen-*

ga-Redensart, laut derer der Karottenkopf ihres Gegenübers durch eine Vereinigung seiner Großmutter mit einem rotmähnigen Hengst zu Stande gekommen war.

Der Mann fuhr hoch und enthüllte knapp zwei Meter wohlgeformter, fester Muskeln. *Was für ein Spaß!,* dachte Rakk.

Außerdem enthüllte er über einen Meter scharfen, kalten Stahls, der an seiner Seite baumelte. Da das Fechten mit Schwertern – selbst wenn sie eins dabei gehabt hätte – nicht gerade zu Rakks Stärken zählte, nahm sie an, es sei am besten, wenn sie den ersten Schritt machte. Sie riss den Tisch hoch und warf ihn dem Mann entgegen.

Er sprang zurück und rutschte fast auf dem verschütteten Bier aus, doch er gewann das Gleichgewicht sofort wieder. Rakk grinste. *Schnell und beweglich – es wird wirklich ein guter Kampf werden.* Dann rief der Theker irgendetwas, und der Rothaarige stürzte sich mit geballten Fäusten auf sie.

Danach gerieten Rakks Erinnerungen ordentlich durcheinander. Sie wusste noch, dass sie ein paar heftige Hiebe des Rotschopfes eingesteckt hatte und selbst nur ein- oder zweimal richtig zum Zug gekommen war. Sie wusste auch, dass ein Krug sie seitlich am Schädel getroffen und anschließend den Rausschmeißer ausgeschaltet hatte, der sie mit einem Nackenhebel festhalten wollte. Schließlich fiel ihr auch noch ein, dass sie sich vor der Schenke im Matsch gewälzt hatte. Sie hatte sich auf einen Arm gestützt und dem Rausschmeißer ein paar fröhliche Verwünschungen hinterhergerufen, als dieser mit dem Theker in die Schenke zurückwankte. Dann hatte sie sich umgeschaut und den jungen Mann mit ausgestreckten Gliedmaßen neben sich auf der verdreckten Straße liegen sehen. Er wollte sich erheben, aber es gelang ihm nicht ganz. Rakk stand auf und zog ihn mit einer Hand auf die Beine.

»Mann«, sagte sie, »das war eine der besten Kneipenschlägereien, an der ich je teilnehmen durfte.«

Der junge Mann stierte mit leerem Blick geradeaus, dann konzentrierte er sich auf sie.

»Man darf nicht zulassen, dass ein Rauschmeißer einen auf diese Weise gegen eine Wand knallt«, fuhr sie fort und wischte den gröbsten Teil des Schmutzes vom Hemd des Mannes ab. »Es kann verdammt wehtun. He, ich geb einen aus, in Ordnung?«

Der Mann nickte. »Die Schenke ... da drüben ...«, sagte er und deutete die Straße hinauf.

»Großartig.« Rakk half ihm bei den ersten Schritten, bis er wieder fest auf den Beinen stand. »Sag mal, hast du gesehen, wer der Schwachkopf war, der mich während der Schlägerei fortwährend mit Krügen beworfen hat? Immer wenn ich hingeschaut habe, war er wieder weg. Der Bursche muss schnell wie der Blitz gewesen sein.«

»Dasch war ich«, sagte der Mann.

»Was?« Sie fragte sich, wie fest er gegen die Mauer geknallt war.

»Ich, ich«, wiederholte er. »Ich bin ... Ich heiße ... Sean.«

»Freut mich, dich kennen schu lern', Sean. Ich bin Rakk vom Planeten Ktoll.« Als sie die andere Schenke erreichten, sagte sie: »Ach ja, hier war ich schon mal. Hier bin ich mindestens schon drei Wochen nicht mehr rausgeflogen. Wahrscheinlich erinnert sich keiner mehr an mich.«

Sean grinste schief und betastete behutsam seine Wange. »Ich glaube, ich werde mich noch sehr lange an dich erinnern, *Mestra*.«

An der Tür zögerte er, dann glättete er Umhang und Kragen und hielt ihr den Arm hin. »Sollen wir eintreten, *Mestra*?«

Rakk hängte sich stolz bei ihm ein, und sie wankten zusammen über die Schwelle, wobei sie sich mehr oder weniger gegenseitig stützten.

Die Frau hatte den Eindruck, dass sie Stunden in der Schenke verbrachten. Die beiden fläzten sich an einen großen Eichentisch, tranken *Firi* und tauschten Geschichten, Lieder und Gedichte aus. Rakk erfuhr, dass Sean ein großer Freund von Gedichten aus der ganzen Galaxis war. Besonders mochte er die terranische Poesie. Sie wusste noch, dass er mehrere Verse rezitiert hatte. Einer davon endete mit den Worten: »... grenzenlos und kahl die Wüste sich erstreckt ... in endlos weite Fernen.«

Sean lächelte glücklich und beugte sich über den Tisch. Auch Rakk lächelte. Es war ihm gelungen, die Rezitation zu beenden, ohne mehr als drei Zeilen zu vergessen. Und er hatte nur zweimal neu angefangen.

»Das war wun...nerbar«, sagte Rakk und versuchte sich an seine Worte zu erinnern. »Wer war dasch? Dieser Scheekschpier?«

»Percy Bysshe Shelley«, sagte Sean und sprach jedes einzelne Wort wie etwas Heiliges aus. »Noch 'n uralter terranischer Barde. Ein Glanzlicht in der Geschichte der Menschheit.« Er versuchte, ihr das Glanzlicht zu erklären, doch seine Hand knallte gegen einen Krug auf dem Tisch und warf ihn zu Boden. Rakk zog den Schluss, dass auch seine Lichter bald erlöschen würden, deswegen schob sie seinen noch halb vollen Krug stillschweigend aus seiner Reichweite.

»Sag mal, Rakk, warum prügelst du dich so oft?«

Die Frage überraschte sie. »Teufel auch, Sean, weiß ich nicht. Wahrscheinlich weil ich so gut prügeln kann wie saufen und Sternenschiffe reparieren. Manchmal, glaub ich, bin ich auch nur sauer auf was.«

»Das kann man wohl sagen«, erwiderte er und betastete vorsichtig sein geschwollenes Auge.

»Ich werd eben wütend, wenn ich seh, dass die Leute hinterrücks über mich grinsen. Oder mich ignorieren. Oder zu wissen glauben, wie ich bin. Teufel auch, die meinen alle, wir

Ktoller sind blöd, weil wir so groß sind. Selbst meine Lehrer waren davon überzeugt. Sie haben mich immer härter rangenommen als die anderen. Und jetzt kann ich Probleme beseitigen, an denen sich Schiffsingenieure wochenlang die Zähne ausbeißen! Aber respektiert man mich? Nee! Wenn ich also mitkriege, dass irgendein Blödmann mich veräppelt, lenke ich die allgemeine Aufmerksamkeit auf mich und zeige ihnen, dass man so was lieber nicht tun sollte. Klappt auch ganz gut.«

»Glaub ich«, sagte Sean. »Aber warum bist du auf mich losgegangen? Ich hab doch nix Derartiges getan.«

»Ach, ich hab dich für irgend'n örtlichen Angeber gehalten, der sich nur aufspielen will. Ich dachte, erweis der Gemeinschaft mal 'nen Dienst und hol ihn aus der Kreisbahn. War wohl falsch. Biste noch sauer, Sean?«

»Nein, nein. Nicht mehr. Du warst auch nicht viel schlimmer als mein Fechtlehrer. Außerdem hätte ich dich sonst nicht kennen gelernt. Du gefällst mir, Rakk. Du gehörst zu den wenigen Menschen, die mich wie einen Menschen behandeln und nicht wie einen Comyn. Wahrscheinlich komme ich deswegen immer wieder in die Schenken der Handelsstadt. Um Menschen wie dich zu treffen – auch wenn ich ein paar Schrammen davontrage.«

»Ach, Sean, du bist lieb«, sagte Rakk. Sie beugte sich vor und küsste ihn schnell auf die Stirn.

Sean wich überrascht zurück, dann lächelte er. »Darauf, *Mestra*«, sagte er, »wollen wir noch einen heben.« Er beugte sich dem Krug entgegen.

»Ach, nein«, sagte Rakk und schob den Krug erneut aus seiner Reichweite. »Du hast genug, mein Freund.«

Sean lehnte sich in Richtung Krug über den Tisch. »Auch Robert Browning war ein großer alter Poet. Er hat gesagt: Die Reichweite eines Mannes sollte die seines Arms übertreffen, sonst ... sonst ...«

»Sonst ist es Zeit, nach Hause zu gehen«, sagte Rakk und zog den Krug noch dichter an sich.

»Sonst ... Ah ... Sonst ist der Himmel überflüssig!«, sagte Sean stolz und zwinkerte dem Krug zu.

Der Krug vibrierte. Als Rakk ihn anschaute, entglitt er ihren Händen und flitzte mit kleinen, ruckartigen Bewegungen über den Tisch. Sean musterte ihn, und sein Gesicht zeigte einen konzentrierten, beutegierigen Ausdruck. Plötzlich machte der Krug einen Satz und flog über die verbleibenden letzten Zentimeter hinweg in seine Hände.

Als Sean den Krug musterte, stand Rakk langsam auf. Ihre adrenalinschwangere Euphorie hatte sich in Nüchternheit verwandelt. Sie ging langsam zur Tür. Sean hob den Krug mit beiden Händen hoch, doch als er einen Schluck trinken wollte, kippte alles über sein Gesicht. Rakk glitt zur Tür hinaus und rannte durch die Straße.

Sie hörte erst auf zu rennen, als sie das terranische Hauptquartier erreichte. Danach wusste sie nur noch eins: Sie war in ihr Quartier gestolpert, hatte sich im Bad übergeben, war ins Bett gefallen und hatte sich wie ein kleines Kind in ihre Decken gewickelt.

Rakk trank einen Schluck des fünften *Firi*, den sie beim Nachdenken bestellt hatte. »Wenn man besoffen ist, fliegen keine Krüge«, murmelte sie vor sich hin. »Na ja, es spielt jetzt keine Rolle mehr.« Sie wandte sich an den Theker. »He, erinnerst du dich noch an den rothaarigen Kerl, mit dem ich neulich hier war? Du weißt schon – der *Vai Dom*.«

Der Mann riss die Augen auf, als sie den Titel aussprach.

»Weißt du, wo er wohnt?«

»Wenn du es nicht selbst weißt, brauchst du es auch nicht zu erfahren«, erwiderte der Mann und entfernte sich. Rakks Hand schoss vor und erwischte ihn am Handgelenk.

»Ich hab dir 'ne Frage gestellt«, sagte sie mahnend und drückte zu. Der Theker verzog das Gesicht, dann schaute er an ihrer linken Seite vorbei. Der Rausschmeißer am anderen Ende des Raumes war aufgestanden.

Ohne loszulassen stand Rakk ebenfalls auf und warf die Bank um, auf der sie gesessen hatte. Der Rausschmeißer zögerte. Er schaute Rakk und den Theker kurz an, dann begab er sich zu den Toilettenräumen.

Rakk wandte sich ihrem Gegenüber lächelnd wieder zu. »Er erinnert sich jedenfalls noch an das letzte Mal, als ich hier war. Dann weißt du es auch noch. Wo also kann ich Sean finden?«

Auf dem Gesicht des Thekers zeigte sich eine Mischung aus Angst und Verwirrung. »In der Comyn-Burg«, sagte er schließlich.

»Das sagt mir wirklich viel. Wie komm ich dahin?«

»Folg einfach der Straße ... bis auf die andere Talseite.«

Es war ein langer Weg zur Burg hinauf, aber die Luft war kühl und Rakk fühlte sich ziemlich gut. Sie hatte einen flotten Spaziergang durch Thendara gemacht und die drolligen Pflasterstraßen, rustikalen hölzernen Läden und Häuser und die uralte Steinmauer bewundert, welche die Stadt umgab. Ihrer Meinung nach war sie ebenso leicht zu überwinden wie die wunderbaren Glaskinne jener Darkovaner, die der Meinung waren, sie solle lieber in der Handelsstadt bleiben. Als die Frau auf die Burgwachen stieß, nahm sie sich jedoch vor, freundlich zu sein.

»He, ihr da«, sagte sie und hob grüßend einen Arm. »Ich bin gekommen, um mit Sean zu sprechen – er gehört zu den Comyn-Fürsten. Könnt ihr ihm sagen, dass Rakk hier ist? Wenn ihr wollt, warte ich so lange draußen. Ich möchte nicht gern in irgendwas reinplatzen.«

Die beiden jungen, grün gekleideten Gardisten tauschten einen Blick, dann wechselten sie einige Worte in einem Dialekt, den Rakk nicht verstand. Schließlich drehte sich einer der beiden zu ihr um und sagte: »Du bist außerhalb der begrenzten Zone, *Terrani*, deswegen stehst du unter Arrest.«

»Wartet mal«, sagte die Frau. »Lasst uns die Sache nicht unnötig kompliziert machen. Ich möchte nur mit Sean sprechen. Sagt ihm, dass ich hier bin. Er weiß dann schon Bescheid.«

»Wir werden gewiss keinen Comyn mit irgendwelchen Botschaften einer terranischen *Grezalis* stören«, sagte der Gardist. »Komm mit.« Er zog sein Schwert und bedeutete Rakk, durch die Tür des Wachlokals zu treten.

Die Angesprochene wich zurück. Ihre Laune wurde übler. »Hört mal«, sagte sie. »Ihr sollt Sean doch nur meine Botschaft überbringen. Er versteht das schon.«

»Beweg dich!«

Rakk duckte sich; sie war bereit, dem Gardisten das Schwert aus der Hand zu reißen. Dann entspannte sie sich plötzlich. »In Ordnung. Aber lasst mich zuerst mein Schuhband festschnüren.« Sie hockte sich hin und fummelte an ihrem Schuh herum.

Der Gardist senkte das Schwert und schaute seinen Gefährten verwundert an. Die Frau ignorierte die beiden. Schließlich berührte der Gardist sie mit der Klinge. »Ich habe gesagt, beweg dich!«

Rakk sprang – genau über die verdutzten Gardisten hinweg. Sie landete in der Hocke, kam wieder auf die Beine und jagte dem Haupttor entgegen. Einen verdutzten Augenblick später eilten die beiden Gardisten laut rufend hinter ihr her. Rakk fegte durch das Tor und prallte mit einem Gardisten zusammen, der gerade um die Ecke bog. Der Mann flog zurück.

Die Frau musterte den großen Exerzierplatz der Burg. An

einer Seite lagen die Stallungen, an der anderen stapelte sich Bauholz. Dem Torweg genau gegenüber befand sich eine Reihe breiter Treppenstufen, die zu einer großen Doppeltür aus Eichenholz hinaufführten. Vor diesem Tor standen wiederum zwei Gardisten, die nun auf sie zu rannten.

»Sean!«, schrie Rakk und jagte auf den Holzstapel zu. »Sean, ich will mit dir reden!« Sie erreichte den Stapel und riss einen langen, dicken Balken an sich. Sie schwang ihn herum und hielt damit die fünf auf sie einstürmenden Gardisten in Schach. »Sean! Bitte, hörst du mich? Sean!« Ihre Stimme wurde von den Steinmauern zurückgeworfen. Ein Gardist zu ihrer Rechten wollte dem Balken mit dem Schwert beikommen, doch sie schlug ihm die Waffe aus der Hand.

Dann stürzten sich die beiden mittleren Gardisten auf die Angreiferin. Rakk traf den Schwertarm des ersten und hörte das Knacken brechender Knochen. Sie hatte jedoch keine Zeit, den zweiten Mann abzuwehren. Sie ließ den Balken fallen, stürmte zwischen dem entwaffneten und dem verletzten Gardisten her und rannte über die Treppe zur Doppeltür der Burg hinauf. »Sean, allmählich wird es verdammt eng hier unten! Du solltest mir jetzt lieber antworten!« An einem der oberen Fenster erblickte sie ein blaues Funkeln, wie eine Reflexion auf dem Glas, und einen Moment lang glaubte sie, es sei Sean. Im nächsten Augenblick spürte sie, wie sich eine Präsenz in ihrem Geist ausbreitete. »Sean«, schrie sie noch einmal, dann fasste sie sich an den Kopf und brach zusammen.

Am nächsten Tag betrat Rakk das Büro des Koordinators. Trotz des Schmerzmittels, das die Sanitäter ihr verabreicht hatten, nahmen die Kopfschmerzen nicht ab. Sie war, ohne zu wissen, wie es sie dorthin verschlagen hatte, im terranischen Krankenhaus zu sich gekommen.

Montgomery, der Koordinator für Darkover, schaute von

einem Bericht auf, den er zu lesen vorgab. »Sie sind also Rakk«, sagte er.

»Ja«, erwiderte Rakk. Sie war von den Drogen noch immer leicht benebelt.

»Was haben Sie dort gewollt, verdammt?«, schrie Montgomery.

Die Frau zuckte zusammen.

»Sie verlassen die Handelsstadt, verprügeln Einheimische, greifen die Palastwachen der Herrschenden an und bedrohen einen Comyn ...«

»Ich hab ihn nicht bedroht«, fiel Rakk dem Mann ins Wort. »Ich wollte doch nur mit ihm reden.«

»Sie haben ihn nicht bedroht, was? Wie können Sie das sagen, nachdem Sie einen seiner Wächter fast umgebracht haben?«

»Sie wollten mich daran hindern, ihn zu treffen!«, schrie Rakk zurück. Dann stöhnte sie auf, denn ihr Kopf tat weh. »Ich hab versucht, es ihnen zu erklären, aber sie haben nur ihre Schwerter auf mich gerichtet.«

»Natürlich wollten sie nicht, dass Sie mit ihm reden. Nicht mal ich kann einfach da reinspazieren und mit einem Comyn reden.« Montgomery lehnte sich in seinem Sessel zurück und schüttelte den Kopf. »Welch ein Glück für mich, dass Sie niemanden umgebracht haben. Sie waren betrunken, stimmt's?«

»Na ja, vielleicht 'n bisschen ...«

»Sie waren betrunken«, sagte der Koordinator. »Über was wollten Sie eigentlich mit ihm reden, verdammt noch mal?«

»Es ist ... eine Privatangelegenheit.«

»Eine Privatangelegenheit. Tja, jetzt ist es keine mehr. Ist Ihnen eigentlich bewusst, was Sie mit unseren Beziehungen zu diesem Hinterwäldlerplaneten angerichtet haben? Wir können nur Gott danken, dass der Mann, den Sie bedroht haben, zu diesem Zeitpunkt auf der Jagd war und dass Fürst Hastur uns leiden kann. Er hat zugestimmt, den Zwischenfall zu vergessen, wenn wir zu *einigen* Zugeständnissen bereit sind. Mein Gott, Sie haben unsere Bemühungen um ein Jahrzehnt zurückgeworfen, wenn nicht gar um mehr!«

Rakk starrte Montgomery an. »Soll das heißen, Sean weiß gar nicht, dass ich dort war?«

»Natürlich nicht. Und ich hoffe, er wird es auch nie erfahren. Man wird es ihm bestimmt nicht sagen. Die Burgwachen haben Befehl, Sie sofort festzunehmen, wenn Sie noch mal dort aufkreuzen. Mich persönlich überrascht es, dass man Sie überhaupt zurückgebracht hat. Aber nun will man kein Risiko mehr eingehen. Von heute an dürfen Sie die Basis nicht mehr verlassen. Wenn Sie es trotzdem versuchen ... Ich habe unserem Wachpersonal die Anweisung erteilt, Sie unter allen Umständen daran zu hindern.«

»Aber ...«, sagte Rakk. Sie war sprachlos.

»Ach, schauen Sie nicht so besorgt drein«, fuhr Montgomery fort. »Sie brauchen das Leid nicht lange zu ertragen. Ich habe nämlich um Ihre Versetzung ersucht. In einem Monat habe ich Sie vom Hals. Dann sind Sie das Problem eines anderen.«

»Aber ... aber ...« Die Frau fuchtelte mit den Armen.

»Freuen Sie sich, dass ich Ihnen nicht sieben Strafpunkte anhänge und Sie aus dem Dienst entlasse«, sagte der Mann. »Sie haben mir nämlich bestimmt mehr als einen Grund dafür geliefert. Und jetzt hauen Sie ab! Wenn das Glück mir hold ist, hab ich Sie jetzt bis zum Start des Schiffes zum letzten Mal gesehen.«

Rakk wandte sich schweigend um und ging.

Im Frauenquartier drosch Rakk die Faust gegen die Wand und durchdrang ohne Probleme das dünne Brett über der Isolierung. Dann setzte sie sich auf ihre Koje und verbarg das Gesicht in den Händen.

Du blöde Kuh!, dachte sie. *Kannst du eigentlich gar nichts richtig machen? Du kannst nicht mal Verbindung zu einem Menschen auf einem blöden Hinterwäldlerplaneten aufnehmen. Du bist unbrauchbar, für dich selbst und alle anderen. Nutzlos.*

Als sie hörte, dass die Tür aufging, riss sie sich schnell zusammen. »Rakk?«, fragte jemand hinter ihr.

»Ja«, sagte sie mürrisch.

Ein rothaariger Mann nahm auf der Koje Platz, die der ihren gegenüberstand. »Kennen Sie mich noch? Ich bin der Typ, der Sie vor einer Weile in die Zange genommen hat, weil Sie Lord Gabriel angefasst haben.«

»Ach ja, Mister Haldane«, sagte Rakk und schüttelte ihm die Hand.

»Ich hab gehört, dass der Alte Ihnen den Kopf gewaschen hat, weil Sie versucht haben, einen Comyn aufzusuchen.«

»Yeah.«

»Er hat Sie ganz schön zur Schnecke gemacht, was?«

»Hab schon Schlimmeres erlebt.«

»Bezweifle ich. Montgomery hat zwar keine Ahnung von nichts, aber er weiß, wie man Leute zusammenstaucht. Er hat's oft genug mit mir gemacht. Allerdings bin ich nicht hier, um darüber zu reden. Ich frage mich, ob Sie Sean kennen.«

»Yeah«, sagte Rakk. »Wir haben uns vor zwei Monaten in einer Kaschemme kennen gelernt.«

Haldane schaute zwar überrascht drein, sagte aber nichts. Er wartete darauf, dass Rakk ihm mehr erzählte, aber sie schaute ihn nur ausdruckslos an. »Tja, kennen Sie ihn gut?«

»Nein. Wir waren nur einen Abend zusammen.«

»Und warum wollen Sie dann mit ihm reden?«

»Na, hören Sie mal. Was ist denn so ungewöhnlich daran, wenn man sich mit einem Menschen unterhalten will?«

Haldane schaute einen Moment unbehaglich drein, dann sagte er: »Hören Sie ... Möglicherweise begegne ich ihm in einer Woche. Wenn Sie also eine Botschaft für ihn haben, bin ich *vielleicht* in der Lage, sie ihm zukommen zu lassen.«

»Könnten Sie mich denn mit ihm zusammenbringen?«, fragte Rakk plötzlich begeistert.

»Nein, das könnte ich nicht arrangieren«, sagte Haldane. »Ein paar hochrangige Beamte des Imperiums sind zum Mittsommerball in die Comyn-Burg eingeladen worden. Da Sean zu den örtlichen Comyn gehört, müsste ich ihm dort begegnen. Ich kann jedoch nicht garantieren, dass ich wirklich dazu komme, mit ihm zu reden. Dazu müsste mich jemand zu ihm bringen, was manchmal nicht einfach ist. Aber wenn er mich anspricht, kann ich ihm Ihre Botschaft mitteilen. Dass Sie irgendwie auf dieses Fest gelangen, sollten Sie schnell wieder vergessen. Wir können schon froh sein, dass die Herrschenden uns eingeladen haben.«

Rakk saß eine geraume Weile da und stierte mit gerunzelter Stirn ins Nichts. Schließlich sagte sie: »Ich glaube nicht, dass ich Ihnen das einfach so mitteilen kann. Die Sache ist zu persönlich. Ich muss selbst mit Sean sprechen.«

Auf Haldanes Gesicht zeigte sich ein enttäuschter Zug. »Tut mir Leid, das zu hören«, sagte er. »Offen gesagt, ich glaube, dass dies die einzige Chance ist, die Sie kriegen, wenn Sie ihm etwas übermitteln wollen, bevor Ihnen Schwingen wachsen und Sie abfliegen.« Er stand auf, um zu gehen. »Ich mache Ihnen einen Vorschlag: Wenn Ihnen doch noch die richtigen Worte einfallen, sagen Sie mir Bescheid. Einverstanden?«

»Einverstanden«, erwiderte Rakk mechanisch.

»Schön«, sagte Haldane. »Hat mich gefreut, mit Ihnen zu reden.« Er ging hinaus.

Rakk legte sich auf ihre Koje, schloss die Augen und dachte sich Methoden aus, um sich an den Gardisten vorbeizuschleichen. Sie fragte sich, ob sie sich als Einheimische verkleiden sollte, doch dann wurde ihr klar, dass es keine darkovanischen Frauen von zwei Metern Größe und hundertdreißig Kilo Gewicht gab. Sie überlegte sich, ob sie sich als Gardist tarnen konnte, aber ihr war nicht klar, wie sie sich ohne *Casta*-Kenntnisse, den Dialekt der Tieflandbewohner, durch das Tor schwafeln konnte. Plötzlich setzte sie sich hin.

»Yeah«, murmelte sie. »Fliegend ...«

In der nächsten Woche konzentrierte Rakk sich auf ein geheimes Projekt. Sie bestellte im Lager ein bizarres Sortiment von Gegenständen und ließ nicht zu, dass jemand erfuhr, woran sie gerade arbeitete. Sie verschloss die Türen des Hangars, in dem sie tätig war, und schlief sogar dort, um allzu Neugierige an die frische Luft zu setzen. Ihr Abteilungsleiter fragte sich natürlich, um welches mysteriöse Projekt es ging, und erkundigte sich danach. Sie versicherte ihm nur, es sei genehmigt. Der Mann strich sich übers Kinn und kam zu dem Schluss, dass es keinen Grund gab, sich Sorgen zu machen, da Rakk ohnehin bald nicht mehr bei ihnen sein würde. Er erkannte diesen großen Fehler erst am Abend des Mittsommerfests.

»Heute Abend feiern sie da drüben wohl ein Fest«, sagte der Wachmann Albaine, der am Haupttor des terranischen Raumhafens herumlungerte.

Sein Partner Elac lauschte dem aus der fernen Stadt kommenden Geschrei und dem Gesang. »Yeah, hört sich so an. Wäre schön, wenn auch hier mal was Interessantes passieren würde. Außer natürlich strammzustehen, wenn man die hohen Tiere rauslässt.«

Auf dem Gelände war ein schrilles Heulen zu hören.

»Tja, denk nur an die alte irdische Verwünschung«, sagte Albaine. »Mögest du in spannungsreichen Zeiten leben ...«

»Ich persönlich halte die alten Terraner für hoffnungslose Pessimisten.« Elac warf einen Blick auf seine Armbanduhr. »Tja, unsere Schicht dauert nur noch eine halbe Stunde. Da werden wohl irgendwelche andere vor den zurückkehrenden Würdenträgern Männchen machen müssen, wenn sie blau nach Hause kommen.«

Das Heulen wurde lauter.

»Falls sie nach Hause kommen«, sagte Albaine. »Ich habe gehört, dass einige die ganze Nacht bei den Einheimischen verbringen, um sich zu vergnügen. Die Leute dort verstehen schon zu feiern.«

»Das Fest wäre bestimmt noch wilder, wenn *ich* jetzt dienstfrei hätte.«

Albaine lachte. »Klar, genau wie damals, als du gesagt hast ... He, Elac, was ist das für ein Geräusch?«

»Ich weiß nicht«, sagte Elac. »Klingt wie ein Elektromotor. Scheint in unsere Richtung zu kommen ...«

Hinter einem Gebäude tauchte plötzlich ein stromlinienförmiges silbernes Bodenfahrzeug auf. Es wendete auf quietschenden Reifen und hielt genau auf die Wachen zu. »Zum Teu...«, stieß Elac hervor und griff nach seinem Schießeisen. Helle Lichter brachen aus dem Fahrzeug hervor und blendeten ihn und Albaine einen Moment. In der nächsten Sekunde raste das Fahrzeug an ihnen vorbei, und Elac erblickte kurz die Gestalt am Steuer.

»Verflucht noch mal!«, schrie er. »In der Karre sitzt diese irre Ktollera! Und sie fährt genau in die Stadt!«

»Spannungsreiche Zeiten«, murmelte Albaine.

Rakk duckte sich in das umgebaute Bodenfahrzeug und raste durch die Straßen. *Durchs Tor zu brechen war viel leichter als erwartet. Die armen Hunde hatten nicht mal 'ne Chance, auf mich zu schießen. Wenn ich das gewusst hätte, hätte ich weniger Schiffspanzerplatten für die Karosserie verwendet. Und nun,* dachte sie und wich einem überraschten Fußgänger aus, *habe ich nur noch das Problem, in die Burg zu kommen, ohne jemanden zu überfahren. Schade, dass ich nie Fliegen gelernt hab.*

Rakk freute sich, als sie feststellte, dass die Darkovaner in der Handelsstadt ihr beim Ausweichen sehr entgegenkamen – in der Regel rissen sie die Arme hoch, kreischten auf und stürzten zum Straßenrand hin. Zwei junge Frauen mit kurzem Haar fand sie besonders unterhaltsam. Die eine ging hinter einem Pfahl in Deckung, die andere duckte sich hinter einen hageren Mann. Rakk hörte, dass die hinter dem Pfahl ihrer Gefährtin etwas zuschrie, aber ihr fehlte die Zeit, um zu hören, was sie genau sagte.

Nachdem sie an den erschreckten Torwachen von Thendara vorbei war, wurde das Fahren jedoch schwieriger. Die Darkovaner hier draußen hatten es weniger eilig, die Straße freizumachen. Die meisten bewegten sich kaum, so dass sie mehrmals einen Zickzackkurs einschlagen musste. Oftmals zückten die Männer auch ihre Schwerter, die zwar harmlos an der Karosserie abprallten, doch ihre Sicht behinderten. Ein Mann wollte sie sogar angreifen. Er blieb mitten auf dem Weg stehen und zog seine Klinge, doch der schrille Ton ihrer Hupe schlug ihn schließlich in die Flucht.

Tiere waren die schlimmsten Hindernisse. In einer schmalen Straße galoppierte ein durchgehendes Pferd genau auf sie zu. Rakk glaubte schon, mit dem Vieh zusammenzustoßen, doch in letzter Sekunde sprang es über das Bodenfahrzeug hinweg. Ein anderes, an einen Karren geschirrtes Pferd, rannte genau vor ihr über die Straße. Rakk musste mitten durch den Karren rasen, so dass überall Holzstücke herumflogen. Angesichts all dieser Hindernisse, den in Ohnmacht fallenden Frauen, dem vereisten Straßenpflaster und den die gewundenen Straßen umsäumenden Gebäuden, hielt sie es für bemerkenswert, dass sie es schaffte, den zur Comyn-Burg hinaufführenden Weg unbeschadet zu erreichen.

Einige hundert Meter vom Hügelgipfel entfernt kam ihr ein Reiter entgegen. Als er Rakk sah, stieß er einen kurzen Schrei aus, zügelte sein Pferd und ritt in vollem Galopp zurück, wobei er irgendetwas in einem darkovanischen Dialekt schrie.

»Das reicht«, murmelte die Frau vor sich hin und gab Gas. Als sie den schreienden Reiter verfolgte, stob Gestein hinter ihr auf.

Sie erreichte den Gipfel in dem Moment, in dem der Reiter in den Burghof einritt. Gardisten mit weit aufgerissenen Augen waren panisch im Begriff, Barrikaden zu errichten.

»Macht das nicht!«, schrie Rakk und wechselte den Gang. Der Wagen machte einen Satz nach vorn und flog an den Barrikaden vorbei, bevor die Gardisten sie schließen konnten.

Mit einem freudigen Ausruf lenkte Rakk ihr Fahrzeug zum Haupttor. Als sie gegen die Stufen prallte, blitzte in ihrem Geist ein Bild auf: Sie fuhr den kleinen Wagen mitten in den Tanzsaal hinein, kam mit quietschenden Reifen zum Stehen und verkündete: »Sean, ich bin gekommen, um mit dir zu sprechen, und diesmal wird mich niemand daran hindern!«

Ihr eigener Anblick – das Haar zerzaust, Öl und Schmutz im Gesicht – wurde auf ihre Netzhaut geprägt, als sie die oberste Treppenstufe erreichte. Dort ragten die riesigen, schweren Eichendoppeltüren des Palastes vor ihr auf. Bevor Rakk sie erreichte, hörte sie, dass jemand einen schweren Riegel vorlegte.

In Rakks Bewusstsein flackerten Bilder auf und verblassten. Sie sah das wutrote Gesicht Montgomerys; grüne Uniformen, als jemand sie hochhob; einen Moment lang das Gesicht

Seans, das sie fast hätte aufschreien lassen; rote Gemälde des Schmerzes und schließlich den blauen Kristall: unglaublich deutlich, jede Facette scharf und präzise, als blicke sie durch das Vergrößerungsglas eines Juweliers. Dann war ihr, als befände sie sich im Inneren des Kristalls und sei ein Teil von ihm. Sie spürte beinahe, dass der Kristall sie und sie ihn durchströmte. Sie merkte, wie er ihre Schmerzen und Verletzungen fand und heilte. Sie sah Gesichter hinter – oder in – dem Kristall, wusste aber nicht genau, wem sie gehörten. Junge und alte Gesichter, wachsam und müde, aber alle besorgt und bemüht.

Rakk hätte sie gern gefragt, was sie machten, aber ein freundliches Gesicht schaute sie an und lächelte, so dass sie sich entspannte. Dann schlief sie ein.

Sie erwachte ganz plötzlich. Unbewusst wollte sie sich sofort hinsetzen, spürte aber im gleichen Moment einen scharfen Schmerz im Kreuz und einen Schlag über den Brustkorb. Sie fiel wieder hin und schaute sich liegend in dem Raum um.

Rakk sah, dass sie sich in einem Raum mit Steinwänden aufhielt. Sonnenschein fiel durch ein kleines, hohes Fenster auf einen Wandteppich, der an der Wand gegenüber hing. Sechs zierliche Stühle standen um ihr hölzernes Bett herum. Letzteres bestand aus mit filigranen Ornamenten verziertem Holz, mehreren Schichten Baumwolllaken und sechs Gurten, die sie festhielten. Trotzdem konnte die Frau die Arme noch bewegen. Sie schüttelte den Kopf. *Wenn das ein darkovanisches Gefängnis ist,* dachte sie, *überrascht es mich, dass es hier so wenige Verbrechen gibt. Speziell dann, wenn man sich auf Stoffhandfesseln verlässt.*

Ein Lakai schaute in den Raum hinein und sagte etwas, das Rakk nicht verstand. Bevor sie reagieren konnte, eilte er hinaus. Die Frau untersuchte sich ärgerlich selbst. *Tja, sieht so*

aus, als hätte ich mir bestenfalls den Rücken verschrammt,
was mich verflixt überrascht. Ich hätte schwören können, dass
ich einen Teil der Eichentür in den Weltraum geschossen habe.

»Ich habe mir zwar gedacht, dass ich dich eines Tages wieder sehe, aber ich hätte mir nie vorgestellt, dass du deswegen die Burg stürmst.«

»Sean«, sagte Rakk, als der Rothaarige hereinkam und auf einem der sechs Sessel Platz nahm.

»Hallo, Rakk«, sagte Sean. »Wie geht es?«

»Als wäre ich zwei Stockwerke tief in einen Reparaturschacht gestürzt«, erwiderte sie. »Aber ich habe keinen ernstlichen Schaden genommen.«

»Du hast keine ernstlichen Schäden *mehr*«, sagte Sean. »Du hattest Glück, dass gestern Abend ein paar Heiler bei uns zu Gast waren, sonst hättest du, wie ich befürchte, keinen Schritt mehr getan. Du hast dir nämlich das Rückgrat gebrochen.«

»Was?«, fragte Rakk langsam.

»Ja, im unteren Bereich. Als du gegen die Tür gekracht bist, hat dich die Wucht des Aufpralls vorn aus dem Fahrzeug geschleudert. Der untere Teil deines Rückgrats hat dabei die Hauptlast abbekommen. Glücklicherweise hatten wir die meisten der örtlichen Matrixtechniker zum Fest eingeladen, deswegen gab es keine Probleme, einen erstklassigen Kreis zu bilden. Sie haben dich in wenigen Stunden wieder zusammengeflickt. Aber sie schlagen vor, dass du mindestens eine Woche im Bett bleibst.«

Als Sean fertig war, lief es Rakk kalt den Rücken hinunter. *Ich habe mir das Rückgrat gebrochen?*, dachte sie. *Und bin schon wieder fit – nur ein paar Stunden später? Unmöglich. Es widerspricht allen Gesetzen der Physik. Es ist so, als würde jemand sagen, ein Sternenschiff könne durch den Hyperraum reisen, wenn es von fliegenden Pferden gezogen wird. Oder dass ein Bierkrug von allein über eine Tischplatte rutschen kann.* Sie schloss die Augen und bemühte sich, das Schlottern zu unterdrücken, das nun in ihrem Inneren hochwallte.

»Jedenfalls bist du jetzt außer Gefahr«, fuhr Sean fort. »Ich habe mit Fürst Hastur und Peter Haldane gesprochen. Sie haben mir von deinem früheren Versuch erzählt, mich zu besuchen.« Er lächelte und schüttelte den Kopf. »Hätte ich davon gehört, hätte ich sofort vermutet, dass du es warst. Wer sonst wäre so verrückt, so etwas zu tun?« Seine Miene wurde nun ernst. »Du hättest beide Male ums Leben kommen können. Peter sagt, du hättest eine Botschaft für mich, die zu persönlich ist, um sie einem Kurier anzuvertrauen. Um ehrlich zu sein, das macht mir ein wenig Angst. Sag mir also, was so wichtig ist, dass du dein Leben riskiert hast, um es mir mitzuteilen.«

Rakk öffnete den Mund, um etwas zu sagen. Dann schloss sie ihn wieder, denn es war ihr entsetzlich peinlich. Sie gab sich alle Mühe, aber sie fand die richtigen Worte trotzdem nicht.

»Ich weiß nicht, wie ich es erklären soll«, begann sie. »Der Abend, an dem wir uns begegneten, war wirklich gut. Irgendwas besonderes. Normalerweise sind die Menschen nicht offen zu mir. Ich bin auch nicht offen zu ihnen. Aber aus irgendeinem Grund haben wir uns an diesem Abend berührt. Du hast mir von deinen Liebschaften und Träumen erzählt. Ich habe dir von meinen Ängsten berichtet. Wir waren uns nah. Ich bin noch nie jemandem so nah gewesen. Aber dann hab ich gesehen, dass der Krug sich bewegt hat. Ich weiß nicht, wie es passiert ist oder wieso ich annahm, du wärst dafür verantwortlich. Gott, ich weiß nicht mal mehr, ob es wirklich passiert ist.«

»Es ist passiert«, sagte Sean.

Rakk schaute in sein gelassenes, aufmerksames Gesicht. »Yeah? Tja, ich hab es jedenfalls gesehen und ... bin in Panik verfallen. Ich bin weggelaufen. Ich hab dich einfach sitzen lassen, zurückgewiesen. Zuerst hab ich mir gesagt, he, er ist nur irgendein Typ, den ich eines Abends in einer Kaschemme kennen gelernt hab; eigentlich war doch nichts zwischen uns. Aber dann hab ich gehört, dass ihr Comyn euch nicht anfasst ... dass so was 'n intimer Akt ist ... Und dann ist mir eingefallen, dass ich dich geküsst hab. Dass du nicht zurückgewichen bist, sondern nur gelächelt hast. Und da ist mir klar geworden, wie echt die Gefühle an diesem Abend waren. Ich ... Ich konnte einfach nicht mehr weiterleben wie bisher, nachdem ich dir das angetan hatte.« In ihren Augen bildeten sich Tränen, und sie wandte sich ab, damit er sie nicht sah. »Man wird mich bald von hier wegbringen, aber ich wollte, dass du weißt, dass es mir Leid tut, Sean. Ich hatte nie vor, dich *so* zu verletzen.«

Sean musterte nachdenklich ihren Hinterkopf. »Hättest du keine Botschaft schicken können, um mir das zu sagen?«

»Nein«, sagte Rakk. Das Kissen dämpfte ihre Stimme. »Ich hab's mehrmals versucht, aber nicht geschafft. Ich konnte es nicht niederschreiben, damit jedermann es sieht. Ich konnte es dir nur persönlich sagen.«

Sean stand von seinem Sessel auf und durchschritt den Raum. Die Frau hörte seine gedämpften Schritte auf dem Teppich und spürte seine Blicke. Endlich blieb er stehen. »Ich möchte dir etwas zeigen, Rakk.«

Rakks Kopf drehte sich auf dem Kissen. Sie sah, dass Sean den an seinem Hals hängenden Beutel abnahm und ihn öffnete. Darin befand sich ein blauer Kristall, der genau so geschliffen war wie ein Diamant. Er kam ihr sehr vertraut vor; dann erst erkannte sie, dass es der Kristall war, den sie gleich nach dem Unfall in ihrem Traum gesehen hatte. Mehrere Lichtbänder verliefen in einem komplizierten Muster in seinem Inneren. Sie konnte ihnen nicht folgen.

»Was ist das?«, fragte Rakk.

»Ein Matrixstein«, sagte Sean. Er hüllte ihn sorgfältig wieder in Seide ein und legte ihn in den Beutel zurück. »Es ist ein natürlicher darkovanischer Edelstein. Er verstärkt bestimmte Geisteskräfte. So kann man mit Willenskraft Gegenstände bewegen, Gedanken lesen oder Gegenstände in anderen Räumen ausfindig machen. In uns Comyn sind diese Kräfte stärker vorhanden als in anderen Menschen. Man hat uns dazu gezüchtet. Damit habe ich an dem Abend, an dem wir uns kennen gelernt haben, den Krug bewegt. Und mit Hilfe dieser Steine haben wir dein gebrochenes Rückgrat geheilt. Ich habe den Matrixstein gemeint, als ich an jenem Abend von darkovanischer Magie sprach. Und ich gehe jede Wette ein, dass in euren technischen Handbüchern nichts über ihn steht.«

Rakk lächelte. Dann runzelte sie die Stirn. »Dann kannst du durch körperlichen Kontakt Gedanken lesen?«

Sean lächelte. »Ja, wenn wir uns berühren, ist es sehr schwierig, die Gedanken eines anderen abzublocken. Deswegen fassen Comyn einander nur selten an.«

Rakks Stirnrunzeln wurde heftiger. »Soll das heißen, du hast meine Gedanken gelesen, als ich dich geküsst habe?«

»Tja, ist anzunehmen«, sagte Sean. »Aber an diesem Abend war ich so betrunken, dass ich am nächsten Tag alles wieder vergessen hatte. Vorausgesetzt natürlich, nach den fünfzehn Krügen, die wir konsumiert haben, gab es überhaupt noch etwas zu lesen.«

»Achtzehn«, korrigierte Rakk. »Aber warum erzählst du mir das? Nicht mal Peter Haldane weiß etwas davon.«

»Warum?«, sagte Sean. Er nahm neben ihr Platz und beugte sich vor. »Warum? Du, die du zwei Welten auf den Kopf gestellt hast, die du dein Leben und deine Laufbahn riskiert hast, bloß um dich bei mir zu entschuldigen, fragst nach dem Warum? Du, die du ganz allein in einem Monat mehr Tumult veranstaltet hast als ich in meinem ganzen Leben, fragst nach dem Warum? Du hast für mich mehr riskiert als jeder andere, und das wegen eines Affronts, den jeder andere nicht mal bemerkt hätte.« Er streckte geschmeidig die Hand aus und streichelte Rakks Wange. »Bei Zandrus Höllen, wenn du ein typisches Beispiel für die *Terrani* sein sollst, bist du das Beste, das dieser Welt je passiert ist. Sharra soll mich holen, wenn ich dich kampflos wieder gehen lasse. Und du fragst nach dem Warum?«

Er lehnte sich zurück. »Nun, ich werde es dir erzählen«, sagte er. »Ich brauche dringend einen Saufkumpanen, und du bist die Einzige, die mich unter den Tisch trinken kann.«

»Lügner!«, schrie Rakk und warf ihr Kissen nach ihm. Sie wusste zwar, dass dies der erste Kampf werden würde, den sie nicht gewinnen konnte, aber sie hatte zum ersten Mal in ihrem Leben nichts dagegen, zu verlieren.

Über Patricia B. Cirone und »Höchste Zeit«

Zu den Annehmlichkeiten, Anthologien dieser Art herauszugeben, gehört es auch, alte Freunde neu willkommen zu heißen. Pat Cirone hat an diesen Bänden schon früher mitgewirkt und sagt über ihre Schreiberei, dass sie zwar inzwischen das Stadium erreicht habe, in dem sie »Absagen mit persönlicher Anrede« erhält, aber bisher nur in meinen Büchern veröffentlicht hat, wenn man von einer Erzählung in der Anthologie *Yankee Witches* absieht. Tja, Absagen mit persönlicher Anrede bedeuten, dass man auf dem besten Weg ist, wahrgenommen zu werden. Jedes Wort, das ein Lektor über eine Standardabsage hinaus schreibt, ist von Bedeutung. (Ich kann nicht oft genug darauf hinweisen: Lektoren sind chronisch überlastet.)

Außerdem hatten wir die Freude, in *Marion Zimmer Bradley's Fantasy Magazine* Pats erste Erzählung »A Flower From the Dust of Khedderide« zu veröffentlichen. Im Hauptberuf ist sie Bibliothekarin für Kinderbücher, aber sie »versucht sich auch an Gedichten«.   MZB

Höchste Zeit

von Patricia B. Cirone

W o ist sie?«, fragte Delaa knurrig, als sie den Bauchgurt des Chervine enger schnallte. »Wenn sie für eine Stunde zum Markt geht, braucht sie drei. Wenn sie sagt, ihre Reise dauert fünf Tage, braucht sie sechs oder sieben, bis sie ankommt. Sie ist *immer* unpünktlich!«

»Reg dich ab, Delaa«, erwiderte Sharyl beschwichtigend. »Heute Abend wollen wir doch nur bis zum Talanfang. Es ist doch nicht schlimm, wenn wir etwas später aufbrechen.«

»Darum geht es doch gar nicht«, murrte Delaa und warf die Satteltaschen über das Reittier. »Wenn man sagt, dass man zwei Stunden nach Sonnenaufgang aufbricht, sollte man auch da sein. Octavia ist keine echte Amazone.«

»Ich habe nie gehört, dass unser Eid Pünktlichkeit beinhaltet«, erwiderte Sharyl, die sich ein Lachen kaum noch verkneifen konnte. »Und lass Mutter Anna nicht hören, dass du das Wort *Amazone* aussprichst.«

»Pflichtbewusstsein gehört zum Dasein einer Entsagenden. Wer nicht pünktlich ist, ist pflichtvergessen.«

»Octavia ist keineswegs pflichtvergessen, Delaa«, schalt Sharyl. »Sie erledigt die Arbeit von zwei Frauen, sogar von dreien. Manchmal tut sie eben so viel, dass sie sich verspätet. Deswegen ist sie noch lange nicht pflichtvergessen.«

»Ach, ich weiß«, murmelte Delaa. »Sie hat immer einen guten Grund, warum sie sich verspätet. Aber wenn sie wirklich so wunderbar wäre, würde sie ihr Leben so organisieren, dass sie pünktlich ist. *Ich* bin auch geschäftig, aber ich mag es eben nicht, wenn ich warten muss, bis sie auftaucht.« Die junge Frau schwang ihre hoch gewachsene Gestalt auf das Chervine und nahm die Zügel, als wolle sie jeden Moment losreiten.

Sharyl seufzte. Es war sinnlos. Delaa und Octavia waren wie Hund und Katze. Sie hatte Mutter Anna zwar berichtet, dass es nie funktionieren würde, die beiden zusammen auf die Reise zu schicken, aber die Mutter hatte erwidert, es käme auf das Können der beiden an, nicht auf ihre Persönlichkeit. Solange das frisch gegründete Gildenhaus von Derin noch so klein war und seine Mitglieder nicht über die nötigen Kenntnisse verfügten, brauchte es die Dienste einer Hebamme, einer Fechterin und einer Führerin. Und das waren nun mal Sharyl, Octavia und Delaa. Da das Gildenhaus von Derin ihnen offensichtlich eine Freude machen wollte, indem man sie zusammen unterbrachte, würden sie einander nicht nur auf der Reise gegenseitig auf der Pelle hängen, sondern auch während der sechs Monate ihres dortigen Aufenthalts. Sharyl fragte sich seufzend, ob sie die Gildenmutter in Derin überreden konnte, ihnen getrennte Quartiere zuzuweisen, ohne die Schande zu enthüllen, dass es zwei Gildenschwestern gab, die *nicht* miteinander auskamen.

Vom überwucherten Pfad näherten sich rasche Schritte.

»Hallo. Tut mir Leid, dass ich mich verspätet habe«, sagte Octavia fröhlich und schüttelte das brünette Haar aus ihren Augen. Ihr breiter, beweglicher Mund verzog sich zu einem strahlenden Lächeln. »Ich habe gehört, dass Tavish zum Markt kommt, deswegen habe ich auf ihn gewartet. Ich habe das Seil, das du gestern nicht finden konntest, Delaa. Gutes Fischgrat«, fügte sie zufrieden hinzu und zog am Ende des dünnen, starken Seils. »Hier.«

Sie reichte Delaa, die noch immer auf ihrem Chervine hockte, die ganze Rolle.

»Danke«, grunzte die Frau unhöflich. Ihr schlechtes Gewissen ließ sie noch säuerlicher dreinschauen. Sie hatte den Auftrag erhalten, das Seil zu besorgen; schließlich war sie die Führerin. Man brauchte es, um Pferde und Chervines für das aufstrebende Gildenhaus zuzureiten, und wahrscheinlich auch auf der Reise. Sie mussten durch ein stark zerklüftetes Vorgebirge reiten, und man wusste nie, wann man ein paar Ersatzseile brauchte. Zwar war sie am gestrigen Tag selbst auf den Markt gegangen, um es zu besorgen, aber sie hatte nur eine Qualität gefunden, die gerade reichte, um ein paar gewaschene Hosen aufzuhängen. Sie hätte auch länger suchen können, nahm sie an, aber sie hatte sich zu den lästigen Hausarbeiten vor dem Abendessen nicht verspäten wollen.

Delaa stieg von ihrem Chervine ab und verstaute das Seil, wie es sich gehörte.

Das Trio ließ das Gildenhaus hinter sich, bahnte sich einen Weg aus der geschäftigen Stadt und nahm den Weg, der über die Ebene führte. Die drei waren nicht weit vom Vorgebirge entfernt. Ein gutes Stück vor dem Sonnenuntergang bogen sie vom Hauptweg ab und nahmen den Pfad in Angriff, der sie in die Berge führte. Delaa quengelte herum und lehnte erst den einen, dann den anderen Lagerplatz als unpassend ab. Endlich stießen sie auf einen Ort, der ihr genehm war. Sharyl stieg dankbar ab, breitete Decken auf dem Boden aus und machte Feuer. Delaa sammelte die Chervines ein und führte sie zum Bach hinüber, um sie zu tränken.

»Ich schau mir mal den Weg an«, sagte Octavia, löste ihr Schwert von der Rückseite ihres Tornisters und warf ihn dabei um. Sie machte sich nicht die Mühe, ihn gerade hinzustellen, sondern marschierte den Pfad entlang. Als Delaa mit den Reittieren zurückkehrte, bemerkte sie es und verzog das Gesicht.

Sie versorgte weiterhin die Reittiere, doch dann, ihr Rücken war starr vor Verärgerung, richtete sie sich auf und stellte alle drei Gepäckstücke so ordentlich wie Zinnsoldaten nebeneinander.

Das Feuer brannte. Im Wasserkessel über den Flammen weichte gerade der getrocknete Reiseproviant auf, als Octavia zurückkehrte. Sharyl schaute erleichtert auf. Sie hatte sich schon Sorgen gemacht.

Octavia lächelte und hielt ein Kaninchen an den Hinterbeinen hoch.

»Welch perfekter Termin zur Rückkehr!«, sagte Delaa ironisch. »Nachdem alle Arbeit getan ist!«

»Ja, ich sehe, dass *du* etwas getan hast«, fauchte Octavia und musterte die Tornister. »Aber wenn man den Weg überprüft, ob es vor uns vielleicht einen Steinschlag gibt, und die Richtung markiert, von der Fleischbeschaffung ganz zu schweigen, ist dies auch Arbeit!«

»Danke, Octavia«, mischte Sharyl sich ein. »Das Essen ist zwar schon fertig, aber wir können das Kaninchen zerlegen und die Teile braten.«

Dies taten sie dann auch und aßen es, wobei das heiße Kaninchenfett an den Spießen entlang und über ihr Kinn lief. Niemand beschwerte sich; heißes, frisches Kaninchenfleisch schmeckte viel besser als jeder vorbereitete Reiseproviant.

Kurz nachdem sie fertig waren, legten sie sich hin. Sharyl knurrte leise, als sie sich noch einmal erheben und hier und dort einige Eicheln unter der Decke entfernen musste. Obwohl sie den Boden sorgfältig abgesucht hatte, gab es in jeder Gegend ein, zwei Steine oder Eicheln, die man erst spürte, sobald man lag.

Als Sharyl am nächsten Morgen ihr Haar bürstete, war es voller Tannennadeln, die sich stur weigerten, wieder zu verschwinden. Ihre Glieder schmerzten wegen des kalten Bodens. Es wäre eine Überraschung gewesen, wenn danach niemand gemurrt hätte, aber in der Regel, meinte Sharyl, ging man gutmütiger miteinander um als Delaa und Octavia. Als sie ihre Decke verstaut und die Satteltaschen an ihrem Reittier befestigt hatte, war sie für die Weiterreise bereit.

»Musst du *noch mal* zum Bach runter?«, wandte Delaa sich an Octavia.

»Manchen Menschen ist Sauberkeit eben wichtig«, murmelte Octavia, die in ihrem Beutel kramte und ihren kleinen Gesichtswaschlappen suchte. Sie fand ihn und marschierte an den Bach zurück.

»Soll das etwa heißen, dass ich mir das Gesicht nicht wasche?«, rief Delaa hinter ihr her. »Ich mache nur nicht so viel Aufhebens darum!«

»Pssst«, sagte Sharyl müde. »Es besteht kein Grund, jedem Lebewesen zwischen uns und den Hellers unsere Anwesenheit mitzuteilen!«

Delaa verzog zwar das Gesicht, sagte aber nichts, als Octavia zurückkehrte, ihr Gepäck zusammenband und auf ihr Chervine stieg. Endlich ritten sie los, und Sharyl übernahm die Führung. Obwohl Delaa eine Führerin war und sie selbst Fechterin, war Sharyl mit dem Vorgebirge am vertrautesten. Sie war nämlich dort aufgewachsen.

Normalerweise entspannte sie sich völlig, wenn ihr Reittier sich an den Aufstieg machte, und erfreute sich an den Bäumen ihrer Kindheit und der erfrischend dünneren Luft. Doch diesmal wurde ihr Friede von den beiden hinter ihr reitenden Frauen gestört. Zunächst gelang es Delaa, aus jeder Beobachtung, ob sie nun einen Felsen oder den Himmel betraf, eine Beleidigung zu machen. Dann, ein Stückchen Wegstrecke weiter, konnte man Octavias laute Antwort vernehmen.

Als das Genörgel der beiden den Gesang einer Thirene zum Verstummen brachte, wandte Sharyl, deren Geduld nun erschöpft war, sich im Sattel um und schrie: *»Haltet endlich die Klappe!«*

Dies führte zwar zu einvernehmlichem Schweigen, doch Sharyl, deren Kehle von dem Schrei wund war, erlangte keinen Frieden. Die beiden hatten ihr den Spaß an der Umgebung verdorben, und er kehrte auch nicht zurück.

An diesem Abend baute das Trio schweigend sein Lager auf. In aller Stille wurden das mitgebrachte Fleisch eingeweicht, die Chervines für die Nacht bereitgemacht und die Mahlzeit verzehrt. Sharyl lag einfach nur auf ihrer Decke und verschwendete keinen Gedanken an irgendwelche Steine. Sie hatte weder die Kraft noch das Interesse, sich zu erheben und es sich bequemer zu machen. Sie schaute durch die dunklen Äste zu den Sternen auf, doch erst als der Mond Idriel seinen Lauf begann, verblassten ihre Gedanken zu Traumfetzen.

Am nächsten Morgen taten ihr alle Knochen weh und sie war äußerst schlecht gelaunt. Auch Octavia bewegte sich ohne ihr übliches Tempo. Delaa machte sich nicht mal die Mühe, die Stirn zu runzeln. Sharyl bemerkte, dass auch sie sich irgendwie daneben fühlten, aber ihr, die normalerweise vermittelte, war es egal. Wenn die anderen nur schwiegen, war es für sie schon fast ein Segen.

Delaa war, wie üblich, vor den beiden anderen fertig. Als Sharyl wegen der Haarbürste, die sie vergessen hatte, noch einmal vom Bach zurückgehen musste, nahm sie sich vor, sich einen kleinen Beutel zu machen, wie Delaa, in dem sie ihre Sachen für die Morgentoilette aufbewahren konnte. Alles zusammenzuhaben war auf einer Reise eine große Annehmlichkeit. Auch im Gildenhaus konnte man so etwas gebrauchen. Gäste bekamen meist die freien Räume zugewiesen, und die lagen in der Regel am weitesten vom Bad entfernt.

Als Sharyl sich in den Sattel schwang, dachte sie noch immer darüber nach und fragte sich, wie wohl ihre Unterkunft im Gildenhaus von Derin aussehen würde.

»Bist du *endlich* fertig?«, fragte Delaa zuckersüß. Sharyl brachte sie mit einem giftigen Blick zum Schweigen und klatschte mit den Zügeln leicht gegen den Hals ihres Reittiers.

»Du führst uns an«, fauchte sie Delaa an. »Du bist die Führerin.«

Delaa öffnete protestierend den Mund, denn immerhin hatte Sharyl zuvor darum *gebeten,* auf Grund alter Vertrautheit die Erste zu sein, doch nach einem Blick ins Gesicht der anderen überlegte sie es sich noch einmal und übernahm schweigend die Führung.

Octavia nahm ihre übliche Position ein, von wo aus sie ihnen den Rücken von unwillkommenen zwei- oder vierbeinigen Bestien freihielt. Damit blieb Sharyl in der Mitte, womit sie hoffentlich Delaa daran hindern konnte, an Octavia herumzunörgeln. Allerdings war sie nur teilweise erfolgreich. Gegen Mittag hatte sie den Mund grimmig verzogen, und ihr Schädel pochte.

Octavia trieb ihr Reittier nach vorn, um mit Sharyl zu reden. »Weißt du, was sie mir heute Morgen an den Kopf geworfen hat?«, fragte sie mit verärgerter Stimme. »Ich könnte jeden Morgen eineinhalb Minuten einsparen, wenn ich alles, was ich morgens früh brauche, in einem Beutel aufbewahren würde, statt zwei- bis dreimal vom Bach zu meinem Tornister zu gehen. Also wirklich!«

»Eine gute Idee«, sagte Sharyl und gratulierte sich angesichts des Gefühls in ihrem Kopf zu ihrem sanften Ton.

»Natürlich ist sie gut! Aber wer außer Delaa rechnet schon genau aus, wie viel Zeit man damit sparen kann! Die Zeit, die es dauert, dieses oder jenes zu tun! Ob sie überhaupt je aufhört, sich Sorgen um die Zeit zu machen, und stattdessen einfach *lebt?*«

Sharyl zuckte die Achseln. Jeder Mensch hatte seine Macken, und nach fünfunddreißig Jahren im Gildenhaus hatte sie gelernt, die meisten zu ignorieren oder mit ihnen zu leben.

Konnten die beiden es nicht auch? »Genau zu sein macht es ihr eben den gleichen Spaß wie anderen vielleicht hübsche Festtagskleider!«

»Genau! Sie ist ...«

»Das reicht«, sagte Sharyl bestimmt.

Octavia schluckte den Rest ihres Einwandes herunter. »Ja. Tut mir Leid.« Sie ließ ihr Reittier wieder hinter das Sharyls zurückfallen. Als die beiden das nächste Mal wieder miteinander sprachen, war der Tag schon fast zu Ende: Octavia schlug vor, nach einem guten Lagerplatz Ausschau zu halten.

»Dieser Pfad führt, glaube ich, in einen kleinen Ort«, sagte Sharyl nach einigem Nachdenken.

»Velan«, erwiderte die auf alles vorbereitete Delaa. »Dort leben etwa zwanzig Familien. Hauptsächlich Fallensteller, Jäger und Gerber. Es gibt auch eine kleine Schenke.«

»Eine Schenke!«, freute sich Octavia. »Keine Steine, keine Eicheln! Keine stechenden Tannennadeln! *Echtes* Essen! Ich werde es bis zur Neige auskosten!«

»Es ist keine der Schenken, an die du gewöhnt bist«, fauchte Delaa. »Es ist wahrscheinlich nur ein Raum in irgendeinem Wohnhaus.«

»Ist mir egal«, verkündete Octavia inbrünstig. Ihre Vorfreude schien nur wenig gedämpft.

Delaa verzog das Gesicht. »Wahrscheinlich albert sie morgen früh mit jedem herum und braucht zwei Stunden, um sich zu verabschieden«, murmelte sie vor sich hin.

Octavia drückte die Ellbogen in ihre Seiten und richtete sich kerzengerade auf. Alles an ihr drückte Verachtung aus. Sharyl seufzte. Sie hatte gewusst, dass es mit der Ruhe bald vorbei wäre. Aber Sharyl hatte gehofft, dass sie wenigstens bis zum Ende der Reise erhalten blieb.

Die Ortschaft Velan war klein. Die Schenke war finster und hatte eine niedrige Decke. Aber sie war größer, als Delaa angekündigt hatte, denn sie bestand aus *zwei* Räumen und lag über denen der Wirtsfamilie. Dazu gehörte ein kleiner Gemeinschaftsraum mit Kamin, in dem man alles essen und trinken konnte, was das Dörfchen zu bieten hatte. Nachdem die Reisenden ihr Gepäck in dem gemieteten Zimmer abgelegt hatten, ging Sharyl die Treppe hinunter und nahm dankbar am Feuer Platz. Sie hatte vergessen, wie kalt es zu dieser Jahreszeit im Vorgebirge werden konnte.

Octavia kam herein und verwickelte die Tochter des Gastwirts in ein Gespräch.

Delaa, die sich überzeugt hatte, dass es den Reittieren im Stall gut ging, räusperte sich, als sie Octavia tratschen sah, und polterte die Treppe zum Zimmer hinauf.

Oje, dachte Sharyl. Sie war Delaas Schmollen und unbedachte Bemerkungen leid. Sie war auch Octavias schnelle Kränkungen leid. Sie war das Reiten leid, das Leben aus dem Tornister, und sie konnte Wälder, steinübersäte Pfade und Kaninchen, die spöttisch davonhüpften, nicht mehr sehen, seit sie nur noch von Trockenfleisch lebten. Und schon gar keine Gefährtinnen, die alles andere als Gefährtinnen waren. Sie lehnte sich an die Rückwand der Bank und schloss die Augen.

Delaas Berührung weckte sie. »Das Essen ist fertig.«

»Ach.« Sharyl schaute sich um. »Wo ist Octavia?«

»Wer weiß?«, erwiderte die Führerin leicht ironisch. Sharyl verkniff sich eine unfeine Antwort. Noch ein paar Tage in der Gesellschaft der beiden, und sie würde sich nicht anders benehmen.

Delaa und Sharyl nahmen vor zwei heißen Portionen Eintopf und kleinen, frisch gebackenen Brotscheiben Platz. Hätte Sharyl gewusst, wo Octavia sich aufhielt, hätte ihr die erste gute Mahlzeit seit drei Tagen besser gemundet. In abgelegenen Orten wie diesem beäugte man die Entsagenden noch argwöhnischer als in den Städten. Während des Essens fragte sie sich kurz, ob die Dritte im Bund vielleicht in eine Falle getappt war, und das weiche, süß schmeckende Brot verwandelte sich in ihrem Mund in Stroh. Sie hätte gern erwähnt, dass sie Octavia am liebsten gesucht hätte, aber sie wusste natürlich, dass Delaa es mit dem Argument ablehnen würde, dass eine auf ihre Fähigkeiten stolze Fechterin es bestimmt nicht guthieß, wenn eine Hebamme sie bemutterte. Sharyl aß noch etwas und dachte nach.

Als sie fast fertig waren, trat Octavia sorglos und lächelnd ein.

»Ah, das sieht aber gut aus.«

»Möchtest du nicht lieber mit deinen neuen Freunden essen?«, fauchte Delaa.

Sharyl knallte ihre Gabel auf den Tisch. »Das reicht«, sagte sie leise und wütend. »Ich höre mir euer Gequengel jetzt seit Monaten an, von eurem Benehmen auf der Reise ganz zu schweigen! Und ich habe nicht vor, es mir noch länger anzuhören. Wenn euch die Reife fehlt, euch gegenseitig so zu nehmen, wie ihr seid, oder ihr eurem Eid als Gildenschwester nicht Genüge tun könnt, seid wenigstens so höflich und behaltet eure Streitereien für euch!«

»Entschuldigung«, sagte Octavia ernst.

Delaa stierte auf ihren Teller. »Es ist hauptsächlich mein Fehler«, sagte sie leise.

»Es ist euer *beider* Fehler«, schimpfte Sharyl. »Delaa hat in einem Recht, Octavia. Du solltest nicht in einem fremden Ort herumstromern, wenn wir beide ohne Schwert sind. Es ist mir egal, wie gut du fechten kannst, dein Verhalten ist trotzdem unklug. Außerdem ist es deinen Reisegefährtinnen gegenüber nicht rücksichtsvoll. Ich habe kaum gesehen, was ich gegessen habe, solche Sorgen habe ich mir um dich gemacht. Wenn ich nicht wüsste, dass man bei dir mit so was rechnen muss, hätte ich den ganzen Ort auf den Kopf gestellt!«

»Wird nicht wieder vorkommen ... Ich hätte nicht gedacht ... Ich bin doch *erwachsen*.«

»Wir sind *alle* erwachsen. Aber Entsagende reisen aus einem bestimmten Grund nicht allein. Keine von uns ist unbesiegbar. Du bist mit deinem Schwert und deinen Reithosen für die meisten Männer eine besondere Provokation. Und auch für manche Frauen. Jemand könnte vielleicht beschließen, die Welt zu verbessern, indem er dich aus ihr entfernt.«

»Ja, ich weiß. Tut mir Leid. Ich war nur ... Jayla, die junge Frau, mit der ich gesprochen habe, hat eine Halbschwester im Gildenhaus von Neskaya. Sie hat mich gefragt, ob wir von dort kommen. Und ...« Octavia zuckte verlegen die Achseln. »... dann hat eins zum anderen geführt. Ich hab ihr in der Küche geholfen, und nachdem euch serviert worden war, haben wir weiter geredet. Seid bitte nicht länger böse.«

»Entschuldigung angenommen«, erwiderte Sharyl. »Aber *denk* bitte auch an die anderen. *Du* hast gewusst, dass du in Sicherheit bist. Wir jedoch nicht. Und du, Delaa, hör auf, an anderen herumzunörgeln. Wenn dir etwas echten Kummer macht, besprich ihn auf vernünftige Weise. Aber deine Art, dies mit höhnischen Bemerkungen zu tun, ist kindisch und passt nicht zu dir. Und hör endlich auf, jedermann nach deinem Ebenbild zu formen. Du bist weder vollkommen, noch ist deine Lebensweise auf alle anwendbar. Wäre jeder gerüstet, Führer zu sein, wäre zwar für Pferde und Chervines bestens gesorgt, aber es gäbe auch ein paar sehr verwaiste Gebärtische. Von schlecht gekochtem Essen ganz zu schweigen.«

»Ja, Sharyl.«

»Wenn es gilt, eine unbekannte Umgebung zu erforschen, ist Octavia unschlagbar. Sie erkennt rasch neue Möglichkeiten und kann sich geistig sehr schnell umstellen. Für dich ist Sprunghaftigkeit eine Schwäche. Verstehst du nicht, dass ihre Schnelligkeit sie zu einer so guten Fechterin macht?«

Delaa starrte Sharyl verwirrt an: »Ich ... ich ...«

»Und ebenso machen dich deine Beobachtungsgabe bei Einzelheiten, dein Organisationstalent und dein gutes Erinnerungsvermögen zu einer guten Führerin.«

»Und dein Mitgefühl und dein Verständnis für Menschen machen dich zu einer guten Hebamme«, sagte Octavia leise, so dass ihre Worte wie eine Mischung aus Entschuldigung und Kompliment klangen.

Sharyl zuckte die Achseln. »Es gibt Leute, die genau dies als Fehler ansehen, die sagen, dass ich für eine Entsagende zu *weiblich* bin, dass ich mich zu sehr benehme, wie die Männer es gern bei allen Frauen sähen. Dazu kann ich nur anmerken, dass ich den Eid ebenso hochhalte wie jede andere Entsagende, aber nur das sein kann, was ich bin. Mehr kann keine von uns sein. Trotz allem, was die Männer behaupten oder glauben, sind wir *nicht* alle gleich. Es kommt sogar noch schlimmer: Wir *brauchen* unsere Unterschiede. Sie machen die Entsagenden erst stark. Jedwede Gruppierung wird durch Unterschiede stark.«

Der Rest der Mahlzeit verlief erfreulicher als jede andere, die sie bisher zusammen eingenommen hatten. Trotzdem fühlte Sharyl sich zu erschöpft, um den Frieden zu genießen.

Als sie fertig waren, kamen einige Dorfbewohner in den Gemeinschaftsraum der Schenke. Sharyl registrierte mit leichter Besorgnis, dass auch einige Frauen darunter waren. Die drei Entsagenden zogen mehr als einen Blick auf sich.

»Lasst uns gehen«, sagte sie leise zu den anderen.

»Richtig«, stimmten die ihr rasch zu, und sie verließen den Gemeinschaftsraum, um sich in die Privatsphäre ihrer Kammer zurückzuziehen. Sharyl beäugte die einfache Tür, die weder ein Schloss noch einen Riegel aufwies. Sie wuchtete das breite Flachbett dagegen.

Delaa wollte gerade, wie üblich, die gesamten Tornister ordentlich aufstellen, als sie innehielt und die anderen verlegen anschaute.

»Es hat schon einen Sinn«, sagte Octavia, die erkannte, dass Delaa sich fragte, ob auch dies zu den schlechten Angewohnheiten gehörte, die sie aufgeben sollte. »Dann geht morgens alles schneller.«

Delaa schenkte ihr ein dankbares Lächeln, dann reihten die beiden gemeinsam Tornister, Seile und anderes Gerät nebeneinander auf, legten frische Kleider für den nächsten Tag auf die provisorisch geschlossenen Laschen und schoben die zur Vorsicht mitgenommenen Kurzschwerter griffbereit in die Tornisterschlaufen. Am nächsten Morgen brauchten sie die getragenen Kleider und Toilettenartikel nur einzupacken, die Laschen anzuziehen, die Tornister zu schultern und waren abmarschbereit. Delaa war stets gern abmarschbereit, und Octavia fühlte sich besser, da sie ihr ein wenig entgegengekommen war. Sie trat an den Fensterladen.

»Nein, lass ihn auf«, sagte Sharyl und gähnte. »Vielleicht brauchen wir den Sonnenschein, um aufzuwachen.«

»Aber selbst wenn wir aufwachen«, sagte Octavia mit einem Lächeln. »Wollen wir nach der ersten Nacht in einem richtigen Bett auch aufstehen?«

»Morgen können wir wieder in einem Bett schlafen«, erwiderte Sharyl und erfreute sich an der Vorstellung, dass ihr Ziel nicht mehr weit entfernt war. Sie reckte sich leicht und legte sich hin. Sie knuffelte ihren eingerollten Umhang so zurecht, dass er die Form eines Kissens annahm, und schlief in dem Moment ein, in dem die anderen die Kerzen ausbliesen und es ihr gleichtaten. Mehrere Stunden lang bestand die einzige Bewegung im Raum nur aus dem wandernden Licht der Monde über dem dunklen Bodenholz.

Das Klopfen klang wie ein Gewitter, und Sharyls Traum verharrte verwirrt zwischen Regen und umstürzenden Bäumen, bevor sie erkannte, dass jemand genau neben ihrem Kopf an die Tür klopfte.

»Häh? Hmm?«

»Octavia!«, zischte eine Stimme durch die dicke Holztür.

»Was'n los?«, murmelte eine brummige Stimme unter der Decke neben Sharyl hervor.

Sharyls Instinkte waren nun voll erwacht. Irgendetwas an der absoluten Dunkelheit und dem fernen Gemurmel aufgebrachter Stimmen führte dazu, dass sie die Beine im gleichen Moment über den Bettrand schwang, in dem Delaa und Octavia zu sich kamen.

»Octavia!«, flehte die Stimme auf der anderen Seite der Tür.

»Jayla? Es ist mitten in der Nacht ...« Octavias Stimme erstarb. Wie Sharyl fiel auch ihr die unnatürliche Dunkelheit der Nacht vor dem nicht abgeschirmten Fenster auf.

»Ihr müsst sofort *verschwinden*! Sie sagen, ihr seid Hexen! Schnell, bevor sie wieder in die Schenke kommen!«

»Großartig«, murmelte Sharyl und schob das Bett von der Tür weg. Delaa half ihr dabei.

Octavia hechtete zur Wand gegenüber und machte die Tornister zu, wobei sie Delaa stumm dankte, dass sie bereit lagen und in der Finsternis leicht zu finden waren. Wo war der Mond Liriel? Idriel war auch nicht zu erblicken!

Die Tür ging auf. Jayla machte hektische Bewegungen. »Schnell. Wir können über die Hintertreppe runtergehen.«

Octavia, Delaa und Sharyl ergriffen ihr Gepäck, dann nahmen sie – nicht nur Octavia allein – die Griffe ihrer Kurzschwerter in die Hand.

Als die drei in den Gang hinaustraten, deutete ein plötzlicher Anstieg des Lärms an, dass die Meute den Fuß der Treppe erreicht hatte.

»Da sind sie!«, rief jemand und lief die Treppe hinauf.

Sharyl sprang zurück und stieß gegen Jayla, Octavia und Delaa, die hinter ihr standen. Schnell schlossen sie die Tür und schoben das Bett erneut davor.

Dann eilten sie wie auf ein Kommando ans Fenster. »Es ist zu hoch!«, sagte Jayla protestierend.

Statt einer Antwort schob Delaa ihre Klinge durch eine Schlaufe ihres Tornisters und entrollte eins der von Octavia erstandenen Seile. Sharyl stieß das Fenster auf. Als hätten sie es geübt, sprang Octavia aufs Fensterbrett, duckte sich wie ein Frosch und warf das Seilende hinunter, das Delaa ihr reichte. Dann verschwand sie in der Tiefe. Delaa stöhnte auf, als das Seil sich unter Octavias Gewicht spannte.

»Jayla!«, zischte Sharyl.

Die junge Frau sprang mit raschelnden Röcken vor, und Sharyl half ihr aus dem Fenster. Das Klopfen an der Tür wurde nun heftiger.

»Du gehst als Nächste!«, sagte Delaa zu Sharyl. Die Hebamme sprang, packte das Seil und glitt nach unten.

Auf dem Hof des dunklen Gasthofes lugten die drei Frauen nach oben und versuchten zu erspähen, ob Delaa aus dem Fenster kam.

»Beeil dich!«, zischte Octavia leise.

Doch das Fenster blieb ein finsteres Loch. Endlich tauchte Delaa auf. Sie rutschte ruckend nach unten, als das Seil plötzlich einen Satz machte, als sei es lebendig. Ein quietschendes, gleitendes Geräusch ertönte, als das Bett, an welches das Seil gebunden war, sich von der Tür löste. Aus dem Raum über ihnen kamen wütende Rufe, aber Delaa war schon unten angelangt.

Sobald ihre Füße den Boden berührten, rannten die vier Frauen los.

»Hier entlang«, zischte Jayla und fegte um den Schweinestall herum. Sie liefen unter einer Wäscheleine her und eilten über einen Pfad, der zu den Stallungen führte. Dann bog die junge Frau ab und eilte auf den Wald zu.

»Unsere Chervines!«, protestierte Delaa.

»Die werden bewacht«, zischte Jayla kurz angebunden. »Seid *leise*!«

Die drei Frauen folgten der unscharfen grauen Gestalt, stolperten und liefen in der unnatürlichen Dunkelheit gegen Bäume. Sharyl schaute gelegentlich kurz hoch und fragte sich, was mit den Monden passiert war. Heute Nacht hätte man alle vier sehen müssen, aber sie erblickte nur Marmallor. Dennoch war der Himmel nicht bedeckt; sie konnte zwischen den dünnen Ästen die Sterne deutlich sehen. Sie schüttelte sich abergläubisch und dachte an eine der Erzählungen aus ihrer Kindheit; an einen verzauberten Ort, an dem der Schlaf einer Nacht einem Monate oder gar Jahre des Lebens stahl.

Sie prallte gegen einen weichen Körper und keuchte auf.

»Ich muss zurück«, sagte Jayla leise. Sie stand neben einem großen Findling. »Klettert einfach an diesem Felsen hoch und folgt der Spalte bis dorthin, wo sie auf den Hochpfad trifft. Es ist der längere und gefährlichere Weg, aber er bringt euch nach Derin. Ihr habt doch noch mehr Seile, oder?«

»Ja ... dank Octavia haben wir eine ganze Menge«, sagte Delaa leicht gereizt, weil das Organisationstalent der anderen sie diesmal gerettet hatte. Sie war froh, dass Octavia sich jetzt nicht damit brüstete, sie hätte es nämlich getan. Sie schämte sich, denn sie wusste, dass Sharyl mit ihrer Bemerkung über ihre voreilige Kritik Recht hatte. Sie war nicht im Geringsten vollkommen, und ... vielleicht brauchte sie es auch gar nicht zu sein. Vielleicht war dies ein Erbe der Forderung ihres Vaters, dessen sie sich zusammen mit ihrem langen Haar hätte entledigen sollen.

»Verzeihung, Octavia«, sagte sie so leise, dass die anderen

sie nicht hören konnten. *Und Verzeihung, Delaa,* entschuldigte sie sich stumm bei sich selbst.

»Viel Glück«, sagte Jayla.

»Aber du kannst doch jetzt nicht zurückgehen«, protestierte Sharyl. »Sie werden dich bestrafen, weil du uns geholfen hast.«

»Falls mich jemand gesehen hat, werde ich sagen, ihr hättet mich verhext.«

»Aber wieso halten die Leute uns überhaupt für Hexen?«, fragte Octavia verdutzt. »Bloß weil wir Entsagende sind?«

»Nein. Tja, doch ... Es ist wegen der Monde.«

»Ja, wo *sind* die Monde?«, fragte Sharyl leise.

»Im Planetenschatten«, erwiderte Jayla kurz.

»Alle drei *auf einmal*?«, fragte Sharyl bestürzt. Wenigstens ein Mond verschwand ungefähr alle sechs Monate im Schatten. Dort blieb er ein paar Stunden und kam dann Stück für Stück wieder hervor. Man hatte schon davon gehört, dass einmal in einer Nacht zwei Monde gleichzeitig verschwunden waren, Sharyl hatte es allerdings noch nie erlebt. Aber drei? Kein Wunder, dass die Bewohner der abgelegenen Ortschaft sie für Hexen hielten. Wäre sie noch ein Mädchen aus den Bergen gewesen, hätte auch sie eher an einen Fluch geglaubt als eine bloße natürliche Bewegung der Darkover-Monde in den Schatten des Planeten.

»Ja. So ist es eben. Ihr seid Fremde. Es hätte zwar jedem passieren können, aber da ihr nun mal Entsagende seid ... Ich glaube, nicht mal ich hätte euch geholfen, wenn ich nicht vorher mit Octavia gesprochen hätte ... Wenn Fremde auftauchen und dann passiert so was ...«

»Du hast für uns Fremde eine Menge riskiert«, sagte Delaa. »Warum?«

»Nun, ich wusste, dass Octavia keine Hexe ist, und da ihr beide ihre eingeschworenen Schwestern seid ... Es muss wunderbar sein, dass ihr euch immer habt und die anderen Entsagenden auch noch.«

Eine verlegene Pause entstand, die Delaa schließlich beendete. »Es ist wirklich wunderbar«, sagte sie. »Aber nicht alle von uns verdienen es.«

Octavia hob die Hand, legte sie auf Delaas und drückte sie in der traditionellen Kameradschaftsgeste. Die beiden lächelten sich im matten Leuchten Marmallors an.

»Ich muss jetzt zurück«, sagte Jayla eilig.

»Ja, natürlich«, sagte Sharyl. »Wir danken dir.«

Octavia umarmte Jayla kurz. Man konnte sie in der Finsternis kaum sehen. Auch Delaa murmelte ein Dankeschön. Dann waren die drei Entsagenden allein.

»Nun?«, sagte Sharyl nach einer Pause und beäugte das, was sie von dem Findling erkennen konnte.

»Du zuerst«, sagte Octavia mit einem Grinsen in der Stimme.

»Ja«, sagte Delaa zustimmend, und die beiden griffen zu, um Sharyl auf den steilen, knöchelbreiten »Pfad« neben dem Findling hinaufzuhelfen.

»Ein schrecklicher Weg«, ächzte sie zu den beiden herab.

»Wir schaffen es schon«, sagte Octavia.

»Zusammen«, sagte Delaa zustimmend.

Sechs Tage später klopften drei zerzaust aussehende Entsagende an die Tür des Gildenhauses von Derin. Eine hatte ihren Tornister verloren; keine führte ein Reittier am Zügel. Sie hatten ausnahmslos Risse in der Kleidung, die für Eingeweihte von Kratzern und Schrammen auf dem darunter befindlichen Fleisch kündeten. Trotz ihres Aussehens wirkten sie weder wütend noch verärgert. Eigentlich wirkten sie sogar siegreich. Die größte der drei Frauen riss Witze und tat so, als wolle sie die Brünette mit einer Seilrolle krönen, während die Älteste ihre müden Knochen an der Gebäudewand ausruhte und vor sich hin lächelte.

Trotzdem hatte die junge Entsagende, die zur Tür kam, angesichts solch guter Laune nicht damit gerechnet, dass gleich drei Kehlen ihren leisen Tadel über die Verspätung des Trios mit hemmungslosem Gelächter beantworteten.

»Aber wir hatten einen verdammt guten Grund!«, übertönte die Große namens Delaa keuchend das Gelächter, als das Trio Arm in Arm eintrat.

Über Margaret L. Carter und »Zu Besuch bei der Familie«

Margaret Carter schreibt, sie habe eine Geschichte »über Phänomene geschrieben, mit denen ich einigermaßen vertraut bin: das der Midlife-Crisis, die Frage, was zuerst kommt – Familie oder Beruf – und über den Zusammenstoß von männlichen und weiblichen Verhaltensweisen«. Sie muss es wissen, denn sie hat vier Söhne zwischen 8 und 23 Jahren und außerdem sechs Bücher veröffentlicht, von denen das neueste *A Study of the Vampire in Literature* heißt. Trotzdem wartet sie, obwohl sie schon in vieren meiner Anthologien vertreten war, noch auf ihre erste Romanpublikation. Ihr Agent bemüht sich derzeit, einen (Vampir-)Roman mit dem Titel *Sealed in Blood* unterzubringen. Klingt ganz vergnüglich, denn ich mag Vampire ... wenn sie gut sind. (Was für ein semantischer Konflikt! Was kann an einem Vampir gut sein? Die Mitherausgeberin meiner Zeitschrift sagt: »Wie ekelhaft!«)

Margaret Carter lebte lange Zeit in Annapolis, kehrte aber mit ihrem Mann, einem Berufssoldaten bei der Marine, nach Kalifornien zurück.   MZB

Zu Besuch bei der Familie

von Margaret L. Carter

Trotz des Kapuzenumhangs tropfte Wasser aus Renata n'ha Jamillas graumeliertem braunem Haar. Ihr Muskeln entspannten sich erleichtert, als sie aus dem pausenlosen Frühlingsnachtregen in die Trockenheit des Gildenhauses trat. Doch als die Frau den Ausdruck auf dem Gesicht der Gangwache sah, spannten sie sich wieder an.

Renata stellte den Hebammenbeutel ab und sagte: »Was ist los, Tani?«

Tani, eine pummelige Blondine, die nur halb so alt war wie sie, erwiderte: »Ein Kurier hat nach dir gefragt, Schwester. Er wartet im Besucherzimmer.

»In Avarras Namen – soll ich schon wieder einem Kind auf die Welt helfen? Eins pro Nacht reicht doch nun wirklich!« Doch als Renata die Furcht in Tanis Augen sah, schwante ihr ein ernsteres Problem.

»Nein, es ist ein Diener deines ... des Mannes, der dein Gatte war.«

Die Hebamme spürte, dass sich ihre Kehle bei diesen Worten verengte.

»Wenn du nicht mit ihm sprechen willst, kann ich mir die Botschaft geben lassen und ihn fortschicken.«

Renata zwang sich zu einem Lächeln. »Warum sollte ich ihn nicht sprechen wollen? Ich habe keinen Grund, Geremy oder jemanden aus seinem Haushalt zu fürchten.«

»Ich dachte ... da du ihn verlassen hast ...« Tani errötete.

»Ich habe auch keine Angst, darüber zu reden, aber die Geschichte ist sehr langweilig. Auf mich trifft die alte Redensart nicht zu, dass die Geschichte jeder einzelnen Entsagenden eine Tragödie ist.« Tatsächlich hatte Renata mit einem Leben gebrochen, das viele Frauen für ideal gehalten hätten. Ihr fiel eine Unterrichtsstunde von damals ein, als sie sich ausschließlich im Haus bewegt hatte, in der ein von einem prügelnden Vater übel zugerichtetes Mädchen sie mit eben dieser Wahrheit aufgezogen hatte. Trotzdem hatte sie bei der Vorstellung, mit Geremy reden zu müssen, ein Gefühl, als würde sie innerlich erkalten. Sie hatte ihn und ihr ehemaliges Zuhause seit dem Tag ihrer Abreise vor über vier Jahren nicht mehr gesehen.

Tja, je eher sie erfuhr, was der Kurier wollte, desto besser. *Eins unserer Kinder muss krank sein. Warum sollte Geremy sich sonst die Mühe machen, mich über irgendetwas zu informieren?* Sie marschierte festen Schrittes ins Besucherzimmer.

Als sie den Raum betrat, stand der drahtige, lederhäutige Mann auf, der auf einem Stuhl mit gerader Rückenlehne gesessen hatte. »Guten Abend, Dame Renata. Kann ich bei den Göttern hoffen, dass Ihr gesund seid?«

Aus der Nähe besehen erkannte sie in ihm einen leitenden Bediensteten aus der florierende Pferdezucht ihres Ex-Gatten. »Mir geht es sehr gut, Davin.« Sie reichte ihm ihre Fingerspitzen. »Welches Problem führt Euch hierher?«

Davin schluckte und wandte den Blick ab. »Mein Herr bittet Euch, mit mir zurückzureiten, und schickt Euch dies hier.« Er schob ihr eine Nachrichtenröhre in die Hand.

Renata nahm den Brief heraus, entrollte ihn und trat einige Schritte zurück, um ihn zu lesen. In der ungelenken Handschrift ihres ehemaligen Mannes stand da: »Unsere Tochter Lanilla wird im Mittsommer Zwillinge gebären und hat mit Komplikationen zu rechnen. Sie ist nach Hause gekommen, um sich bis zur Geburt auszuruhen, und bittet dich, sie zu besuchen. Auch wenn du alle anderen Pflichten vergessen hast, wirst du dich doch den Ansprüchen deines jüngsten Kindes bestimmt nicht verweigern.«

Renata rollte das Pergament mit einem Seufzer zusammen. Ihre Versuche, sich ohne Verbitterung von Geremy zu trennen, hatten schon damals nicht viel genützt, und seine Ansichten hatten sich eindeutig nicht geändert. Ängstlich schaute sie in Davins Gesicht. »Ist Lanilla sehr krank?«

»Im Moment nicht, Dame Renata. Aber die Kinder machen ihr schwer zu schaffen, und die Hebamme hat sie angewiesen, in ihrer Kammer zu bleiben. Sie hat alle anderen verloren ...« Davin riss sich zusammen. »Dies sind keine Dinge, über die ich leichten Herzens spreche.«

Renata wusste, dass Lanilla im ersten Jahr ihrer Ehe zwei Fehlgeburten erlitten hatte. Die Frau hatte ihre Tochter seit drei Mittwintern nicht mehr gesehen. Damals hatte sie das neue Heim des Mädchens zum Fest besucht. Der in kalter Förmlichkeit begonnene Feiertag hatte mit einer Auseinandersetzung geendet. Lanilla hatte der Auszug ihrer Mutter ebenso sehr verärgert wie Geremy. Und was Renata anging, so war es ihr nicht gelungen, ihre Irritation darüber zu verbergen, dass Lanilla sich allem Anschein nach mit der gleichen eingeschränkten Existenz zufrieden gab, vor der sie geflohen war. »Dann haben wir also genug Zeit, um Euch mit einem heißen Getränk zu erfrischen«, sagte Renata. »Ich muss noch packen. Wir können in einer knappen Stunde losreiten.«

Während sie ein passendes Kleidersortiment einpackte, versuchte sie, ihre Furcht vor der ersten Rückkehr in ihr altes Zuhause seit dem Ablegen des Eides in Schach zu halten. Der Ritt dauerte zwar nur drei Tage, aber ebenso hätte er auf die andere Seite der Hellers führen können. Lanilla, die jüngste und als letzte verheiratete ihrer fünf Töchter – Renata und Geremy hatten keine Söhne bekommen –, war nicht nur die Einzige, die in der Nähe ihres Vaters lebte, sondern auch die Einzige, die ihre Mutter je eingeladen hatte. *Und das eine Mal hat ihr auch gereicht! Zweifellos halten mich alle anderen noch immer für verrückt.*

Renata sah Lanilla im Alter von sechzehn Jahren vor sich, am Tag ihrer Eheschließung: Die Tochter hatte mit Sprachlosigkeit auf ihre Ankündigung reagiert, am nächsten Tag ins Gildenhaus von Arilinn zu ziehen. Das Mädchen hatte die Ankündigung als Verrat an ihm aufgefasst. Wie hätte Renata erklären sollen, dass nur das Warten auf ihren Hochzeitstag sie so lange bei Geremy hatte bleiben lassen? Nun, da Lanilla sicher an den jüngeren Sohn eines unbedeutenden Edelmannes verheiratet war – ein *stolzer* Triumph für einen Pferdezüchter –, hatte Renata keine Verpflichtungen mehr empfunden, ihre eigene Freiheit einzuschränken.

Sie schloss die Reisetasche und warf einen Blick auf den in der Ecke liegenden Hebammenbeutel. Darin befanden sich die Instrumente ihres Fachs und Drogen – sowohl traditionelle Kräuterheilmittel als auch Tränke, die sie von den Terranern bekommen hatte. Sie beschloss, ihn zurückzulassen. Warum sollte sie die unausweichliche Spannung noch verschlimmern, indem sie ihre Wahl so zur Schau stellte? Da Lanilla nicht akut krank war und über eine Hebamme verfügte, brauchte sie ihre Sachen nicht. Die typische Kleidung der Entsagenden würde im Haushalt ihres Gatten schon genug Aufruhr erzeugen.

Soll ich vielleicht lieber einen Rock anziehen? Nein. Es war zwar ganz in Ordnung, keine Auseinandersetzung zu provozieren, aber der Schwesternschaft brauchte sie sich nicht zu schämen. *Außerdem kann ich in drei Tagen mein Haar ohnehin nicht wieder bis in den Nacken wachsen lassen,* dachte sie mit einem ironischen Lächeln.

Falls Lanilla noch immer Verbitterung empfand, nutzten ihr auch äußerliche Veränderungen nichts. Doch andererseits, meinte Renata, konnte diese Einladung nur bedeuten, dass ihr Kind wieder eine liebevolle Beziehung zu ihr aufnehmen wollte. Als sie wieder zu Davin hinunterging, beflügelte der Gedanke ihren Schritt. Da kein Notfall vorlag, hätte sie zwar mit der Abreise bis zum nächsten Morgen warten können, aber ihr war danach, den Weg so schnell wie möglich hinter sich zu bringen.

Davin dachte offenbar ebenso, denn er hatte keine Einwände, aufzusitzen und in den Regen hinauszureiten. Sie konnten noch mehrere Meilen hinter sich bringen, bevor die Müdigkeit sie für den Rest der Nacht zum Ausruhen zwang. Renata stellte mit wehmütiger Erheiterung fest, dass Geremy ihr eine seiner besten Stuten geschickt hatte. Ihr Mann war stets höflich zu ihr gewesen, auch dann noch, als seine milde Zuneigung sich in Zorn verwandelt hatte. Davin jedoch war es offenbar noch immer peinlich, Renata in die Augen zu schauen oder mit ihr zu reden. Er fühlte sich, zwischen seinem Herrn und seiner früheren Herrin eingezwängt, zweifellos unbehaglich.

»Könnt Ihr mir etwas mehr über Lanillas Zustand sagen?«, fragte sie, als die beiden über die leere Straße vom Gildenhaus fortritten. »Sie hat mir gefehlt.« Renata spürte einen Anflug von Trauer bei der Erinnerung daran, wie ihre Letztgeborene als Säugling an ihrer Brust gelegen hatte. Dann ein Aufblitzen: Lanilla mit zwölf half ihr beim Gebären und der Pflege kranker Ehefrauen der Gestütarbeiter. *Hör damit auf,* ermahnte sie sich. *Du bist noch nicht alt genug, um in einer sentimentalen Pfütze zu versinken.* »Warum ist sie denn nach Hause gekommen, statt die Geburt auf ihrem eigenen Landsitz durchzustehen?«

»Laut dem, was ich die *Damisela* habe sagen hören«, erwiderte Davin, »war sie einsam. Sie wollte das Kind in Anwesenheit ihrer alten Kinderfrau bekommen.« Annelys hatte sich um alle Säuglinge Renatas gekümmert. »Ich glaube, sie hat Angst ... sie hatte so viele Frühgeburten, und diese Schwangerschaft ist die erste, die so lange gehalten hat ...« Davins

Stimme versagte, es war ihm eindeutig peinlich, dass er über Dinge sprechen musste, die nicht seine Welt waren. Er würde nichts mehr sagen. Er würde auf weitere Fragen nur noch mit freundlichen Nichtigkeiten antworten.

Als Renata dem Tor des respektablen Steingebäudes entgegenritt, in dem sie den größten Teil ihres Erwachsenenlebens verbracht hatte, empfand sie angesichts der Aussicht, der regnerischen Nacht zu entgehen und unter ein trockenes Dach zu kommen, kaum mehr als Erleichterung. Abwechselnd schwacher oder heftiger Regen hatte sie den ganzen Weg von Arilinn bis hierher begleitet, und wenn sie nach den grauen Wolkenbergen urteilte, die am dritten Tag der Reise dem Sonnenaufgang vorausgegangen waren, würde es noch vor dem Morgengrauen gewittern. Davin brachte sie in den großen Saal und zog sich schnell zurück, um die Pferde zu versorgen.

Vor Renata stand eine schlanke junge Frau mit Haaren von blassgoldener Farbe. Es war Dori, die *Barragana*, die Geremy sich im Jahr vor Lanillas Eheschließung genommen hatte. Falls sein Verhalten in Renatas Bett während der letzten paar Jahre irgendein Hinweis war, hatte er sich nur aus Statusgründen eine Geliebte gesucht und weniger aus sexuellen.

Und aus einem anderen Grund. Als die junge Frau schüchtern auf die beiden Reisenden zuschlich – *Na so was, sie ist angesichts unserer Begegnung weitaus gehemmter als ich!* –, fiel Renata die absurde Schwere ihres Busens auf, die gar nicht zu ihrer ansonsten schlanken Gestalt passte. Davin hatte versehentlich ausgeplaudert, dass Dori Geremy kürzlich einen Sohn geboren hatte. *Nun hat er endlich den männlichen Erben, den er sich immer gewünscht hat.*

Dori zog den Kopf ein. Es war eine Art Verbeugung. »Willkommen in ... Eurem Haus, Dame Renata.«

Einiges von Renatas Anspannung löste sich in dem Impuls

auf, die Angst der jungen Frau zu lindern. Sie trat näher und nahm Doris Hand. »Es ist jetzt Euer Zuhause. Ich habe nicht vor, zurückzukehren und es an mich zu reißen. Ich habe nichts gegen Euch.«

Dori begegnete dieser Aussage mit einem scheuen Lächeln. Warum hatte Geremy sie nicht geheiratet? Wahrscheinlich, weil er damit verkündete, dass Renata nicht mehr seine Gattin war. Er hätte ein solches Eingeständnis als Niederlage empfunden.

Bevor die Hebamme protestieren konnte, nahm Dori ihr den Umhang ab. »Ich werde jemanden beauftragen, Euch ein heißes Getränk zu bringen. Nach einer solchen Reise müsst Ihr doch erschöpft sein.«

Geremy nahm sie also nicht in Empfang. Nun ja, sie hatte es auch kaum erwartet. Ob es ihr gelang, ihm während ihres gesamten Aufenthalts aus dem Weg zu gehen? Wie lange sollte die Einladung überhaupt dauern? »Vielleicht später ... Ich möchte jetzt gern Lanilla sehen. Ist sie wach?«

Kurz darauf stand Renata vor der Tür von Lanillas Kammer. Es war die gleiche, die sie schon als Kind bewohnt hatte. Auf ihr Klopfen hin öffnete die alte Annelys – eine kleine Frau, ihr Rücken war noch gerade, doch ihr schwarzes Haar war von silbergrauen Strähnen durchzogen. Renata unterbrach Annelys' Knicks mit einer Umarmung.

»Ihr habt uns gefehlt, Dame Renata. Seid Ihr möglicherweise für immer zurückgekommen ...?«

Die ehemalige Hausherrin unterbrach sie. »Nur um Lanilla zu besuchen.« Es wäre ihr nicht eingefallen, ihren Entschluss auch nur ansatzweise zu erklären. Annelys hätte ohnehin reagiert wie schon vier Jahre zuvor: Sie hätte den Kopf geschüttelt und gegackert, als hätte ihre Herrin den Verstand verloren.

Renata hörte nur mit halbem Ohr, wie hinter der Kinderfrau

die Tür ins Schloss fiel. Lanilla saß in einem mit dicken Kissen gepolsterten Sessel neben dem Bett und machte Anstalten, sich zu erheben. Eilig durchquerte Renata den Raum und ergriff die Hände ihrer Tochter. »Bleib sitzen, *Chiya*.« Sie beugte sich über Lanilla, um sie zu küssen.

Die junge Frau drehte den Kopf, so dass der Kuss ihre Wange traf. »Du bist also gekommen, Mutter. Ich wusste nicht genau, ob du die Zeit erübrigen konntest.«

Ein Anflug von Verletztheit und Verärgerung durchfuhr Renata. Sie schluckte den Impuls herunter, anzumerken, dass Lanilla und nicht sie die letzte Begegnung in einem Streit hatte enden lassen. *Sie wollte mich in ihrer Nähe haben, damit ich ihr helfe, meine Enkel aufzuziehen. Junge Leute glauben immer, ihre Eltern seien nur dazu da, es ihnen bequem zu machen.* »Auch wenn ich mein eigenes Leben führe, bedeutet es nicht, dass ich dich verlassen habe«, sagte sie so sanft wie nur möglich.

»Was war falsch an deinem Leben hier? Ach, fangen wir nicht wieder damit an.« Lanilla rutschte rastlos hin und her. Renata zog einen kleinen Sessel heran und registrierte bestürzt die Veränderungen ihrer Tochter. Ihr rotbraunes Haar wirkte trocken und leblos, ihre Haut war bleich wie Lehm. Renatas ausgebildetes Auge konzentrierte sich auf Lanillas geschwollene Fußgelenke. Ihr aufgedunsenes Gesicht bot einen heftigen Kontrast zu ihren schlanken Armen.

»Ich habe gehört, dir geht es nicht gut. Was sagt die Hebamme?«

Lanilla legte die Hände auf ihren dicken Bauch. »Sie beharrt darauf, dass ich die nächsten zweieinhalb Monde in dieser Kammer bleibe und mich nur vom Bett zum Sessel und zurück bewege. Gnädige Göttin, ich kann es jetzt schon nicht mehr ertragen!«

»Wenn es für deine und die Gesundheit deiner Kinder hilfreich ist, musst du es tun«, sagte Renata. Innerlich empfand sie Wut über die unnötigen Schmerzen und die Gefahr. Die Terraner besaßen Arzneien, welche die Gifte neutralisierten, die der Körper einer Schwangeren produzierte. Doch der eh wie je konservative Geremy würde nie zulassen, dass man seine Tochter mit derlei neuen Methoden behandelte. Gareth, Lanillas Mann, war wahrscheinlich ebenso traditionsverbunden.

Als Renata sah, dass Lanilla sich die Stirn rieb, fing ihr rudimentär entwickeltes *Laran* ein Aufblitzen der chronischen Kopfschmerzen auf, an denen ihre Tochter litt. »Ich werde alles tun, damit diese Schwangerschaft gut verläuft. Ich habe so viele ...« Lanilla wischte über ihre feuchten Augen und schluckte ein Aufschluchzen herunter. »Es ist das erste Mal, dass ich es über den dritten Mond hinaus schaffe. Aber ich bin so müde.«

Renata tätschelte ihr die Schulter. »Dann ist es ein gutes Zeichen. Vielleicht klappt es diesmal wirklich. Aber du darfst dich nicht aufregen. Für Säuglinge ist es schädlich.« Wie konnte Lanilla sich nur Jahr für Jahr dieser Tortur unterziehen? Und warum blieb sie bei einem Mann, der sie zu diesen Leiden zwang? Es gab doch bestimmt genügend elternlose Kinder, die jemanden brauchten und die man adoptieren konnte. Doch da Renata diese Gedanken nicht laut aussprechen konnte, sagte sie: »Jetzt bin ich hier. Ich freue mich, dass du nach mir geschickt hast.«

In Lanillas Augen schwelte Groll. »Es ist schwer zu glauben, wenn man bedenkt, wie eilig du es hattest, uns zu verlassen. Du hättest mich wenigstens warnen können, statt einen Tag nach meiner Hochzeit einfach zu verschwinden.«

Da Renata ihren Entschluss so noch nie gesehen hatte, erwiderte sie überrascht: »Ich hielt es für besser, nicht im Voraus darüber zu sprechen, *Chiya*. Ich wollte deine Hochzeitsvorbereitungen nicht durcheinander bringen.«

Das Funkeln verschwand aus Lanillas Augen. »Tja, so habe ich es nicht gesehen«, sagte sie. »Auf mich wirkte es vielmehr, als könntest du es kaum erwarten, mich los zu sein, um dein *eigenes* Leben zu leben.«

»Ach, meine Liebe!« Renata wollte ihre Tochter in den Arm nehmen, doch sie unterließ es, als Lanilla sich versteifte. »Deswegen bist du doch nicht weniger ein Bestandteil meines Lebens. Nach all diesen Jahren wurde mir eben klar, dass Geremy mir nicht erlaubte, ein selbständiger Mensch zu sein. Wie kann ich es dir nur erklären?« Sie konnte es nicht. Sie hatte es schon einmal versucht, doch ihre Argumente waren auf taube Ohren gestoßen. Kein Angehöriger ihrer Familie hatte Renatas Unzufriedenheit verstanden, Geremys Zuchtstute und Haushaltsleiterin zu sein. Hatten Frauen nach der Ehe etwas anderes zu erwarten? Sie genoss schließlich das Vertrauen ihres Gatten und den Respekt ihres Personals. Warum wollte sie also unbedingt nach Arilinn gehen, um den Beruf einer Hebamme zu erlernen – obwohl das *Laran,* das sie als Bürgerliche besaß, so skandalös gering war – und sich selbst ein paar Münzen zu verdienen, statt damit zufrieden zu sein, Fohlen und Kinder von Bediensteten zur Welt zu bringen? Warum wollte sie ihre Zeit damit vergeuden, Bücher über wissenschaftliche Pferdezuchtmethoden zu lesen und ihren Gatten dazu drängen, diese fremdartigen Ansichten anzunehmen, wenn solche Dinge außerhalb der rechtmäßigen Sphäre einer Dame lagen? Zu viele Gelegenheiten, bei denen man ihre Vorschläge mit einem vagen Lächeln abgetan hatte, hatten sie überzeugt, dass Geremy ihr nie einen eigenen Kopf zugestehen würde. Doch Lanilla empfand diese Vorwürfe so, wie auch ihre anderen Töchter: als frivol und unbegreiflich.

Lanilla drängte ihre Mutter nicht zu einer Erklärung. »Mein Rücken tut weh. Ich möchte ins Bett. Schickst du Annelys bitte herein?«

Als Renata das Schlafzimmer verließ, unterdrückte sie ein Seufzen. Am nächsten Morgen, wenn Lanilla sich ausgeruht hatte, war sie Zuneigung gegenüber vielleicht offener.

Renata schritt mit festem Schritt durch den großen Saal und fing die Zofe ab, die mit einem Topf voller dampfendem Kräutertee zur Treppe unterwegs war. »Ich trinke ihn im kleinen Salon. Und ich möchte den Herrn sprechen – jetzt gleich.«

Einige Minuten später saß sie auf dem vertrauten abgewetzten Sofa vor dem Kamin im kleinen Salon und nippte ihren Tee. Durch die Steinmauern hörte sie das leise Heulen des herannahenden Gewitters. Als Geremy hereinmarschierte und ihr gegenüber Platz nahm, zwang sie sich, ihn möglichst kühl zu begrüßen.

»Renata ...«, sagte er und räusperte sich. »Ich danke dir, dass du gekommen bist. Du bist zweifellos ... ziemlich beschäftigt.«

Ihre unterdrückte Verärgerung kochte über. »Herr im Himmel, glaubt ihr denn alle, mein Eid hat mich zu einem Ungeheuer gemacht? Hast du wirklich gedacht, ich würde das Leiden meines Kindes ignorieren?« Sie stellte den Becher so fest auf den Tisch, dass der Tee überschwappte.

»Gareth und Lanilla haben bei ihrem Versuch, ein Kind zu bekommen, eine Menge Kummer erlebt«, sagte er. »Dank der Göttin sieht es diesmal so aus, als würde sie wirklich gebären.«

»Gareth!« Renata hielt sich zurück. Sie wusste, dass es ihr nichts einbrachte, wenn sie jetzt über männliche Grobschlächtigkeit philosophierte. »Wie kannst du das nur zulassen, Geremy? Siehst du denn nicht, wie schlecht es Lanilla geht? Sie braucht mehr Hilfe, als eine Landhebamme ihr geben kann.«

Geremy setzte sich aufrecht hin und sagte in frostigem Ton: »Hilfe dieser Art hat dir doch auch genügt.«

Renata schüttelte verärgert den Kopf. »Ich habe meine Kinder wie ein stämmiger Ackergaul bekommen. Lanilla ist anders. Sie braucht besondere Nahrungszusätze und Medizin, um die Gifte aus ihrem Kreislauf zu vertreiben. Wenn die Zwillinge kommen, benötigen wir vielleicht Instrumente, um sie sicher auf die Welt zu bringen – gar nicht zu reden von Gerätschaften, die sie am Leben erhalten, wenn sie zu früh geboren werden.«

»Das reicht! Du weißt, was ich von den Sitten der Terraner halte!«

»Bedeutet das Bewahren von Tradition etwa, dass man dem gesunden Menschenverstand gegenüber blind ist?« Renata schluckte ihre Wut herunter. Na schön, auch Geremy hatte ein Körnchen gesunden Menschenverstandes auf seiner Seite; sogar einige ihrer Lehrerinnen bezweifelten die Weisheit des Einsatzes komplizierter Techniken, um Kinder zu retten, denen die Göttin zu sterben erlaubt hatte. *Aber doch nicht die Kinder meiner Tochter!* Renata sagte etwas leiser: »Hättest du mich darüber informiert, wie schlecht es ihr geht, hätte ich wenigstens meine Instrumente mitgebracht. Einige der Arzneien in meinem Beutel könnten ...«

Geremy errötete. »Sie braucht keinen der Tricks, die du von dem Weiberpack gelernt hast, das Ehefrauen dazu verführt, ihre Männer sitzen zu lassen!«

Geremy glaubte also noch immer an diesen Unfug. Er hätte es nachvollziehen können, wenn seine Gattin ihn wegen eines jüngeren und reicheren Mannes verlassen hätte – aber wegen *Weiberpack*? Er hatte Renatas Beweggründe nie verstanden.

»Es ist mir egal, was du von mir hältst, aber deine Gefühle sollten deine Tochter nicht daran hindern, die bestmögliche Behandlung zu bekommen.«

Geremy stand auf. »Ich möchte nicht mehr darüber sprechen. Du kannst so lange bleiben, wie Lanilla es möchte, aber infiziere sie nicht mit deinen verrückten Ideen.«

Renata knirschte mit den Zähnen, um ihn nicht anzuschreien. »Glaub mir, Geremy, es würde mir nie einfallen, in deinem Haus *Ideen* zu verbreiten.«

In den Tiefen der Nacht wurde Renata von einem Donnerschlag geweckt. Von dem dreitägigen Ritt wundgescheuert, tastete sie sich zum Fenster und schaute hinaus. Im Licht eines Blitzes erkannte sie eine Regenwand und den überfluteten Stallhof.

Hatte nur das Donnern sie geweckt? Aus irgendeinem Grund kroch trotz des schweren Nachthemdes Kälte in ihre Glieder, und ihr Herz raste wie ein panisches Rabbithorn. War es bloße Nervosität nach einem harten Tag oder eine echte Warnung ihres geringen *Larans*?

Lanilla!, dachte sie. *Etwas stimmt nicht mit ihr!*

Im gleichen Augenblick zerriss ein Schrei die Luft. Renata griff nach einem Hausgewand, warf es über ihr Nachtkleid und eilte durch den Korridor. Erneut ertönte ein Schrei.

Sie jagte in Lanillas Zimmer, wo Annelys den Rücken der jungen Frau massierte und sich bemühte, sie zu beruhigen. Geremy ging neben der Tür auf und ab. »Es ist zu früh ... Viel zu früh. Ich habe einen meiner Männer zur Hebamme geschickt ...«

»Hast du das Gewitter draußen gesehen?«, rief Renata. »Glaubst du im Ernst, die Frau kann pünktlich hier sein? Wer weiß, ob dein Kurier sie bei diesem Wetter überhaupt findet?« Sie eilte an Lanillas Bett und nahm das Gesicht ihrer Tochter zwischen die Hände. »Pssst, *Chiya*. Du musst ruhig bleiben. Hole tief und regelmäßig Luft. So ist es gut ... Und atme langsam aus. Braves Mädchen.« Sie schaute der Schwangeren in die Augen und zwang ihren Atem dazu, langsamer und tiefer zu werden. Mit einem kurzen Blick auf Geremy sagte sie: »Ich kümmere mich um sie. Ich bin dazu ausgebildet worden.«

Mit geballten Fäusten erwiderte der Mann: »Glaubst du etwa, ich lasse zu, dass du an ihr herumpfuschst ...?«

»Welche Wahl hast du denn, du Narr?«, wütete Renata. »Sind dir deine Vorurteile wichtiger als das Leben deiner Tochter? Geh jetzt raus und lass mich meine Arbeit tun.«

Lanilla krallte sich in Renatas Schulter. »Ja, Mutter ... Ich möchte, dass du es tust ... Bitte, lass meine Kinder nicht sterben!«

»Arbeite mit mir zusammen, Liebling, dann tue ich mein Bestes.« Zu Geremy sagte sie: »Falls die Hebamme je herkommt, schick sie nach oben.«

Der Angesprochene stolzierte hinaus.

Während der nächsten zwei Stunden dirigierte Renata Lanillas Atmung, während Annelys ihr den aufgeblähten Bauch streichelte. Die Hebamme spürte das Echo von Lanillas Pressen als reißenden Schmerz in ihrem eigenen Körper. Sie drängte ihn in die untersten Schichten ihres Bewusstseins zurück, da sie wusste, dass es ihrer Tochter nicht half, wenn die Kontraktionen auch noch sie auslaugten. Als die Fruchtblase geplatzt war, hatte Lanilla wie ein waidwundes Tier gewinselt. Annelys entfernte vorsichtig mehrere Schichten durchnässter Laken und ersetzte sie durch trockene.

Renata streichelte Lanillas Finger, die sich immer wieder in den Saum der Schlafdecke krallten. »Du musst dich entspannen, *Chiya*, und deine Kraft fürs Pressen aufsparen.«

»Ich kann nicht mehr, ich bin zu müde«, stöhnte Lanilla. »Mutter, sorg dafür, dass es aufhört!«

»Ich habe Angst um sie«, flüsterte Annelys Renata ins Ohr. »So heftige Schmerzen dürfen nicht lange andauern.« Lanilla, von den Kontraktionen völlig benommen, schenkte ihr keine Beachtung.

»Du hast Recht«, erwiderte Renata murmelnd. Wie sehr sie sich nach ihrem kleinen Vorrat terranischer Arzneien sehnte.

Sie hätten die Wehen gelindert und verkürzt und die Blutung kontrolliert. Die Mutter massierte Lanillas Bauch mit sanften Bewegungen. »Für die Kinder ist es zu früh; sie haben sich noch nicht gedreht. Sie liegen beide noch mit dem Kopf nach oben.« Im Gildenhaus hätte sie in einer solchen Situation chirurgisch eingegriffen statt Mutter und Kind mit einer Vaginalgeburt auszulaugen. Oder sie hätte wenigstens die Zange einsetzen können, um die Geburt zu erleichtern. Doch jetzt verfügte sie nur über ihre Hände und ihre Erfahrung. »Ich versuche, sie zu drehen. Lanilla, Liebling, atme tief ein ... Annelys wird dir helfen ... Ich muss ihre Köpfe in die richtige Position bringen.«

Renata fuhr mit den Fingern über den Bauch ihrer Tochter. Während Lanilla zwischen ihren Schreien nach Luft schnappte, drehte die Hebamme den Kopf des ersten Kindes – bei jedem Zufassen um einen Zentimeter. Ihre Gelenke schmerzten vor Anspannung, als der Säugling endlich in der richtigen Position lag und sein Kopf in der Beckenwiege ruhte. Keine Sekunde zu früh – Lanillas Schreie wurden zu einem heiseren Ächzen. Sie umklammerte Renatas Arm mit einem festen Griff.

»Annelys, halt sie hoch!«

Die Kinderfrau kniete sich neben Lanilla hin und stützte ihren gekrümmten Nacken. Renata befreite sich und schob den Saum der Bettdecke in Lanillas Hände. »Genau, *Chiya*, jetzt kannst du pressen! Aufhören ... einatmen ... so ist es richtig ... Jetzt tief Luft holen, und das Ganze wieder von vorn ...« Sie setzte ihre Litanei fort. Es ging so automatisch wie ihr Herzschlag, nebenbei überwachte sie den Fortschritt des Kindes per Berührung und *Laran*.

Kurz darauf erblickte sie den feuchten Umriss des Schädels. Mit einem Triumphschrei packte sie den winzigen Leib, der in ihre Hände glitt.

»Ein Mädchen«, murmelte Annelys. »Aber so klein!«

»Dank Avarra hast du ein wunderschönes Mädchen geboren«, sagte Renata zu ihrer Tochter. Die bläuliche Hautfarbe des Kindes ließ sie unerwähnt. Sie reichte Annelys die Kleine. »Blase in ihren Mund, damit sie Luft kriegt.« Sie schob Rollen von sauberem Leinen unter Lanillas Schenkel, um den Blutstrom aufzufangen, der auf die Nachgeburt folgte. »Und jetzt das andere Kind. Hol wieder tief Luft.«

Erneut erforschten ihre Hände die Umrisse eines Kinderkörpers. Es war zu spät, um es zu drehen. Die Kontraktionen wurden wieder schneller. Mehr Blut, danach ein heller Schrei Lanillas.

Renatas tastende Finger berührten einen kleinen Fuß und ein Bein. Sie schob die Hand in den Geburtskanal und blieb bei ihrem besänftigenden Instruktionsgemurmel. »Nicht pressen – atme schnell und flach ...« Es gelang ihr schrittweise, das andere Bein herauszuziehen. »Jetzt wieder pressen.« Als die Kontraktion nachließ, zog Renata vorsichtig weiter. Lanilla gebar mit einem letzten Schrei einen blutüberströmten Knaben und sank mit geschlossenen Augen auf das Kissen.

Die Hebamme hob den Säugling hoch und beatmete ihn. Keine Reaktion. Sie drückte auf das zerbrechliche Brustbein und blies weiterhin Luft zwischen die blauen Lippen. Noch immer nichts. Die winzigen Gliedmaßen hingen schlaff über ihren Arm. Sie spürte keinen Herzschlag. Sie wickelte das Kind in eine Windel ein und legte es auf den Sessel neben dem Bett.

Als sie sich umdrehte, um sich um die Nachgeburt zu kümmern, stellte sie fest, dass zwischen Lanillas Schenkeln noch immer Blut strömte. Sie legte die flache Hand auf die nasse Stirn ihrer Tochter. »Hör zu, Lanilla! Die Blutung ist sehr stark. Wir müssen sie aufhalten. Hilf mir ... Hör mir zu, konzentrier dich!«

Lanilla öffnete die Augen und maß ihre Mutter mit einem stumpfen Blick. Renate schaute die junge Frau an, zog ihre Aufmerksamkeit auf sich, stellte sich vor, am Blutfluss entlang zu seiner Quelle zu schwimmen und sie mit der Kraft ihres Willens einzudämmen. Die Hebamme holte tief Luft und dirigierte Lanilla dazu, in einem gleichmäßigen Rhythmus zu atmen. Die nun beruhigte Frau überließ sich dem Willen ihrer Mutter, und die Blutung hörte auf.

»Meine Kinder«, sagte Lanilla heiser.

Renata umfasste ihre Hand. »Du hast eine Tochter. Doch der Junge ist eine Totgeburt.« Sie schaute Annelys an, die noch immer in den Mund des Mädchens blies. In diesem Moment stieß die Kleine einen leisen Schrei aus. Zu Renatas Erleichterung ging die blaue Hautfärbung zurück. Sie streckte die Arme aus und nahm das in eine Decke geschlagene Kind an sich. »Annelys, besorg mehr Decken und lass Steine anheizen. Wir müssen einen Brutkasten für die Kleine machen. Beeil dich!«

Schnell durchtrennte und verknotete Renata die Nabelschnur, dann legte sie die Kleine auf Lanillas Brust. Das Gesicht der Gebärenden war tränenfeucht, doch sie drückte das Kind fest an sich. »Der Göttin sei Dank! Wäre Gareth doch nur hier!«

Renata registrierte dankbar, dass Lanilla zu beschäftigt war, um ihre empörte Miene zu bemerken, die sie nicht ganz unterdrücken konnte. Gareth wünschte sich zweifellos einen Sohn – wie alle Männer. Lanilla würde ihm wahrscheinlich den Gefallen tun, wieder schwanger zu werden, sobald sie keine Milch mehr hatte.

Renata glättete das Haar des Neugeborenen, dann streichelte sie die Hand ihrer Tochter. »Ich freue mich sehr, dass du endlich ein Kind hast. Du brauchst es aber nicht noch einmal durchzumachen, arme Kleine. Falls Gareth will, dass du dich

Jahr für Jahr durch Schwangerschaften auslaugst – und dein Leben aufs Spiel setzt –, brauchst du nicht bei ihm zu bleiben. Er kann dich nicht zwingen, dieses Opfer zu bringen.«

Lanillas Augen flammten trotz ihrer Erschöpfung auf. »Kannst du es denn nicht verstehen, Mutter? Hör endlich auf, mich in dein Ebenbild zu verwandeln! Ich *liebe* Gareth. Ich *möchte* Kinder von ihm haben.«

Renata starrte ihre Tochter wie benommen an. *Sie meint es ernst! Verstehe ich sie wirklich ebenso wenig wie sie mich?* »Verzeih mir, *Chiya*. Es liegt natürlich in deinem Ermessen. Sei glücklich damit.« Sie küsste Tochter und Enkelin.

Die Tür ging auf, und Annelys kam mit dem Brutkasten herein. Geremy folgte ihr. Er trat fast zaghaft an das Bett.

Renata richtete sich auf und schaute ihn an. »Da hast du dein Enkelkind, Geremy.«

Er küsste Lanillas Hand und fuhr vorsichtig mit einem Finger über die Wange der Kleinen. Als er Renatas Blick bemerkte, schaute er schnell weg und sagte barsch: »Die Götter seien gepriesen.« Dann schluckte er heftig. »Ich hoffe, du kommst zurück, wenn wir dem Kind einen Namen geben.«

Trotz der Schmerzen in ihrem Kreuz und ihren Armen musste Renata lächeln. »Es würde mir nicht einfallen, das Ereignis zu verpassen.«

Über Priscilla W. Armstrong und
»Das Gildenhaus von Dalereuth«

Priscilla Armstrong sagt zu ihrer Geschichte, sie habe sich oft gefragt, was aus der Gemeinschaft in Dalereuth wurde, nachdem der Vertrag die Herstellung von Waffen verbot. Die Einstellung der Haftfeuer-Produktion muss beträchtliche wirtschaftliche Probleme zur Folge gehabt haben. Da der Ort mit Rohana und Kindra zwei grundverschiedene Charaktere hervorgebracht hat, die ihn als ihre Heimat bezeichnen – die eine ging in einen Turm, die andere in ein Gildenhaus –, muss er sehr ungewöhnlich gewesen sein.

Über sich selbst sagt Priscilla, dass sie eine Tochter und zwei Enkel hat. Ihr Ehemann berät Senioren und Seniorenwohnheime in Unterbringungsfragen. Ihr Sohn ist Heilpädagoge in San Francisco. Zu Priscillas professionellen schriftstellerischen Erfolgen zählen eine Erzählung in *Ellery Queen's Mystery Magazine* sowie Artikel in den Zeitschriften *The Gerontologist* und *Activity Directors Guide.*

Bei diesem Hintergrund rechnet man geradezu mit einer Geschichte, die sich mit den Realitäten der Sozialarbeit auseinandersetzt. Eine solche hat sie auch geschrieben. MZB

Das Gildenhaus von Dalereuth

von Priscilla W. Armstrong

Ginevra n'ha Rina und Rina n'ha Rina ritten schweigend über die alte Hochstraße von Thendara nach Dalereuth. Da sie nur selten genutzt und auch nicht regelmäßig in Stand gehalten wurde, war sie nur noch ein grasbewachsener Pfad. Die beiden Frauen waren seit fast zwei Tagen unterwegs, ohne dass das Geringste passiert war.

Ginevra beobachtete wachsam den Wald, der den Weg umsäumte, und hielt nach Anzeichen von Banditen Ausschau. Es hieß, dass es hier von ihnen nur so wimmelte. Sie erblickte jedoch nur den Knospen treibenden Frühling, und selbst dieser entging ihr mehrheitlich. Seufzend prüfte sie noch einmal ihr langes Messer, um sich zu vergewissern, dass es griffbereit und leicht zu handhaben war. Ihr hübsches Gesicht wirkte grimmig, ihre grauen Augen waren zusammengekniffen, und sogar ihr kurzes rotbraunes Haar schien wachsam zu sein.

Im Gegensatz zu ihr ritt Rina entspannt und lächelnd dahin und kommentierte die sie umgebende Schönheit. Außer ihrem Messer trug Rina noch eine kleine *Rryl* bei sich, in deren Saiten sie beim Reiten schlug. Statt mit einem Angriff zu rechnen und sich darauf vorzubereiten, genoss sie lieber den Augenblick.

Hatte sie ihrer kleinen Schwester zu viel zugemutet? Sie hatte Rina und sich rücksichtslos aus den Händen der Trockenstädter-Händler befreit, allerdings hatte es die Not geboten. Der Winter in den Wäldern von Darkover war schlimm, doch in den Seidengewändern, die sie zum Vergnügen ihrer Käufer anlegen mussten, hatten sie auf der Flucht über Gebühr gelitten. Hätte sie Rina nicht angetrieben, wären sie den

Aasgeiern zum Opfer gefallen und hätten das Gildenhaus von Thendara nie erreicht.

Ginevra war mit ihrem jetzigen Auftrag von Anfang an nicht glücklich gewesen. Sie hatte nur in der Hoffnung zugestimmt, dass es für ihre Klinge unterwegs etwas zu tun gab. Es war viel zu lange her, seit sie das Gildenhaus verlassen hatte, um sich auf eine Reise zu begeben – und es war noch viel länger her, seit ihr Schwert sich hatte bewähren dürfen. Natürlich verließ Mutter Carla sich auf dieser Reise hauptsächlich auf ihr Schwert, aber man erwartete auch, dass sie sich diplomatisch verhielt, wenn die beiden Schwestern erst angekommen waren.

Die junge Frau dachte an das Gespräch mit Carla zurück. »Es ist an der Zeit, dass wir über die Neueröffnung des Gildenhauses von Dalereuth nachdenken. Das Haus in Thendara ist zu voll. Wir müssen uns schon stapeln wie Brennholz. Fast jede Woche kommen Frauen zu uns, die Schutz und Obdach suchen, und fortschicken können wir sie nicht. Ich möchte, dass ihr nach Dalereuth reitet, um zu prüfen, ob unser dortiges Haus renovierbar ist und die dort lebenden Menschen etwas dagegen haben, wenn wir es wieder beziehen.«

»Warum gerade wir?«, fragte Ginevra. »Es gibt doch bestimmt andere, die besser dafür geeignet sind.«

»Die Reise ist gefährlich. Ihr wisst, was Marla Hastur vor einigen Wochen passiert ist. Dein Können als Kämpferin ist bei einer solchen Reise unabdingbar, Ginevra. Es hat keinen Sinn, jemanden zu schicken, der vielleicht nicht mal dort ankommt. Eine solche Reise ist nichts für unsere Hebammen oder Kaufleute.«

»Rina und ich könnten sie beschützen«, sagte Ginevra.

»Nein. Ich möchte nicht mehr als zwei Personen schicken. Ich habe keine Ahnung, wie die Bewohner von Dalereuth nach all diesen Jahren auf uns zu sprechen sind. Zusammen könnt ihr es schaffen. Ihr könnt mit der Klinge umgehen, und wenn Ginevra sich nicht gern mit den Leuten unterhält – besonders mit den Leuten aus dem Turm –, kann Rina das Reden übernehmen.« Sie lächelte die schweigsame Rina freundlich an.

So hatte man es arrangiert, und deswegen befand Ginevra sich auf einer diplomatischen Mission. Carla hatte natürlich Recht. Rina konnte fast ebenso gut wie sie mit dem Schwert umgehen.

»Was tun wir, wenn wir dort sind, Rina?« Ginevra betastete ihre Klinge.

»Solange wir nicht wissen, wie es dort aussieht, können wir auch nicht planen, wie wir vorgehen.«

»Du brauchst immer irgendwelche Informationen.«

»Ja, und du willst immer gleich handeln. Du musst zugeben, das wir eine ausgeglichene Einsatztruppe sind, *Breda*.«

Ginevra lächelte endlich und klopfte ihrer Schwester auf den Rücken. »Stimmt. Ich behalte das Schwert in der Scheide, und du redest. Wann sollen wir deiner Meinung nach mit dieser Helena im Turm reden? Es war Carla wohl sehr wichtig, dass wir uns an sie wenden. Wie kriegen wir es hin? Gehen wir einfach zu ihnen, ziehen an der Türglocke und sagen ›He, ihr Blaublüter, hört Euren niederen Untertanen mal zu?‹«

»Ginny, Ginny! *Domna* Helena wird längst wissen, wann wir eintreffen. In einem Turm weiß man so was. Wahrscheinlich wird sie nach uns schicken. Wir können aber auch zu ihr hinreiten und an der Tür klingeln.«

Ginevra brummte irgendetwas. Rina spürte, dass sie heimlich verärgert war, und seufzte.

Bin ich neidisch auf die Comyn?, dachte Ginevra. *Oder kann ich sie nur nicht leiden, weil sie das sind, was sie uns nicht sein lassen wollen? Wenn Rina und ich über* Laran *verfügen, wie Carla sagt, muss unsere Mutter etwas mit einem Comyn-Fürsten gehabt haben statt mit unserem Vater. Möge*

Zandru ihn holen. Wenn Rina es glauben möchte, soll sie es glauben. Doch ich weiß, dass es zwar rechtschaffen, aber auch närrisch war, ihn in all diesen brutalen Jahren zu lieben.

Als die beiden Dalereuth erreichten, versank die Sonne gerade im Westen und warf dunkle Purpurschatten. In einigen Häusern wurde Licht angezündet, und sie musterten überrascht eine Anzahl stabiler Steinhäuser verschiedener Größe, die allem Anschein nach unbewohnt waren. Rechts von ihnen ertönte das stetige Schlagen der Wellen gegen das Ufer.

»Morgen schauen wir uns mal das Meer an«, sagte Rina. »Ich kann es kaum erwarten.«

»Lass es uns jetzt tun«, sagte Ginevra zu ihrer und Rinas Überraschung. Sie war normalerweise nicht der Typ, der sich Naturwunder und sonstige Sehenswürdigkeiten anschaute.

Die beiden folgten dem Geräusch und fanden sich bald darauf auf einer Küstenstraße wieder, die sich an einem Deich entlangzog. Dahinter breitete sich das Meer aus.

Sie saßen ab und nahmen voller Bewunderung auf dem Deich Platz. Da war es. Das Meer. Eine Welle nach der anderen rollte an den Strand, schlug gegen lange hölzerne Anlegestellen und ließ Fischerboote an ihrer Vertäuung dümpeln. Die Luft roch frisch und salzig. Je tiefer die Sonne sank, desto roter wurde der Schaum, und so weit das Auge reichte, schwappte und bewegte sich das Wasser blau, purpurn, rosa und rastlos im schwindenden Tageslicht.

»Suchen wir uns einen Schlafplatz«, sagte Rina, als der letzte Strahl der roten Sonne verschwand und ein rosafarbenes Glühen am Himmel zurückließ.

»Wir können hier lagern«, sagte Ginevra. »Der Sand wirkt bequem.«

»Lieber nicht«, sagte Rina. »Schau dir die Markierungen auf dem Deich und unten am Strand an. Manchmal steigt das

Wasser offenbar bis hier hinauf. Ich möchte nicht gerne nass werden.«

Also kehrten sie in den Ortskern zurück und suchten sich eine Herberge am Rand des Marktplatzes.

Sie waren freudig überrascht, einen guten Stall für ihre Pferde und das Packtier und – Wunder über Wunder – sogar ein Stallmädchen zu finden, das sich um sie kümmerte. Im Inneren der Herberge fanden sie keine primitive Schenke oder Raststätte vor, wie sie es gewohnt waren, sondern einen ordentlichen, sauberen Gemeinschaftsraum mit polierter Theke, frisch geschrubbten Tischen und bequemen Stühlen. An den Tischen saßen sowohl Familien als auch einzelne Gäste. Es war ein friedlicher und angenehmer Anblick. Als die beiden eintraten, schauten die Gäste sie an, wandten sich wieder ihren Gefährten zu und sprachen über die fremden Frauen.

Ein dicker Mann, der sich die Hände an einer weißen Schürze abtrocknete, kam mit fröhlicher Miene auf sie zu.

»Tretet ein, tretet ein, ruhmreiche Fremdlinge!«, sagte er mit einer dröhnenden Stimme, welche an die sich brechenden Wellen erinnerte. Seine blauen Augen verschwanden in den Wülsten seiner Wangen und seine Mundwinkel erreichten fast seine Ohren, als er Rina und Ginerva willkommen hieß.

»Wir brauchen ein Obdach für eine Nacht«, sagte Ginevra. »Vielleicht auch für länger.«

»Ihr verleiht meiner Hütte Glanz, *Mestras*«, sagte der Wirt. »Wir richten zwei Zimmer im oberen Stockwerk für Euch her. Habt Ihr Pferde? Hat man sich ihrer schon angenommen?«

Sie versicherten ihm, dass das Stallmädchen sich in der Tat schon um ihre Pferde gekümmert habe, und folgten ihm zu einer Treppe am anderen Ende des Raumes. Wie der Alte erzählte, war er hier seit Anbeginn der Zeiten Wirt. Ohne eine Sekunde den Mund zu schließen, führte er die Frauen die Treppe hinauf zu zwei nebeneinander liegenden Zimmern, in denen eine große dünne Frau damit beschäftigt war, die Betten mit frischen Laken zu beziehen.

»Du redest zu viel, mein lieber Jock«, sagte sie und lächelte ebenso breit wie er. »Ich heiße Judy. Ich scheuche jetzt meinen braven Gatten zu seinen Pflichten am Tresen, dann zeige ich Euch den Baderaum. Ihr wart unterwegs, da möchtet Ihr Euch doch zum Abendessen gewiss frisch machen.«

Die beiden stellten sich vor und folgten Judy zu den Bädern am anderen Ende der Herberge. Judy stieß die Türen auf und zeigte ihnen nicht nur ein Bad, sondern gleich vier, und falls man ihren Beschriftungen glauben konnte, waren sie alle für Frauen reserviert. Als Judy die Überraschung ihrer Gäste bemerkte, sagte sie lächelnd: »Die Bäder für die Männer befinden sich auf der anderen Seite, ein Stockwerk höher.« Geschäftig nahm sie einen Stapel benutzter Handtücher an sich und holte neue aus einem Schrank, die sie den Frauen gab.

»Es ist einfach wunderbar hier!«, sagte Rina.

»Tatsächlich? Wir sind die einzige Herberge im Ort, deswegen haben wir keine Vergleichsmöglichkeiten. Gefällt es Euch wirklich?«

»Aber ja«, sagte Ginevra. »Eure Herberge gehört zu den besten, die wir je gesehen haben. Aber ich dachte, es wären noch andere Reisende hier.«

»Ach, Ihr meint die Leute unten? Das sind keine Reisenden, sondern Leute aus dem Ort. Die meisten sind Fischer, und wenn sie ihre Arbeit getan haben, kommen sie vorbei, um bei uns zu baden. Wir haben nämlich heiße Quellen, und die meisten Fischer haben kein Bad zu Hause. Anschließend bleiben sie meist zum Essen hier. Es erspart ihren Frauen die Kocherei, und nach einem harten Tag können sie etwas Ruhe brauchen. Sie müssen nämlich bei Tagesanbruch wieder raus, und jetzt, im Frühling, graut der Morgen ziemlich früh.«

Nachdem sie sich gebadet, entspannt und umgezogen hatten, gingen Ginevra und Rina in den Speisesaal, wo man einen Tisch mit Obst und Brot für sie hergerichtet hatte. Ein junges Mädchen, die wie eine kleinere Judy aussah, servierte ihnen einheimisches Bier, frisches Wasser und brachte das Hauptgericht – gebackenen frischen Fisch mit Soße und Gemüse.

»Sind wir gestorben und auf den Gesegneten Inseln wieder erwacht?«, fragte Rina.

»Ich weiß auch nicht, was ich davon halten soll. Dalereuth ist ganz und gar nicht das, was ich erwartet habe. Jedenfalls jetzt noch nicht. Morgen wissen wir bestimmt mehr.«

Die beiden Frauen bemerkten, dass die anderen Gäste sie beobachteten und so lange mit ihrer Mahlzeit herumtrödelten, bis Ginevra und Rina fertig waren. Sobald sie die Teller von sich geschoben hatten und sich auf den Stühlen nach hinten lehnten, ertönte das Scharren von Stühlen, und die Leute – Männer sowie Frauen – kamen näher. Zwei kleine Mädchen eilten den Erwachsenen voraus und blieben an ihrem Tisch stehen.

»Ich heiße Elena. Seid ihr wirklich Freie Amazonen?«, fragte das Mädchen mit dem kurz geschnittenen roten Haar.

»Kämpft ihr wirklich mit Schwertern?«, fragte die kleine Blonde. »Oh, verzeiht, *Mestra*. Ich heiße Jess.«

»Ich heiße Rina. Und das ist Ginevra. Wir sind Schwestern, aber auch Gildenschwestern. Wir kommen aus dem Gildenhaus in Thendara. Das bedeutet, dass wir zur Gilde der Entsagenden gehören. Ihr nennt sie Freie Amazonen.«

»Ahhh, dann seid ihr also wirklich welche«, sagte Elena. Ihr sommersprossiges Gesicht widerspiegelte deutlich eine Art Heldenverehrung. »Ihr seid tatsächlich echte Freie Amazonen?«

»Ja, wirklich echte. Was wisst ihr denn über uns?«

»Dass ihr mit Schwertern kämpft und keinem Mann gehorcht, dass ihr richtige Dinge tut und über euch selbst bestimmt. Meine Mutter Molly MacAran wurde im Gildenhaus von Arilinn als Hebamme ausgebildet. Sie hat es mir erzählt. Dies sind meine Mutter und mein Vater Dikon.« Elena sprach voller Stolz, als sie ihre Eltern vorstellte. »Und dies ist meine Freundin Jess MacArthur und ihre Eltern – Kate und Arthur.« Nachdem Elena ihre Pflicht getan hatte, ließ sie sich auf einen Stuhl sinken und rutschte an den Tisch.

Auf Rinas Einladung hin zogen auch die anderen Stühle heran und nahmen an dem Tisch Platz.

»Wenn deine Mutter in Arilinn ausgebildet wurde, gehört sie zu den Besten ihres Standes, Elena«, sagte Rina. »Das dortige Gildenhaus ist nämlich berühmt für seine Hebammenausbildung.« Rina lächelte Molly an.

»Wenn Ihr dort gelernt habt, warum habt Ihr keinen Eid abgelegt?« Ginevra konnte sich keine Frau vorstellen, die bei den Gildenschwestern gelebt hatte, ohne sich den Entsagenden anzuschließen.

»Ich mag Dikon und die Kinder zu sehr, um von ihnen getrennt zu sein«, sagte Molly.

»Und das ist auch gut so«, sagte Dikon und zerzauste Mollys dunkles Haar. »Ich wüsste nämlich nicht, was ich ohne meine Molly anfangen sollte. Und Dalereuth ebenso wenig. Sie ist nicht nur Hebamme; sie heilt auch. Man hat die junge *Leronis,* die von den Banditen beinahe getötet wurde, in unser Haus gebracht.«

»Wir haben alles gesehen«, sagte Jess mit großen blauen Augen.

»Wie kam es dazu, dass ihr den Überfall der Banditen auf der Straße verfolgt habt?«, fragte Ginevra.

»Wir wollten nach Thendara spazieren, um Amazonen zu werden«, sagte Elena. »Wir haben uns das Haar abgeschnitten und sind den ganzen Tag gelaufen. Zum Schlafen haben wir uns hinter einem Findling versteckt, damit uns niemand entdeckt. Es hat uns auch niemand gefunden. Wir möchten Fechten lernen. Hätten wir es schon gekonnt, hätten wir ihr helfen können.«

»Ja, und dann hätte man euch getötet oder noch Schlimmeres mit euch angestellt«, brummte Dikon.

»Wisst ihr denn nicht, dass man den Eid der Entsagenden erst ablegen kann, wenn man mindestens fünfzehn Jahre alt ist?«, fragte Ginevra ernst.

Die beiden Kinder schauten sie mit großen Augen an.

»Hört zu, ihr beiden. Auch wenn ihr den Weg nach Thendara geschafft hättet – Mutter Carla hätte euch nach Hause zurückschicken müssen. Ihr seid noch zu jung. Wenn es in ein paar Jahren noch immer euer fester Wunsch ist, könnt ihr noch mal mit uns reden, aber nicht jetzt.«

»Uns ist aber etwas eingefallen«, sagte Jess. »Wir wollen noch mal hingehen und als Pflegekinder im Gildenhaus leben, bis wir alt genug sind, um den Eid zu sprechen.«

»Unmöglich«, sagte Ginevra. »Wir ziehen nicht herum und holen die Kinder anderer Leute ins Gildenhaus. Es sei denn, es gibt einen sehr gewichtigen Grund dafür: Wenn die Eltern nicht gut zu ihnen sind. So etwas tun wir nicht.«

»Denn eure Eltern möchten euch bei sich zu Hause in Dalereuth haben«, sagte Kate.

»Damit wäre die Sache erledigt«, sagte Ginevra. Die beiden kleinen Mädchen schauten sie traurig und schmollend an.

»Ihr müsst es verstehen, Kinder. Ihr seid noch viel zu jung, und hier habt ihr es gut. Gehorsam gegenüber den Hausregeln ist bei uns sehr wichtig, und wer nicht lernt, seinen Eltern zu gehorchen, wird unter keinen Umständen in die Gilde aufgenommen. Schmollt also nicht. Hört auf eure Eltern und lernt alles, was ihr lernen könnt. Wenn ihr in ein paar Jahren noch der gleichen Meinung seid, könnt ihr noch mal bei uns vorsprechen. Aber jetzt nicht.«

Nach einer erneuten Versicherung, dass niemand ihre kleinen Mädchen ergreifen und fortbringen würde, gingen die beiden Familien: die Eltern erleichtert, die Kinder leicht eingeschnappt.

Es war spät, als die beiden Frauen die Treppe zu ihren Zimmern hinaufgingen. Sie waren müde, verwirrt und durcheinander.

»Es ist zu einfach, Rina. Wenn etwas zu einfach und zu luxuriös ist, ist es mir nicht ganz geheuer. Für einen Ort, der angeblich arm ist, geht es den Menschen hier zu gut.«

»Vielleicht sind wir morgen klüger.«

Der Morgen dämmerte klar und kühl heran. Ginevra erkannte, dass das Geräusch, das ihre besorgten Träume gequält hatte, die konstante Bewegung des Meeres war. Sie fragte sich, wie man sich an diese Rastlosigkeit gewöhnen konnte. Wie sollten sie und Rina mit diesen lächelnden Menschen fertig werden? Ablehnung und Feindseligkeit verstand sie. Sie verstand auch die Gesellschaft in einem Gildenhaus. Aber diese Nettigkeit überstieg ihren Horizont. Hatten die Bewohner Dalereuths gewusst, dass sie kommen würden? Hatten sie sich zusammengesetzt und ihnen ein Theaterstück vorgespielt, um ihnen den Wind aus den Segeln zu nehmen? Und wenn ja, warum?

Nach dem kräftigen Frühstück, das sie allein im Gemeinschaftsraum einnahmen, begaben sie sich zum Gildenhaus. Wie Judy erzählt hatte, konnte man es nicht verfehlen. Es stand der Herberge ziemlich genau gegenüber, und die massive Eichentür öffnete sich zur gepflasterten Straße hin. Ein breites Tor führte an der Gebäudeseite auf das Grundstück. Die beiden Frauen betraten es und kamen auf ein weitläufiges Gelände, zu dem Stallungen, ein gepflasterter Stallhof und eine große Koppel gehörten. Früher hatten hier Pferde gegrast. Hinter dem Haus lag ein kleiner, von einer Mauer umsäumter Garten. Ein Beet wurde als Kräutergarten verwendet.

»Ob er wohl Molly gehört?«, sagte Rina. »Hier wachsen alle möglichen Kräuter. Manche kenne ich gar nicht.«

»Kann schon sein. Vielleicht sind die Leute deswegen so nett zu uns. Sie möchten nicht, dass wir ihnen ihr Kräutergärtchen wegnehmen.«

Der Rest des Grundstücks war überwuchert. Um den Obstgarten musste sich auch jemand dringend kümmern. Der Teil, der hinter dem Haus lag, war ebenfalls von einer Mauer umgeben. Durch das dortige Tor konnte man die Küstenstraße und den Deich sehen. Das Meeresrauschen war hier noch deutlicher hörbar.

Die beiden Frauen schauten sich das Haus von innen an und stellten fest, dass es sich in relativ gutem Zustand befand. Es war jedoch nur spärlich möbliert, denn man hatte alle beweglichen Gegenstände mitgenommen. »Wir müssen fast alles neu erwerben«, sagte Ginevra. »Sie haben jeden Teller, jeden Fetzen Stoff und die meisten Möbel mitgenommen.«

»Außer den Sesseln im Aufenthaltsraum«, sagte Rina. »Wer den Raum wohl benutzt?«

Der Marktplatz erwies sich als trist und nahezu verlassen. Lediglich ein paar dutzend Frauen und Kinder kauften ein. Die meisten Läden waren mit Brettern vernagelt. In der Bäckerei war nur wenig Betrieb. Glaser, Töpfer und der Weber waren gut beschäftigt. An einem Stand wurden Frischprodukte der Höfe verkauft, und es gab auch eine Molkerei mit einem guten Käsesortiment. Rina und Ginevra erkannten die Mutter der kleinen Jess. Sie arbeitete in der Bäckerei. Die beiden Frauen kauften einige ihrer Honigkuchen.

Dann spazierten sie um den Marktplatz herum, betraten die

wenigen geöffneten Läden, unterhielten sich mit den Besitzern und erkundigten sich, wo man jene Dinge erstehen konnte, die sie für das Gildenhaus brauchten. Die Entsagenden erfuhren, dass sie das meiste davon in Thendara würden besorgen müssen. Eventuell mussten sie es sogar selbst herstellen. »So etwas gibt es hier nicht mehr«, berichtete der Weber. »Und der letzte Händler ist vor mindestens fünf Jahren hier vorbeigekommen.«

Sie schlenderten zu Kates Laden zurück und leckten ihre noch klebrigen Honigfinger ab. Dort hatte sich eine kleine Gruppe von Frauen versammelt. Ginevra hörte, dass Kate ihnen gerade von ihrer Begegnung am vergangenen Abend erzählte. Als die Gildenschwester Rina davon berichten wollte, vernahm sie Hufschlag und sah, dass sich ihnen eine Kutsche näherte. Als das Gefährt an ihnen vorbeijagte, sprangen die beiden Frauen zur Seite.

»Wer war das?«, fragte Rina.

Eine Frau in der Menge drehte sich zu ihr um. »Ihr müsst wirklich fremd hier sein, *Mestra*, wenn ihr die Kutsche *Domna* Helenas nicht erkennt. Sie ist die Bewahrerin des Turms von Dalereuth. Sie ist zu Molly der Hebamme unterwegs, um nach der *Leronis* zu sehen, die von den Banditen beinahe umgebracht wurde.«

»Ja, wir haben gehört, dass Marla Hastur verletzt wurde, aber wir wussten nicht, dass der Turm ihr jemanden schickt. Man hilft ihr zweifellos, weil sie eine der ihren ist. Sonst wäre es diesen Leuten bestimmt egal.«

Die Frau runzelte überrascht die Stirn, als sie den Hohn in Ginevras Stimme vernahm.

»*Domna* Helena war jeden Tag bei ihr, und andere aus dem Turm haben Molly bei der Pflege geholfen«, sagte sie. Eine kleine Gruppe von Frauen und Kindern hatte sich um die drei versammelt und lauschte ihrem Gespräch.

»Die Leute aus dem Turm kommen immer, wenn wir sie brauchen«, fuhr die Frau steif fort. »Unter anderem sind sie auch deswegen hier.«

»Das sagt *Ihr*, und vielleicht stimmt das auch für diesen Ort. Was mich betrifft, so können mir diese Leute gestohlen bleiben«, sagte Ginevra grob. »Aristokraten, Eliten! Sie verbringen ihre Zeit über Meilen hinweg mit bedeutungslosem Gewäsch und behalten ihr Wissen nur für sich. Und wir können sehen, wo wir bleiben.«

Rina versuchte, ihr mit den Augen ein Zeichen zu geben. Das Verhalten ihrer Schwester war nicht gerade sehr diplomatisch.

»Ihr versteht unseren Turm nicht, *Mestra*«, sagte eine große, ältere Frau. »Vor Jahren, vor dem Vertrag, hat jedermann in Dalereuth für den Turm gearbeitet. Jedes Kind wurde auf *Laran* überprüft, und jeder, der diese Kraft hatte, wurde ausgebildet. Wir haben in den Hütten vor dem Turm gearbeitet und Haftfeuer und Knochenwasserstaub verpackt, was dann für Kriegszwecke an sämtliche Domänenfürsten versandt wurde. Damals hat Dalereuth floriert, wie Ihr an unseren Häusern seht. Wenn Ihr Euch auf dem Land umschaut, könnt Ihr die schönen Herrensitze erkennen, die jetzt nur noch Bauernhöfe sind. Nach dem Vertrag hatten wir keine Arbeit mehr und wurden wieder zu einem armen Fischerdorf. Manche geben dem Turm die Schuld daran, da der Vertrag aus der Turmarbeit im fernen Norden entstand. Aber auch der Turm wurde arm. Doch dessen Bewohner, die *Leroni*, haben uns ebenso wenig vergessen wie wir sie. Sie bringen noch immer Heilung für jede ernste Verletzung. Sie wollen all unsere Kinder und jeden, der es möchte, in den Künsten des *Laran* unterweisen.«

Die alte Frau holte Luft und verfiel nach dieser langen Rede in Schweigen.

»Du hast die Leute aus dem Turm schon immer verteidigt,

Margali«, sagte eine jüngere Frau, die sich auf eine Krücke stützte. »Aber nicht alle sind deiner Meinung. Hätten sie keine Waffen hergestellt, wäre ich nicht so auf die Welt gekommen. Das alles tun sie doch nur, um das an uns wieder gutzumachen, was sie in Jahrhunderten während der Ausübung ihrer Wissenschaft kaputtgemacht haben.«

»Im Vergleich zu dem, was es früher gab, ist dein Bein gar nichts, Lori«, sagte die alte Margali. »Schon zu meiner Zeit kamen oft Missgeburten zur Welt und mussten entsorgt werden. Vor dem Vertrag war es sogar noch schlimmer. Das Material, das sie für Waffen und manche Wissenschaften verwendet haben, hat bei unseren Frauen Fehlgeburten und deformierte Kinder hervorgerufen. In den Bergen gibt es ein Tal voller Kinderknochen. Man hat die Kleinen nach der Geburt dort hingebracht, damit sie sterben. Ich muss es wissen. Vor vielen Jahren sind auch einige der meinen dort hingekommen. Bevor die Hebamme Molly ausgebildet wurde und zu uns kam.«

Ginevra hörte all dies durch den roten Zornesschleier, der sie gelegentlich einhüllte. Waren alle Menschen in diesem Ort Comyn? Überprüfte man sie deswegen auf *Laran*? War es so, dann war die Turmbesatzung natürlich freundlich, schließlich gehörten alle zu ihnen, zur Elite, die über dem Rest der Welt stand.

»Dann hattet ihr mit eurem Turm großes Glück, wenn diese Leute noch Interesse an eurem Dorf haben«, hörte sie Rina sagen. »Sagt mal, wie ist es in Dalereuth heute?«

Ginevra spürte, dass Rina bemüht war, sie zum Schweigen zu bringen, damit sie sich abregte. Ihre Schwester wollte den Stimmen lauschen, die von der Fischerei und der Landwirtschaft erzählten und von neuen Industrien wie der Glaserei, der Töpferei und der Ausbildung der Frauen sprachen. Sie schaute sich alarmiert um. »Frauen? Hier werden Frauen ausgebildet?«

»O ja, *Mestra*«, sagte Margali. »Jede Frau erlernt ein nützliches Handwerk. Die Männer sind nämlich den ganzen Tag beim Fischen, auf dem Feld oder bei der Garde. Es gab zu viele Witwen und Kinder, die ernährt werden mussten, deswegen wollen die Frauen jetzt Berufe erlernen, wenn sie noch jung sind. Damit sie, falls ihre Männer der See zum Opfer fallen oder im Kampf mit in den Bergen umherstrolchenden Banditen ums Leben kommen, sich und ihre Kinder selbst ernähren können, statt zur Hure oder zum Dienstmädchen eines Mannes zu werden.« Die alte Margali schüttelte stolz ihr graues Haar. »Ich selbst bin nun Schreiberin. Heutzutage lernen fast alle lesen und schreiben. Ich bringe den Kleinen die ersten Buchstaben bei. Außerdem stelle ich mit meinen Arbeiterinnen auch aus Holz Papier her. Ich gelte in der Gemeinde als begüterte Frau. Dem Rat gehöre ich auch an.«

»Wenn es hier viel mehr Frauen als Männer gibt, wie heiratet man dann?«, fragte Rina.

»Viele von uns heiraten gar nicht. Anfangs waren wir den Männern egal. Sie glaubten, wenn die eine nicht zu ihnen passte, suchen sie sich eben eine andere. Aber sie erfuhren bald, dass andere sie nicht haben wollten, wenn sie schon nicht zu ihrer ersten Frau gepasst hatten. Deswegen verhalten sie sich uns gegenüber anständig. Wenn eine Frau arbeiten muss, braucht sie keinen Mann, der für sie sorgt. Gerade Ihr müsstet so etwas doch wissen!«

Ginevra konnte ihre Überraschung nicht für sich behalten. »So etwas habe ich ja noch nie gehört! Wir hätten nie geglaubt, so etwas je außerhalb eines Gildenhauses zu erleben!«

»Dann seht ihr also, dass wir euch hier nicht brauchen«, sagte Kate mit fester Stimme.

»Ihr braucht gar kein Gildenhaus?«, fragte Rina.

»Das alte Gildenhaus steht noch, und wir halten es in

Stand«, erwiderte Lori. »Möchtet Ihr mit Eurer Schwester dort leben?«

»Unser Gildenhaus in Thendara platzt aus allen Nähten«, erklärte Rina. »Es kommen viele misshandelte Frauen zu uns, denen wir uns nicht verweigern können. Wir wollten das Gildenhaus von Dalereuth für einige unserer Schwestern in Thendara neu eröffnen.«

»Wir brauchen euch hier nicht«, wiederholte Kate.

»Wenn ihr jedoch nützliche Arbeit verrichtet und zur Gemeinschaft beitragt, seid ihr willkommen«, sagte die alte Margali.

»Es sei denn, ihr macht uns unser Gewerbe streitig«, sagte Kate. »Ich möchte keine neue Bäckerei hier sehen, Lori braucht keine zweite Weberin und Molly keine zweite Hebamme oder Heilerin.«

»Ich werde mit dem Rat sprechen«, sagte Margali. Sie schritt davon, und ihre langen Röcke wirbelten um ihre Fußgelenke.

Die Leute hier brauchen uns vielleicht nicht, aber wir brauchen das Gildenhaus für unsere Schwestern in Thendara. Vielleicht wäre es besser, wenn wir ein zweites Haus in Thendara bauen. In Dalereuth ausgebildete Entsagende können in anderen Gegenden Darkovers vielleicht nicht funktionieren. Der Ort ist zu nachgiebig, zu kompliziert, zu ... einfach. Die hiesige Kultur ist von Thendara so verschieden wie die der Trockenstädter.

Es wäre mir lieber, wenn es hier etwas zu bekämpfen gäbe; etwas, gegen das man sich erheben kann. Dieses Gerede bringt uns nirgendwo hin.

»Wozu soll das alles nütze gewesen sein?«, fragte Ginevra.

»Wir haben eine Menge Informationen erhalten, Ginevra«, sagte Rina friedlich.

»Du und deine Informationen! Getan haben wir aber noch nichts. Wir haben nur eine Menge zuckeriges Gesülze darüber gehört, dass ganz Dalereuth eine riesengroße Gilde ist. Nur hat man dieser Gemeinschaft aus Gründen des Vergnügens die Männer hinzugefügt. Glaubst du das etwa alles?«

»Du übertreibst, Ginevra. Tu doch nicht so. Ich glaube, Dalereuth ist genau so, wie es sich darstellt. Wir müssen heute Nachmittag zum Turm, um zu erfahren, was die Bewahrerin zu sagen hat. Es kann doch sein, dass man uns hier nicht braucht und dass es Ärger gibt, wenn wir versuchen, das Haus wieder zu eröffnen.«

Die beiden Entsagenden hatten gerade ihr Mittagsmahl verzehrt, als der Ruf sie erreichte. Ein Kurier informierte sie, *Domna* Helena aus dem Turm wünsche sie zu sprechen.

»Sollen wir etwa springen, bloß weil eine *Leronis* der *Comyn* uns sprechen will?«, murmelte Ginevra.

»Carla möchte, dass wir mit ihr reden«, sagte Rina, die sich der schlechten Laune Ginevras durchaus bewusst war. »Hätte sie nicht nach uns geschickt, wären wir gegangen. Das weißt du doch. Wenn der Turm nicht will, dass wir das Gildenhaus wieder aufmachen, wird es alles verändern.«

Nachdem man sie in den Besucherraum des Turms von Dalereuth gebracht hatte, wurden sie von einer Frau mit ergrauendem rotem Haar begrüßt.

»Nehmt doch Platz«, sagte sie. »Ich bin Helena, die Bewahrerin des Turms von Dalereuth.«

»Ich bin Ginevra n'ha Rina, und dies ist meine Schwester, Rina n'ha Rina.«

»Dann seid ihr also sowohl Blutschwestern als auch Schwestern der Gilde?«

»Ja. Was möchtet Ihr von uns?«

»Ich möchte darum bitten, dass ihr die junge Marla Hastur mit nach Thendara nehmt, wenn ihr abreist. In ein bis zwei Tagen dürfte sie dazu in der Lage sein. Sie wurde vergewaltigt. Deswegen kann sie keine Bewahrerin sein, wir sind nämlich

jungfräulich. Der Turm von Arilinn, in dem sie ihre Grundaus-
bildung erhalten hat, will sie nicht mehr aufnehmen. Hier ist
kein Platz für sie. Auch ihre Familie will sie nicht in die
Comyn-Burg aufnehmen. Sie hat nur noch eine Alternative:
die Gilde der Entsagenden. Sie muss zu den Freien Amazonen
gehen.«

Ginevra war sprachlos und schwieg. Sie schaute Rina an.
Rinas Mund stand offen. Dann schloss sie ihn jäh und schaute
ihre Schwester an. Die atmete tief ein. Sie wusste, wenn sie zu
früh das Wort ergriff, würde ihre Stimme vor Zorn beben.

»In Ordnung«, sagte die Bewahrerin. »Ihr braucht einen Moment Bedenkzeit. Mir ist klar, dass meine Bitte euch überrascht. Aber ihr werdet morgen oder übermorgen abreisen,
und ich möchte, dass ihr Marla mitnehmt.«

»*Vai Leronis* ...« Ginevra hatte sich wieder unter Kontrolle.
»Es sieht so aus, als hättet Ihr eine Entscheidung für Marla gefällt.«

»Es stimmt. Dazu bin ich da.« Die Bewahrerin klang gelassen, fast eisig.

»*Domna,* Ihr müsst verstehen, dass wir auf Bitten anderer
hin keine Frauen in die Gilde der Entsagenden aufnehmen.
Wir gewähren nur Frauen Obdach, die aus eigenem Antrieb zu
uns kommen und um Aufnahme ersuchen. Wir können Marla
Hastur auf Eure Bitte hin nicht aufnehmen. Diese Entscheidung kann nur Marla Hastur selbst treffen.«

»Ihr wagt es, mein Urteil in Frage zu stellen?« Helena von
Dalereuth war sichtlich verärgert. Sie betastete den Beutel,
den sie an einer Kordel um den Hals trug.

»*Domna* Helena, soweit ich weiß, sind jene, die in einem
Turm leben und arbeiten, Eiden unterworfen. Jemand in Eurer
Position muss Jungfräulichkeit schwören. Ihr müsst also ver-
stehen, dass auch wir einen ernsten Eid sprechen, wenn wir
Entsagende werden. Unser Orden hat feste Regeln. Ich bin si-

cher, dass auch Ihr Regeln habt, die sämtliche Mitglieder binden, nicht nur die Anführer. Würden wir Eurer Bitte entsprechen, müssten wir unseren Eid und die Regeln unseres Hauses brechen. Deswegen können wir nicht festlegen, dass wir diese Frau zum Gildenhaus von Thendara mitnehmen. Wenn sie mit uns gehen möchte, kann sie uns nach Thendara begleiten, und wir werden sie beschützen. Mehr können wir Euch nicht versprechen.« Ginevra spürte, dass sie innerlich bebte, doch sie sah, dass ihre Hände relativ ruhig wirkten und entspannt auf ihren Knien lagen.

Helena wandte sich an Rina. »Und Ihr? Stimmt Ihr Eurer Schwester zu, hm?«

Rina richtete den Blick ihrer braunen Augen auf die Bewahrerin. »Ja, *Domna,* ich stimme ihr zu. Was sie über unsere Regeln und Eide sagt, entspricht der Wahrheit. Wir weigern uns, Eidbrecher zu werden. Eure Regeln und Eide müssen Euch dies doch verständlich machen. Solange diese Frau nicht darum ersucht, unseren Eid ablegen zu dürfen, können wir sie als Mitglied nicht mit zum Gildenhaus nehmen. Wir können sie nur nach Thendara begleiten.«

»Und wenn sie Thendara erreicht ... Darf ich fragen, was sie dann machen soll? Ihre Familie will sie nicht mehr beherbergen. Kein respektierter Mann wird sie als Ehefrau akzeptieren. Was soll sie tun?«

Ginevra spürte zum ersten Mal die Verzweiflung und die tiefe Besorgnis, welche die Bewahrerin für Marla empfand. *Sie möchte ihr nur Gutes tun,* dachte sie mit einem mentalen Seufzer.

»Vielleicht sollten wir selbst mit Marla sprechen?«, schlug Rina vor.

»Wenn ihr sie seht, empfindet ihr vielleicht Mitgefühl für sie«, sagte die Bewahrerin.

Mehr Mitgefühl als du? Wer will denn, dass sie von hier

fortgeht? Eine Bewahrerin muss zwar Jungfrau bleiben, aber nicht unbedingt jede Leronis oder jeder Laranzu. Wo ist das Mitgefühl deines Turms, Arilinns und ihrer Familie? Verlangst du, dass wir mehr Mitgefühl aufbringen als ihr alle zusammen? Du schmeichelst uns. Du in deinem sicheren Turm, Marla Hastur mit ihrem Reichtum und ihrer Familie: Nichts kann ihr Comyn-Blut verändern. Mancher Mann würde sich freuen, sich mit der größten Familie auf Darkover zu verbinden.

»Wir werden mit Marla Hastur darüber reden, *Domna*«, sagte Rina. »Doch Mutter Carla aus unserem Gildenhaus möchte, dass wir Euch eine Frage stellen.« Als Helena zustimmend nickte, fuhr Rina fort: »Unser Orden zieht in Betracht, das Gildenhaus von Dalereuth nach vielen Jahren neu zu eröffnen, da unser Haus in Thendara und die anderen überfüllt sind. Wir möchten Frauen aus Thendara in diesen Ort holen, um das Haus zu renovieren und erneut zu beziehen. Wie stehen der Ort und Turm dazu?«

»Wenn ihr die Gilde hierher verlagert, bringt ihr dann auch Meinungsverschiedenheiten mit? Oder haben diese Frauen nützliche Eigenschaften anzubieten?«

»All unsere Frauen haben nützliche Eigenschaften, die sie in der Gemeinde auf jede gesetzlich erlaubte Weise einsetzen. Wie Ihr wisst, rekrutieren wir niemanden. Wir locken auch keine Kinder wie Elena und Jess in unser Haus. Frauen, die zu uns kommen, müssen schon einen besseren Grund haben, unseren Eid abzulegen. Man sagt, dass jede der unseren eine tragische Geschichte zu erzählen hat. Wir werben keine Mitglieder.«

»Dann braucht ihr euch wahrscheinlich wegen der hier lebenden Menschen keine Sorgen zu machen. Die Bewohner Dalereuths unterscheiden sich meiner Ansicht nach von denen Thendaras und jeder anderen Domänenstadt. Der Vertrag hat ihnen ihre Haupteinnahmequelle genommen, und das haben sie uns nicht verziehen. Doch der Ort wird wieder florieren. Wenn ihr den ansässigen Handwerkern keine Konkurrenz macht, akzeptieren sie euch vielleicht.« Helena zeigte erneut ihr eisiges Lächeln. »Womöglich schreiben sie es der Gilde sogar zugute, dass sie wieder zu Vermögen kommen. Wer weiß?«

»Ich glaube, hier kriegen wir kein Bein auf den Boden«, sagte Rina. »Wie sollen wir, ohne den Einheimischen Konkurrenz zu machen, Kaufleute, Bäcker und Facharbeiter hier ansiedeln? Ich weiß nicht, ob wir dagegen ankommen. Es wird für Carla schwierig werden.«

»Ankommen? Das wäre ja so, als würde man gegen einen Stapel Federn in einem Tümpel aus Honig kämpfen. Süß, weich, klebrig. Ob unsere Frauen verweichlichen, wenn sie hier ausgebildet werden? Vielleicht wollen wir gar nicht hierher.«

Sie fanden Marla Hastur vor Mollys Tür, wo sie in der Sonne saß.

»Seid Ihr Marla Hastur?«

»Ja. Seid ihr die Freien Amazonen, die die Herrin von Dalereuth mir angekündigt hat?«

»Sie hat gesagt, Ihr wollt nach Thendara zurück.«

»Hat sie auch gesagt, ich soll zur Freien Amazone werden, weil ich nun, da ich keine Jungfrau mehr bin, für ein anderes Leben nicht mehr tauge?« Ihre Stimme klang bitter.

»Sie hat es zwar nicht so ausgedrückt, aber sie hat uns gebeten, Euch in unsere Gilde aufzunehmen.«

»Und was habt ihr geantwortet?«

Es fiel Ginevra schwer, die kühle Art der jungen Frau ernst zu nehmen, denn sie war kaum mehr als ein Mädchen. Von einer Frau, die man kürzlich verprügelt, vergewaltigt und als vermeintlich Tote hatte liegen lassen, hatte sie einen stürmischeren Empfang erwartet.

»Die Wahrheit. Wenn wir Euch auf Grund ihrer Bitte als Gildenschwester aufnehmen, wären wir Eidbrecher. Unsere Regeln verbieten es, Neumitglieder anzuwerben. Sie verbieten auch eindeutig, jemanden in die Schwesternschaft aufzunehmen, der dies gar nicht will.«

Marla zeigte ein schiefes Lächeln. »Gut. Ich habe noch nicht zu mir selbst gefunden. Ich bin eine fertig ausgebildete *Leronis* und nur hergekommen, um Helena so lange als Bewahrerin zu unterstützen, bis sie abtreten muss. Dann hätte ich ihre Stelle eingenommen. Ich habe seit meinem zehnten Lebensjahr im Turm von Arilinn gelebt und bin dort ausgebildet worden. Ich weiß nur wenig von der Welt. Molly und Dikon haben mich aufgenommen, und die kleine Elena war besonders gut zu mir.«

»Wollt Ihr mit uns nach Thendara zurückkehren, wenn wir morgen aufbrechen?«

»Was sollte ich wohl in Thendara tun? Meine Familie will mich nicht mehr haben. Für sie ist das Ganze nämlich eine große Tragödie. Als ich in Arilinn war, war sie stolz auf mich, denn ich verfüge über die Große Gabe. Doch nun ... Ich weiß nicht, was ich in Thendara tun sollte. Als Freie Amazone leben? Wie ein Mann bei den Kopfblinden? Hier hat wenigstens jede Familie ein wenig *Laran*, und die kleine Elena ist sehr talentiert. Ich kann sie etwas lehren und ihr *Laran* ausbilden, damit sie die Schwellenkrankheit übersteht. Hier schätzt mich niemand wegen meines Unglücks gering ein. Molly lehrt mich nützliche Tätigkeiten. Und ihr ... Ihr wollt wie Männer leben und eure Schwerter und Dolche in den Schenken und Kaschemmen von Thendara schwingen. Warum sollte ich mir derlei wünschen?«

»Ich glaube«, sagte Rina und warf der eindeutig wütenden Ginevra einen Blick zu, »dass Ihr nicht alles über unsere Gilde und unsere Leute wisst. Doch solange Ihr mit Eurem hiesigen Leben bei Molly zufrieden seid und man Euch nicht loswerden will, sehe ich keinen Grund, Euch zu ermutigen, nach Thendara zurückzukehren.«

»Wir nehmen nur Frauen auf, die Entsagende werden wollen«, fauchte Ginevra. »Wir nehmen keine Comyn-Damen, die einmal im Leben Pech hatten. Und dann auch noch in einem Turm Ausgebildete! Wir kennen keine Eliten und keine Aristokratie. Bei uns sind alle gleich. Wir alle tun nützliche Arbeit, und viele von uns tragen Röcke an Stelle von Hosen. Wenn wir auf Reisen sind, tragen wir Hosen, weil sie bequemer sind. Vielleicht hört Ihr Euch mal ein paar der Geschichten an, die unsere Frauen zu erzählen haben. Was Euch passiert ist, würde neben ihren Tragödien verblassen! Pah! Wir würden Euch nicht mal aufnehmen, wenn Ihr auf den Knien darum bettelt!« Ginevra wandte sich ab.

»Vergebt meiner Schwester, *Mestra*. Sie hatte keine sehr glückliche Kindheit und kann Menschen nicht leiden, denen es besser ergangen ist.«

»Halt's Maul, Rina.«

Die drei Frauen schwiegen einen Augenblick. Dann ergriff Marla schließlich das Wort. »Ich habe nicht darum ersucht, eine der euren zu werden, vergesst das nicht. Ich glaube, jeder macht seine Erfahrungen auf seine Weise. In Sachen Tragödien gibt es keinen Wettstreit. Eure Erfahrung ist die eure. Sie ist anders als die meine. Sollte die Zeit kommen und ich körperlich wieder genesen sein, was nicht mehr lange dauern wird ... und sollte ich den Wunsch haben, Entsagende zu werden und bei euch Kopfblinden zu leben ...« Sie hielt inne. »Ihr seid nicht kopfblind, nicht wahr? Ihr habt beide *Laran* ... Ihr, Ginevra, seid zwar sehr begabt, doch Ihr leugnet es und übt

Eure Begabung nicht aus. Das ist ein Teil Eurer Tragödie. Sollte ich den Wunsch verspüren, diesen Ort zu verlassen und ein Teil eurer Gilde zu werden, komme ich nach Thendara und bewerbe mich wie jede andere Frau. Doch bis dahin bleibe ich hier, lerne, was Molly mir beibringen kann, und unterrichte die kleine Elena darin, *Leronis* und Schriftgelehrte zu werden.«

Auf dem Rückweg zur Herberge verrauchte Ginevras Wut allmählich. Zum ersten Mal musste sie auf dieser Reise über etwas Neues nachdenken.

Wettbewerb. Niemand will ihn. Marla Hastur sagt, man kann Tragödien nicht miteinander vergleichen, und Carla hat es fast genauso ausgedrückt. Die hiesigen Frauen wollen nicht, dass ihnen Konkurrenz gemacht wird. Das kann ich verstehen. Noch eine Hebamme, und Molly würde verhungern. Es gibt keine Möglichkeit, uns hier niederzulassen. Außerdem würde die sanfte Lebensart dieser Leute uns im Nu verweichlichen. Ginevra grinste plötzlich. Dann lachte sie laut auf.

Rina schaute ihre ältere Schwester überrascht an. Sie war nicht daran gewöhnt, dass Ginevra offen ihre Freude zeigte, geschweige denn, dass sie lachte.

»Wie viel Geld hast du noch, wenn wir unser Quartier bezahlt haben, Rina?«

Rina griff in ihren Beutel und zeigte ihr eine Hand voll Münzen.

»Gut. Geh zurück und bereite alles vor, damit wir morgen in aller Frühe aufbrechen können. Ich kaufe solange ein.«

Rina drehte sich vor der Herberge verdutzt um, als Ginevra zum Marktplatz hinüberging. Es erleichterte sie, ihre federnden und zielgerichteten Schritte zu sehen. Ihre Schwester hatte eine Aufgabe gefunden, aber welche?

Eine Stunde später wankte Ginevra mit einer riesigen Ladung von Paketen in ihr Zimmer und warf sie aufs Bett.

»Puh! Ich hätte das Packtier mitnehmen sollen.«

»Was hast du gemacht? Um all das nach Thendara mitzunehmen, brauchen wir ein zweites Packtier!«

»Ich habe eins gekauft.«

»Was? Noch ein Packtier? Was wird Carla dazu sagen? Dann hast du alles unter die Leute gebracht, was sie uns mitgegeben hat ... Extravaganzen dieser Art kann sich die Gilde nicht leisten!«

»Schau mal«, sagte Ginevra.

Sie packte die Pakete aus: Glas, Töpfe, Ballen feinen Leinens aus der Weberei. »Dies hier ist Trockenfisch. Ich wickle ihn aber nicht aus, weil er stinkt. Aber für unser Haus reicht es.«

»Bei Zandrus Höllen, Ginevra! Was soll das bedeuten? Warst du auf Andenkenjagd? Obwohl uns eine dreitägige Reise durch das Banditenland bevorsteht?«

»Nein. Rina, wir ... das Gildenhaus von Dalereuth übt ein neues Gewerbe aus. Wir importieren und exportieren.«

»Wir arbeiten als Händler?«

»Genau. An Warenaustausch fehlt es hier nämlich. Wir sind absolut konkurrenzlos. Wir werden als Verkaufsstelle für einheimische Produkte tätig. Ich sehe Karawanen vor mir, die kommen und gehen. Die alles, was hier gebraucht wird, aus Thendara bringen. Alles. Wohlstand.« Mit auf die Hüften gestützten Händen begutachtete sie in selbstgefälliger Zufriedenheit ihre Einkäufe.

Rina fing an zu lächeln. Dann lachte sie. »Wir sind vielleicht eine Einsatzgruppe ... Hat etwa jemand gesagt, wir sollen diplomatisch sein? Nötig waren Informationen und Taten. Lass uns jetzt packen und heimkehren.«

Knaur

Ein Darkover-Roman

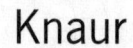

Knaur

Ein Darkover-Roman

Anthologien: Die Darkover-Anthologien wurden von Marion Zimmer Bradley gemeinsam mit dem amerikanischen Fanclub, den »Friends of Darkover«, herausgegeben. Die Kurzgeschichten beschäftigen sich mit neuen oder auch bekannten (Neben-)Figuren des Zyklus, schlagen Brücken zwischen den einzelnen Romanen oder vertiefen die große Geschichte des Planeten und seiner Bewohner weiter.

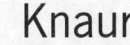

Knaur

Ein Darkover-Roman